Tyler Green komt nooit meer vrij

Van Nicci French verscheen eveneens
bij Ambo|Anthos *uitgevers*

Het geheugenspel
Het veilige huis
Bezeten van mij
Onderhuids
De rode kamer
De bewoonde wereld
Verlies
De mensen die weggingen
De verborgen glimlach
Vang me als ik val
Verloren
Tot het voorbij is
Wat te doen als iemand sterft
Medeplichtig
Huis vol leugens
In hechtenis
Wie niet horen wil
De gunst
Heeft iemand Charlotte Salter gezien?
Stemmen in het duister

In de Frieda Klein-reeks:
Blauwe maandag
Dinsdag is voorbij
Wachten op woensdag
Donderdagskinderen
Denken aan vrijdag
Als het zaterdag wordt
Zondagochtend breekt aan
De dag van de doden

Nicci French

Tyler Green komt nooit meer vrij

Vertaald uit het Engels
door Jan de Nijs

Ambo|Anthos
Amsterdam

ISBN 978 90 263 6165 4 (paperback)
ISBN 978 90 263 7002 1 (gebonden)

Oorspronkelijke titel *Tyler Green will never be released*
Oorspronkelijke uitgever Simon & Schuster
Omslagontwerp Buro Blikgoed
Omslagillustratie © Samuel Wölfl/Buro Blikgoed
Foto auteur © Johnny Ring Photography

Ambo|Anthos *uitgevers* vindt het belangrijk om op milieuvriendelijke en verantwoorde wijze met natuurlijke bronnen om te gaan. Bij de productie van het papieren boek van deze titel is daarom gebruikgemaakt van papier waarvan het zeker is dat de productie niet tot bosvernietiging heeft geleid.

Verspreiding voor België:
Veen Bosch & Keuning uitgevers nv, Antwerpen

DEEL EEN

Zoals elke ochtend was hij ruim voor de ochtendbel al wakker. Hij bleef nog een paar minuten liggen, bewegingloos, met zijn ogen dicht. Er waren dagen geweest waarop hij door de kou tot op het bot verkleumd wakker was geworden en dagen waarop een ranzige, drukkende hitte hem had omsloten, maar vandaag was het aangenaam. Door het getraliede raam hoog in de muur viel diffuus licht naar binnen. Daarbuiten, in het late voorjaar, zongen de vogels. Daarbuiten rolde de zee over de kiezels en de modder, onder een eindeloze hemel.

Tyler Green zette zijn voeten op de grond en stond op: een grote man in een kleine ruimte. Hij liep in twee stappen naar het wasbakje en plensde water in zijn gezicht. Daarna liet hij zich op de stenen vloer zakken om zich, zoals elke morgen, eerst vijfentwintig keer op te drukken en dan vijfentwintig lunges te doen. Zo waren al duizenden ochtenden verstreken: zonder na te denken, zonder terug of vooruit te kijken, terwijl zijn jeugd, zijn kracht en zijn mogelijkheden elke dag een stukje verder uit zicht raakten en hij zich uitsluitend concentreerde op het moment, op zijn hartslag.

Hij zorgde ervoor geen geluid te maken. Hij zette zijn voeten zachtjes neer, hield zijn adem in bedwang. Nu was hij alleen, maar het grootste gedeelte van zijn detentie had hij een cel gedeeld. Altijd een ander lijf boven of onder hem in het stapelbed, andermans geluiden en geuren, nachtmerries en ochtendhumeur; iemand anders die op de plee achter het gordijn zat, boven de wasbak zijn tanden poetste, de gevangenisprak van het plastic bord naar binnen lepelde en vloekte en huilde als hij dacht dat niemand hem hoorde. Zijn laatste celmaat, Mo, een man met een wilde lach en een glazen oog, had zich drie maanden voor zijn vrijlating opgehangen.

Deze cel was een soort kooi, deze gevangenis een opstapje naar de vrijheid. Nog maar enkele weken geleden was Tyler vanuit een extra beveiligde inrichting in de Midlands overgeplaatst naar deze halfopen inrichting aan de oostkust.

Hij had in de tuin gewerkt, met de koude wind in zijn gezicht, waardoor het litteken weer opspeelde, en hij was een paar keer met verlof geweest om zich voor te bereiden op de 'echte wereld', zoals zijn reclasseringswerker het noemde, hoewel het voor hem niet op de echte wereld leek, eerder op de dromen die hij weleens had. Voor het eerst in bijna dertig jaar had hij de zee gezien. Hij had een paar minuten over de grijze golven uit staan kijken; rechthoekige containerschepen aan de horizon, rondcirkelende en duikende meeuwen, en hij had heel even een paar herinneringen toegelaten van zichzelf als kind op het strand en als tiener die steentjes op het schuimende water ketste en toekeek hoe ze een, twee, drie, vier keer opsprongen voordat ze in een golf verdwenen. Maar herinneringen konden gevaarlijk zijn – hij had ze diep weggestopt, zodat de pijn hem niet kon raken.

Hij was eenenvijftig jaar en had achtentwintig jaar en drie maanden in de gevangenis gezeten. Vandaag kwam hij vrij.

De ochtendbel ging. Geluiden uit de andere cellen. Voetstappen buiten op de galerij. Het luikje in Tylers deur ging open en er verscheen een rond roze gezicht met lichtbruin stekeltjeshaar.

Het gezicht grijnsde. 'Je laatste ontbijt.'

Alsof hij daarna zou sterven.

Tyler raakte het ontbijt niet aan, al dronk hij wel een beetje thee met melk. Hij deed zijn joggingbroek en zijn T-shirt uit en rolde ze tot een bal. Die zou hij niet meer dragen. Hij trok een spijkerbroek aan die hem iets te groot was en een donkerblauw T-shirt. Daarna ging hij naar de wc, waste zich en poetste zijn tanden. Hij bekeek zichzelf in de vlekkerige spiegel: hangende oogleden, litteken van oor tot kaak, norse mond. Zijn haar was al lang geleden grijs geworden.

Hij stopte zijn tandenborstel en tandpasta in de canvas tas onder het tafeltje. Hij was met niets binnengekomen en vertrok met niet veel meer: een paar basale toiletartikelen, een paar kledingstukken die – hoe vaak ze ook gewassen werden – altijd naar gevangenis zouden blijven ruiken, zijn leesbril, een paar boeken, waaronder de poëziebloemlezing die zijn vriend Will hem tijdens diens laatste bezoek schutterig had toegestoken. Dat was inmiddels jaren geleden. Het stroompje bezoekers dat Tyler ooit had gehad was opgedroogd.

Met veel gerammel van sleutels werd de deur geopend. Er kwamen twee bewaarders binnen. 'We moeten je fouilleren.'

Dat leek hem gestoord, zelfs in deze gestoorde wereld. Wie smokkelde er nou iets de gevangenis úít? Maar Tyler wist wel beter dan dat hardop te zeggen. Dat zou alleen maar gedoe opleveren. Zijn T-shirt werd omhooggetrokken, hij werd hardhandig gefouilleerd, priemende vingers over zijn lijf. Hun adem rook naar koffie en sigaretten.

'Bukken.'

Hij gehoorzaamde, concentreerde zich op de vlekken op de vloer.

'Alles in orde.'

Tyler stapte de galerij op. Een paar andere gedetineerden hadden hun cel al verlaten en liepen met een handdoek over hun schouders naar de doucheruimte. Een van hen stak zijn hand op. 'Op weg naar buiten?'

'Naar het schijnt.'

'Succes, man.'

Hij liep achter de bewaarder de galerij af, een dubbele deur door en vervolgens door een lange gang naar de administratiebalie. 'Tyler Green,' zei hij tegen de man achter de balie.

'Kom je vandaag vrij?'

'Volgens het formulier wel.'

De man kreunde en nam een grote slok uit een fles cola. 'Je bent al de derde vandaag. En ik ben alleen. Wat verwachten ze wel niet van me?'

Tyler deed er het zwijgen toe.

De man staarde fronsend naar het computerscherm voor hem. 'Dat betekent een hele berg papierwerk, snap je?'

Tyler hield alleen zijn hoofd een beetje schuin.

'Je zult wat geduld moeten hebben. De computer heeft kuren. Ga maar zitten.'

Tyler ging zitten, vouwde zijn handen in zijn schoot en wachtte.

De man tikte iets in, vloekte en schoof het toetsenbord woedend van zich af. 'Wat een klerezooi,' zei hij terwijl hij met een gruwelijk schraapgeluid uit zijn stoel kwam en door de deur achter zich verdween.

Een minuut of tien later kwam er een andere man door de deur naar binnen, met een kartonnen bekertje in zijn hand. 'We hebben een nieuw systeem,' zei hij, terwijl hij schijnbaar lukraak op het toetsenbord tikte. 'Weet je eindelijk hoe het werkt, veranderen ze het weer.'

Tyler liep naar het hoge raam. Hij keek naar de zee en naar het gras en riet dat golfde en glansde in het ochtendlicht. Er schoof een wolk voor de zon en de zilveren golven verdonkerden. De wijzers van de klok sprongen met een schok vooruit.

'Het is gelukt,' zei de man uiteindelijk. 'Ik moet het alleen nog even printen.'

Tyler keek niet om. De printer begon te zoemen.

'Alsjeblieft, goed doorlezen en dan ondertekenen.'

Tyler pakte de papieren aan en ging weer zitten om ze te lezen, hoewel hij alles al met zijn reclasseringswerker had doorgenomen. Hij wist dat hij zich aan de bepalingen van zijn voorwaardelijke vrijlating moest houden, dat hij dus geen strafbare feiten mocht plegen, contact moest houden met zijn reclasseringswerker en hem conform de voorschriften diende te ontvangen op een vast, door de reclasseringsambtenaar goedgekeurd adres waar hij permanent diende te wonen, dat hij van tevoren toestemming moest vragen als hij een of meerdere nachten op een ander adres wilde doorbrengen, dat hij alleen door de reclasseringswerker goedgekeurd werk mocht aannemen, niet zonder toestemming van zijn reclasseringswerker het Verenigd Koninkrijk mocht verlaten en zijn reclasseringswerker op de hoogte moest stellen als hij een andere naam gebruikte dan de naam waarmee hij de voorwaarden had ondertekend. En meer, nog veel meer.

Hij wist dat zijn voorwaardelijke invrijheidstelling de rest van zijn leven zou duren.

Toen hij alles had gelezen, pakte hij de pen die hem tegelijk met de papieren was overhandigd. Die deed het niet meteen; hij moest er even aan likken.

'Was het allemaal duidelijk?'

'Ja.'

'Je moet vandaag nog bij je reclasseringswerker langs,' zei de man. 'Anders zit je hier meteen weer.'

'Weet ik.'

'Hier is je B79-formulier. Dat heb je nodig om een uitkering aan te vragen. Hebben ze je geïnformeerd over je recht op bijstand?'

'Ja.'

'En heb je onderdak?'

'Ja.'

'Nou, dan rest alleen het geld nog. En een reispas.'

Hij trok een laatje open en haalde er een stapel bankbiljetten uit, likte aan zijn duim en wijsvinger en begon hardop te tellen. 'Twintig, veertig, zestig, zeventig, tachtig. En twee, maakt tweeëntachtig. Plus twintig, dertig, veertig pence. Geef het niet allemaal in één keer uit.'

Tyler stak het geld in zijn zak. 'Mijn horloge,' zei hij.

'Pardon?'

'In de vorige instelling waar ik zat, was mij verzekerd dat ze mijn horloge hierheen zouden sturen voordat ik vrij zou komen.'

'Na bijna dertig jaar?'

'Ja.'

De man keek hem aan, krabde zich achter zijn oor, haalde zijn schouders op en verdween door dezelfde deur als zijn collega eerder.

Tyler bleef wachten. Hij hoorde voetstappen terugkomen.

'Je hebt geluk.' De man gaf hem een bruine envelop.

Tyler stopte hem in zijn zak. 'Was dat alles?' vroeg hij.

'Vergeet je reispas niet. Die brengt je overal waar je maar wezen moet.' De man schoof het pasje naar hem toe en krabde aan zijn drankneus. 'Word je opgehaald?'

'Nee.'

'De meesten valt het zwaar, ook al hebben ze er nog zo lang naartoe geleefd. Heb je een plan? Voor daarbuiten, bedoel ik?'

Tyler bleef hem even aankijken, alsof hij daar nu pas over nadacht en knikte toen. 'Ja,' zei hij traag. 'Ik heb nog iets af te handelen.'

Na een korte aarzeling begon de man achter de balie te lachen. 'Zolang het maar binnen de grenzen van de wet blijft. Succes. Je bent vrij om te gaan.'

Vrij om te gaan. Vrij.

Tyler pakte zijn tas. Hij stond een ogenblik stil en duwde toen de deur open.

Zijn reclasseringswerker had hem verteld dat hij zich angstig zou kunnen voelen, maar hij had nergens last van. Hij voelde eigenlijk niets. Geen opwinding, geen blijdschap, geen angst. Zijn lijf leek onbeholpen toen hij het grindpad af liep. Zijn ogen brandden in het felle daglicht. Op de kruising met de hoofdweg bleef hij staan. De berm lag vol plastic tasjes en zwerfvuil. Auto's in felle kleuren raceten voorbij. Zo snel dat hij er een beetje duizelig van werd. Een overvliegend vliegtuig trok een witte streep door de lucht.

Hij haalde de envelop uit zijn zak, scheurde hem open en pakte zijn horloge eruit. Het had een vrij grote ronde wijzerplaat met Romeinse cijfers erop en een leren bandje. De batterij was al meer dan tien jaar leeg, maar Tyler deed het horloge toch om zijn pols. Koel en vertrouwd.

Aan de overkant van de weg was een cafeetje; hij liep erheen, duwde de deur open en beende naar de bar.

'Wat mag het zijn?'

'Een koffie alstublieft.' Voor de zekerheid voelde hij even of het geld nog in zijn zak zat.

'Wat voor koffie?'

'Hoe bedoelt u?'

'Wilt u een americano, een cappuccino, macchiato, koffie verkeerd...'

'Gewone koffie.'

Ze keek hem aan met iets van minachting. Ze wist waar hij vandaan kwam. 'Filterkoffie?'

'Ja.'

'Met melk of havermelk?'

'Melk,' zei hij. 'Alstublieft.'

'Had u daar nog iets bij gewenst?'

'Nee.'

'Dat is dan drie pond twintig.'

Hij probeerde zijn gezicht in de plooi te houden.

'Drie pond en twintig pence,' herhaalde ze.

Zijn vingers leken gigantisch toen hij aan een tafeltje bij het raam het kopje naar zijn mond bracht. De koffie brandde zijn lippen. Hij was heel bitter en heel lekker.

Tijdens de busrit van Ipswich naar Londen keek hij, met zijn tas als een aan zijn zorg toevertrouwde peuter op schoot, uit het raam naar het onmogelijk groene meilandschap. Daarna naar de industrieterreinen, vuilstortplaatsen en her en der verspreid staande huizen. Tot uiteindelijk de stad in al haar overweldigende drukte en hoogte rond hem oprees. Tyler huiverde. De woonblokken, flats en hijskranen leken naar hem toe te hellen, heel langzaam om te vallen onder de jagende witte wolken, als in een nachtmerrie waaruit hij wakker schrok in zijn benauwde cel.

Het was alsof hij naar een film van zichzelf keek: man van middelbare leeftijd die negenentwintig jaar nadat hij was veroordeeld voor de moord op zijn vriend Leo Bauer eindelijk thuiskomt en nog iets heeft af te handelen.

1

Advocaat Beatrice Macmillan, lid van het prestigieuze King's Counsel, keek toe terwijl de bloemenverkoper de boeketten samenstelde, ze in bruin papier wikkelde en er een lintje omheen deed. In de winkel was het koel en geurig, maar buiten was het nog steeds een zinderende dag; de hitte steeg op van het plaveisel en sloeg van de muren. Even wenste ze dat ze in deze kalme groene wereld kon blijven, tussen de roze pioenrozen, mimosa en zilverachtige eucalyptus.

Ze keek op haar horloge. Over een halfuur zouden ze binnen komen druppelen. Ze voelde een vlaag van paniek; druk op haar borst en een vreemde smaak in haar mond; metaalachtig, als van ijzer of bloed. Even maakte het vreemde vooruitzicht van wat er te gebeuren stond haar licht in het hoofd. Ze zou zeven mensen op bezoek krijgen, die allemaal ooit tot haar intieme vriendenkring hadden behoord. Ze waren niet zozeer uit elkaar gegroeid als wel met geweld uit elkaar gedreven en allemaal een heel andere kant op gegaan. Jarenlang had ze hun afwezigheid als iets lichamelijks ervaren: als een leemte, een afgebroken tand waarnaar de tong steeds blijft zoeken of een arm of been waarvan de hersenen niet kunnen accepteren dat die ontbreekt. Tintelend, pijnlijk. Will en Ali zag ze heel soms nog weleens, maar dat was bijna nog erger dan ze helemaal niet meer te zien. Bij die ontmoetingen kusten ze elkaar op de wang, zeiden tegen elkaar hoe goed ze eruitzagen, glimlachten zonder elkaar in de ogen te kijken en spraken met geveinsd enthousiasme over koetjes en kalfjes. Hun omzichtige beleefdheid was vooral een herinnering aan wat verloren was gegaan. Hun vroegere zelf verworden tot vage figuren in de verte.

Beatrice streelde de helderblauwe klokjes van de ridderspoor en raapte zichzelf bij elkaar. Ze richtte haar aandacht op de praktische zaken van die avond. Het eten zou zo worden bezorgd. De tafel was al gedekt. Ze had witte wijn en bruiswater in de koelkast en gin in het vriesvak. Dronken ze allemaal nog? Aten ze vis? Zou ze iedereen nog herkennen? Will en Ali waren niet veel veranderd, hooguit een soort karikatuur van zichzelf geworden, maar hoe zat het met de anderen, degenen met wie ze elk contact verloren had? En met Tyler?

Ze pakte de boeketten op, hield ze als een baby in haar armen. Tientallen jaren hadden ze het verleden laten rusten. Nu verstoorden ze die rust met deze reünie. Erger nog, de verstoring vond plaats in haar eigen huis. Volgens Will was dat de meest voor de hand liggende locatie. In Londen, en haar woning was als enige groot genoeg. Nu voelde zij zich op de een of andere manier verantwoordelijk. Het zou anders zijn geweest als Sebastian, haar man, er ook bij was geweest, met zijn kalme diplomatie, maar hij zat dacht ze in Nottingham. De zoveelste lezing op het zoveelste congres. Misschien was het ook maar beter dat hij er niet was.

Ze keek ernaar uit om Tyler weer te zien, al vanaf het moment dat ze hoorde dat hij vrij zou komen. Maar ze had een ontmoeting onder vier ogen in gedachten gehad, op neutraal terrein, misschien dat ze samen een wandeling hadden kunnen maken zodat ze elkaar niet hoefden aan te kijken terwijl ze hem voorzichtig en vriendelijk vroeg naar wat er nu werkelijk was voorgevallen tijdens dat verschrikkelijke weekend. Maar dat wilde hij niet. Hij wilde hen allemaal bij elkaar hebben, iedereen die erbij was geweest. Ze had niet gedacht dat ze zouden komen, maar dat deden ze wel. Iedereen had toegezegd, behalve Rudi.

Ze was advocaat, lid van het King's Counsel nota bene. Omgaan met acute noodsituaties was haar werk: een lelijke puinhoop van een passend narratief voorzien. Maar dit was anders. Niemand kende de regels en ze kon zich niet verschuilen achter haar toga en haar pruik en de raderen van de wet. Bovendien zag ze zichzelf op dit moment niet als de vijftigjarige advocaat die met een minister was getrouwd en in een enorm pand in Tufnell Park woonde, een vrouw met een probleemloos, succesvol leven dankzij geld, connecties en een dagelijkse hulp in de huishouding. Ze zag zichzelf als de jonge, verlegen, overijverige Beatrice Macmillan, onzeker van zichzelf en van haar plaats in de groep waar ze heel graag bij wilde horen.

Met de geur van de bloemen nog in haar neus liep Beatrice de winkel uit. De zon lag als een warme hand op haar gezicht. Ze voelde zich losgeslagen. Ze was vijftig. Ze was eenentwintig. Op hetzelfde moment liep ze, plotseling wat wankel, naar haar riante huis én lag ze in een zomers jurkje samen met haar vrienden in het gras bij een brak meertje, loom van de hitte met haar blote bruine benen voor zich uitgestrekt en keek ze door half dichtgeknepen ogen naar het groene gebladerte boven zich.

'Wie heeft er zin om te zwemmen?'

Dat was Leo. Hij trok zijn T-shirt al uit. Hij had een sterk, gespierd lijf, donker haar op zijn schouders en borst, en over zijn buik liep een streepje haar als een pijl naar beneden. Hij trok zijn broek en zijn onderbroek uit. Witte billen, brede schouders. Hij liep naar het water en riep over zijn schouder dat ze ook moesten komen.

Beatrice richtte zich op een elleboog op om naar hem te kijken en daarna bekeek ze de anderen die in het gras verspreid lagen. Een paar meter verderop lagen Tyler en Ali, innig verstrengeld. Tyler had een afgeknipte spijkerbroek en een wit T-shirt aan, Ali een geel halflang jurkje dat tot haar dijen omhoog was gekropen. Haar donkere hoofd op Tylers buik; zijn hand op haar scherp uitstekende heup. Ali's ogen waren gesloten, maar hij had zijn ogen open en keek naar haar met een mengeling van tederheid en verlangen.

Tyler was de enige van de groep die na de zomer zijn studie weer zou oppikken: hij studeerde geneeskunde en had nog twee jaar te gaan. De rest vierde dat ze vrij waren. Dat waren Marco's woorden. Zo vrij als een vogeltje, zei hij.

Marco zat met ontbloot bovenlijf vlak bij het water en sloeg de hele tijd hetzelfde akkoord aan op zijn één na beste gitaar. Beatrice hoorde de jengelende tonen en ving zo nu en dan een willekeurig woord of zinnetje op. Hij had een rasperige maar aangename stem die op de een of andere manier intrigeerde. In opperste concentratie probeerde hij iets uit. Ooit zal hij beroemd zijn, dacht ze: iedereen zou het bijzonder vinden dat de singer-songwriter Marco Burney een vriend van haar was. Maar de roem zou hem niet naar het hoofd stijgen. Hij zou altijd deel van hun vriendengroepje blijven uitmaken, speels, ironisch en vrolijk. Hun troubadour.

Het licht weerkaatste in lange gebroken strepen op het meer. Beatrice schermde met een hand haar ogen af. Leo was het water in gegaan en zwom naar het midden van het meer. En daar had je Will, die aan de oever steentjes in het ondiepe water stond te keilen. Zijn broekspijpen en hemdsmouwen waren opgestroopt, maar zelfs van deze afstand zag ze dat hij het warm had. Hij was vrij mollig en onzeker over zijn lijf, al maakte hij daar zelf steeds grapjes over. De vorige avond, nadat ze de auto hadden uitgeladen, had hij voor iedereen gekookt en was hij stomdronken geworden. Op een gegeven moment stond hij op tafel te dansen en had een serveerschaal van Leo's tante gebroken, die zo vriendelijk was geweest om hen een weekendje van haar vakantiehuis gebruik te laten maken.

Will ging iets door zijn knieën en mikte. Een plat steentje stuiterde over het water. 'Zes keer!' riep hij. 'Wie kan daaroverheen? Rudi? Kom op, man. Laat eens wat zien!'

Naast haar kwam Rudi Scott kreunend half overeind. Ze glimlachte naar hem en hij glimlachte terug. Zijn pink gleed langs de zijkant van haar hand en er ging een elektrische schok door haar heen.

'Weet je wat ik nu het liefst zou doen, Bea?' vroeg hij heel zacht.

'Sst. Straks horen ze ons nog.'

Wat ze met Rudi had was geheim, want ze had een vriend. Al sinds haar zestiende was ze met Sebastian en nu ze haar studie had afgerond zouden ze gaan samenwonen. Dat was wat ze wilde; ze kon de toekomst waar ze al die jaren naartoe had gewerkt niet vergooien. Rudi zou snel genoeg niet meer dan een geheugenflard zijn, een zoete erotische herinnering aan iets wat volledig in tegenspraak was met haar minutieus uitgestippelde levensplan. Als haar vrienden het wisten, zouden ze hun mond voorbij kunnen praten. Ze zag Leo er zelfs voor aan dat expres te doen, zogenaamd per ongeluk, als geintje of gewoon om haar een streek te leveren.

Met samengeknepen ogen keek ze naar haar vrienden in het gras. Misschien wisten ze het al, dacht ze. Misschien wilde ze het geheimhouden omdat ze zich er eigenlijk voor schaamde. Ze wilde niet onder ogen zien dat ze Sebastian bedroog, terwijl hij haar vertrouwde en haar nog altijd zag als zijn onschuldige, verlegen jeugdliefde.

Rudi's hand streek langs de hare. De zon scheen fel. Ze sloot haar ogen.

'Kom op, Rudi!' riep Will.

Rudi stond op. Hij droeg een mouwloos hemd en een sportbroek met een koord. Hij was minder bruin dan Tyler en Leo en had een roofvogelachtig, intelligent gezicht en lange slanke handen en voeten. Beatrice vond hem wel wat weg hebben van een monnik op een middeleeuws schilderij, cerebraal maar toch ook zinnelijk. Haar verlangen maakte haar lijf week en willoos. Er kroop een kever over haar kuit, de rode nagellak op haar teennagels begon af te schilferen.

Leo had het midden van het meertje bereikt en riep weer dat ze ook het water in moesten komen. Achter haar klonk gekraak van takjes en Ellen Hopper kwam voorbij rennen. Met haar lange haar als een banier achter haar voluptueuze melkwitte naakte lijf aan wapperend, spurtte ze, opgewonden kreetjes slakend, naar het meer. Ze vloog langs Beatrice en langs Ali en Tyler en wierp zich met een gil in het water. Ze draaide zich op haar rug en bleef met deinende witte borsten en haar armen en benen gespreid liggen dobberen als een verdwaalde zeester.

Van tussen de bomen stapten Clara en Jay het zonlicht in. Ze liepen hand in hand. Clara had een korte broek aan en een wijdvallend shirt met korte mouwen. Ze had een schram op haar knie en nieuwe sproeten op haar gezicht. Haar wilde blonde krullen waren kortgeknipt. Beatrice vond dat ze eruitzag als een kind – maar de gezichtsuitdrukking waarmee ze Jay aankeek was allesbehalve kinderachtig. Die was ernstig, bijna verdrietig. Terwijl Beatrice toekeek, bracht ze zijn hand naar haar mond en drukte een kus op zijn knokkels. Jay bleef staan. Hij had een mager, expressief gezicht en opgetrokken schouders. Tyler zei altijd dat Jay te slim was voor deze wereld, te weerloos: hij ontbeerde de extra laag die de meeste mensen nodig hebben om het leven aan te kunnen.

Toen stond Tyler op. Hij stak zijn hand uit naar Ali, die in een vloeiende beweging overeind kwam. Hij deed zijn kleren uit en vouwde ze netjes op, alsof hij in zijn slaapkamer was. Ali trok haar jurk uit; daaronder droeg ze een bikini. Ze had slanke benen, een platte buik en kleine borsten, kortgeknipt zwart stekeltjeshaar en ogen die zo donker waren dat ze haast zwart leken. Ze vormden een mooi stel samen, dacht Beatrice toen ze naar het water liepen. Iedereen is mooi, dacht ze dromerig. Nu trok ze zelf haar jurk uit. Ze probeerde haar verlegenheid te onderdrukken terwijl ze haar haar opbond. De bodem van het meer bestond uit zachte modder waar haar voeten een stukje in wegzakten, het water was koel en zijdeachtig. Ze nam zich voor dit altijd te onthouden.

Later lagen ze weer met z'n allen in de midzomerzon in het gras, hun kleren tegen hun met modder besmeurde vochtige lijf geplakt. Marco stak een joint op. Ze gaven hem aan elkaar door. Zo meteen zouden ze terug naar het huis gaan om bier, wijn en wodka te drinken, en natuurlijk die rare cocktails die Ellen maar bleef maken. Ze zouden steeds luidruchtiger worden, worstjes laten verbranden op de barbecue, blowen, dansen en tot in de vroege uurtjes opblijven of helemaal niet slapen. Want waarom zou je slapen? Morgen zouden ze vertrekken. Niets zou ooit nog hetzelfde zijn.

'Wij blijven altijd vrienden, toch?' zei ze in een opwelling. 'Wat er ook gebeurt?'

Ze klonk als een klein meisje, maar niemand lachte haar uit, zelfs Leo niet. Ellen sloeg een arm om haar schouders en gaf haar een kus op haar wang.

'Reken maar,' zei Marco terwijl hij zachtjes op zijn gitaar tokkelde.

'Natuurlijk,' zei Tyler glimlachend. 'Dat kan toch niet anders?'

Er werd getoeterd. Beatrice sprong struikelend op de stoep en liet de bloemen bijna uit haar handen vallen. Even was het alsof de felle zon in haar hoofd zat en haar van binnenuit verblindde.

Leo. Rudi. Will. Ali. Marco. Clara. Jay. Ellen. Tyler. Het verleden was een verbrijzelde droom.

Ze rechtte haar rug en zette er de pas in. Wie was ze nu? Wat was er van die jonge vrouw geworden? Beatrice Macmillan, topadvocaat, lid van het King's Counsel.

Ze zou haar groene broek aantrekken, dacht ze, met een witte zijden blouse. Een gouden kettinkje. Niet te veel make-up. Casual maar stijlvol. Niet verziekt door het succes. Zo zou ze vanavond zijn. Dat was wat Tyler te zien zou krijgen als ze hem binnenliet en ze met een glimlach haar gemanicuurde handen naar hem zou uitsteken en hem zou begroeten met de woorden: 'Wat ben ik blij om je te zien. Na al die jaren.'

2

Ali Marais keek in de gangspiegel en bewoog haar hoofd heen en weer. Met het puntje van haar rechterpinknagel werkte ze voorzichtig haar lippenstift bij. Ze deed een stap naar achteren. Ze had moeilijk kunnen besluiten wat ze zou aantrekken. Een karmozijnrood jurkje tot net over de knie, gouden kettinkje, gouden knopjes in haar oren. Volgens haar kon het er zo wel mee door.

Ze glimlachte naar zichzelf en zag de rimpeltjes rond haar ogen, de lijntjes boven haar mond, het donkere haar met strengen grijs. Achter dat gezicht zag ze haar vroegere gezicht: stralend, jong en levendig. Negenentwintig jaar geleden. Wat zou ze aantreffen? Wie zou ze aantreffen? Zouden ze elkaar nog kennen? Haar hart fladderde als een gekooide vogel in haar borst.

Ze draaide zich om naar haar man en keek hem fronsend aan. 'Ga jij je niet klaarmaken?' Het klonk eerder als een constatering dan als een vraag.

Will Garvey was heel anders gebouwd dan zijn vrouw: lijvig waar zij slank was, vormeloos waar zij strak en scherp was. Hij bekeek zichzelf. Hij had een spijkerbroek aan, een ruitjeshemd, een dof blauw jasje en sneakers. 'Het is een weerzien met een stel oude vrienden,' zei hij. 'Daar hoef je je toch niet speciaal voor te kleden?'

'We zien eruit alsof we allebei ergens anders heen gaan,' zei ze.

Hij stak de juten boodschappentas die hij in zijn hand had omhoog. 'Ik heb wat asperges uit de tuin meegenomen. Als bijdrage aan het diner.'

'Ik denk dat Beatrice alles al tot in detail heeft geregeld.'

'Maar asperges passen overal bij. Ik heb ze speciaal voor deze gelegenheid bewaard. Wist je dat de zomerzonnewende officieel de laatste dag van het aspergeseizoen is?'

'Nee, dat wist ik niet.'

'Zal ik Benjy naar zijn kamer brengen?'

'Ik neem hem mee.'

'Hoezo?'

'Hij wordt ongelukkig als hij alleen thuis moet blijven.'

'Ongelukkig? Het is een hond. Je doet moeilijk over een paar asperges terwijl je zelf een dier wilt meebrengen dat hoogstwaarschijnlijk zijn tanden in een van de andere gasten zal zetten.'

'Benjy bijt niet.'

'Als jij het zegt.'

'Wat bedoel je daar nou weer mee?'

'Ik dacht alleen maar aan al die keren dat Benjy, nou ja, mensen gebeten heeft, zeg maar.'

Ali bukte zich om de kleine bejaarde terriër die aan haar voeten zat over zijn kop te aaien. 'Benjy is gewoon net een mens, hè, schatje van me? Sommige mensen maken je aan het schrikken en dan bijt je gewoon even van je af.' Haar toon werd scherper toen ze zich weer tot haar man richtte. 'Benjy is deel van ons gezin. Ze zullen blij zijn om hem te leren kennen.'

Haar man wreef over zijn wang.

Ze vond dat hij een nogal warrige indruk maakte, misschien had hij al een glaasje van het een of ander achterovergeslagen.

'Ben je zenuwachtig?' vroeg hij.

Ali haalde haar schouders op. Aan haar gezicht viel niets af te lezen, ademen deed pijn en slikken deed pijn, maar dat kon hij niet aan haar zien.

Will keek haar aan alsof ze een onbekende voor hem was, hoewel ze al bijna een kwarteeuw getrouwd waren. 'Hoe kun je nou geen last van zenuwen hebben?'

Ze draaide zich naar hem toe en keek hem recht aan. 'Ik wilde dit helemaal niet. Ik vind het een rampzalig idee. Ik heb geen idee waarom jij ermee akkoord bent gegaan en ik heb geen idee waarom hij het wil.' Ze kon zichzelf er niet toe zetten zijn naam uit te spreken. 'En ik begrijp ook niet waarom de anderen ja hebben gezegd. Ik ga alleen maar mee omdat je maar bleef smeken of ik meeging en uiteindelijk heb ik toegegeven om van het gezeur af te zijn. Mijn plan is om de avond beleefd uit te zitten en te vertrekken zodra het maar enigszins mogelijk is zonder haar te schofferen.'

'Zou er niet meer in zitten?'

'Meer?'

'Tja, een manier om, ik weet niet...' Hij wreef opnieuw over zijn brede gerimpelde gezicht. Er zat nog aarde onder zijn nagels. Hij had herhaaldelijk geprobeerd om met Ali over Tyler te praten, maar in de eerste maanden na de moord had ze hem te verslagen en kwetsbaar geleken, als een gewond vogeltje dat alleen een paar zorgzame handen nodig heeft. Daarna had de tijd blijkbaar toch stukje bij beetje de afgrondelijke gebeurtenis afgesloten, als een dun laagje huid dat langzaam harder en dikker wordt en dus ook steeds ondoordringbaarder. Na drieëntwintig jaar huwelijk was het nog steeds een afgeschermd gebied. 'Ali, liefje,' pleitte hij, maar hij wist zelf niet wat hij wilde zeggen of vragen.

'Het verleden ligt achter ons, Will,' zei Ali. 'Het is voorbij. Wat verwacht je van deze avond? Een vorm van heling?' Ze sprak het uit alsof het een schuine grap was.

'Dit gaat over Tyler. De Tyler die recht voor onze neus een maat van ons heeft vermoord en toch nog steeds een vriend van me is. Ergens, op een bepaalde manier,' voegde hij er aarzelend aan toe. 'In de kern.' En jouw vriendje, dacht Will, die smoorverliefd op je was en die je daarna nooit meer hebt gezien en over wie wij het nooit hebben.

'Meen je dat?'

'Ja. Ik ben in ieder geval zijn vriend. Dat heb ik beloofd. Daar wil ik me aan houden.'

Ali keek hem aan. Haar ogen waren donker.

Hij keek erin en het was alsof hij in een tunnel keek waarvan hij het andere einde niet kon zien. Hij pakte haar hand, liet hem weer los. 'En dan is er nog iets.'

'Waar heb je het over?'

Will schraapte zijn keel. 'Hij weet van niks.'

Ze keek hem vragend aan.

'Van ons, dat we samen zijn. Getrouwd. Dat heb ik hem nooit verteld.'

Ali kneep even haar ogen dicht. Ze zei tegen zichzelf dat het niets voorstelde vergeleken met alle andere dingen die waren gebeurd. 'Het geeft niet,' zei ze.

Maar het gaf wel. Er kwam een herinnering bij haar op. Niet aan dat laatste gruwelijke weekend, haar laatste beeld van Tyler toen hij in de politiewagen stapte, de blik die hij haar toewierp. Nee, niet daaraan – ze legde een hand op haar keel. Maar aan die keer dat Tyler haar had opgehaald om zijn moeder te ontmoeten, die een dagje bij hem op bezoek was. Ali was zenuwachtig geweest, maar Tyler was in een opperbeste stemming.

'Stel dat ze me niet mag?' vroeg ze.

'Waarom zou ze je niet mogen?'

'Omdat ze je moeder is, en jij haar enige zoon bent. Misschien vindt ze me niet goed genoeg.'

In werkelijkheid vond Ali zichzelf niet goed genoeg. Tyler had een bescheiden, prettige manier van doen, zelfverzekerd zonder arrogant te zijn, die voortkwam uit het feit dat hij altijd populair, slim, succesvol en geliefd was geweest. Ze begreep niet waarom hij zo onder de indruk was van haar. Ooit zou hij haar zien zoals ze was, met al haar slechte, donkere kanten. 'Ik ben lang niet zo aardig als jij,' zei ze.

Tyler trok net zijn jas aan, maar nu kwam hij achter haar staan, sloeg zijn armen om haar heen en trok haar naar zich toe. Zijn warme adem in haar haar. 'Ali,' zei hij, 'het zou heel fijn zijn als jij en mijn moeder met elkaar op kunnen schieten, en daar ga ik ook van uit, maar uiteindelijk kan het me niets schelen. Je trouwt niet met háár.'

Ali verstijfde in zijn armen. De woorden bleven in de lucht hangen; had hij ze bewust uitgesproken? Ze voelde hem glimlachen tegen de kruin van haar hoofd.

'Wat is er?' vroeg hij.

'Niets,' zei ze verward. 'Niks. Alleen... Tyler.'

'Ja, niet meteen,' zei hij. 'Maar we gaan trouwen. Als ik ben afgestudeerd. Ja toch?'

'Is dit een aanzoek? Nu, terwijl we al te laat zijn voor de lunchafspraak met je moeder?'

'Ik zeg alleen maar dat we samen zullen zijn.' Hij draaide haar om, zodat ze elkaar aankeken, liet zijn handen op haar schouders rusten. 'Dat is toch zo?'

'Ik ben eenentwintig.'

'En? Ik ben tweeëntwintig.'

'Je maakt me bang.'

'Waarom is het beangstigend als ik zeg dat ik bij je wil zijn?'

'Omdat je zo overtuigd bent.'

'Wat is daar eng aan?'

'Stel dat je op een dag niet meer van me houdt, wat zal er dan van me worden?'

'Ik zal altijd van je blijven houden.'

'Hoe weet je dat?'

'Gewoon,' zei hij. Hij kuste haar in haar hals, op het kuiltje onder haar oor, op haar gesloten oogleden, op haar mond. 'Ik weet het gewoon.'

Ze stak haar handen in zijn dikke haar en trok hem naar zich toe. Zijn handen sloten zich om haar billen. 'Dat weet jij toch ook?'

'Je moeder,' mompelde ze binnensmonds. Hij kreunde en deed lachend een stap naar achteren.

Ze hadden afgesproken in een bistro vlak bij de medische faculteit. Izzy Green zat al te wachten, kaarsrecht op haar stoel met de menukaart in haar hand en een glas witte wijn voor zich op tafel. Ze was lang, net als Tyler, met sterke, vastberaden gelaatstrekken en een directe, bijna bazige manier van doen. Ze aten quiche en sla, gevolgd door chocolademousse die ze met z'n drieën deelden. Moeder en zoon maakten grapjes met elkaar, liefdevol en ongedwongen. Onder tafel legde Tyler zijn hand op Ali's dij. Izzy Green vroeg haar naar haar studie en haar hobby's, en bestudeerde haar nauwlettend als ze antwoord gaf, in een poging zich een beeld van haar te vormen.

'Je bent anders dan ik had verwacht,' zei ze na afloop van de lunch tegen Ali, terwijl ze haar hand een paar tellen langer vasthield dan nodig was.

'Wat had u dan verwacht?'

'Ik weet het niet precies. Een zachter, charmanter type.'

'Mam!'

'Nee, dat bedoel ik positief. Je probeert me niet naar de mond te praten. Daar hou ik wel van.'

'U bent ook anders dan ik had gedacht,' zei Ali ineens vrijpostig.

'Wat had jij dan verwacht?'

'Een moederlijker type.'

Izzy lachte. 'Dit is een goeie, hoor,' zei ze tegen Tyler.

'Ja, dat is ze zeker.'

Ze keken haar allebei aan en zij warmde zich aan de gloed van hun goedkeuring.

Hier in de gang met Will, met haar strakke karmozijnrode jurk als een soort harnas en haar make-up als camouflage, herinnerde Ali zich dat moment. De moeder van Tyler die naar haar glimlachte, Tylers warme hand die zwaar op haar dij lag, haar jonge lichaam soepel en zacht, het besef dat ze, hoewel ze een dergelijk geluk misschien niet verdiende en ze nooit van Tyler zou kunnen houden met de oprechte hartstocht die hij voor haar voelde, toch een rijk en voorspoedig leven zou krijgen: veilig, geborgen, geliefd.

Ze spoot een beetje parfum achter haar oren en op de binnenkant van haar polsen, deed een armband om en deed hem weer af. Dat gruwelijke weekend roerde zich in de krochten van haar geest en dreigde tot haar bewustzijn door te dringen. De moord op Leo. De geur van verbrand vlees, alcohol, tabak en bloed, de kreten in het huis en in haar hoofd.

'Ik had het hem wel willen vertellen,' zei Will. Zijn woorden leken van heel ver te komen. 'Maar op de een of andere manier lukte het me niet. Dus ik bleef het maar uitstellen, en toen was het te laat.'

Ali keek naar zichzelf in de spiegel, deed de armband weer om, streek met haar vingers over de lijntjes bij haar ogen. Ze keek naar Wills vriendelijke bezorgde gezicht en voelde medelijden met hen beiden. 'Het is goed,' zei ze. 'We slaan ons er samen wel doorheen.'

3

'Komen we zo niet te laat?'

'Momentje.' Marco plakte een joint dicht, stak hem op en nam een enorme hijs, hield de rook lang in zijn longen en blies hem toen langzaam uit, met een uitdrukking van diepe concentratie op zijn ingevallen, verweerde gezicht. Zijn kaalgeschoren schedel glom, net als het ringetje in zijn oor. Zijn tie-dye T-shirt was niet helemaal schoon.

'Nu hangt die stank hier binnen,' zei Kristin. Ze rukte het raam open.

'Het moest echt even.'

'Hoe zie ik eruit?'

Marco hield de joint van zich af, de askegel was al behoorlijk lang, en bekeek haar. Ze hadden elkaar drie jaar geleden leren kennen en waren na anderhalf jaar gaan samenwonen, al kon hij zich nu niet meer precies herinneren waarom. Ze was veel jonger dan hij en van een heel ander niveau: lang en voluptueus, met een enorme bos dik blond haar en een verontrustend luide stem die door hun kleine appartementje galmde. Zelfs haar gefluister droeg ver. Ze droeg een crèmekleurig kanten jurkje dat doorschijnend was als het licht erop viel en schoenen met plateauzolen waardoor ze een halve kop boven Marco uitstak.

'Prima, lijkt me. Het maakt toch niet uit. Ze zullen toch niet naar je kijken.'

'Nou ja zeg!'

'Je weet wat ik bedoel.'

'Het wordt vast heel raar.' Kristin likte haar lippen. Haar ogen glinsterden. 'Echt fucking weird. Ik heb nog nooit een moordenaar ontmoet. Niet dat ik weet, tenminste.'

Marco nam weer een lange hijs. Zijn borst stond in brand. De lucht om hem heen werd zachter en begon te trillen. De tijd vertraagde. Zijn bloedstroom vertraagde. Beter, dacht hij. Vriendelijker.

'Heb je ze het laten weten?'

'Wat?'

'Dat ik met je meekom?'

'Dat zit wel goed.'

'Want ik wil me niet opdringen.'

'Maar jij drong er zelf de hele tijd op aan dat je mee wilde.'

'Ik dacht dat je mijn steun wel zou kunnen gebruiken,' zei ze. 'Ik bedoel, het is niet niks, hè?' Ze maakte een weids gebaar met beide armen.

Marco nam nog een laatste hijs. As dwarrelde op het kleed.

'Zie je ertegen op om hem weer te zien?'

'Enorm.'

'Waarom ga je dan?'

'Ik kan niet anders. Dat ben ik Leo verschuldigd. De vriend die ik verloren heb.' Terwijl hij het zei vroeg hij zich af wat hij Leo eigenlijk precies verschuldigd was. En zijn antwoord op die vraag luidde: alles, op een bepaalde manier.

Toen Marco net met zijn studie was begonnen, had hij met meer te kampen dan alleen de nieuwigheid van op zichzelf wonen in een vreemde stad. Het was alsof hij naar een andere planeet was verhuisd. Hij was de eerste van zijn familie die ging studeren. Toen hij zestien was en een leraar terloops bij hem informeerde welke studie hij wilde gaan doen, sloeg hij steil achterover. Hij wist dat er zoiets als een universiteit bestond. Hij wist dat sommige mensen daarheen gingen. Maar net als pensionering en de dood had hij het nooit op zichzelf betrokken. Het was te ver van zijn bed, te ver in de toekomst.

In die beginweken liep hij in zijn eentje over de campus terwijl het leek alsof iedereen zich er al thuis voelde. Hij was de enige van zijn school die naar die universiteit was gegaan. De anderen leken in groepjes te zijn gekomen. Op de introductiedag was hij verbijsterd over het aantal verenigingen. Welke mensen kwamen nou naar de universiteit om te gaan wandelen, schaken, roeien, toneelspelen of stand-upcomedy te doen? Hoe wisten ze dat? Deden ze dat ook al op school? En als je nog nooit had geroeid of geschaakt, was het dan te laat om er nu mee te beginnen?

Hij kon zich nog precies het moment herinneren waarop alles veranderde.

'Doe maar niet,' zei een stem achter hem.

Hij keek om. Achter hem stond een jongeman met een geamuseerde uitdrukking op zijn gezicht. Hij droeg een geruit overhemd met een wit T-shirt eronder.

'Pardon?'

De jongen gebaarde naar het stalletje voor hen. Het was van de folkvereniging. Een meisje in een bloemetjesjurk met een schichtige blik in haar ogen deelde flyers uit.

'Doe het nou maar niet,' zei hij. 'Gewoon niet heen gaan.'

'Waarom niet? Ik hou van folk.'

'Ga mee iets drinken,' zei de jongen. 'Je kunt daarna altijd nog eens kijken. Die folk loopt niet weg.'

Marco twijfelde. Waarom nodigde die gozer hem uit voor een drankje? Die vraag stelde hij zichzelf een dag, een maand en zelfs een jaar later nog. Wat had Leo in hem gezien?

'Oké,' zei hij. In de bar van de sociëteit bestelde Marco hetzelfde als Leo en even later zat hij met hem te praten zoals hij nog nooit met iemand had gepraat.

Er moesten ook andere ontmoetingen zijn geweest, maar Marco

herinnerde zich na al die jaren vooral de eerste keer dat Leo op zijn kamer kwam. Hij had wiet bij zich en ze rookten een joint. Leo zag Marco's akoestische gitaar tegen de muur staan. 'Zit je in een band?'

'Nee, ik speel gewoon een beetje voor mezelf.'

'Van wat voor muziek hou je?'

'Oude folkrock. Nick Drake, Richard Thompson.'

Leo staarde leeg voor zich uit.

'Je kent ze blijkbaar niet,' zei Marco. Hij stond op. 'Ik zal Nick Drake opzetten.'

'Laat maar,' zei Leo. 'Ik hoef hem niet te horen. Ik wil jou horen.'

'Echt niet. Zoals ik al zei, ik speel alleen een beetje voor mezelf.'

'Nou, speel dan een beetje voor jezelf.'

Marco had nog nooit voor iemand gespeeld, maar de wiet had iets in hem losgemaakt en hij pakte zijn gitaar en begon een nummer te spelen waaraan hij al een tijdje werkte. Hij keek omlaag naar zijn vingers, deels om Leo's blik te ontwijken. 'Dat was het,' zei hij toen hij klaar was.

'Van wie was dat nummer?'

'Van niemand. Gewoon iets wat ik zelf heb bedacht.' Marco had het gevoel dat hij zich had blootgegeven. Misschien wel te veel. Maar Leo zei er niets meer over. Ze bleven de rest van de middag zitten blowen.

Een paar dagen later kwam Leo weer op Marco's kamer langs. Hij zei dat er binnenkort iets te doen was op de sociëteit. 'Ze organiseren een open podiumavond. Een paar stand-upcomedians, een paar muzikanten. Je hoeft alleen je naam maar op te geven.'

'Ik moet er niet aan denken,' zei Marco. 'Ik heb nog nooit voor publiek gespeeld. Dat zou ik nooit kunnen.'

'Ja, ik dacht wel dat je zo zou reageren,' zei Leo. 'Daarom heb ik je naam alvast op de lijst gezet.'

Marco zou dat moment en Leo's gezichtsuitdrukking nooit vergeten. Was het een kans of een val? Het hele idee was waanzinnig en onmogelijk. Marco was woedend, maar Leo glimlachte alleen maar.

Een paar dagen later zat Marco 's avonds in de studentensociëteit naar een comedian te kijken die geen enkele reactie aan het publiek wist te ontlokken. Toen de jongeman beschaamd afdroop, las de presentator een naam op en het duurde even voor Marco zich realiseerde dat het de zijne was.

Terwijl hij zich met zijn gitaar door het publiek een weg naar het podium baande, had hij het gevoel dat het iemand anders overkwam, in een droom. Het zweet stond in zijn handen en hij had een droge mond. Hij dacht dat hij niet zou kunnen spelen, maar toen hij het eerste akkoord aansloeg en naar zijn vingers keek, gebeurde er iets vreemds. Hij voelde zich thuis. Het publiek hield de adem in. Toen hij begon te zingen, merkte hij dat zijn stem vrij iel klonk, maar het was zíjn stem en het was alsof hij hem voor het eerst echt hoorde.

Na afloop gaf hij een verlegen knikje, waarna er een daverend applaus losbarstte. Hij stapte van de kleine verhoging die als podium dienstdeed af en zag Leo aan de zijkant zitten, klappend en grijnzend. Naast hem zat een meisje, een droombeeld van rondingen en lachjes.

'Dit is Ellen Hooper,' zei Leo. 'Ik heb haar alles over jou verteld.'

Marco maakte aanstalten om haar de hand te schudden, maar ze stond op en sloeg in een wolk van parfum haar armen om hem heen. Hij voelde haar borsten tegen zijn bovenlijf drukken.

'Dat was prachtig,' zei ze. 'Ik moest er bijna van huilen.' Ze keek hem zo onbevangen aan dat hij bijna flauwviel. Niemand had ooit zoveel interesse in hem getoond.

Ellen, dacht hij nu bij zichzelf. Ellen. Het was niet alleen het weerzien met Tyler dat hem nerveus maakte. Hij was ook huiverig voor de anderen: niet om hen te zien, maar dat zij hém zouden zien, dat ze zouden zien wat er van hem geworden was, dat hij in de loop der jaren was afgegleden naar dit miezerige appartement en zijn hoofd boven water hield door in het weekend covers te spelen in het café en door gitaarles te geven aan mannen van middelbare leeftijd die met hun eigen midlifecrisis worstelden. Tyler zou hem tenminste geen slecht gevoel over zichzelf bezorgen.

'Kom,' zei hij, terwijl hij opstond en licht wankelend zijn leren jasje pakte. 'Ik ben er klaar voor.'

4

De trein uit Derby zat zo vol dat Jay Murphy in het gangpad moest staan. Even verderop zat een meisje in een legging met een luchtige tutu erover en een bloemenkrans in haar haar bij haar moeder op schoot. Ze zag hem kijken en bleef net zo lang terug staren tot hij glimlachte, waarna ze wegkeek en haar gezicht tegen haar moeders schouder drukte.

Midzomerdag. Hij zou door de heuvels moeten wandelen. Of rustig ergens een boek moeten zitten lezen. In elk geval niet hier moeten zijn. Maar Clara had hem gebeld en hem overgehaald. Zij was de enige met wie hij contact had gehouden en dat was niet van hem uitgegaan. Het was altijd weer pijnlijk om haar te zien. Maar ze had hem nooit opgegeven, dus vond hij dat hij haar dit verschuldigd was, al was het wel een ingewikkeld soort schuld. Zij was de sterkste, stabielste persoon die hij kende. Hij had van haar gehouden met dankbaarheid en verwondering, maar ook met de angst dat ze hem zou verlaten, en ze had zijn leven verwoest toen ze dat inderdaad deed, op het moment dat hij haar meer dan ooit nodig had. Lang had hij gedacht dat hij het zonder haar niet zou redden en in de nasleep van hun scheiding had hij tweemaal geprobeerd zich van het leven te beroven, maar inmiddels hadden ze elkaar al jaren niet meer gezien.

Clara, dacht hij. Clara Keane. Een vreemde nu, met een leven waarvan hij niets wist. Hij herinnerde zich hoe ze hem van het huis had weggeleid nadat Tyler was weggevoerd. Haar hand stevig en warm, een geschrokken uitdrukking op haar bleke gelaat.

Jay dacht vaak aan het verleden en aan dat rampzalige weekend. Maar het was alsof hij zich iets uit een onrustige koortsdroom voor de geest probeerde te halen; in de wervelende overvolle chaos kon hij de gezichten amper ontwaren. Ook van zichzelf kreeg hij geen scherp beeld – die jongeman was in feite een vreemde uit een verdwenen wereld. Jay had alles uit zijn leven verwijderd wat het ondraaglijk maakte. Hij had rust gevonden in zijn teruggetrokken, beknotte bestaan. Toch stond hij hier nu in een trein die hem terugvoerde naar de mensen en de herinneringen die hij was ontvlucht.

De trein slingerde, de remmen sisten. De mensen in het rijtuig schommelden lichtjes heen en weer. Jay slikte en balde zijn vuisten terwijl de angst in hem opborrelde. Hij sloot zijn ogen en hoorde zichzelf kreunen, deed zijn ogen weer open en zag het meisje naar hem kijken. Ze leek angstig. Hij probeerde te glimlachen, maar dat maakte het alleen maar erger. Hij deed zijn ogen weer dicht.

'Het komt wel goed,' zei hij in zichzelf, of had hij het hardop gezegd?

Hij legde zijn hand over zijn ogen, probeerde zijn gejaagde ademhaling te reguleren door aan de onder zijn voeten voorbijtrekkende heide te denken, de heuvels die zich in de verte ontvouwden. Maar het werkte niet. Andere beelden drongen zich op. Leo die stralend van nieuwsgierigheid grijnzend naar hem opkeek en hem aanmoedigde – alsof Jay een experiment was waaraan hij werkte.

Nu zag hij een ander gezicht, vertrokken in een extatische grimas. Het was het gezicht van die andere Jay, de Jay aan wie hij niet moest denken, aan wie hij geen aandacht moest besteden. Hij zag hem iets wegwerpen, er ging een raam aan diggelen, waarna er luid gelach opklonk. Spullen werden met wilde gebaren van planken geveegd. Dingen vielen stuk op de grond. Het was een gevoel binnen in hem dat zo sterk was dat hij het niet precies kon benoemen: iets als razernij, uitzinnigheid, overgave en wanhoop.

'Ga weg,' zei hij. 'Verdwijn.'

De trein schokte. Hij deed zijn ogen open. Het meisje staarde hem nog steeds aan, net als een aantal andere medereizigers. Hij wreef over zijn gezicht, pakte een flesje water uit zijn tas en nam een paar slokken. De beelden verdwenen. Hij was zichzelf weer: de zachtmoedige, vriendelijke, beschadigde Jay, bij wie al het doorleefde lijden op zijn gezicht te lezen stond.

'Pardon,' mompelde hij tegen niemand in het bijzonder. 'Ik was blijkbaar even ingedommeld.'

5

Clara Keane zat ook in een trein, onderweg van Zuid-Londen naar Tufnell Park. Noord-Londen was voor haar net een andere stad, ze keek om de haverklap op haar telefoon om de weg te vinden. Ze droeg een wijde katoenen broek en een ruimvallende zwarte blouse en ze had een bosje bloemen bij zich dat al een beetje begon te verwelken in de hitte.

Ze waren allemaal uit verschillende delen van de stad en het land naar Beatrice' huis onderweg, bedacht ze, en ze drukte de rug van haar hand tegen haar mond. Het had iets heel onwerkelijks. Toen ze Beatrice' mailtje had gelezen – een vrij formele uitnodiging voor een reünie die, zo schreef ze, wellicht verrassend en misschien zelfs stuitend zou kunnen zijn – was ze een paar minuten naar het scherm blijven staren terwijl ze over een gepaste reactie nadacht.

Clara had zich nooit door haar emoties laten overheersen. Ze mediteerde, deed aan yoga en als ze gestrest of overstuur was maakte ze lange wandelingen. Ze sprak nooit direct haar gevoelens uit, maar nam de tijd om haar gedachten te ordenen en plotselinge invallen te laten bezinken. Ze was geduldig; ze handelde altijd rationeel en weloverwogen. De uitnodiging had haar meer van haar stuk gebracht dan ze wilde toegeven. Allerlei oude, onwelkome gevoelens werden opgerakeld. Na twee dagen had ze Jay gebeld. Eerst had hij er helemaal geen oren naar, maar ze had hem ervan weten te overtuigen om er samen heen te gaan.

Sam, haar partner, had gevraagd waarom ze in godsnaam allemaal naar die reünie gingen, waarop zij haar schouders had opgehaald. 'Ik kan niet voor de anderen spreken, alleen voor mezelf.'

'Goed, waarom ga jij er dan heen?'

Clara aarzelde even voordat ze antwoord gaf. 'Ik ga eigenlijk niet voor mezelf. Maar het leek me goed voor Jay.'

'Jay? Hoe dat zo?'

'Ik denk gewoon dat hij er baat bij zou kunnen hebben.'

'Hoe dan?'

'Misschien dat het hem eindelijk lukt om de gebeurtenis onder ogen te zien. Volgens mij loopt hij er nog steeds voor weg.'

'Jezus, Clara, denk je niet dat het aan hem is om daarover te beslissen?'

'Ik ga alleen maar met hem mee.'

Sam keek haar vorsend aan. 'Je bent niet verantwoordelijk voor hem.'

'Dat weet ik.'

'Daar lijkt het anders niet op. Het is zowat dertig jaar geleden. Een ander leven.'

'Een ander leven,' herhaalde Clara zacht. 'Inderdaad.'

'Jullie waren nog kinderen, godbetert.'

'Ik voelde me anders geen kind meer.'

'Je wilt hem redden. Dat is een gevaarlijke behoefte.'

'Dat wil ik helemaal niet.'

'Dat kun je ook niet. En dat kon je toen ook al niet.'

'Ik wil het er niet meer over hebben.'

In de trein dacht Clara terug aan de laatste keer dat ze Tyler Green had gezien – niet op de voorpagina van een krant of op het nieuws, maar in het echt, toen hij door de politie werd weggevoerd, zijn lange lijf gebogen, zijn knappe gezicht van hen afgekeerd, tot hij nog een keer met een angstige blik naar hen omkeek. Ze was ervan uitgegaan dat ze hem nooit meer zouden zien en nu was het alsof iemand die al jaren dood en begraven was zijn grafsteen opzij had geduwd en zijn weg terug probeerde te vinden naar een leven dat zijn best had gedaan om hem te vergeten.

Haar gedachten gingen weer terug naar Jay, niet naar zijn gedrag in het weekend van Leo's dood, waarin hij aldoor al schrikachtig en lichtelijk paranoïde was geweest en na de moord volledig buiten zinnen was geraakt, maar naar enige tijd daarna, toen zij naar Londen was verhuisd waar ze een huis deelde met vier vreemden. Ze had haar oude leven achter zich gelaten, maar zat nog midden in de gruwelijke nasleep van Leo's dood. Op haar verzoek was Jay met de trein naar Londen gekomen om haar te zien. Ze stond hem buiten de poortjes op te wachten en ontdekte hem voordat hij haar zag. Heel even bekeek ze hem met de ogen van een vreemde. Hij was broodmager. Zijn botten leken wel door zijn kleren heen te steken en hij had roodomrande ogen in een beweeglijk, rusteloos gezicht. Ondanks het warme weer had hij een dikke jas aan en hij liep snel, maar met merkwaardig onzekere passen. Toen hij haar nog iets dichter naderde, zag ze dat zijn voorhoofd glom van het zweet en dat hij rode uitslag op zijn wangen had. Hij zag er slecht uit, dacht ze met een vlaag van tederheid die niets te maken had met verlangen. Hij zag er ook vreemd uit, er was iets niet helemaal in de haak met hem.

Hij kreeg haar in het oog en zijn gezicht klaarde op. Hij glimlachte. Zij glimlachte terug, met een wee gevoel vanbinnen. Nadat hij al zijn zakken had afgezocht, vond hij zijn kaartje en kwam door het poortje. Hij sloeg zijn armen om haar heen en trok haar tegen zijn prikkende jas aan. Er hing een medicinaal luchtje om hem heen. Onder een van zijn ogen zat een blauwe plek en ze vroeg zich af of hij gevochten had. Ze kuste hem op de wang en stelde voor ergens een kop koffie te drinken. Toen hij in het café zijn rugzak op de grond zette, bleek die vol boeken te zitten. Hij wilde de drankjes betalen maar kon zijn portemonnee niet vinden en begon in zijn rugzak te graven, haalde de boeken eruit – een paar pennen vielen kletterend op de grond – en vervolgens een schamel toilettasje, een vale boxershort en een paar tot een bal opgerolde rode sokken. En ten slotte een geplet stuk brie als cadeautje voor Clara, die dol was op kaas.

'Sorry,' herhaalde hij steeds. 'Hij moet ergens zijn.'

'Ik moet je iets vertellen,' zei Clara toen ze eindelijk in een donker hoekje zaten met allebei een kop koffie voor zich.

'Ik wil het niet over Leo en Tyler hebben. Dat trek ik niet.'

'Het gaat niet over Leo en Tyler.'

Hij keek haar aan en wendde zijn blik weer af. Hij wist wat ze ging zeggen. Hij stak zijn handen uit, als om de woorden af te weren. 'Mag ik eerst wat zeggen? Het is zwaar geweest. Leo, Tyler, die hele nachtmerrie. En dat kwam nog boven op wat ze me op de universiteit hadden geflikt.' Hij slikte. Ze zag zijn adamsappel op en neer gaan, duidelijk afgetekend in zijn magere hals. 'Wat ik heb gedaan, bedoel ik. Ik weet dat ik er niet goed mee ben omgegaan en dat dat het er voor jou ook niet makkelijker op heeft gemaakt. En dat verdien je niet. Maar dat zal allemaal veranderen. Ik zal me beteren en ik zal beter worden. Beter voor jou, bedoel ik. Een betere vriend.'

'Jay.'

'Ik zal de drugs afzweren. Ik beloof het. Ik zal mezelf in de hand houden. Wacht maar af. Het wordt weer net als vroeger.'

Ze had gerepeteerd wat ze zou zeggen. Ze hoefde het alleen maar uit te spreken. 'Het heeft geen zin meer, Jay,' zei ze. 'We kunnen zo niet doorgaan.'

Hij leunde voorover, sloeg zijn handen om een hand van haar heen. 'Dit kan je niet maken. Niet nu, niet na alles wat we hebben meegemaakt. Ik weet dat je niks aan me hebt gehad. Ik bedoel, waarom zou iemand een relatie met me willen? Dat zie ik ook best in. Maar ik hou van je, Clara. Ik neem een baantje, ik ben al aan het zoeken. Ik ga mijn leven beteren. Wacht maar af. Alles wordt anders. Geef me een kans om mezelf te bewijzen.'

'Ik heb je een kans gegeven. Meer dan één zelfs.'

Hij begon te brabbelen, zijn mond vertrok om de woorden te vormen. 'Ik zweer dat ik zal veranderen. Maar ik kan het niet zonder jou. Je kunt me niet in de steek laten nu ik je meer dan ooit nodig heb.'

'Hoezo niet?' vroeg Clara, terwijl een vlaag van ergernis haar gevoelloos maakte. Ze voelde zich net een sluipmoordenaar. 'En ik dan? Ik ben toch zeker je moeder niet? Ik kan niet alleen maar bij je blijven omdat je zonder mij naar de knoppen gaat. Zo werkt het niet. Ik kan het niet meer opbrengen.' En dat kon ze ook echt niet meer, dat wist ze, al wilde ze, toen ze zijn ogen zag vollopen, niets liever dan hem in haar armen nemen om hem te troosten voor de pijn die ze hem bezorgde.

'Maar ik hou van je,' zei hij weer. 'Ik hou van je, Clara. En jij houdt van mij. Ja, toch?'

'Niet op die manier,' zei ze, en ze dwong zichzelf hem in de ogen te kijken. 'Niet meer.'

Hij keek haar aan. Zijn pupillen waren enorm. Er druppelde een traan over zijn wang, die hij gewoon liet lopen. Zijn kin begon te trillen alsof hij in snikken zou uitbarsten. 'Hou je niet meer van me?' fluisterde hij, een jongetje overgeleverd aan haar genade.

'Niet meer op die manier,' herhaalde ze.

'O,' zei hij alsof hem een zucht ontsnapte. 'Ik begrijp het.'

'Ik zal altijd om je blijven geven en je als een goede vriend beschouwen,' zei ze, de woorden oplepelend die ze had geoefend, die haar nu vals en leeg in de oren klonken. 'Het spijt me dat ik je pijn doe.'

Hij wreef zich in de ogen. 'Wat zal er van mij worden?'

'Jay,' zei ze vermoeid. 'Daar kan ik niet langer de verantwoordelijkheid voor nemen.'

En toch, dacht ze toen ze met haar verlepte bosje bloemen in de trein zat, had Sam gelijk. Ze had zich op de een of andere manier altijd verantwoordelijk gevoeld voor Jay, verbonden met zijn gemoedstoestand. Hij had zichzelf tweemaal van het leven proberen te beroven. De eerste poging was een paar dagen nadat ze hun relatie had beëindigd. Haar schuldgevoel nam eerder toe dan af door de woede die ze voelde omdat hij haar zo wreed had willen straffen. De tweede poging volgde een paar maanden later. Hij had haar gebeld en huilend gezegd dat hij van haar hield en dat het hem speet, dat hij heel veel spijt van alles had, dat hij haar alle geluk van de wereld wenste en dat alles zijn schuld was. Hij was bijna niet te verstaan geweest en ze had in paniek de hulpdiensten gebeld. Toen ze hem opzocht in het ziekenhuis, waar ze zijn maag hadden leeggepompt, lag hij er rustig bij, vriendelijk, verslagen. Ze had zijn handen gekust en hem over zijn hoofd geaaid en hij had glimlachend naar haar opgekeken, alsof hij haar kind was.

Ze had hem een vrolijk berichtje gestuurd: *drankje doen voordat we iedereen onder ogen komen?* Gevolgd door een emoji van twee klinkende glazen en een smiley.

6

Rudi Scott staarde naar het scherm van zijn computer. In de loop der jaren had hij verschillende manieren van schrijven uitgeprobeerd. Hij had opschrijfboekjes gebruikt. Losse vellen papier. Indexkaartjes. Een laptop, die overal mee naartoe kon. Onlangs had hij besloten dat schrijven een ambacht was en dat hij, net als een timmerman, zijn eigen werkplaats nodig had. Hij had een kamer aan de achterkant van het huis als werkkamer ingericht, die uitzicht bood op de tuin.

De ruimte was neutraal grijs geschilderd en hij had een paar onopvallende ingelijste reproducties gekocht, abstracte werken van Rothko en Kandinsky. Er stond een computer die zo krachtig was dat je er een Hollywoodfilm mee zou kunnen monteren. De kamer was een soort tempel van creativiteit.

Hij had ooit eens ergens gelezen dat Graham Greene elke dag driehonderdvijftig woorden schreef, 's ochtends, nog voor het ontbijt. Dat was niet veel, hooguit twee, drie alinea's. Maar als je dat elke dag deed had je binnen een jaar een volwaardige roman. Zelfs al schreef je maar tweehonderdvijftig woorden per dag. Goede woorden. Dan had je nog steeds een roman.

Maar als je nul woorden per dag schreef? Of minder dan nul? Dat wil zeggen, als je de ene dag zo'n honderd woorden schreef maar die de volgende dag na herlezing schrapte, en niet alleen die, maar ook de woorden van de dag daarvoor? Dat kon je eeuwig blijven doen en dan eindigde je met nog minder dan waarmee je ooit begonnen was.

Mensen hadden het over 'die moeilijke tweede roman'. Na een paar in tijdschriften en bloemlezingen gepubliceerde verhalen, werkte Rudi nog altijd aan zijn eerste roman en dat was al moeilijk genoeg. Er was zoveel afleiding. Zoveel dingen in de wereld, zoveel boeken, zoveel films, zoveel kopjes koffie die gedronken moesten worden, zoveel wat daarbuiten gebeurde, aan de andere kant van het raam.

Nu weer Tyler Green. Terug in zijn leven en terug in zijn hoofd. Dat was veruit de meest intense ervaring van zijn leven geweest. Al jaren liep hij rond met de gedachte om erover te schrijven en dat had hij ook geprobeerd, maar zonder succes. De moord op Leo Bauer en de daaropvolgende arrestatie en veroordeling van Tyler Green waren hem als een dampend, bloedend stuk werkelijkheid voor de voeten geworpen, maar hij was er niet in geslaagd om het in woorden te gieten, om er een verhaal van te maken. Hij had geprobeerd om het tot een roman te verwerken en om er een non-fictieverslag van te maken, maar ten slotte probeerde hij het te vergeten en aan iets anders te werken. Hij had over allerlei andere dingen geschreven. Zijn computer stond vol bestanden met aanzetjes, maar geen daarvan had iets opgeleverd.

Toen hij het bericht van Beatrice had ontvangen, was zijn eerste reactie: nee, absoluut niet, geen denken aan. Hij hield ook niet van schoolreünies. Als je nog contact had met mensen uit het verleden, zou je geen reünie hoeven houden en als je géén contact meer met ze had, was daar vast een reden voor. Maar hij kon zich voorstellen hoe ze nu zouden zijn. Mensen die opschepten over wat ze bereikt hadden, na al die jaren nog steeds wilden laten zien hoe 'cool' ze waren.

Maar bij Beatrice langsgaan en Tyler ontmoeten was van een heel andere orde. Natuurlijk wilde hij Beatrice graag zien. Hij was benieuwd wat er geworden was van het meisje dat hij ooit had gekend, nu ze volwassen was en een belangrijk advocaat die met een beroemde man was getrouwd. Bij de gedachte aan haar voelde hij een steek in zijn borst. Maar hij wist dat hij niet aan die nieuwsgierigheid moest toegeven.

Hij was ook nieuwsgierig naar Tyler. Wat wilde hij van hen? Waarom deze ontmoeting? Maar er waren ook zoveel redenen om er niet heen te gaan. Hij had nooit zelfs maar overwogen om contact met Tyler te houden, laat staan om hem in de gevangenis op te zoeken. Negenentwintig jaar lang was Tyler dood en begraven voor hem geweest. Hij had zijn best gedaan om hem te vergeten. Dus waarom zou hij hem nu ontmoeten? Daar kon niks goeds uit voortkomen.

Hij had het met zijn vrouw, Celia, besproken en zij was het met hem eens. 'Volgens mij heb je volkomen gelijk,' zei ze.

'Je had je antwoord wel heel snel klaar. Hoe komt dat? Ik bedoel, ik ben blij dat je het met me eens bent, maar waarom antwoordde je zo snel?'

Er verscheen een ernstige uitdrukking op haar gezicht, die hij maar al te goed kende en enigszins vreesde. 'Je hebt nooit echt veel over je verleden losgelaten,' zei ze, 'en ik heb er nooit naar gevraagd. Maar uit het weinige dat je me hebt verteld, leid ik af dat er iets echt niet deugde aan dat vriendengroepje. Ik weet dat we allemaal weleens foute dingen hebben gedaan toen we jong waren...' Ze zweeg en keek Rudi doordringend aan.

Hij gaf geen antwoord. Hij wist zeker dat Celia nog nooit foute dingen had gedaan, behalve misschien toen ze met hem in het huwelijksbootje stapte.

'Volgens mij heb je er goed aan gedaan om dat allemaal achter je te laten,' vervolgde ze. 'Ik hoop echt dat Tyler Green berouw heeft van die gruwelijke moord. Maar ik begrijp niet wat hem bezielt, waarom hij jullie na zo lang allemaal weer wil zien. Ik vraag me af of hij jullie bij een of ander vreselijk plan probeert te betrekken.'

'Aan de andere kant,' zei Rudi min of meer mompelend, 'is dit misschien de kans om het eindelijk helder te krijgen.'

'Hoezo "helder krijgen"?' Ze sprak de woorden uit alsof ze ze met een tang vasthield. 'Hij is een veroordeelde moordenaar.'

'Hij maakt deel uit van mijn leven. Daar kan ik niet omheen.'

'Hij hoort bij het deel van je leven waaraan je je hebt weten te ontworstelen. Volgens mij kun je je veel beter op je roman richten dan je inlaten met die hele santenkraam.'

Rudi wou dat hij er nooit over begonnen was en de daaropvolgende paar dagen zei hij er niets meer over. Maar nu hij naar zijn lege scherm zat te kijken, dacht hij niet aan zijn boek maar aan zijn oude vrienden en zijn oude geliefden. Waren die nu vanuit het hele land allemaal onderweg naar Beatrice' huis in Londen? Het was alsof hij in een oud spookhuis was en iets hoorde kraken op zolder. Waarschijnlijk was het niets, maar je moest toch even gaan kijken, voor de zekerheid. Hij stond op. Hij had een besluit genomen.

'Je hoeft er niet heen.'

'Dat weet ik.'

'Ik bedoel dat je volgens mij echt beter niet kunt gaan. Ik dacht dat we dat besloten hadden.'

Rudi kuste zijn vrouw op haar wang en ademde haar muskusachtige geur in, het luchtje dat ze ook ophad toen hij haar al die jaren geleden ontmoette tijdens een skivakantie met vrienden. Toen wist hij nog niet dat ze rijk was, maar natuurlijk was ze dat. Alleen mensen die in weelde zijn opgegroeid zijn zo zeker en overtuigd van hun plaats in de wereld.

Voordat hij in zijn auto stapte, trok hij zijn grijze linnen jasje uit en legde het netjes opgevouwen op de passagiersstoel. Hij rolde zijn mouwen op.

'Volgens mij kun je echt beter niet gaan. Ik heb er helemaal geen goed gevoel bij.'

'Ik blijf niet lang. Alle anderen hebben ook toegezegd.'

'Dat is geen reden.'

Rudi keek haar aan. 'Ik ben schrijver,' zei hij met een lach vol zelfspot, zodat zij het eventueel als een grapje kon opvatten. 'Dit is zulk rijk materiaal, een directe link met mijn verleden. Ik ga er gewoon even langs om poolshoogte te nemen, en dan kom ik weer naar huis. Voor middernacht ben ik terug.'

'Het is een lange rit, vooral op vrijdagavond.'

'Maak je geen zorgen. Je hoeft niet op te blijven.'

'Wees voorzichtig. Laat de drank staan.'

'Natuurlijk. Dat hoef je echt niet te zeggen, hoor.'

Maar nog voordat hij vanuit Burford het viaduct op reed, zette Rudi zijn auto aan de kant en pakte een heupfles uit het handschoenenvakje. Hij zette zijn bril af en kantelde de achteruitkijkspiegel om zichzelf te bekijken. Hij streek zijn grijze haar naar achteren en plooide zijn gezicht in zijn beste fotoglimlach. Niet slecht voor een eenenvijftigjarige. Na twee snelle slokken whisky zette hij zijn bril weer op en scheurde weg en wist op een haar na een fietser te ontwijken.

7

'Georgia!' riep Ellen Sweeney vanuit de logeerkamer naar beneden. 'Kom eens kijken of ik er zo mee door kan!'

Haar vriendin kwam de trap op en duwde de deur open. Ellen stond aan het voeteneinde van het bed voor een hoge spiegel. Ze draaide zich om en spreidde haar armen. 'Nou?'

Ze was die dag uit Bristol gekomen en was bij Georgia verschenen in een jurk die wel wat weg had van een kleurrijke feesttent. Nu had ze een halflange lichtblauwe jurk aan en een geruite blouse met korte mouwen.

'Tja,' antwoordde Georgia weifelend, 'het hangt ervan af wat je wilt uitstralen.' Ze zei niet dat ze Ellen eruit vond zien alsof ze zo uit de jaren vijftig was weggelopen en op het punt stond om een potje te gaan trefballen met haar kinderen. Ze had er vijf – haar eigen team, zoals ze hen altijd noemde –, al woonden alleen de jongste drie nog thuis.

'Goede vraag.' Ellen ging op het bed zitten en begon met krachtige slagen haar dikke grijze haar te borstelen.

'Wat is eigenlijk überhaupt de reden voor dit rollenspel? Waarom zou je je anders voordoen dan je bent?'

Ellen gaf haar een goedkeurend knikje. 'Ook een goede vraag. We spelen voortdurend verschillende rollen, al geven we het niet graag toe. Of dacht je soms van niet?'

'Dat weet ik zo net nog niet,' zei Georgia. Ze had Ellen vijfentwintig jaar geleden, toen ze allebei nog single waren, leren kennen als een bruisende levenslustige blondine, extravert en energiek. Ze droeg felgekleurde strakke jurkjes en rode lippenstift en verkondigde vastberaden dat ze vriendinnen moesten worden, en dat werden ze ook. Ze gingen samen joggen – heel langzaam, puffend en steunend, Ellen altijd lachend en buiten adem –, namen tennisles en werden lid van een amateurtoneelvereniging. Toen leerde Ellen Michael kennen, wisselde haar uitdagende outfits in voor kuise, hooggesloten kleren en platte schoenen en verdween kort daarop naar Bristol en het moederschap.

'Hoe wil je vanavond dan overkomen?'

'Niet-bedreigend,' antwoordde Ellen resoluut.

'Niet-bedreigend?'

'Als iemand die niets te bewijzen heeft. Iemand die benaderbaar is, die je in vertrouwen kunt nemen.' Ze stond op, liep naar de spiegel en legde een dikke vlecht in haar haar.

'Wil je dat ze je in vertrouwen nemen?'

'Alleen als ze dat zelf willen.'

'En neem jij hen dan ook in vertrouwen?'

'Ik?' Ellen keek Georgia aan. 'Ik dacht het niet.'

Nee, dacht Georgia, terwijl ze met een mengeling van genegenheid en ergernis naar het open, lachende gezicht van haar vriendin keek. Natuurlijk niet. Voor zover ze zich kon herinneren had Ellen haar in al die jaren dat ze elkaar kenden nooit echt in vertrouwen genomen. Ze leek gevoelig en open, huilde bij films, gaf uiting aan haar begeertes en verlangens, had een uitgesproken mening die ze niet onder stoelen of banken stak en leek haar hart op de tong te hebben, maar ze had het nooit over verdriet, twijfel of onzekerheid. Soms was ze iets stiller dan normaal, maar als Georgia dan vroeg of er iets aan de hand was, werd dat steevast met een stralende glimlach ontkend en zei ze dat ze gewoon even in gedachten verzonken was. 'Het lijkt me echt vreselijk. Het klinkt als een of andere gestoorde groepstherapie.'

'Naar mijn bescheiden mening is er niks mis met groepstherapie,' reageerde Ellen luchtig – ze werkte al vijftien jaar als relatietherapeut. Nu bond ze een haarbandje om het uiteinde van de scheve vlecht en boog zich naar de spiegel toe om zichzelf te bekijken. 'Maar je hebt er blijkbaar zo je bedenkingen bij.'

'Tja, ik heb de indruk dat je...' Georgia weifelde.

'Dat ik?'

'Nou ja, dat je het benadert alsof het een gewone reünie is.'

'Dat is het toch ook?'

'Ellen, hallo! Die man heeft jullie vriend vermoord!'

'Leo en hij waren ook bevriend.'

'Dat maakt het nog erger. Het moet echt vreselijk traumatisch voor jullie zijn geweest. Ik kan het me niet voorstellen.'

'Ik geloof in verzoening,' zei Ellen, plotseling ernstig.

'Ik weet niet eens wat dat betekent.'

'En in verlossing.'

'Dat klinkt bijna religieus.'

'Tyler heeft een vreselijke daad begaan. Hij heeft iemand van het leven beroofd en is daarvoor veroordeeld. Nu heeft hij zijn straf uitgezeten en is zijn schuld ingelost. We moeten hem vergeven.'

'Heeft hij om vergeving gevraagd?'

'Daar heeft hij de kans nog niet toe gehad. Maar misschien is dat waar deze avond om draait.'

'Waarom heb je hem dan nooit opgezocht in de gevangenis, als je zo vergevingsgezind bent?'

'Dat weet ik niet,' antwoordde Ellen vaag. 'In het begin was ik nog te geschokt, alsof ik knock-out was, en toen heb ik er een beetje afstand van genomen. Ik was ook nog piepjong, hè? En later kwamen mijn kinderen en was ik daar druk mee. Je weet hoe dat gaat.'

Nee, dat wist Georgia niet: ze had geen kinderen. Altijd als ze bij Ellen in Bristol langsging was ze onder de indruk van haar vriendin, zoals die opgewekt en schijnbaar moeiteloos de chaos het hoofd bood. Haar huis was altijd schoon en netjes, haar kinderen hielden zich grotendeels aan haar huisregels, ze kookte enorme maaltijden voor iedereen, had daarnaast nog een baan en leek alles onder controle te hebben.

'Ik weet niet hoe Michael gereageerd zou hebben als ik er in die drukte tussenuit was geknepen om een moordenaar te bezoeken. Hij is vrij rigide in dat soort dingen.'

'Wat was hij voor iemand?'

'Tyler?' Bij de herinnering gleed er even een ernstige uitdrukking over Ellens gezicht, een verontrustende glimp van een ander achter die vrolijke façade. 'O, Tyler was een droomman. Ik ben benieuwd wat er van hem geworden is.'

'Heb je hem weleens geschreven?'

'Straks praat je me nog een schuldgevoel aan.' Ellen lachte om aan te geven dat het een grapje was. 'Maar je moet begrijpen dat ik met de rest ook geen contact heb gehouden. In het begin probeerde ik het nog wel, maar het werkte niet, het voelde onecht en ongemakkelijk, als een verplichting, alsof we het alleen uit beleefdheid deden. Onze groep werkte blijkbaar alleen als groep. Als een soort organisme. Misschien dat het de anderen beter afging.'

'Gaan jullie het daar met Tyler over hebben?'

'Het is altijd goed als iedereen zijn gedachten uitspreekt. Om licht op de zaak te werpen.'

'Dat klinkt onheilspellend.'

'Welnee,' zei Ellen verwijtend. 'Het is gezond. Maar ik moet gaan. Ik weet niet precies wanneer ik terug ben. Je hoeft niet op te blijven. Ik heb de sleutel en zal proberen om je niet wakker te maken.'

Ze gingen samen naar beneden. Ellen liep de gang in om haar katoenen jasje van de kapstok te pakken, friemelde aan de tailleband van haar rok, streek over haar slordig gevlochten haar en bleef even staan dralen bij de deur. 'Ik vraag me af wat er van de anderen geworden is,' zei ze. 'We waren nog zo jong. Net kinderen die deden alsof ze volwassen waren. En moet je me nu zien!' Ze wees naar zichzelf: een stevige, degelijk geklede vrouw van middelbare leeftijd, met een verweerd gezicht en een dikke grijze vlecht.

Georgia merkte dat haar vriendin toch best zenuwachtig was. 'Ik hoop dat het allemaal goed gaat.'

'Morgen hoor je alles van me.' Ze opende de deur en liep de blauwe avond in. 'Bedankt voor alles,' zei ze over haar schouder. 'Duim maar voor me.'

8

Tyler Green had de hele dag gelopen. Eerst noordwaarts langs het kanaal naar Islington en daarvandaan over het Green Link-wandelpad naar de Hackney Marshes en verder langs de Lea. Londen was zo anders dan de stad die hij als jongeman had gekend – groter, lawaaiiger, armer, rijker, drukker, overweldigender – maar de rivier was nog hetzelfde. Alleen de zwermen gillende parkieten waren nieuw. Vandaag zat het vol picknickende gezinnen, de cafés hadden alle deuren wijd opengezet en maakten reclame voor ijskoffie, aperol spritz en lunch, maar Tyler was nergens naar binnen gegaan en overal zonder zijn pas in te houden aan voorbijgelopen. Zijn instinct volgend liep hij over binnenweggetjes met een lus terug tot hij weer op bekend terrein was.

De morsige anonieme kamer iets ten noorden van Kings Cross waar hij verbleef, vermeed hij zo veel mogelijk. Lang zou hij er niet blijven, het was niet eens zeker of hij wel in Londen zou blijven. Hij kon overal wonen, zolang hij zich maar op tijd bij zijn reclasseringswerker meldde en zich aan de voorwaarden voor zijn vrijlating hield. Zijn moeder had hem wat geld nagelaten en hoewel het geen enorm bedrag was, bood het hem veiligheid en tijd. Tijd om na te denken en om zijn gedachten te laten bezinken. Meestal ging hij net als vandaag een stuk lopen; snel, maar zonder doel of bestemming, met de wind in zijn gezicht, in de zon en de regen, stemmen overal om hem heen. Als hij zichzelf had uitgeput, bleef hij weleens urenlang op een bankje in een park of een perkje zitten. Was dat vrijheid?

Nu stak hij het prepaid mobieltje dat hij een paar weken geleden had gekocht in zijn broekzak. Er stonden maar een paar telefoonnummers in, waaronder dat van zijn reclasseringswerker. Hij keek op zijn horloge en liep vanuit zijn kamer de gang in, draaide de deur op slot en stak de sleutel in zijn achterzak. Buiten op de stoep voor het huis bleef hij even staan en hield zijn hoofd een beetje schuin om de warmte en het licht in zich op te nemen. Hij had zo lang in het donker of in het licht van flikkerende lampen geleefd – tienduizend dagen en nachten. Het tikken van de klok, de schel rinkelende ochtendbel, de sleutels in het slot, het luikje in de celdeur waarachter elk moment van de dag het gezicht van een bewaarder kon verschijnen als die daar toevallig zin in had, de niet opgedaagde bezoekers, de niet ontvangen brieven, de diep in de krochten van het geheugen opgeslagen herinneringen, die hij alleen in zijn dromen tegen de deuren hoorde bonken.

Op Granary Square renden kinderen gillend tussen de waterstralen van de bedriegertjes door. Mensen liepen de restaurants en cafés in en uit en zaten op de daken van de boten in het kanaal. Fietsers slalomden tussen de mensen en de duiven door.

Tyler was nog steeds niet gewend aan de niet-aflatende drukte op straat, de manier waarop jongemannen op elektrische stepjes of jongeren op skateboards hem aan alle kanten zonder vaart te minderen voorbijzoefden, zoals de mensen luid in zichzelf pratend voorbijliepen, lachend en gebarend. Eerst dacht hij dat ze in de war waren, net zoals Mo, zijn voormalige celmaat, in de war was geweest, geplaagd door de stemmen in zijn hoofd – maar later begreep hij dat ze aan het bellen waren. Iedereen leek voortdurend te bellen, zelfs mensen in groepjes waren in gesprek met mensen die zich heel ergens anders bevonden. Hij liep in een gelijkmatig tempo verder, onbezwaard en zonder haast. Hier had hij bijna dertig jaar op gewacht.

9

Beatrice nam een diepe, kalmerende ademteug en deed de deur open.

'Beatrice,' zei Will, met een brede glimlach op zijn gezicht.

Ze had donkere lippenstift opgedaan, waardoor haar gezicht er bleker uitzag dan gewoonlijk. De sproeten die ze vroeger had waren zo goed als verdwenen, op een paar vage vlekjes op haar wangen na. Haar goudbruine haar had ook zijn glans verloren. Ze zag er goed verzorgd uit, vond Will, en elegant, wat ze destijds niet geweest was, maar ook ietwat verflenst met de jaren.

Ze glimlachte terug en legde een hand op zijn arm. 'Will. Wat fijn om je te zien.'

'Zijn wij de eersten?'

'Iemand moet de eerste zijn en ik ben blij dat jullie het zijn.' Toen veranderde haar gezichtsuitdrukking.

'Dit is Benjy,' zei Ali kortaf, terwijl ze een stap naar voren deed. 'Benjy, dit is Beatrice. Beatrice, dit is Benjy. Ik hoop dat je het niet erg vindt dat ik hem heb meegenomen. Hij is heel welopgevoed.'

'Ik heb een kat. Is hij goed met katten?'

'Daar kan hij een beetje onrustig van worden. Het lijkt me het beste om ze uit elkaar te houden.'

Benjy begon te blaffen, waarna ze het geluid van een dichtslaand kattenluikje hoorden.

'Hij wil alleen maar hallo zeggen,' zei Ali.

'Laat mij zijn voorbeeld dan maar volgen,' zei Will. Hij stapte naar binnen en sloeg een arm om Beatrice heen, hield haar even vast en deed weer een stap terug. 'Je ziet er fantastisch uit, Bea.'

'Jullie kunnen er anders ook nog best mee door,' zei Beatrice.

Maar Will was veel te zwaar, hij had een onderkin en zag er onverzorgd uit, en Ali was juist te veel afgevallen. Ze was altijd al slank geweest, met haar driehoekige gezicht en grote donkere ogen, maar nu was ze ronduit mager, echt vel over been. Beatrice merkte dat haar glimlach bevroor en voelde een lichte hoofdpijn opkomen. Hoe gaan we dit tot een goed einde brengen, dacht ze. Het was een vergissing; ze had er nooit mee moeten instemmen.

Will had een tas in zijn vrije hand en hield hem omhoog. 'Ik heb wat asperges uit onze moestuin meegebracht. Twee uur geleden zaten ze nog in de grond. Interessant weetje: midzomer is het officiële einde van het aspergeseizoen. Na vanavond zullen we weer tot het voorjaar moeten wachten.'

'Beatrice heeft het eten vast al helemaal voorbereid,' zei Ali.

'Die asperges passen er heel goed bij.'

'Maak je geen zorgen,' zei Will. 'Ik zal me er zelf over ontfermen.'

Beatrice ging hun voor naar de woonkamer. Will keek om zich heen naar alle bloemen in hoge vazen, de schilderijen, de enorme spiegel boven de haard met zijn eigen gezicht erin, de gigantische crèmekleurige bank, het tapijt – alles smetteloos en perfect op elkaar afgestemd. Achter een stel halfopen schuifdeuren bevond zich een kleiner vertrek, met boekenkasten langs de wand, een piano en nog een open haard.

'Wat een prachtig huis.'

'Waren jullie hier nog nooit geweest?' vroeg Beatrice. Ze wist heel goed dat dat zo was. Na Leo's dood hadden ze elkaar met het verstrijken der jaren steeds minder vaak gezien, en altijd op neutraal terrein. Een drankje vroeg op de avond, waarna iedereen steevast nog iets anders te doen had, of korte formele ontmoetingen op drukke plaatsen. Ze wisten dat ze nu tot verschillende werelden behoorden en dat ze weinig gemeen hadden, behalve een verleden dat ze wilden vergeten.

'Het is echt uitzonderlijk mooi,' zei Ali.

'Ik vind het vooral belangrijk dat het gezellig is. Dat we hier 's avonds met een drankje kunnen neerploffen.'

Ali liep naar de grote openslaande deuren die uitkwamen op een ruim terras met een paar treetjes die naar de tuin leidde. Ondanks de hittegolf was het gazon weelderig groen; watersproeiers bevochtigden de goed onderhouden bloembedden met onder andere een rij rechtopstaande sieruien en een enorm rozenperk. Onder de appelboom stond een houten bankje.

Ali voelde een steek van jaloezie. 'Is Sebastian er niet?'

'Hij is het land in voor zijn werk. Maar anders zou hij er waarschijnlijk ook niet zijn. Hij zit vaak tot laat op het ministerie.'

'Alsof het de gewoonste zaak van de wereld is,' zei Will lachend.

'Het is ook maar gewoon een baan,' zei Beatrice. Ze nam de tas met asperges van hem aan. 'Dank je wel.'

'Ik kan ze grillen,' zei hij. 'Of stomen, wat heb je liever?'

'Je kunt ze ook voor morgen bewaren,' zei Ali. 'Als je het menu al helemaal klaar hebt.'

'Het is niet echt een menu,' zei Beatrice. 'Ik heb eten laten bezorgen. Heel eenvoudig, vooral salades en dat soort dingen. De asperges passen er heel goed bij.'

'Moet je ons nou horen,' zei Will. 'We lijken wel vreemden voor elkaar, alsof we net aan elkaar zijn voorgesteld en niets gemeen hebben. Terwijl we allemaal weten waarom we hier vanavond zijn. Geweldig dat je jouw huis hiervoor openstelt, Beatrice. Echt geweldig. Al moet ik toegeven dat ik best zenuwachtig ben. En, nou ja, het is ook vreemd en spannend dat dit nu echt gebeurt.'

Beatrice knikte. 'Ik vraag me eerlijk gezegd af waarom ik dit in godsnaam heb toegezegd. Om hem weer te zien is één ding – maar om het op deze manier te doen, met de hele groep erbij...' Alleen waren ze geen groep meer, dacht ze, en ze verwonderde zich er eens te meer over hoe snel en vanzelfsprekend hun groep uit elkaar was gevallen.

'Het is mijn schuld,' zei Will. 'Ik heb het je gevraagd.'

'Nee, je hebt alleen maar de boodschap doorgegeven. Het was Tylers vraag en ik had ook nee kunnen zeggen.'

'Zo. Zijn naam is tenminste gevallen.'

'Waarom wil hij ons allemaal zien?' vroeg Ali. Ze stond nog steeds bij de terrasdeuren naar de mooie vroege avondlucht te kijken, maar ze had het gesprek wel gevolgd. 'Ik weet waarom ik hier ben – omdat Will graag wilde dat ik meeging. Ik weet waarom Will hier is – omdat hij er romantische ideeën op na houdt over trouw en vriendschap.' Will huiverde lichtjes. 'Maar wat wil Tyler?'

'Ik heb geen idee,' zei Will, met een verontschuldigend gebaar.

'Heb je daar niet naar gevraagd?'

'Natuurlijk wel. Hij zei alleen dat het belangrijk voor hem was en dat hij er meer over zou zeggen als we allemaal bij elkaar zouden zijn. Misschien wil hij het verleden onder ogen zien. Catharsis.'

Ali zag Beatrice' kat buiten over het grindpaadje lopen. Benjy verstarde en gromde kort.

'Hoe vaak heb je hem opgezocht in de gevangenis?' vroeg Beatrice. Ze waren nog steeds niet gaan zitten en ze hield nog altijd de zak met asperges in haar hand. Ze had het gevoel dat haar keel dichtzat. Het zweet brak haar uit en ze hoopte dat zich geen vlekken in haar witte zijden blouse zouden aftekenen. Het was alsof ze op het toneel stond, vlak voordat het doek opging, met droge mond en knikkende knieën, terwijl ze zich woorden probeerde te herinneren die geen enkele betekenis meer hadden.

'Niet vaak genoeg. Op een gegeven moment kwam de klad erin. Ik heb hem ook al een paar jaar niet meer gezien.'

'Wel meer dan een paar jaar,' zei Ali.

'Ja, iets meer.'

'Bijna tien.'

'Oké,' zei Will mat, 'bijna tien jaar. Ik ben er niet trots op. Maar de waarheid is dat ik er depressief van werd. Ik zag er het nut niet meer van in. Hij wilde me niet zien, dat was overduidelijk. Hij zat me maar een beetje aan te staren zonder boe of bah te zeggen. En ik maar onnozele verhalen ophangen. En hij begon er heel anders uit te zien, mager en hard, met een lelijk litteken in zijn gezicht. Eerlijk gezegd beangstigde hij me een beetje en ik kon op geen enkele manier tot hem doordringen. Hij had zich overal voor afgesloten. Ik moest mezelf er voortdurend aan herinneren dat ik tegenover mijn oude vriend Tyler zat.'

'Je hebt het in elk geval beter gedaan dan ik. Ik heb hem nooit bezocht,' zei Beatrice. 'En ik wist eigenlijk helemaal niet dat hij voorwaardelijk vrij was. De reclassering hangt dat soort zaken niet aan de grote klok. Ze houden het heel stil en discreet, tenzij het door de media wordt opgepikt.'

'Hoe heeft de familie gereageerd?'

'Leo's familie? Die zullen er wel van op de hoogte zijn gesteld en ik durf te wedden dat Conrad Bauer er helemaal niet blij mee is. Hij is er tenslotte medeverantwoordelijk voor dat Tyler zo lang vast heeft gezeten. Ik bedoel, ze houden niemand zo lang vast. Maar Bauer heeft niets over de vrijlating te zeggen.'

De zaak was al berucht voordat Leo's vader zich ermee ging bemoeien. De tabloids hadden gesmuld van het voor hen perfecte verhaal: seks, drugs en moord op de heide. Conrad Bauer, acteur in een langlopende soapserie, voegde daar een vleugje beroemdheid aan toe. Na de moord op zijn zoon verscheen hij in talloze praatprogramma's en had hij vele krantеninterviews gegeven, waarin hij erop hamerde dat levenslang ook daadwerkelijk levenslang moest zijn. Hij had een actiegroep opgericht ten behoeve van slachtoffers en nabestaanden. En hij had geluk met de rechter die de zaak behandelde: Roger Kendall had uitgesproken ideeën over de moderne samenleving, drugs en losbandigheid.

Beatrice keek naar de asperges in haar hand. 'Ik breng ze even naar de keuken.'

Ze liep de kamer uit en ze hoorden haar de trap naar het souterrain af gaan. Ze deden er allebei het zwijgen toe.

Er werd op de deur geklopt en daarna ging de bel. Benjy begon te blaffen.

'Zal ik opendoen?' vroeg Will, zonder in beweging te komen.

Ali trok haar wenkbrauwen op en liep de gang in. Ze kneep heel even haar ogen dicht en legde een hand op haar keel, waar ze haar hart tekeer voelde gaan. Toen deed ze de deur open.

10

Tot haar grote opluchting was het Tyler niet. Ze nam Marco's hand met de gele nicotinevingers in de hare en hield die even vast, terwijl ze haar ontzetting over zijn voorkomen probeerde te verbergen. Hij was altijd al een beetje smoezelig geweest, maar nu zag hij er ronduit slecht verzorgd en afgeleefd uit. Maar zijn ogen waren onveranderd en toen hij naar haar glimlachte, zag ze de oude Marco, sarcastisch en toch kwetsbaar.

Ali's reactie was hem niet ontgaan. Hij zag zichzelf door haar ogen en voelde zijn laatste restje zelfvertrouwen verschrompelen en afsterven. Zijn grijns verbreedde zich en verstrakte, tot hij het idee had dat die op zijn gezicht gebeiteld stond.

'Welkom,' zei Beatrice, die zich weer bij hen had gevoegd. 'Wat fijn om je te zien, Marco.'

Ze was helemaal de gastvrouw: hartelijk en vriendelijk. Maar toch leek ze lichtjaren verwijderd van deze plek. 'Ik kan het haast niet geloven,' zei Marco, terwijl hij zijn blik van de een naar de ander liet gaan. 'Het lijkt wel een droom.' Zijn stem klonk schor. Hij wilde huilen of wegrennen.

'Hallo?' zei Beatrice tegen Kristin, die met een stralende glimlach naar voren stapte.

'Ik ben Kristin, fijn dat ik mee mocht komen.'

'Kristin?' Beatrice trok verbaasd haar wenkbrauwen op.

Kristin wendde zich tot Marco. 'Heb je haar niet verteld dat ik ook zou komen?'

'Volgens mij heb ik wel zoiets gezegd.'

'Nee hoor,' zei Beatrice. 'Niet tegen mij.'

'O, sorry dan. Een avondje met het oude clubje leek me wel interessant voor haar. Daar hebben jullie toch geen bezwaar tegen?'

'Maak je geen zorgen,' zei Kristin. 'Ik ben volledig op de hoogte, dus ik ben overal op voorbereid. Marco heeft me in het begin van onze relatie alles verteld. Over jullie, jullie vriendschap en de moord. Volgens hem heeft het hem gevormd tot wie hij is.'

'O ja, joh?' zei Ali sarcastisch.

'Ja. Dus natuurlijk wilde ik mee. Maar als het een besloten bijeenkomst is, kan ik ook weer gaan, hoor.' Met deze woorden liep ze vastberaden het huis binnen, terwijl ze gretig om zich heen keek.

Beatrice schudde gelaten haar hoofd. Ze gingen de woonkamer binnen. Will liep met gestrekte armen op Marco af en omhelsde hem. Daarna deden ze allebei een stap terug en keken elkaar aan.

'Hé man,' zei Will, 'je ziet er goed uit. Ik zou haast zeggen dat je geen spat veranderd bent, maar, eh...' Hij tikte met zijn vlakke hand op zijn hoofd.

'Ja, op een gegeven moment komt het pijnlijke moment van de waarheid waarop je bij de kapper om een standje één moet vragen. Jij ziet er daarentegen nog precies hetzelfde uit, alleen dan meer.'

'Je bedoelt dat ik ben aangekomen,' zei Will grinnikend.

'Je bent meer jezelf.'

'Ik hou wel van een man met gezonde trek,' zei Kristin enthousiast. Ze was de enige die zich op haar gemak leek te voelen.

Beatrice liep de kamer uit en kwam terug met in elke hand een fles. 'Als we straks compleet zijn, zullen we met z'n allen een welkomstdrankje drinken, maar voor nu heb ik rode en witte wijn.'

Ze schonk de wijn in en gaf iedereen een glas, behalve Kristin die om een glaasje water vroeg.

'Ik blijf graag helder,' verklaarde ze.

'Hoezo?' vroeg Ali.

Kristin dacht aanvankelijk dat ze een grapje maakte, maar Ali leek het serieus te menen. Ze concludeerde dat Ali neurotisch was; dat soort dingen voelde ze feilloos aan. Maar Will vond ze sympathiek. Hij was net een vriendelijke beer.

'En hoe hebben jullie elkaar leren kennen?' vroeg Beatrice.

'Hij gaf gitaarles aan mijn broer en die nam me een keer mee om Marco te zien spelen in een café.'

'Het was een zaaltje,' zei Marco.

'Een zaaltje achter in een café,' zei Kristin.

'Is je broer muzikant?'

'Nee, advocaat. De gitaar is gewoon een hobby.' Ze keek om zich heen. 'Mooi huis.'

'Dank je.'

'Komt iedereen?' vroeg Marco.

'Bijna iedereen,' antwoordde Beatrice. 'Ze doen echt hun best. Ellen komt uit Bristol. En Jay komt weet ik veel waar vandaan.'

'En Rudi? Ik heb hem gegoogeld. Hij schijnt tegenwoordig in een landhuis in de Cotswolds te wonen.'

'Klopt,' zei Beatrice. 'We hebben geen contact meer, maar hij heeft blijkbaar een goede partij getrouwd, zoals in een Jane Austen-roman. Ik vrees dat hij er vanavond niet bij zal zijn. Hij heeft tenminste niet gereageerd.'

'Jullie hadden destijds toch iets met elkaar?'

'Hoe kom je daar nou bij?' zei Beatrice blozend.

Het sloeg nergens op dat ze nog steeds de behoefte had om haar kortstondige affaire met Rudi verborgen te houden. Destijds hadden ze het geheimgehouden vanwege Sebastian en misschien dat het stiekeme ervan hun verlangens nog had aangewakkerd. Nu besefte ze dat iedereen het waarschijnlijk aldoor had geweten of vermoed, en ze schaamde zich voor haar argeloze eenentwintigjarige zelf.

'Bloos je nou?' vroeg Marco grinnikend.

'Ben je stoned?' Ali keek hem met samengeknepen ogen over haar glas heen aan.

'Hij had iets nodig om zijn zenuwen in bedwang te krijgen,' zei Kristin.

'We zijn allemaal nerveus,' zei Will vergoelijkend.

'En hoe zit het met jou?' vroeg Marco. 'Ben je getrouwd?'

'Jazeker.'

'En wie is de gelukkige?'

'Ik,' zei Ali.

Marco draaide zich naar haar om. 'Hè?'

'Ik ben de gelukkige.'

'O, dat wist ik niet.'

'Waarom zou je ook?'

Marco grijnsde naar Will. 'Nou, je bent behoorlijk omzichtig te werk gegaan,' zei hij.

Ali trok een afkeurend gezicht.

Er werd weer geklopt, wat werd gevolgd door opgewonden kreten. Beatrice kwam de kamer in met Ellen, die iedereen veel langer dan nodig was omhelsde en zich ten slotte aan Kristin voorstelde. 'Je hebt geen idee waarmee je jezelf hebt ingelaten,' zei ze.

'Ik ben heel benieuwd. Ik heb zoveel over jullie gehoord.'

'Dat is niet waar,' zei Marco. 'Ik heb het nooit over jullie. Dat is allemaal verleden tijd.' Hij had enorme pupillen en sprak enigszins met dikke tong. Zijn glas was al leeg, maar dat van Will ook.

'De laatste keer dat we allemaal samen waren,' zei Ellen tegen Kristin, 'waren we jonger dan jij nu bent. Een heel stuk jonger, waarschijnlijk.' Ze gebaarde in het rond. 'En moet je ons nu eens zien. Grijs en gerimpeld. Je vindt ons vast oud en burgerlijk. Jonge mensen beseffen vaak niet dat ouderen ook ooit jong zijn geweest.' Ze keek iedereen om beurten aan, haar gezicht oplichtend bij de herinnering. 'We zijn samen opgegroeid, nietwaar, lieve mensen? En toen zijn we ieder ons weegs gegaan. En nu zien we elkaar weer terug en ik moet zeggen dat ik het geweldig vind. Geweldig,' herhaalde ze met extra nadruk. 'Weet je wat ik vind?' Ze wachtte het antwoord niet af. 'Ik vind ons allemaal heel dapper. Ondanks alles staan onze harten open.'

'Spreek voor jezelf,' zei Marco. 'Ik ben hier omdat ik kwaad ben. En als hij straks komt, zal ik hem dat laten weten ook!'

'Misschien is deze avond daar niet de geschikte gelegenheid voor,' zei Beatrice zenuwachtig.

Maar Ellen knikte goedkeurend. 'Het is goed om je woede te voelen.'

'En of ik die voel.'

'En jij?' vroeg Ellen aan Ali. 'Waarom ben jij hier?'

'Ik hoop dat ik je niet teleurstel, Ellen,' antwoordde Ali, 'maar ik ben hier alleen om Will te steunen.'

'Will?'

'Mijn man.'

Ellens mond zakte open van verbazing. 'Dat wist ik niet, maar wat goed van je. Daar is nog steeds moed voor nodig. Voor jou zeker.'

Er viel een gespannen stilte, die werd verstoord door de bel, waarop Beatrice de kamer uit liep.

'Zou hij het zijn?' vroeg Kristin, met glinsterende ogen. 'Spannend, hè? En dan ben ik nog een buitenstaander.'

11

Het was Tyler niet. Jay en Clara kwamen de kamer binnenlopen en werden door iedereen begroet en omhelsd. Clara had een bosje anemonen bij zich dat ze aan Beatrice overhandigde, terwijl ze op hetzelfde moment alle vazen vol bloemen opmerkte en de tuin vol bloeiende planten zag.

'Prachtig,' zei Beatrice, die om zich heen zocht naar een plekje om ze neer te leggen.

'Ach, ja,' zei Clara, 'ik wilde niet met lege handen aan komen zetten. Is hij er nog niet?'

'Zijn Jay en jij ook weer samen?' vroeg Marco. Op de een of andere manier zat zijn glas weer vol. 'Ali en Will namelijk wel. Nou ja, niet weer natuurlijk, want vroeger waren ze dat niet. Voor zover ik weet, tenminste. Volgens mij ging er vrij veel langs me heen. Maar zijn jullie weer een stel of niet?'

Jay boog zijn hoofd en mompelde iets onverstaanbaars. Clara lachte. 'Het is allemaal echt heel lang geleden, hè?' zei ze.

'De manier waarop jullie samen binnenkwamen prikkelde mijn geheugen. Jullie waren zo'n schattig stel. Altijd hand in hand.'

'Ik zei toch dat ik niet mee had moeten gaan,' zei Jay op gedempte toon tegen Clara.

'Rustig maar.' Clara legde een hand op zijn arm. 'Jay en ik zijn niet samen gekomen omdat we een stel zijn, Marco, maar omdat we hadden afgesproken eerst met z'n tweetjes iets te drinken om moed te verzamelen om jullie allemaal onder ogen te komen. Dat we niet meer samen zijn heeft andere redenen. Bijvoorbeeld dat het allemaal al heel lang geleden is, toen we nog nauwelijks droog achter de oren waren, en tegenwoordig wonen we ruim driehonderd kilometer bij elkaar vandaan. Een andere, waarschijnlijk doorslaggevender reden is dat ik er niet veel later achter kwam dat ik op vrouwen val.'

Na een ogenblik stilte barstte iedereen los in steunbetuigingen en felicitaties. Clara stak haar handen in de lucht om hen tot stilte te manen. 'Het is echt niet nodig om er zo'n ophef over te maken. Ik vraag niet om een medaille of zo.'

'Je krijgt ook geen medaille van me,' zei Beatrice, 'je krijgt een lekker drankje van me.' Ze klapte in haar handen. 'Met hoeveel zijn we?' Ze telde de hoofden. 'Acht.' Ze keek naar Kristin. 'Maar jij drinkt niet, toch?'

'Geen alcohol.'

'Heel verstandig. We zouden allemaal je voorbeeld moeten volgen. Maar niet vanavond. Ik heb iets voorbereid wat jullie misschien aan vroeger zal doen denken. Het ligt al in de vriezer.'

Beatrice liep de kamer uit en even later kwam van beneden het geluid van rinkelende glazen. Ze verscheen weer, met een dienblad vol cocktailglazen, een citroen, een mes en een karaf heldere vloeistof. De drank was zo koud dat er damp van afkwam. Ze nam het mes ter hand, sneed zeven dikke schillen van de citroen af en deed er een in elk glas. Daarna schonk ze behoedzaam een voor een de glazen in. 'Zes delen gin op een deel vermout,' zei ze. 'Zo was het toch?'

Ali pakte een glas en hield het tegen het licht, zodat de drank glinsterde. 'Ik drink normaal geen sterkedrank, maar ik denk dat ik vanavond een uitzondering maak.'

'Ik herinner me de laatste avond dat we dit dronken,' zei Jay, terwijl hij een glas pakte. Hij had sinds zijn binnenkomst niet één keer gelachen. 'Geen fijne herinnering.'

'Gaat het, lieverd?' vroeg Ellen, moederlijk en bezorgd. Ze sloeg een arm om zijn schouder en trok hem naar zich toe.

Hij zag er klein en kwetsbaar uit, zoals hij daar tegen haar struise troostende lijf stond aangeleund.

'Ik hoop dat dat de uitkomst van deze avond is,' zei Beatrice. 'Dat we de gebeurtenis tegemoet kunnen treden, onder ogen kunnen zien, in plaats van ervoor weg te blijven rennen.'

'Dat ben ik volledig met je eens,' zei Ellen enthousiast, nog altijd met haar arm om Jays schouder.

Ali trok haar neus op. 'Ik niet.'

Kristin boog zich naar Ellen toe. 'Ik begrijp niet waarom jullie zo uit elkaar zijn gegroeid. Jullie moeten zo'n hechte groep zijn geweest.'

Ellen lachte samenzweerderig. 'Je zult later op de avond vast wel iets meer te horen krijgen over hoe hecht we waren.'

'Waarom vertel je het me nu niet?'

Ellen nam een slok van haar martini. 'Omdat ik,' begon ze op gemaakt plechtige toon,' getrouwd ben en moeder van vijf kinderen...'

'Vijf?' vroeg Kristin.

'Ja, vijf. De oudste is tweeëntwintig en de jongste is dertien. Ik heb vijf kinderen en ik ben relatietherapeut.' Ze nam nog een slokje. 'Ik ben een fatsoenlijke vrouw en een algemeen gewaardeerd lid van de gemeenschap. Vandaar dat er op z'n minst nog zo'n drankje en wat glazen wijn voor nodig zijn om je meer over ons gedeelde verleden te kunnen vertellen. Ik kan je wel alvast verklappen,' zei ze, terwijl ze met haar kin naar Will wees, 'dat ik hem heb ontmaagd.'

'O!'

'Hij deed alsof het niet zijn eerste keer was, maar ik wist wel beter. En wat jouw Marco betreft – oef! Je had hem moeten meemaken toen hij nog haar had.'

'Bedoel je dat je ook met hem naar bed bent geweest?' Kristin leek er niet mee te zitten. Ze wierp een liefdevolle blik op Marco, die blijkbaar aanvoelde dat ze het over hem hadden en nerveus hun kant op keek.

'Heeft hij je dat nooit verteld?' vroeg Ellen grinnikend. 'Tja, het is ook zo lang geleden, dus waarom zou hij? In die tijd waren we alles nog aan het ontdekken. We ontdekten onszelf en elkaar. Dat hoor je te doen als je twintig bent. Ik had plezier. Ik was vrij. Ik deed er niemand kwaad mee.'

'Hoe kijkt je man tegen je verleden aan?'

'Michael?' vroeg Ellen grinnikend. 'Hij weet er niets van. Die arme stakker dacht waarschijnlijk dat ik, net als hij, nog maagd was toen we trouwden. Hij zou het ten stelligste afkeuren. Hij denkt dat ik heel keurig en ouderwets ben, net als hij. Zo schattig. Eigenlijk...'

Er werd gebeld. Ellen zweeg abrupt, iedereen viel stil en keek op.

'Is hij het?' vroeg Ali. 'Dat moet 'm zijn.' Ze leek magerder dan ooit, alsof ze al haar spieren had aangespannen. Haar ogen waren donker. Tyler Green was destijds haar vriendje. Zo verliefd als hij op haar was, was niemand daarna nog op haar geweest en zou ook niemand meer op haar worden. Ze had hem negenentwintig jaar niet gezien. Ze had nooit meer over hem gepraat, zelfs niet met Will als hij verslagen thuiskwam van een van zijn sporadische bezoekjes aan de gevangenis, maar er was geen dag voorbijgegaan dat ze niet aan hem had gedacht of heimwee had naar degene die hij haar had doen geloven dat ze kon zijn.

Beatrice rechtte haar schouders en lachte hen bemoedigend toe. 'Laten we maar gaan kijken,' zei ze.

12

Iedereen wachtte gespannen af. Ellen schraapte haar keel, alsof ze iets wilde gaan zeggen. Marco haalde een hand over zijn kale schedel. Ali bracht haar vingers naar het gouden kettinkje om haar hals. Kristin trok de rok van haar kanten jurkje iets omlaag en schuifelde heen en weer op haar plateauzolen. Benjy had zich teruggetrokken in de lege open haard en hield hen grommend in de gaten.

'Wat ben ik blij om je te zien,' hoorden ze Beatrice zeggen. 'Na al die jaren.'

'Het is in ieder geval niet haar man,' zei Marco.

De voordeur sloeg dicht en er klonken voetstappen in de gang.

En toen stond Tyler Green voor hen.

Iemand haalde raspend adem. Will. Hij bracht zijn hand naar zijn ogen als om ze af te schermen en stapte op zijn oude vriend af.

In Ali's herinnering was Tyler lang en sterk, met donker haar en een gladde, gave huid. Goedlachs en expressief, vitaal, attent en gevoelig, vol levenslust. De man die ze nu voor zich zag was mager en had kortgeknipt zilvergrijs haar. Zijn gezicht, met de hoge, geprononceerde jukbeenderen, was onnatuurlijk bleek en gelijnd. Er liep een diep litteken van zijn linkeroor naar zijn kin. Alleen zijn ogen, walnootbruin en goud gespikkeld, waren nog hetzelfde. Ze bleef doodstil staan toen die even op haar bleven rusten en zonder blijk van herkenning verder gleden naar de volgende persoon.

Een paar seconden lang, die wel minuten leken, onderging de groep Tylers zwijgende inspectie. Ieder van hen voelde zich beoordeeld en afgewezen. Ali stond zo stil als een standbeeld, alsof ze in steen was veranderd. Marco voelde zijn woede groeien tot die hem geheel in beslag had genomen. Zelfs Ellen had haar glimlach even niet paraat.

Will was de eerste die reageerde. 'Tyler, makker,' zei hij, waarna hij op hem af liep. Hij sloeg zijn armen voorzichtig om Tyler heen, klopte hem onbeholpen een paar keer op de rug, liet hem los en deed een stap naar achteren.

Kristin gaf Marco een ferme duw tegen zijn onderrug en hij struikelde naar voren, terwijl zijn voornemen om zich aan zijn gerechtvaardigde woede vast te houden verwaterde. 'Dit is vast heel vreemd voor je,' zei hij. 'Voor mij wel, tenminste.' Hij gaf Tyler een klopje op zijn schouder. Die voelde keihard, onbuigzaam.

Tyler keek hem aan. Het was alsof hij niet meer wist hoe hij moest glimlachen.

Jay maakte een geluid dat het midden hield tussen een groet en een zachte jammerkreet. Clara herkende de uitdrukking op zijn gezicht. Die had hij ook gehad toen ze het niet lang na dat vreselijke weekend met hem uitmaakte: alsof hem iets overkwam waarvan hij altijd had geweten dat het zou gebeuren, waarop hij gewacht had; misschien zelfs met iets van opluchting dat de verwachte ramp zich eindelijk had voltrokken.

Ze zou zich niet laten intimideren door deze man die hun allemaal zoveel schade had toegebracht, Jay vooral, en die hier nu voor hen stond alsof zij de schuldigen waren. Ze stak haar hand met het glas martini erin omhoog. 'Hé, Tyler.' Ze ging niet liegen en zeggen dat ze blij was om hem te zien. Hij knikte haar toe. Omdat ze niet zeker wist of hij haar herkende, noemde ze haar naam.

'Dat weet ik,' zei hij. 'Ik weet wie jullie allemaal zijn.'

De stem was tenminste nog hetzelfde, maar het scheen Clara toe dat hij iets langzamer sprak dan vroeger, alsof hij elk woord afzonderlijk afwoog.

'Mij ken je niet,' zei Kristin met een stem die als een klaroenstoot door het stille vertrek tetterde. 'Ik ben Kristin, de vriendin van Marco. Ik weet ook niet waaraan ik dat heb verdiend.'

'Waarom zou je het niet verdienen?'

'Het was maar bij wijze van spreken,' zei Kristin lachend. 'Maar dat had je wel begrepen, toch? Nou ja, Marco heeft me alles over je verteld.'

'Helemaal niet. Alleen... je weet wel.'

'Over de moord,' zei Tyler.

'Wil je een martini?' Beatrice stak hem een glas toe.

'Doe maar water.'

'Met prik?'

'Gewoon kraanwater.'

Beatrice had meerdere mannen ontmoet die gezeten hadden. Zelfs een paar jaar gevangenis deed iets met iemand. Zoals PTSS na een zwaar ongeluk. Je zag het aan hun ogen, in hun gebaren; iets kwetsbaars, iets gekwetsts. Getekend door wat ze hadden meegemaakt. Ze konden agressief zijn of onderdanig, maar dat waren beide reacties op die wereld van gesloten deuren en drugs, geweld en waanzin. En dat was nog na een korte straf. Er werd weleens gezegd dat mensen na tien, vijftien jaar eigenlijk liever niet meer vrijkwamen. De gevangenis was hun hele wereld geworden.

Tyler Green was anders. Niet dat hij niet getekend was, maar hij straalde een enorme zelfbeheersing uit. Hij glimlachte niet, maar hij kwam ook niet vijandig over. Er trok een angstige rilling door haar heen, een besef van gevaar.

'Dan kun je toekijken hoe wij ons volgieten,' zei Ellen, terwijl ze een stap naar voren deed. 'Hé daar.' Ze spreidde haar armen en liet ze weer vallen. Haar glimlach had iets verwards gekregen.

'Hallo, Tyler.' Ali stond nog steeds als aan de grond genageld. Ze was zich ervan bewust dat iedereen naar haar keek. 'Ik weet niet wat ik moet zeggen,' zei ze schor.

'Zeg dan maar niets.' Zijn gespikkelde bruine ogen waren weer op haar gericht.

Ze voelde dat Will een hand op haar schouder legde, een beetje bezitterig, en toen zijn arm om haar heen sloeg, haar opeiste onder het oog van Tyler.

Tylers blik gleed van haar gezicht naar hun handen, hun identieke gouden trouwringen. Zijn lippen krulden zich tot een minuscule glimlach. Ze voelde zich doorzichtig en breekbaar, alsof ze van glas was; als ze zou vallen, zou ze in duizend stukjes breken. Hel, dacht ze. Dit is de hel.

Beatrice gaf Tyler zijn water en tikte met een lepeltje tegen haar glas. 'Dit lijkt me een passend moment om...' begon ze, maar schudde toen hevig haar hoofd. 'Het spijt me, sorry. Hallo iedereen, ik wil graag het glas heffen op Tyler, die zo lang afwezig is geweest. Moet ik nog iemand bijschenken?'

'Mij,' zei Marco.

'En mij ook,' zei Ellen. 'Ik begin al lekker wazig te worden.'

Beatrice schonk hun glazen bij en daarna dat van Will en haarzelf. Haar haar was losgeraakt; een grijzende kastanjebruine lok plakte aan haar verhitte wang. 'Op Tyler,' zei ze.

'Op Tyler,' zeiden Will, Ellen en Kristin. Marco mompelde iets, terwijl Ali een hand voor haar mond sloeg en een zacht kreetje slaakte. Clara haakte haar arm in die van Jay en fluisterde iets in zijn oor.

Tyler keek, nog steeds met die minuscule glimlach rond zijn lippen, de kamer rond, wendde toen zijn blik af en keek de tuin in, waar de schaduwen lengden op het gras. Een warm, naar rozen geurend windje waaide door de tuindeuren naar binnen.

Hij lijkt zo kalm, dacht Beatrice, de enige van ons die niet nerveus is. Zelf was ze behoorlijk geagiteerd, omdat ze zich verantwoordelijk voelde voor een avond die toch al ongemakkelijk en spannend was. Ze keek op haar horloge. Het was nog te vroeg om te gaan eten en ze stonden met zijn negenen schutterig bij elkaar, blijkbaar niet bij machte om de spanning te verlichten. Even voelde ze wrevel jegens Will omdat hij haar in deze positie had gebracht, maar het was haar eigen schuld. Ze had ook nee kunnen zeggen.

Ze keek naar Tyler en werd overvallen door een gevoel dat ze niet goed kon plaatsen, brandend en verstikkend, waardoor ze het wel kon uitschreeuwen. Tyler was onbereikbaar, zo kon ze onmogelijk met hem praten. Ze had hem nooit opgezocht of zelfs maar geschreven. Hij was langzamerhand uit haar gedachten verdwenen. Hoe was het daar? Hoe heb je je erdoorheen geslagen? Hoe is het om weer vrij te zijn? Wat ga je nu doen? Wat zijn je plannen? Alles zou even goedkoop en banaal klinken. Haar stem zou te opgewekt zijn, haar glimlach te gemaakt. Alles even onecht en nietszeggend. Wat herinner je je en wat moet je vergeten? 'Laten we de tuin in gaan,' zei ze luid. 'Het is een prachtige avond en bovendien is het de langste dag van het jaar, dus laten we daar zo lang mogelijk van genieten.'

Ze dreef hen als het ware het terras op, in de richting van het trapje naar de tuin. Marco stond al enigszins onvast op zijn benen en Will leidde Ali met een hand op haar onderrug naar buiten. De knobbelige wervels van Ali's ruggengraat staken duidelijk af tegen de karmozijnrode stof van haar strakke jurkje.

'Dit zou zo in een tijdschrift kunnen staan,' zei Kristin, waarop ze half van het trapje gleed en zich nog net staande wist te houden door de leuning te grijpen, waarna ze luidkeels om zichzelf lachte. 'En ik heb niet eens iets gedronken.'

Beatrice keek naar haar tuin. Plotseling schaamde ze zich voor de tot in detail verzorgde sierlijkheid. Ze schaamde zich voor haar eigen succesvolle, gerieflijke luxeleventje en meteen daarop schaamde ze zich voor die schaamte. Ze had er toch hard voor gewerkt, het kwam haar toe.

Zonder zich bij hen te voegen keek ze naar de mensen in haar tuin en dronk haar tweede martini op.

13

Langs de stam van de appelboom en de spijlen van het wenteltrapje naar de eerste verdieping groeiden klimrozen. Reukerwten waren tegen een wigwam van bamboe geleid. Er moest ergens een fonteintje zijn, want er klonk gemurmel van stromend water. Op de patio voor de glazen schuifdeuren van het souterrain stonden een lange ijzeren tafel, een enorme barbecue en verschillende bloempotten met kruiden.

De gasten verspreidden zich over het strakke groene gazon. Ali ging op het bankje zitten, pakte een nieuw pakje sigaretten uit haar handtasje en scheurde het cellofaan eraf. Ze streek een lucifer af, maar de vlam doofde onmiddellijk.

'Kom,' zei Marco, die naast haar kwam zitten. 'Laat mij maar even.' Hij streek een lucifer af en beschermde het vlammetje met zijn hand, terwijl zij zich vooroverboog en haar sigaret aanstak. Hij rook haar parfum, sterk, kruidnagelachtig.

'Ik probeer het bij een paar sigaretten per dag te houden,' zei ze. 'Maar vanavond geldt die regel denk ik niet.'

'Nee, dat lijkt me ook niet.'

'Wil je er een?'

'Ik rook eigenlijk niet meer, maar hé, waarom niet?' Hij stak de hem aangeboden sigaret op en leunde achterover, terwijl de rook zijn longen vulde. 'Gaat het een beetje?'

'Ja hoor, dank je,' zei ze toonloos, omdat ze haar schild echt niet zomaar ging laten zakken en zeker niet tegenover Marco. 'En met jou?'

Hij antwoordde niet maar nam een diepe hijs en blies de rook verzadigd uit. 'Heb jij enig idee waarom Tyler ons hier allemaal heeft samengebracht?'

Ze schudde haar hoofd. 'Volgens Will is het een soort catharsis.'

'Catharsis. Dat betekent toch dat je je beter voelt? Hij heeft iemand vermoord, waarom zou hij zich daar beter over mogen voelen? Of, beter gezegd, waarom zouden wij hem daarbij helpen?'

'Dat klinkt behoorlijk hard.'

'Vind je het gek dat ik me hard opstel tegen degene die mijn vriend heeft doodgestoken?' Hij keek Ali aan. 'Mag ik je iets vragen?'

'Natuurlijk,' antwoordde ze behoedzaam.

'Waarom ben je met Will getrouwd?'

'Pardon?'

'Begrijp me niet verkeerd. Ik ben hartstikke blij voor jullie en zo. Jullie hebben het vast heel goed samen. Will is geweldig, iedereen is dol op hem, daar gaat het niet om. Maar de hele groep was uit elkaar geklapt en niemand heeft echt contact gehouden – behalve misschien Clara en Jay een beetje. Het was alsof we elkaar niet meer onder ogen konden komen. Maar jij en Will zijn met elkaar getrouwd.'

'Inderdaad.' Ze concentreerde zich op het gloeiende puntje van haar sigaret en keek hem niet aan.

'Is dat alles wat je daarop te zeggen hebt?'

'Dat zijn privézaken.'

'Heb je hem ooit opgezocht?'

'Nee.'

'Waarom niet?'

'Dat heb jij toch ook niet gedaan?'

'Dat valt niet echt te vergelijken. Jullie hadden iets met elkaar. God, jullie gingen zo in elkaar op dat het soms lastig was om met jullie in één kamer te zitten.'

Ali staarde naar de sigaret tussen haar vingers, naar de groeiende askegel.

'Ben je nooit in de verleiding gekomen?'

Ze keek heel even naar hem op en richtte haar blik toen weer voor zich. 'Voor mij was het alles of niets. Ik kon het niet.'

Marco gooide zijn peuk op de grond en stampte hem uit met zijn voet. 'Heb je er lang over gedaan om het te verwerken?'

'Het?'

'Hét,' zei hij bruusk. 'Het voorval. De moord. Dat de man met wie je samen was een moordenaar bleek te zijn.'

Ze liet haar eigen peukje tussen haar voeten vallen en zette haar schoen erop. 'Daar wil ik het niet over hebben.'

'Wat doe je hier dan, Ali?' vroeg Marco geërgerd. 'Deze hele reünie is toch juist bedoeld om te praten? Ik bedoel, waarom ben je hier anders naartoe gekomen? Je loopt rond als een zombie. Ga je Tyler de hele avond negeren, net doen alsof hij er niet is? Ik wil het er júíst over hebben. Heel graag zelfs. Ik wil op hem af stappen, hem recht in de ogen kijken en hem ronduit zeggen wat ik denk. Hem de onversneden waarheid vertellen.'

'Ga je gang. Dit is je kans. Daar is hij. Praat met hem. Zeg je zegje. Vertel hem wat je op je lever hebt.' Ali keek hem met een cynische grijns op haar gezicht aan en Marco schoof ongemakkelijk op het bankje heen en weer. 'Hij is met Will in gesprek,' zei hij.

'Die vindt het vast niet erg.'

'Ik wacht het juiste moment af.'

Will stond over de rode en zwarte bessenstruiken gebogen om ze van dichtbij te bekijken toen Tyler naar hem toe kwam. Hij kwam haastig overeind en veegde zijn handen af aan zijn broek. 'Dit is echt een bijzonder fraaie tuin,' zei hij.

Tyler keek om zich heen alsof hij nu pas zag hoe prachtig de tuin was. 'Ik vind de hondsrozen mooi,' zei hij. 'Die doen me aan mijn jeugd denken.'

Will probeerde iets te verzinnen om tegen Tyler te zeggen.

Maar Tyler was hem voor. 'Ik wilde je iets vragen,' zei hij.

'Vraag maar raak.'

'Waarom ben je me komen opzoeken in de gevangenis?'

Die vraag had Will niet verwacht. 'Omdat we vrienden zijn.'

'Is dat de enige reden?'

'Is dat niet reden genoeg dan? Ik bedoel, ik beschouwde je gewoon als een vriend, ondanks wat er gebeurd was of wat je gedaan had. Ik wilde je niet in de steek laten maar er voor je zijn.' Hij lachte onzeker. 'Ik kan je nu wel zeggen dat ik die bezoekjes bepaald niet makkelijk vond. Jij zei geen woord en ik zat maar te ratelen, als een idioot. Jij was echt opmerkelijk kalm.'

Tyler keek Will recht aan.

'Ik had je over Ali moeten vertellen,' vervolgde Will gejaagd. 'Elke keer was ik dat van plan. Maar als het moment dan daar was, kon ik het niet. Daar voelde ik me heel slecht over.'

'Niet zo heel slecht.'

'Hoe bedoel je?'

'Niet zo slecht dat je je erdoor hebt laten weerhouden om met haar te trouwen.'

'Jij had levenslang. Wat had ze dan moeten doen? Wat had ik dan moeten doen?' vroeg Will op smekende toon.

'Dat doet er nu allemaal niet meer toe.'

'Het spijt me dat ik op een gegeven moment niet meer kwam.'

'Ik was er blij om.'

Will liet een zucht ontsnappen die bijna een lach was. 'Blijkbaar was het voor ons allebei nogal een bezoeking.'

'Heb je nooit de mogelijkheid overwogen dat ik het niet heb gedaan, Will?' vroeg Tyler na een korte stilte.

'Dat is het punt niet. Het punt is dat je, wat je ook gedaan had, nog steeds mijn vriend was. Bent,' corrigeerde hij zichzelf. 'Mijn vriend bent.'

'Of wíst je dat ik het niet gedaan had?'

Will keek hem vragend aan. 'Pardon?' zei hij na een poosje.

Tyler antwoordde niet, wachtte gewoon af.

'Tyler, waar heb je het over? Je bent schuldig bevonden. De jury was er binnen vier uur uit. Volgens de rechter was het glashelder.'

'Ik weet wat het oordeel van de rechter was, ik was erbij.'

'En nu heb je je straf uitgezeten.'

'En jij bent mijn vriend. En je bent er voor me.'

'Als je het zo zegt klinkt het wel heel cynisch.'

'Ik heb geen vrienden nodig.'

'Iedereen heeft vrienden nodig,' zei Will zwak.

'Denk je dat ik daarom hier ben? Vanwege vriendschap?'

'Ik weet het niet. Waarom ben je hier?'

'Daar kom je nog wel achter.'

'Kun je het niet gewoon zeggen?'

Tyler dacht voor Wills gevoel behoorlijk lang na. 'Het heeft iets te maken met afscheid nemen,' zei hij toen.

14

Beatrice wilde net het trapje naar de tuin af lopen om zich bij haar gasten te voegen toen ze de bel hoorde. Ze zette haar lege glas neer en liep naar de voordeur. Nadat ze, zich afvragend wie het kon zijn, had opengedaan, volgde een moment van lichte verwarring. Voor haar stond een man van middelbare leeftijd. Hij ging gekleed in een grijze linnen broek, het bijpassende jasje losjes over zijn arm, een wit katoenen hemd met opgerolde mouwen en stijlvolle groene instappers. Verder had hij grijs haar, een rond brilletje met een dun metalen montuur en een brede glimlach op zijn gezicht.

Toen drong het tot haar door. 'Jij bent het.'

'Ik ben het,' zei Rudi terwijl hij over de drempel stapte. 'En jij bent het.'

Hij liet zijn jasje vallen en stak zijn armen uit en zij liet zich door hem omhelzen. In de lege gang, met zijn geur in haar neus, zijn warme lijf tegen haar aan, deed Beatrice haar ogen dicht. Ze legde haar hoofd tegen zijn borst en in dat korte ogenblik rolden de jaren terug en was ze geen vrouw en moeder van middelbare leeftijd, maar weer de jonge gretige Beatrice Macmillan met een lichaam dat brandde van verlangen.

Met een enigszins beschaamd lachje opende ze haar ogen en deed een stapje terug. 'Ik had je niet verwacht.'

'Ik was ook niet van plan om te komen en dat had ik je moeten laten weten. Maar blijkbaar wist ik ergens diep vanbinnen aldoor al dat ik toch zou gaan, want vanavond zat ik thuis in mijn werkkamer en besefte ik ineens dat ik er natuurlijk gewoon bij moest zijn. Ik begrijp zelf ook niet hoe ik ooit heb kunnen denken dat ik me eraan zou kunnen onttrekken. Het is toch geen probleem dat ik zo onverwacht nog opduik, hoop ik?'

'Ik zet gewoon een extra bordje op tafel.'

'Je ziet er fantastisch uit. Dit is zo onwerkelijk, ik kan het amper geloven.'

'Zeg dat wel.'

'Nadat ik je berichtje had gelezen, kon ik nergens anders meer aan denken.'

'Maar even antwoorden was te veel gevraagd.'

'Het is gecompliceerd,' zei hij ernstig. 'Het ging niet alleen om het weerzien met Tyler, wat op zich al ingewikkeld genoeg is, of om al die mensen te zien met wie ik bewust geen contact heb gehouden. Het ging vooral om jou. Jij bent de enige die ik graag weer wilde zien.'

'Ik heb nog niet genoeg gedronken voor dit gesprek,' zei Beatrice, waarna ze zich omdraaide en terugliep naar de woonkamer.

Na de moord op Leo was Beatrice weer bij haar ouders in Dorset ingetrokken. Sebastian werkte destijds in de City en woonde ook in Londen, maar hij kwam haar bijna elk weekend opzoeken. Hij leek merkwaardig ongeïnteresseerd in de traumatische ervaring die ze achter de rug had, alsof het niet meer dan een kleine tegenslag in haar leven was, gewoon een beetje onaangenaam. Hij was een stabiele, betrouwbare man, die veel ouder leek dan hij werkelijk was en duidelijk wist wat hij wilde.

Voor Beatrice was het een verademing om met iemand te zijn bij wie ze zich veilig en geborgen voelde. De herinneringen aan de koortsige intensiteit van de voorbije maanden maakten haar misselijk.

Rudi had herhaaldelijk naar het huis van haar ouders gebeld, maar ze had hun laten weten dat ze hem niet wilde spreken. Drie maanden later verhuisde ze naar Londen om haar postdoctorale opleiding af te ronden, gevolgd door twee jaar stage. Ze trok bij Sebastian in, stortte zich volledig op haar werk en werd steeds minder gevoelig voor de herinneringen aan het verleden. In de loop der jaren had ze natuurlijk weleens aan Rudi gedacht en zich afgevraagd wat er van hem geworden was. Soms stelde ze zich voor dat ze hem ergens tegenkwam: op een feestje, in het theater of op straat, waar hij haar plotseling tegemoet kwam lopen. Maar ze had nooit geprobeerd om weer met hem in contact te komen. Waarom zou ze? Die kwetsbare jonge vrouw bestond niet meer en het verleden was als een droom die je langzaam ontglipt, waarvan niet meer dan flarden door je hoofd blijven spoken.

Beatrice liep de woonkamer in, met Rudi in haar kielzog. 'Waar zijn de anderen?' vroeg hij.

'In de tuin. Zullen we daar ook naartoe gaan?'

'Wacht,' zei hij, en hij raakte haar arm even aan. 'Ik ben er nog niet klaar voor. Is iedereen er?'

'Ja.'

'Tyler ook?'

'Ja.'

'Hoe is hij nu?'

Ineens moest Beatrice naar woorden zoeken. 'Intimiderend, zou ik zeggen. Ik weet het niet precies. Ik heb hem nog niet echt gesproken. Je ziet het zo zelf wel.'

'Is dit de eerste keer dat je hem weer ziet sinds, eh, toen?'

'Will is de enige die weleens bij hem langsging. O ja, trouwens, hij is met Ali getrouwd, dan weet je dat maar vast. Ja, gek hè? Tja, waarom heb ik Tyler nooit opgezocht? Ik bedoel, er zijn zat redenen te verzinnen, maar volgens mij...' Ze onderbrak zichzelf. 'Ik heb je nog helemaal niets aangeboden,' zei ze. 'We drinken martini.'

'Ah, de befaamde martini's. Daar lust ik er wel een van. Wat wilde je zeggen?'

'Hè?'

'Je stond op het punt om te zeggen waarom je hem nooit hebt opgezocht.'

'Beter van niet. Vergeet maar dat ik er iets over gezegd heb.'

'Zeg toch gewoon wat je wilde gaan zeggen, Bea.'

'Als ik heel eerlijk ben,' zei Beatrice, 'dan ben ik er nooit honderd procent van overtuigd geweest dat Tyler het gedaan heeft. Hij is natuurlijk veroordeeld en zo, maar ik ben nooit helemaal overtuigd geweest van zijn schuld. En ik besef dat dit me een enorme lafaard maakt, maar misschien ben ik wel nooit bij hem langsgegaan en heb ik hem nooit geschreven omdat ik die verschrikkelijke gedachte niet onder ogen durfde te zien.'

'Hoezo verschrikkelijk?'

'Nou ja, hij zat opgesloten, dus moest ik wel geloven dat dat terecht was, dat hij dat verdiende, want anders...'

Rudi wilde reageren, maar ze stak een hand op.

'Ik zal het natuurlijk nooit zeker weten, dat besef ik ook wel. Maar misschien dat ik er daarom mee heb ingestemd om deze avond hier bij mij thuis te houden: omdat de mogelijkheid bestaat dat hem vreselijk onrecht is aangedaan terwijl ik me gewoon van hem heb afgekeerd. Eigenlijk...' Haar gezicht vertrok uit walging voor zichzelf. 'Eigenlijk gewoon omdat dat makkelijker voor me was. Anders zou het zo'n ingewikkelde puinhoop zijn geworden. Het was veel makkelijker om niet te veel vragen te stellen en de zaak als afgedaan te beschouwen. Klaar, over en uit.' Ze slaakte een diepe zucht en keek hem onzeker aan.

'We hebben ons allemaal van hem afgekeerd.'

'Had jij toen ook je twijfels?'

'Ik? Nee. Ik ging er gewoon van uit...'

'Dat het recht zijn beloop had gehad?'

'Zoiets, ja.'

'Enfin,' zei Beatrice. 'Hij is nu vrij.'

'En in jouw huis.'

Ze gaf hem een arm. 'In mijn huis. Of in mijn tuin. Kom gedag zeggen tegen iedereen. Het oude clubje.'

'God, wat heb ik jou gemist,' zei hij.

15

In de tuin had Ellen zich bij Tyler en Will gevoegd. 'Ik wachtte de kans af om je even te spreken,' zei ze, 'maar ik wilde me niet opdringen. Dit moet overweldigend voor je zijn. Ik ben zelf behoorlijk geëmotioneerd.'

Tyler bracht langzaam zijn glas naar zijn mond en nam een slok water. 'Het gaat wel,' zei hij.

'Ik hoorde je iets tegen Will zeggen over afscheid nemen.'

'Klopt.'

Ze wachtte, maar hij zei verder niets meer. Will mompelde iets over een nieuw drankje halen, maar hij verroerde zich niet.

'Misschien dat je dat al wist, maar ik ben tegenwoordig psychotherapeut.' Ze sprak op de opgeruimde toon van iemand die een gesprek probeert aan te knopen. 'Verbaast je dat?'

'Niet echt.'

'Mij soms wel,' zei Ellen. 'Maar goed. Een van de dingen waar ik veel over heb nagedacht is het belang van het erkennen van bepaalde daden en gevoelens, hoe lelijk en beangstigend ze ook zijn. Zelfs als ze niet stroken met ons idee van wie we zijn of zouden willen zijn. Erkennen, benoemen en accepteren. Alleen dan kunnen we ze de baas worden, in plaats van andersom.' Ze liet een stilte vallen, maar Tyler bleef zwijgen. 'Ik vind het heel moedig van je dat je ons hier allemaal hebt samengebracht,' vervolgde ze. 'Dat moet ongelooflijk zwaar voor je zijn. Maar volgens mij kan iedereen zich nu verzoenen.'

'Verzoenen,' herhaalde Tyler.

Ellen knikte enthousiast. 'Ja, verzoenen. Je hebt al die jaren in de gevangenis gezeten, wat een verschrikkelijke ervaring moet zijn geweest. En nu verdien je het om vergeven te worden.'

'Je vergist je,' zei Tyler zacht. 'Ik hoef niet vergeven te worden.'

'Je ziet er niet echt uit alsof je het naar je zin hebt,' zei Kristin tegen Jay.

'Het valt niet mee.'

'Dat kan ik me voorstellen.' Ze knikte een paar keer. 'Jij bent toch Jay?'

'Ja, dat klopt.'

Kristin bestudeerde zijn magere gezicht, de grote vochtige ogen in hun diepliggende kassen. Hij had iets fascinerends. Duidelijk niet iemand die van kletspraatjes hield. 'Volgens Marco was jij het genie van de groep.'

'Onzin,' zei Jay. 'Ik ben nooit een genie geweest.'

Jay was als laatste bij de vriendengroep gekomen, toen hij met Clara ging, en ten tijde van het fatale weekend maakte hij er eigenlijk al geen deel meer van uit. De anderen vonden hem aandoenlijk en intrigerend, maar voelden zich ook niet altijd op hun gemak bij hem. Hij studeerde filosofie en ze gingen er allemaal van uit dat hij cum laude zou afstuderen om een academische carrière te beginnen. Ze noemden hem weleens gekscherend de professor omdat hij altijd zo serieus was en met zijn neus in de boeken zat en zelfs op zaterdagavond in de bibliotheek zat te studeren. Hij was van nature stil en teruggetrokken, maar als hij high of dronken was kon hij soms lange begeesterde monologen afsteken, die hij met zijn knokige handen kracht bijzette, barstensvol ideeën.

Marco had Kristin niet alleen verteld dat Jay een genie was, maar ook dat er een steekje aan hem loszat. Dat hij anders was; iemand die ineens enorm opgewonden kon raken of juist in een depressie of zelfs tot razernij kon vervallen. 'Wat er met hem gebeurde, wat hij daarna deed, had ons eigenlijk niet hoeven verbazen,' had hij tegen Kristin gezegd. Nu vroeg ze zich af of ze hem er rechtstreeks naar zou vragen. 'Wat doe jij tegenwoordig, Jay?' vroeg ze in plaats daarvan.

'Ik werk in een tehuis voor mensen met dementie,' antwoordde hij.

'Wat geweldig dat je dat doet,' zei ze hartelijk. 'Je bent een held.'

Jay had een hekel aan dat woord. 'Ik vind het fijn om te doen,' zei hij. 'Het past bij me.'

'Maar het is vast niet makkelijk.'

'Dat hoor ik vaker. Maar als je iets echt goed doet is het volgens mij nooit makkelijk.'

'Dat ben ik volkomen met je eens. En je woont in het noorden?'

'Derbyshire.'

'Mooi hoor,' zei Kristin, die daar nog nooit was geweest en niet eens precies wist waar het lag, behalve dan ergens in het noorden. 'Wat voert jou dan hierheen, Jay, naar het warme verstikkende Londen, op de langste dag van het jaar? Ik bedoel...' Ze lachte zo hard dat hij ervan schrok. 'Marco is hier omdat hij Tyler eens goed de waarheid wil vertellen. Al denk ik niet dat hij dat echt zal doen, hoor. Veel geschreeuw maar weinig wol, onze Marco. Wat verwacht jíj van deze avond?'

'Ik ben hier omdat Clara denkt dat ik er baat bij zou kunnen hebben,' antwoordde hij.

'En doe je altijd wat Clara zegt?'

Hij dacht even serieus over haar vraag na. 'Meestal wel.'

'Arme jij,' zei Kristin vrolijk. 'Je houdt nog steeds van haar.'

Het bloed vloog hem naar de wangen. Hij balde zijn vuisten. Maar hij kon haar het antwoord schuldig blijven, want Beatrice kwam arm in arm met een gedistingeerde, duur geklede man het trapje naar de tuin af.

'Is dat haar man?' vroeg Kristin op luide fluistertoon.
'Nee, dat is Rudi Scott.'

16

'Hé, allemaal,' riep Beatrice vanaf de onderste trede. 'Rudi is toch gekomen!'

De door de tuin verspreide gasten dromden weer samen om hem te begroeten, op Tyler na, die zich niet verroerde.

'Wat een mooi stel,' zei Marco, die constateerde dat hij zowel stoned als dronken was en, erger nog, een beetje misselijk begon te worden. Hoe klonk hij? Onnozel, dacht hij. Onnozel, onbezonnen, onbeschaamd en luidruchtig. Waarom hield hij niet gewoon zijn mond? Hij was zich ook bewust van zijn uiterlijk; een kalende man van middelbare leeftijd, die gekleed ging als een tiener, in een groezelig tie-dye shirt en sneakers met rafelige veters.

Rudi liep glimlachend op Ellen af. Ze omhelsden elkaar. Beatrice voegde zich weer bij hen en overhandigde Rudi een martini, waar hij met een goedkeurend knikje een slok van nam. Hij deed zijn best om niet naar Tyler te staren, die naast een bemost standbeeld stond, maar zijn ogen schoten voortdurend zijn kant uit.

'Hoe gaat het met de schrijverij?' vroeg Will, nadat ze elkaar voorzichtig hadden omhelsd. 'Het klopt toch dat je schrijver bent?'

'Ja, dat klopt. En ik mag niet klagen,' antwoordde Rudi, waarna hij een flinke slok van zijn martini nam, het stukje citroenschil eruit viste en in zijn mond stak. Hij had geen zin om over schrijven te praten. 'Ik ben met iets bezig. Hé, Jay.'

Vroeger lieten hij en Jay elkaar lezen wat ze geschreven hadden. Nu werkte Jay in de zorg en kon met moeite zijn rekeningen betalen, terwijl Rudi in een riante villa in Oxfordshire woonde.

Jay stak een hand op. 'Ik heb in de afgelopen jaren regelmatig aan je gedacht,' zei hij op zijn rustige, ongekunstelde toon.

'O ja?' Het was moeilijk om onderkoeld en ironisch te doen tegen Jay. 'Ik ook aan jou.'

Dat was niet waar. Hij had aan Tyler, Leo en Beatrice gedacht. Maar niet echt aan de anderen afzonderlijk, alleen als groep, haast als een soort systeem waarvan hij ooit deel had uitgemaakt.

Op een gegeven moment draaide hij zich in Tylers richting alsof hij hem net had opgemerkt. 'Tyler,' zei hij, tot zijn verrassing plotseling ontroerd nu hij oog in oog stond met de man die hem ooit had gezegd dat vriendschap de meest pure relatievorm in het leven was. 'Tyler,' herhaalde hij, zoekend naar een vervolg.

'Hallo,' zei Tyler, zonder van zijn plaats te komen. 'Ellen is hier omdat ze me wil vergeven. Waarom ben jij gekomen?'

Rudi bleef stokstijf staan, zijn glimlach bevroor op zijn lippen. De anderen wachtten stilzwijgend af. 'Ik weet het niet,' wist hij uiteindelijk uit te brengen. 'Ik was het niet van plan. Maar toen ik bedacht dat iedereen hier samen zou zijn, leek het me ineens toch niet zo'n goed idee om verstek te laten gaan.'

'En Will is hier omdat hij mijn vriend is,' zei Tyler.

Will, die een paar passen verderop stond, zag er afgemat uit.

Beatrice voelde zich niet op haar gemak bij Tyler, met die overhangende oogleden, het litteken, de manier waarop hij sprak, langzaam en afgemeten. Ze wilde hem vragen waarom hij hen allemaal had uitgenodigd, wat zijn beweegredenen waren, maar Kristin was haar voor.

'Ik ben hier puur uit nieuwsgierigheid, mocht je dat willen weten. Marco is nooit echt duidelijk geweest over alles.'

Ze gebaarde naar Tyler. 'Over jou. Hij zegt alleen dat het de belangrijkste gebeurtenis van zijn leven was. Ik wil gewoon weten wat er is gebeurd. Dat is toch niet zo vreemd?'

Marco en Ellen begonnen tegelijk te praten, maar de zachte klank van Tylers stem legde hun het zwijgen op. 'Wil je het echt weten? Goed, dan zal ik het je vertellen.' Hij liet een stilte vallen en kneep zijn ogen even dicht, waarna hij van wal stak. 'Het is zo ongeveer negenentwintig jaar geleden, het midzomerweekend van juni 1993 dat we met z'n allen in een huis in de Yorkshire Dales zaten. Het huis was van een tante van Leo. Het lag erg afgelegen en we waren er met twee auto's heen gereden, Leo's auto en een huurbusje. De meesten van ons waren net afgestudeerd. Ikzelf niet, omdat ik geneeskunde studeerde en Jay ook niet, omdat hij een paar maanden daarvoor met zijn studie was gestopt. Het was zowel een viering als een manier om het einde van een tijdperk in te luiden. Het zou hoe dan ook intens worden. We hadden een heleboel drank ingeslagen en er waren ook drugs – voornamelijk wiet, maar ook sterker spul. Vooral Jay gebruikte behoorlijk veel drugs. Ik niet, omdat ik niet het risico wilde lopen van de universiteit gestuurd te worden. Als klein jongetje wilde ik al dokter worden.'

Hij keek Kristin nog steeds recht aan. Hij klonk emotieloos, alsof hij het over iemand anders had. Wat op een bepaalde manier ook zo was, dacht Beatrice: die jonge arts in opleiding, met zijn hele leven nog voor zich, moest een vreemde voor hem zijn geworden.

'Er werd veel gedronken, gerookt en gepraat. We deden bordspelletjes, kregen ruzie, legden het weer bij, maakten grapjes, lachten, zwalkten rond over de heide, staken de worstjes op de barbecue in de fik, gingen met elkaar naar bed, nou ja, sommigen van ons, en beloofden elkaar dat we altijd vrienden zouden blijven. Het was alsof alles mogelijk was en de normale regels niet op ons van toepassing waren. Dat werd in de kranten breed uitgemeten toen ze eenmaal hun tanden in het verhaal hadden gezet.'

Het leek erop dat Tyler elk vermogen om een normaal gesprek te voeren verloren had: hij sprak óf in norse korte zinnen óf oreerde alsof hij een soort preek hield.

'Die zaterdagavond,' vervolgde hij, 'kreeg ik knallende ruzie met Leo, die ik al kende vanaf de lagere school. Ik heb alle tijd gehad om over mijn relatie met Leo na te denken. Op school, ongeveer vanaf mijn elfde, was hij mijn beste vriendje, maar wel een verwarrend soort vriend; de ene keer was hij gul en aardig en de andere keer competitief en ondermijnend.'

'Waarom bleef je dan met hem bevriend?' vroeg Kristin.

Tyler knikte om haar te kennen te geven dat het een terechte vraag was. 'Daar heb ik in de gevangenis heel veel over nagedacht. Waarom blijf je vrienden met iemand die je schade berokkent? Hoewel heel veel mensen dat op de een of andere manier doen, natuurlijk.' Zijn blik ging de groep rond en bleef rusten op Kristin. 'Ik begreep destijds nog niet hoe kwaadaardig hij was, een pestkop die altijd de baas wilde spelen. Toen we elkaar op de universiteit weer tegenkwamen, eiste hij me als het ware weer op en ik ging daarin mee. Het kwam niet bij me op dat ik de vriendschap zou kunnen verbreken.'

Hij zweeg even. 'Dat weekend drong eindelijk tot me door dat hij niet alleen overheersend was, maar dat ik hem eigenlijk ook niet mocht, sterker nog, dat ik echt een hekel aan hem had en er bovendien geen enkele reden was om loyaal aan hem te blijven.' Hij knikte kort naar Kristin. 'Loyaliteit was altijd heel belangrijk voor me. Het was alsof ik hem trouw had gezworen of zoiets dergelijks. Ik dacht dat ik trouw moest blijven, aan Leo, aan iedereen. Will denkt dat nog steeds, volgens mij.'

Will kreeg een ongezond rode kleur en mompelde iets onverstaanbaars, maar Tyler ging verder met zijn betoog. 'Maar ik zag ineens wat ik onbewust waarschijnlijk altijd al had geweten: dat Leo er alleen maar op uit was om mij te ondermijnen. Met mijn zatte kop en met het idee dat alles op zijn einde liep, wilde ik hem betaald zetten wat hij mij en anderen had aangedaan. Sommigen van jullie hebben me horen zeggen dat hij ooit tegen de verkeerde persoon aan zou lopen, dat dat misschien al was gebeurd. We raakten in een stom, rommelig, stuntelig gevecht verwikkeld. Dat moet er belachelijk hebben uitgezien. Ik meen me nog te herinneren dat jij' – hier wees hij op Marco – 'ons zelfs nog aanmoedigde. Alsof het een hanengevecht was of zo. Uiteindelijk bleef het zonder gevolgen; we waren te ver heen, ik wel tenminste. In de vroege ochtend, toen iedereen in bed lag, werd Leo vermoord. Zijn keel was doorgesneden, hij moet binnen een paar tellen zijn doodgebloed. De patholoog zei later dat de dader waarschijnlijk medische kennis had. Het moordwapen werd in mijn kamer gevonden. Ik werd aangeklaagd voor moord en een jury heeft me unaniem schuldig bevonden.'

'Dank je,' zei Kristin met een geschokte uitdrukking op haar gezicht.

'Ik heb negenentwintig jaar vastgezeten. Zelfs nu ben ik niet echt vrij, alleen voorwaardelijk. Mijn moeder is overleden terwijl ik daarbinnen zat. Mijn vader wil niets meer met me te maken hebben. Will is de enige van al mijn vrienden die ooit op bezoek is geweest, maar allengs kwam hij ook steeds minder en ten slotte helemaal niet meer. Ik was vergeten. Ik had het idee dat ik wist hoe het is om dood te zijn.'

Niemand zei een woord, niemand bewoog. Tyler nam een slok water. Hij was formeel, precies, als een docent die aan het eind van zijn college is gekomen.

17

'Maar je bent weer op vrije voeten,' zei Ellen. 'Je kunt een nieuwe start maken.' Voor dat laatste zinnetje leek ze zich enigszins te schamen.

'Wacht even. Moeten we nu medelijden met je hebben?' Marco had, aangemoedigd door de drank, besloten dat dit het moment was om zijn zegje te doen. Hij liep met zijn borst naar voren op Tyler af. 'Echt? Dus de gevangenis is verschrikkelijk? Dat is toch ook de bedoeling? Zeker voor iemand die zijn vriend heeft vermoord. Onze vriend, voor de duidelijkheid. Mijn vriend. Die in mij geloofde.' De tranen prikten achter zijn oogleden. Zijn stem werd dik. 'Ik begrijp niet waarom ze je hebben vrijgelaten. Als het aan mij lag, zat je daar nog. Weet je wat ik denk?'

'Nee,' antwoordde Tyler beleefd. 'Wat denk je?'

'Ik denk,' begon Marco. 'Ik denk dat je, dat je...' Hij viel stil, wreef woedend over zijn gezicht. Zijn ogen waren bloeddoorlopen.

'Dit hoeven wij allemaal niet te horen,' zei Beatrice. 'En waarschijnlijk kun je het ook maar beter voor je houden.'

'Nee,' zei Marco. 'Ik moet het kwijt.'

'Ik wil graag horen wat je te zeggen hebt,' zei Tyler.

De twee mannen liepen verder de tuin in.

Marco haalde een joint uit zijn zak en stak hem op, nam een hijs en bood hem na een korte aarzeling aan Tyler aan.

'Als ik word betrapt op het gebruik van softdrugs,' zei Tyler, 'word ik waarschijnlijk rechtstreeks teruggestuurd naar de gevangenis om de rest van mijn straf uit te zitten. Sterker nog, mogelijk ben ik al in overtreding door aanwezig te zijn in een huis waarvan ik redelijkerwijs had kunnen vermoeden dat er verboden middelen werden gebruikt.'

'Ach, kom op,' zei Marco. 'Het is tegenwoordig nagenoeg legaal.'

Plotseling hoorden ze een stem aan de andere kant van de tuinmuur.

'We weten wat jullie doen. Dacht je soms dat we dat niet konden ruiken?'

'Oké, rustig maar,' zei Marco met stemverheffing. Hij drukte de joint uit in het gras en borg hem weer op in zijn zak. 'Bemoeizuchtige buren, wat doe je eraan?'

'Misschien belt hij de politie wel,' zei Tyler. 'Ik hoef niet eens van een misdrijf beschuldigd te worden, betrokkenheid bij een vermoedelijke verstoring van de openbare orde is al genoeg.'

'Doe niet zo paranoïde,' zei Marco.

'Er is nog nooit een ambtenaar ontslagen omdat hij een veroordeelde moordenaar terug naar de gevangenis stuurde,' zei Tyler. 'En als dat je niks kan schelen, denk dan aan Beatrice. Als zij ervan wordt beschuldigd dat ze haar huis ter beschikking heeft gesteld voor drugsgebruik, kan ze van het tableau worden geschrapt. Haar man is minister, dus dat zou waarschijnlijk ook het einde van zijn carrière betekenen. Niet slecht voor een avondje werk.'

'Dat klinkt best grappig als je het zo zegt. Ik denk dat ik onbewust aan vroeger dacht, toen we samen muziek maakten. Maar terug naar wat je net zei, wat er met jou gebeurt kan me inderdaad niks schelen.'

'Dat snap ik.'

'O ja? Snap je dat?' Marco begon zich weer op te winden en hield vast aan zijn voornemen om Tyler ter verantwoording te roepen. Maar hij voelde zich niet erg goed en wilde eigenlijk gewoon dat het achter de rug was, zodat hij tegen zichzelf en Kristin kon zeggen dat hij gedaan had wat hij van plan was. 'Het probleem is dat je gewoon een vuile moordenaar bent, maar blijkbaar denkt dat je ons allemaal met minachting kunt behandelen.'

'Interessante woordkeuze.'

'Minachting,' herhaalde Marco. Hij begon de draad kwijt te raken.

'Wilde je dat tegen me zeggen?'

'Je hebt mijn leven verwoest, weet je dat? Het had allemaal heel anders kunnen lopen. En je zou op z'n minst zo eerlijk en nederig kunnen zijn om je excuses aan te bieden. Maar je stelt je juist op als een soort rechter. Wie ben jij om over ons te oordelen?'

'Ik kan me de muziek nog goed herinneren,' zei Tyler mijmerend, alsof hij het laatste deel van Marco's betoog niet had gehoord. 'Ik herinner me een zomerfeest waar jij speelde. Je zat in een bandje met een paar andere jongens. Toen jullie begonnen te spelen, was iedereen nog aan het praten, maar langzaamaan verstomden de gesprekken en op het laatst was iedereen stil. Je kon het voelen. Het hele publiek luisterde als één persoon.'

'Dat was een geweldige avond,' zei Marco, en in weerwil van zichzelf verscheen er een oprechte glimlach op zijn gezicht. 'Soms valt alles op zijn plek.'

'Terwijl ik naar jullie luisterde, dacht ik: over een paar jaar zal iedereen die hier nu is zeggen dat ze erbij waren. "Ik was op dat zomerfeest en heb Marco Burney zien spelen voordat hij beroemd werd."'

'Voordat ik beroemd werd,' zei Marco fronsend.

'Wat is er daarna gebeurd?'

'Hoe bedoel je?'

'Misschien zou ik moeten zeggen: wat is er niet gebeurd? Was er een moment waarop je je realiseerde dat je niet zou worden wat we allemaal van je verwacht hadden of ging het geleidelijk? Je weet wel, als een langzaam leeglopende ballon.'

Marco lachte ongemakkelijk. 'Je weet dat ik nog steeds muzikant ben, toch? Ik verdien er mijn brood mee.'

'Hoe heette dat liedje ook weer, dat je toen geschreven had? "Baby Blue", was het niet? Het heeft nog dagenlang in mijn hoofd gezeten nadat ik het je had horen zingen. Ik was bijna jaloers. Jij zou het soort liedjes schrijven waarop mensen zouden dansen, waarbij ze verliefd zouden worden, dat ze op hun bruiloft wilden horen. Wanneer is dat verdwenen?'

'Is dit een serieus onderwerp?' vroeg Marco. 'Wil je dat echt weten? Of probeer je me gewoon een rotgevoel te bezorgen omdat ik niet van het kaliber Paul McCartney of Sting ben? Ik heb mijn best gedaan, oké? Ik hoef me nergens voor te schamen. In tegenstelling tot jij. Hoe kun je leven met die schaamte?'

'Maar wat is er misgegaan? Kreeg je geen platencontract? Of bleef die ene hit uit?'

'Of misschien was ik gewoon niet goed genoeg. Is dat wat je eigenlijk wil zeggen? Ik begrijp niet wat je probleem is. Ik ben muzikant. Ik geef gitaarles. Ik begeleid mensen. Ik leid de volgende generatie op. Geef het stokje door.'

Kristin was net door de tuin aan komen lopen en giechelde toen ze die laatste opmerking opving.

'Wat val er te lachen?' vroeg Marco geprikkeld.

'Je geeft les aan dikbuikige vaders die een elektrische gitaar hebben gekocht omdat ze in een midlifecrisis zitten. Je hebt niet bepaald de volgende generatie jonge muzikanten onder je hoede.'

'Een van mijn leerlingen is een puber,' sputterde Marco tegen.

'Is dat dat joch dat zei dat het van zijn moeder moest? Dat joch dat nooit oefent, maar dat je toch laat komen voor het geld? Bedoel je hem?'

'Fijn, bedankt voor de steun. Het spijt me dat ik niet voldoe aan jouw idee van artistieke integriteit. Maar godsallejezus.' Hij begon bijna te schreeuwen. 'Dat is het punt toch helemaal niet? Oké, misschien ben ik een mislukkeling, maar jij, Tyler, bent een moordenaar. En als Ellen zegt dat ze je het wil vergeven, prima. Want ik zal het je nooit vergeven.'

'Zo is het genoeg!' zei Beatrice op scherpe toon, terwijl ze op hen af liep en de paniek in haar stem probeerde te onderdrukken. 'Tyler, je hebt hier zelf om gevraagd. Marco, je bent hier uit eigen vrije wil naartoe gekomen. Als jullie willen, kunnen jullie gaan, maar jullie kunnen ook mee naar binnen komen om te eten.'

Tyler en Marco keken elkaar aan.

'Als je op een excuus wacht,' zei Marco toen, 'kun je nog eens negenentwintig jaar wachten.'

'Ik wachtte op het eten,' zei Tyler.

Beatrice liep voor hen uit het trapje naar de patio af en leidde hen door de glazen schuifdeuren het souterrain in. De andere gasten stonden om de tafel heen.

18

‘Is er een tafelschikking?’ vroeg Clara.

Beatrice had inderdaad een uitgekiende tafelschikking bedacht, maar die kon haar nu gestolen worden. Ze wilde gewoon dat het zo snel mogelijk voorbij was, zodat ze in bed kon gaan liggen, haar verhitte gezicht op het heerlijk zachte kussensloop van Egyptisch katoen kon leggen en haar ogen kon sluiten. Hoe laat was het? Het was nog steeds niet helemaal donker, hoewel het daglicht had plaatsgemaakt voor een diepe avondgloed.

‘Je mag gaan zitten waar je wilt.’

Clara plofte neer en Rudi nam naast haar plaats.

‘Het is net alsof ik weer op school zit,’ zei Kristin. Ze had een tweede martini gedronken en rolde de mouwen van haar jurkje op alsof ze de afwas ging doen of een gevecht wilde beginnen. ‘Als ik mag kiezen naast wie ik ga zitten, kies ik...’ Ze kneep haar ogen tot spleetjes en wees grijnzend naar Will. ‘Jou! Volgens Marco was jij altijd de gangmaker en de spil van elk feest. Kun je me mooi alles vertellen over Marco toen hij jong was.’

Ellen pakte Jay bij een mouw en trok hem mee naar de tafel. ‘Ik kom naast jou zitten. Kunnen we lekker bijkletsen.’

Jay wierp een wanhopige blik naar Clara.

‘Maar dat geldt niet voor jou, Tyler,’ zei Beatrice. ‘Jij moet aan het hoofd zitten.’

Het werd doodstil en iedereen keek naar Tyler om te zien hoe hij zou reageren.

'Maak je geen zorgen,' zei Will gemaakt vrolijk. 'We verwachten niet dat je nog een toespraak houdt.'

'O, maar dat was ik juist wel van plan,' zei Tyler, terwijl hij de prominente plaats aan het hoofd van de lange houten tafel innam. Beatrice ging aan het andere eind van de tafel zitten, geflankeerd door Marco aan haar linker- en Rudi aan haar rechterzijde. Ellen ging tussen Marco en Jay in zitten, waardoor Clara rechts van Tyler terechtkwam en Ali links. Hij keek hen geen van beiden aan en zij keken niet naar hem. Zijn gespierde onderarmen rustten op tafel; zijn grote handen geopend met de palm omhoog. Zijn ogen half geloken.

Beatrice gebaarde naar de enorme hoeveelheid voedsel die over de volle lengte van de tafel stond uitgestald: een hele gepocheerde zalm, verschillende salades en sauzen, knapperige stokbroden. 'Ik heb geen idee wat jullie tegenwoordig allemaal wel of niet eten, dus ik hoop dat dit goed is,' zei ze. 'Jullie moeten de schalen maar een beetje doorgeven, hopelijk is het genoeg.'

Het is veel te veel, dacht ze, vol walging bij de aanblik van al dat eten; hoog opgestapelde plakken aubergine met glimmende granaatappelpitjes erop, gegrilde bloemkoolroosjes met dikke kwakken yoghurt, aardappelsalade met kappertjes. Ze liet haar blik over de gezichten van de gasten dwalen; kleur op hun wangen, huid glimmend in de hitte: opgewonden, angstig, aangeschoten.

'Het is genoeg voor de hele straat,' zei Kristin vrolijk tegen Rudi.

Verspreid over de tafel stonden enkele geopende flessen wijn. Kristin pakte er een en schonk haar glas tot aan de rand toe vol.

'Het ziet er heerlijk uit,' zei Rudi tegen Beatrice, terwijl hij zijn hand op de hare legde en er een kneepje in gaf.

Ze zag dat hij harige polsen had; had hij die vroeger ook al? Ze wist het niet meer. Zo lang geleden. 'Ach, het is niets,' zei ze met een scheef lachje.

De gesprekken waren ongemakkelijk en stokten telkens.

'Maar hoe ben je dan tandarts geworden?' vroeg Ali aan het andere eind van de tafel aan Clara. 'Als je Frans en Italiaans hebt gestudeerd?'

'Ik ben van gedachten veranderd,' antwoordde Clara.

'Vind je het niet verschrikkelijk om de hele dag in al die monden te koekeloeren?' vroeg Kristin. 'Rotte kiezen en terugtrekkend tandvlees.'

Begeleid door het gerinkel van schalen en bestek schepten de gasten hun borden op. Tyler nam alleen een beetje groene sla en schonk zijn glas bij uit de kan water die voor hem stond.

Will vertelde Kristin over de groenten in zijn moestuin. 'Deze komen uit mijn tuin,' zei hij, terwijl hij een gegrilde asperge tussen duim en wijsvinger hield. 'Maar ik heb ook bessenstruiken. Zwarte, rode en witte bessen. Die vries ik allemaal in en dan kunnen we er de hele winter van eten.'

Ineens viel er een stilte. Iedereen keek elkaar aan en wachtte tot iemand iets zou zeggen.

'Hoe ben je al die jaren doorgekomen?' vroeg Beatrice aan Tyler, vanaf het andere eind van de tafel. Ze had het nog niet gezegd of ze voelde zich net een of ander oud wijf dat een tiener vraagt wat zijn favoriete schoolvak is.

'Lezend,' antwoordde hij. 'En studerend.'

'Wat heb je gestudeerd?'

'Ik heb een literatuurcursus gedaan. Als je drieëntwintig uur per dag opgesloten zit, heb je veel tijd om te lezen. En elektro- en installatietechniek. Dat waren volgens hen vaardigheden waar je in de buitenwereld wat aan had.'

Marco gebaarde naar Rudi, die tegenover hem zat. 'Waarom heb je je vrouw niet meegenomen?'

'Ik wist niet zeker of dat de bedoeling was.' Zijn blik schoot even richting Kristin. 'Ik dacht dat we het onder ons zouden houden.'

'Ik heb je van de week gegoogeld,' zei Marco. 'Nou ja, eigenlijk heb ik iedereen gegoogeld om te kijken wat er van jullie geworden was. Jay was de enige over wie ik niets heb gevonden.'

'Ik hou me niet zo bezig met sociale media en dergelijke,' mompelde Jay.

'Dat blijkt,' zei Marco. 'Je bent totaal onzichtbaar. Je zou spion moeten worden. Maar Rudi en zijn vrouw – dat was een heel ander verhaal. Ze lijkt me erg interessant.'

'Hoezo?' vroeg Ellen.

'Ik ben twee dingen over haar te weten gekomen. Ten eerste dat haar vader directeur is van een bedrijf dat iets fabriceert waarvan ik niets begrijp, maar dat ze hun productie naar Maleisië hebben verplaatst om de kosten te drukken. Je vrouw moet zwemmen in het geld.'

'Nou, nou, zwemmen, dat weet ik niet, hoor,' zei Rudi.

'Ik dacht al dat ik haar naam ergens van kende en toen stuitte ik op haar campagne over familiewaarden. Die gaat over de rol van vrouwen in het huishouden en over seks, als ik het goed heb.'

'Wat zegt ze over seks?' vroeg Ellen.

'Ze is er in principe tegen,' antwoordde Marco. 'Behalve onder bepaalde omstandigheden binnen het huwelijk.'

'Dat slaat nergens op,' zei Rudi. 'Ze draagt gewoon bepaalde waarden uit.'

'Net als de Taliban,' zei Marco grijnzend. 'Die dragen ook bepaalde waarden uit. Vrijwel identieke waarden, overigens.'

'Ik vermoed dat de Taliban ons gedrag niet zou goedkeuren,' zei Ellen. Ze dronk haar glas leeg en schonk het weer vol.

'Hebben jullie kinderen?' vroeg Beatrice aan Rudi.

'Drie.'

'Ik maar één,' zei Beatrice. 'En hij is inmiddels al bijna volwassen.'

'Dan win ik,' zei Ellen.

'En jij?' vroeg Kristin aan Will, terwijl ze haar gezicht heel dicht bij het zijne bracht.

'Nee.'

'Waarom niet? Wilden jullie ze niet?'

'Het is er gewoon niet van gekomen,' zei Will na een ongemakkelijke stilte.

'Wat jammer.'

'Heeft niemand jou geleerd dat er bepaalde vragen zijn die je niet zomaar kunt stellen, zeker niet aan mensen die je helemaal niet kent?' zei Ali, terwijl ze over Will heen leunde om Kristin rechtstreeks aan te spreken.

'Dat geeft toch niet, Ali,' zei Will. 'Het is al lang geleden.'

'Kristin zegt altijd wat ze denkt.' Marco's bord was boordevol geschept, maar hij leek er niet van te eten. 'En als ze niet denkt, praat ze toch.'

'Dat heb ik gemerkt,' zei Ali. Ze zat stijf rechtop, met haar smalle gezicht bleek weggetrokken van woede.

Toen nam Tyler het woord, zachtjes, alsof hij het alleen tegen Ali had, maar het was verder doodstil in de keuken en zijn woorden leken haast te galmen. 'Ik dacht altijd dat je graag kinderen wilde. Was het erg pijnlijk voor je?'

Ali pakte met bevende hand haar glas en nam een grote slok. 'Ik weet het niet,' zei ze op dezelfde zachte toon als hij.

Beatrice had het idee dat ze eigenlijk niet naar dit gesprek hoorde te luisteren, maar net als alle anderen wachtte ze met ingehouden adem af om te horen wat ze verder tegen elkaar zouden zeggen.

'Volgens mij had Will het er zwaarder mee dan ik. Hij overwoog uiteindelijk zelfs adoptie, maar toen was het al te laat. Voor mij wel, tenminste.' Ze maakte een gebaar met de hand waarin ze haar glas vasthad. Het was alsof er verder niemand aanwezig was. Will zat ineengedoken en met gebogen hoofd te luisteren naar het gesprek tussen zijn vrouw en de man van wie ze meer gehouden had dan ze ooit van hem zou kunnen houden. 'Hij wilde een fijn, groot gezin; drie of vier kinderen. Hij had een beeld van ons in een oude boerderij op het platteland, met een moestuin vol groenten en een hele trits kinderen; drukke gezellige maaltijden, verhaaltjes lezen voor het slapengaan, vakanties aan zee, zandkastelen bouwen en frisbeeën op het strand, wilde spelletjes doen. Je weet hoe hij is.' Plotseling leek ze zich te herinneren dat hij gewoon naast haar zat en ze wierp hem een blik toe; haar mond vertrok. 'Zijn passies. Hij houdt van rommeligheid en drukte en de boel een beetje op zijn beloop laten. Heel anders dan ik.' Ze zweeg abrupt.

Ellen knikte. 'Ja, ik vond je vroeger ook altijd iets jongensachtigs hebben, Will. Mijn kinderen zouden met je weglopen.'

'Nu heeft hij alleen zijn moestuintje,' zei Ali.

'En jij je hond,' zei Tyler.

Ze nam een slok en knikte. 'En ik mijn hond.'

'Ik ging er altijd van uit dat ik ooit kinderen zou krijgen,' zei Tyler.

'Het is nooit te laat,' zei Kristin opgewekt en luid in de stilte. 'Voor mannen in elk geval niet.'

'Will zou een goede vader zijn geweest,' zei Tyler.

'Tja, dat zullen we dus nooit weten, hè?' zei Ali.

'Vreemd hoor,' zei Clara dromerig. 'Ik zie jullie zoals jullie nu zijn, van middelbare leeftijd, getekend door het leven, maar ik zie jullie jongere zelf erdoorheen. Het gezicht achter het gezicht. En iedereen lijkt het te hebben over wat er allemaal níét gebeurd is in plaats van over wat er wél gebeurd is. Niet geleefde levens. Zo treurig. Is alles altijd zo droevig of geldt dat alleen voor ons?'

'Hij zou een goede vader zijn geweest,' herhaalde Tyler, alsof niemand iets had gezegd en hij gewoon zijn zin afmaakte. 'Maar zeg eens, Ali, denk je dat jij een goede moeder geweest zou zijn?'

19

De groep hapte collectief naar adem. Het was alsof Ali een stomp in haar maag had gekregen. Ze klapte naar achteren op haar stoel en legde beide handen op haar buik. 'Wat?'

'Ik vroeg of je denkt dat je een goede moeder geweest zou zijn.'

'Natuurlijk zou ze een goede moeder zijn geweest,' zei Will met enige stemverheffing. 'Ze zou een geweldige moeder zijn geweest.'

'Waarom vraag je zoiets?' bracht Ali op fluistertoon uit.

Clara probeerde over tafel heen haar hand te pakken, maar Ali trok haar hand terug.

'Hier zitten we dan,' zei Tyler kalm. 'Weer verenigd, na bijna dertig jaar. Mijn leven was stilgezet, bevroren in de tijd. Maar jullie hebben gewoon allemaal je leven geleid, zo goed en zo kwaad als het ging. Jullie hebben je keuzes gemaakt. Een heleboel dingen waarvan we ooit dachten dat ze zouden gebeuren, zullen nu niet meer gebeuren. Ik weet niet zeker of je echt kinderen wilde en ik vroeg alleen maar of je dacht dat je een goede moeder geweest zou zijn.'

'Tyler,' zei Clara op waarschuwende toon.

'Of je in staat zou zijn geweest om dat soort onvoorwaardelijke liefde te geven.'

'Tyler, genoeg nu.'

'Want mij lijkt van niet. En ik vraag me af of je nu zoveel bent veranderd of dat je altijd al zo was en dat ik dat destijds gewoon niet heb gezien omdat ik verliefd op je was.' Tyler sprak nog steeds op neutrale toon, alsof hij oprecht iets probeerde te begrijpen dat ver van hem af stond, een probleem dat moest worden opgelost.

'Hij probeert je alleen maar te kwetsen,' zei Clara nadrukkelijk.

'Ik zou van mijn kinderen gehouden hebben.' Ali's stem was nauwelijks hoorbaar. 'Ik zou van ze gehouden hebben en ze beschermd hebben. Dat is wat ik wilde.'

'In dat geval, Ali,' zei Tyler merkwaardig vormelijk, 'spijt het mij ten zeerste dat je die kans niet hebt gekregen.'

Ze leunde naar hem toe en keek hem bijna verwonderd aan. 'Haat je me zo erg?'

'Ik haat niemand. Dat heb ik in de gevangenis wel afgeleerd. Haat kan je gek maken. Verlangen ook, trouwens.'

'Weet je waar ik mijn vinger niet helemaal achter krijg?' vroeg Kristin met haar luide stem die de hele ruimte leek te vullen. 'Of je nou een held bent of een monster.'

Tyler keek haar aan, zijn lippen tot een nauwelijks waarneembare glimlach gekruld. 'Ik ben benieuwd naar je conclusie.'

Ali stond op. 'Ik ga even roken.'

'Ik ga met je mee.' Will was al half van zijn stoel gekomen.

'Nee,' zei ze scherp. 'Ik wil alleen zijn. Ik wil gewoon een sigaret roken en even alleen zijn. Maar wat mij betreft kunnen we daarna wel gaan, als jij het niet erg vindt.'

'Natuurlijk niet.'

Jay boog zich naar Clara toe, legde bijna zijn hoofd op haar schouder. 'We moeten gaan,' zei hij op klaaglijke toon. 'Als we nu niet gaan, staat ons iets vreselijks te wachten.'

Ze streek hem over zijn haar, alsof hij een bang kind was dat getroost moest worden. 'We doen het samen, schat,' zei ze. 'Je kunt hier niet voor weglopen.'

20

Kristin pakte haar vork, wees ermee naar Tyler en daarna naar de anderen rond de tafel. 'Jullie blijven maar om de hete brij heen draaien.'

'En wat is die hete brij dan, volgens jou?' vroeg Ellen.

'Jullie zitten maar te zaniken over het verloop van jullie carrières en over het eten, maar ondertussen geen woord over jullie vriend Leo, die er niet meer is.'

'Het eten is anders bepaald noemenswaardig,' zei Rudi.

Beatrice keek naar Tylers bord. 'Je hebt geen hap gegeten.'

'Het is me een beetje te machtig. Ik ben het niet meer gewend.'

'Waar zou je het dan over willen hebben?' vroeg Clara aan Kristin.

'Het gaat niet om wat ik wil, maar om wat jullie willen. Waarom hebben jullie het niet over jullie vriend? Hij is amper genoemd. Alleen door zijn vermeende moordenaar – hij verdient toch zeker wel meer dan dat?'

'Je hebt gelijk.' Die woorden kwamen van Tyler. Iedereen keek naar hem.

'Ja,' zei Kristin na een lange stilte. 'Hoe was hij, bijvoorbeeld? Wat vonden jullie van hem? Missen jullie hem?'

'Natuurlijk missen we hem,' zei Will.

'Spreek voor jezelf,' zei Marco.

'Dat doe ik ook. Hij was mijn vriend. Een van mijn beste vrienden.'

'Van mij ook,' zei Rudi.

'Hij was misschien niet mijn beste vriend,' zei Beatrice. 'Maar onvergetelijk was hij zeker. Knap en slim en zelfverzekerd. Als hij zijn zinnen op iets zette dan lukte het hem ook.'

'Charisma,' zei Clara, alsof het een vies woord was.

'Zoiets, ja,' zei Beatrice. 'Wat het dan ook moge zijn.'

'En dat wist hij zelf ook,' voegde Jay er zacht aan toe.

'Als hij niet zo leuk was,' zei Rudi, 'zou ik bijna jaloers op hem zijn geweest. Hij had alles. Inclusief geld.'

'Maar hij was heel gul,' zei Beatrice. 'Hij trakteerde ons altijd op van alles.'

'Dat klinkt haast te goed om waar te zijn.' Kristin trok een rimpel in haar neus.

'Hij kon ook best moeilijk zijn,' zei Will.

Ali kwam binnen en ging zonder iemand aan te kijken weer op haar stoel zitten.

'We hadden het over Leo,' zei Will tegen haar. 'Ik zei net dat hij ook best moeilijk kon zijn.'

'Dat is nog voorzichtig uitgedrukt,' zei Ellen. 'Door hem is Jay van de universiteit gestuurd.'

'Dat is niet helemaal waar,' mompelde Jay.

'Jullie hadden toen toch een grap uitgehaald die verkeerd afliep?'

'Grap?' zei Marco. 'Ze hadden de kamer van die ene gast helemaal verbouwd. Het duurde maanden voordat hij er weer in kon. Hoe heette hij ook alweer? Jack nog wat.'

'Daar wil ik het niet over hebben,' zei Jay.

'Jim Marriott,' zei Rudi. 'Hij had jullie kwaad gemaakt. Dat zei Leo tenminste.'

'Jullie allebei?' vroeg Ellen. 'Of alleen Leo? Waarna hij jou voor zijn karretje heeft gespannen om wraak te nemen?'

'Maar jij werd er uiteindelijk voor gepakt,' zei Clara. Ze keek boos.

'En voor gestraft. Het bestuur heeft jou aansprakelijk gesteld, maar Leo niet. Hij was rijk en knap, had een beroemde vader, kwam van een kakschool: hij was een telg uit de geprivilegieerde klasse die altijd buiten schot blijft. Terwijl jij natuurlijk de perfecte zondebok was, of niet dan?'

'Laat het toch,' zei Jay op verrassend vriendelijke toon, alsof hij haar probeerde gerust te stellen over zijn eigen tegenspoed. 'Het is inmiddels al zo lang geleden.'

'Vergeven en vergeten,' zei Ellen.

'Het was waarschijnlijk zelfs goed voor me, al zag ik dat destijds niet zo,' zei Jay. 'Ik was niet gelukkig op de universiteit. Ik ben blij dat ik daar ben vertrokken, ik wou alleen dat ik dat weekend niet met jullie mee was gegaan.'

'Het was evengoed een rotstreek van Leo,' zei Marco.

'Zie je wel?' zei Kristin. 'Dit lijkt er al meer op. Wie had er nog meer een hekel aan Leo, en waarom?'

'Hou je mond,' zei Beatrice scherp. 'Waar denk je dat je mee bezig bent?'

Kristin keek haar aan. 'Waar ben je bang voor?' vroeg ze. 'De waarheid?'

21

'Ik weet nog dat Leo je Bolle noemde,' zei Rudi tegen Will.

'Dat weet ik niet meer,' zei Will met een treurig lachje.

'Zo noemde hij je altijd.'

'Nou ja, dat was ik ook – ben ik nog.' Hij keek naar zijn buik en vervolgens naar zijn volle bord.

'En man met gezonde trek,' zei Kristin.

Ali boog zich over naar Tyler. 'Wat ga je doen?' vroeg ze ineens, alsof ze eindelijk genoeg moed had verzameld om het woord tot hem te richten.

'Doen?'

'Ja.'

'Ik weet het niet.'

'Ik dacht dat je...'

'Ali!' Beatrice kapte haar midden in haar zin af. 'Waar is je hond? Hij is verdacht stil.'

'Hè?' Ali stond op en liep naar boven. Even later kwam ze met een opgeluchte blik weer terug. 'Hij was met een kussentje aan het spelen.'

'"Spelen" is een eufemisme voor totaal vernielen,' merkte Will lachend op.

'Hou toch op, Will,' zei Ali vermoeid. Ze ging weer zitten en schoof haar bord van zich af.

'Gaat het wel?' vroeg Clara.

'Ik ben gewoon een beetje moe, dat is alles,' zei Ali zacht, omdat ze niet wilde dat iedereen haar zou horen. 'Een beetje van slag,' voegde ze eraan toe.

'Al die herinneringen,' zei Ellen medelevend.

Ali knikte zonder iets te zeggen. Ze streek met haar vinger over de rand van haar glas en staarde voor zich uit.

'Waarom zeggen we het niet gewoon?' zei Clara. 'Wat er met Leo is gebeurd, is natuurlijk verschrikkelijk, maar hij was ook een nare treiteraar.' Ze keek de tafel rond. 'Niemand bleef gespaard.'

'Jij hebt je afkeer nooit onder stoelen of banken gestoken,' zei Marco. 'Al vóór Jay van de universiteit werd gestuurd, was je daar duidelijk over.'

Clara haalde haar schouders op.

'En, ook niet geheel onbelangrijk,' vervolgde Marco. 'Hij mocht jou ook niet erg, hè?'

'Waarschijnlijk niet, nee.'

'Waarom niet?'

'Waarom wel? Ik was niet onder de indruk van hem, niet zoals jullie. Hij heeft me ooit geprobeerd te verleiden – verleiden lijkt me het juiste woord, al klinkt het belachelijk ouderwets. Ik zei dat-ie op moest zouten. Dat zal hij me wel niet in dank hebben afgenomen.'

'Hij klinkt als een echte klootzak,' zei Kristin. 'Toch heb je hem getolereerd en je bent gewoon meegegaan tijdens dat weekendje met hem.'

Clara keek haar fel aan. 'Dingen zijn nooit eenduidig. Ik mocht Leo niet bepaald, maar de anderen...' Ze onderbrak zichzelf. 'Júllie. Ik hield ooit van jullie. Als ik Leo moest verdragen om onderdeel van de groep te kunnen zijn, dan was het me dat meer dan waard.'

'Ik zit een beetje met dat woordje "ooit",' zei Rudi. 'Wat klinkt dat treurig.'

'Laten we erover ophouden,' zei Ali, plotseling met klem.

Marco stootte een blaffende lach uit. 'Daar is het nu een beetje te laat voor. Waarom ben je verdomme gekomen als je het verleden niet wilt oprakelen? Moet je ons hier nou zien zitten. En hem.' Hij knikte fel in de richting van Tyler. 'Hij zit daar maar met zijn veroordelende blik. Al is het me een raadsel waar een veroordeelde moordenaar het lef vandaan haalt om over ons te oordelen.'

Ellen boog zich naar voren. Er zat mayonaise op haar kin. Haar ogen glommen. 'Weet je wat ik net bedacht toen ik de tafel rondkeek?'

'Verwacht je een antwoord op die vraag?' vroeg Beatrice.

Ellen nam een grote slok wijn. 'Ik bedacht dat ik met alle mannen die hier aan tafel zitten naar bed ben geweest. Behalve Jay natuurlijk,' voegde ze eraan toe, alsof Jay niet meetelde. Ze keek Kristin aan. 'Vind je dat schokkend?'

'Nee, ik vind het geweldig,' zei Kristin lachend.

'Dat was het ook, voor het grootste deel,' ging Ellen verder. 'Er zullen vast mensen zijn geweest die me een slet vonden. Even voor de duidelijkheid: dikke vinger voor ze. De reden dat ik dit zeg is dat sommige mensen misschien dachten dat het me niks kon schelen, dat het leek alsof het allemaal niks voor me betekende, maar het was nooit zomaar. Het was altijd bijzonder. Altijd intiem. Als ik met iemand het bed deelde dan leerde ik iets. Ik weet nog dat Marco gitaar voor me speelde. Zoiets romantisch had ik nog nooit meegemaakt.'

'Je hoeft ons niet allemaal persoonlijk uit te lichten,' zei Rudi.

'Maak je niet druk,' zei Ellen. 'Je vrouw is er niet bij. En ik heb uitsluitend goede herinneringen. Je liet me het boek lezen waar je toen aan werkte. Ik was er zo van onder de indruk. Wat is er met dat boek gebeurd?'

'Ik heb het nooit afgemaakt.'

'En Tyler.' Ellen keek Tyler aan. 'O, Tyler. Je gaf me het gevoel dat ik weer vijftien was. Het brak mijn hart, maar Ali is altijd de enige voor je geweest.' Haar gezichtsuitdrukking veranderde, de glimlach verdween en ze leek ineens wel een ander mens. 'Het punt dat ik wil maken is dat Leo anders was. Op een middag kwam hij naar mijn kamer. Hij neukte me en vertrok weer. Kennen jullie die uitdrukking "een kerfje in de bedstijl"? Dat was het exact. Ik had nog nooit zoiets meegemaakt en heb het daarna gelukkig ook nooit meer meegemaakt. Hij was net een dier dat zijn territorium markeert. Er was geen enkel genot of plezier en dat intieme moment na afloop, waarin je in elkaars armen ligt te giechelen en geheimen deelt, ontbrak volledig. Zodra hij klaar was, vertrok hij en dat was het dan.' Nu keek ze Ali even aan. 'Ik weet dat je dit niet over de doden hoort te zeggen, maar ik ga er niet over liegen. Leo was een vriend, maar hij was niet altijd even aardig en jou heeft hij echt schandalig behandeld.'

'Leo?' zei Ali. 'Niet in het bijzonder, hoor.'

'Weet je dat niet meer?'

'Wat?'

'De weddenschap?'

22

Ali keek haar over de tafel heen aan. 'De weddenschap?'

'Ellen,' zei Will waarschuwend. 'Hou je mond.'

'Weet je dat echt niet?'

'Waar heb je het over?'

'God, ik dacht dat je het wist. Het spijt me.'

'Ik zeg het nog één keer,' zei Will. 'Hou erover op.'

'Nee, nu wil ik het weten ook.'

'Ja, wie A zegt...' zei Kristin.

'Misschien is het beter dat je de waarheid te horen krijgt,' begon Ellen. 'Hij had gewed dat hij je in bed kon krijgen. En dan heb ik het niet over je instoppen en een verhaaltje voorlezen.'

De stilte hing zwaar in het vertrek. Toen Ali eindelijk antwoord gaf, was haar stem vlak; haar gezicht had een grauwe teint gekregen. 'Nee, dat wist ik niet.'

'En heeft hij de weddenschap gewonnen?' galmde Kristins stem door de ruimte.

'Jezus,' viel Rudi uit. 'Ik weet niet wat je hier überhaupt komt doen, maar zou je voor één keer even je waffel kunnen houden?'

'Ja,' zei Ali zacht. 'Het is 'm gelukt.' Ze wreef met een trillende hand over haar gezicht. 'Wist iedereen ervan?'

'Het is al zo lang geleden.' Beatrice leunde over tafel. Een van haar mouwen hing in het eten op haar bord.

'Wist jij het?' vroeg Ali aan Will, die ongemakkelijk zijn blik afwendde. 'O, ik zie het al.'

'Ali, liefje...'

'Hij wilde gewoon macht, Ali,' zei Beatrice, terwijl ze een streng haar uit haar gezicht veegde. 'Hij wilde altijd de bovenliggende partij zijn. En je moet niet denken dat jij de enige bent die door hem vernederd is. Ik heb hem zelf een keer in licht benevelde toestand proberen te versieren en toen heeft hij me heel bot afgewezen. Zei dat ik zijn type niet was. Zo vernederend. Ik schaamde me kapot. Ik heb dit nog nooit aan iemand verteld.'

Ali keek Tyler aan. 'En jij? Wist jij het? Ging die ruzie eigenlijk daarover?'

Het leek wel of iedereen in de keuken zijn adem inhield in afwachting van zijn antwoord.

'Het doet er nu niet meer toe,' zei hij uiteindelijk zachtjes. 'Dat heeft het nooit gedaan.'

'Iedereen wist het dus,' zei Ali. Ze keek de tafel rond. 'Ik heb het gevoel dat ik hier ben uitgekleed. Gestript. Publiekelijk vernederd.' Ze keek weer naar Tyler. 'Was dit de reden voor deze hele avond?'

'Ben je nou tevreden?' vroeg Will woedend aan Ellen. 'Je hebt ons met de neus op de feiten gedrukt. Licht op de zaak geworpen, noem je dat zo? En, voel je je beter?' Hij nam een grote slok uit zijn glas en zette het met een klap terug op tafel.

Ellen keek hem bezorgd aan. 'Je lijkt erg kwaad.'

'Bespaar me je therapeutentoontje.' Will haalde een hand door zijn haar. Het zweet stond op zijn voorhoofd en zijn overhemd kleurde donker onder de oksels. 'Je denkt blijkbaar dat je er zomaar alles uit kunt flappen en op onze zere plekken kunt drukken, met je verhalen over je fijne seksleven dat volgens jou alleen maar leuk was en verder geen gevolgen had.'

'Zo heb ik het niet gezegd.'

'We hebben niet allemaal een olifantenhuid. Je kwetst mensen door zo bot te zijn.'

'Will,' zei Ali, 'ik weet dat je...'

'Weet je wat Leo tegen ons, de jongens van de groep, zei, Ellen, toen hij bij ons in het café aanschoof nadat hij over je heen was geweest? Dat je zielig was. Dat je net deed alsof je vrije seks leuk vond, maar dat je gewoon wanhopig op zoek was naar aandacht. Dat je jezelf wijsmaakte dat het ging om seksuele aantrekkingskracht en vrij zijn, terwijl je diep vanbinnen wist dat we als we de kans kregen alles zouden neuken waar maar een gat in zat.'

Jay liet zijn hoofd op tafel zakken.

'En wat zei jij toen?' vroeg Ellen. Ze klonk kalm, maar alle kleur was uit haar gezicht weggetrokken, op wat rode vlekken op haar wangen na.

'Hoe bedoel je?'

'Jullie zaten samen in het café en Leo zei iets naars over een van je vrienden. Ik vraag me gewoon af hoe je reageerde.'

'Ja, wat was je reactie, Will? Wat zei je?' vroeg Ali.

'Heb je het voor me opgenomen of knikte je instemmend mee? Of heb je zelf ook een paar sappige anekdotes over mij verteld?' vroeg Ellen.

'Natuurlijk niet,' antwoordde Will. 'Maar...'

'Maar?'

'Volgens mij kan het een teken zijn dat er iets niet helemaal goed zit als mensen heel veel bedpartners hebben.'

'Interessant,' zei Clara. Haar stem klonk scherp. Ze was woedend. 'Zei je dat ook over de jongens die je kende die met heel veel meisjes naar bed gingen? Of alleen maar over de meisjes? Als een meisje rondneukt is ze eigenlijk een beetje een slet?'

Ellen boog zich naar hem toe. 'Weet je wat ik tegen je zou zeggen als je bij mij in therapie was, Will? Ik zou zeggen dat mensen als Leo manipulatieve treiteraars zijn, maar dat mensen zoals jij nog erger zijn. Meelopers die te zwak en te laf zijn om ertegen in te gaan.'

Ze liet haar blik de tafel rondgaan en wreef in haar oog, alsof er een vuiltje in zat. Toen keek ze Will aan. 'Ik weet hoe Leo was. Ik had alleen niet helemaal beseft hoe jij was.' Er verscheen een kwaadaardige uitdrukking op haar gezicht. 'Wil je weten wie van jullie het lekkerst kon neuken?'

'O, god, bespaar me,' zei Beatrice.

'Jij was het niet, Will,' vervolgde Ellen. 'Je kwam nogal wanhopig over, eerlijk gezegd.'

'Omdat hij toen al verliefd was op Ali,' zei Clara. 'Dat kon een halve blinde nog zien.'

Ali tilde haar hoofd op. Rudi nam de steel van zijn glas tussen duim en wijsvinger en draaide het almaar rond.

'Dat lijkt me niet,' zei Ali. 'Volgens mij is dat niet waar.'

'Hij zat gewoon altijd op zijn kans te wachten,' ging Clara verder. 'De grote gangmaker op elk feest. De clown. En ondertussen maar hopen.'

'Welnee,' zei Will schor. 'Dat slaat echt nergens op.'

'Maak je niet druk, ik wist dat je smoor op haar was,' zei Tyler. 'En nu zijn jullie samen.' Hij zweeg even en keek van Will naar Ali. 'Hoe gaat dat eigenlijk, als ik vragen mag?'

'Dacht je soms dat ik zou wachten tot je vrijkwam?' vroeg Ali scherp. 'Dat ik met open armen op een moordenaar zou wachten? Trouw zou blijven aan mijn man?'

Will kreunde.

'O god,' zei Beatrice. 'Laat dit ophouden.'

Rudi sloeg een arm om haar heen en ze leunde tegen hem aan.

'Mam?' Vanuit de deuropening gaapte een slungelige puber hen aan. 'Wat de fuck?'

23

'Finn!' Beatrice schoof met een ruk bij Rudi vandaan, maar hij liet zijn arm op haar schouder liggen. 'Wat doe jij hier?'

Haar zoon bezag het tafereel vol walging. 'Wat gebeurt hier allemaal?'

'Ik had toch gezegd dat ik een paar oude vrienden had uitgenodigd?' Beatrice gesticuleerde met een weids gebaar naar de tafel. 'Beste mensen, dit is mijn zoon, Finn. Finn, dit zijn die vrienden van vroeger.'

Er klonk een koor van gemompelde begroetingen, maar Finn staarde hen alleen maar aan.

Beatrice probeerde rechtop te zitten. Ze zag een vlek op de zoom van haar witte zijden blouse en legde er een servet overheen. Finn keek naar haar. 'Ik dacht dat je vanavond uit zou gaan,' zei ze.

Nu verscheen er een jong meisje achter hem, dat verrast met haar ogen knipperde bij het zien van al die mensen. Ze droeg een lange groene jurk en had bloemen in haar haar gespeld. 'Hallo,' zei ze. 'Ik wist niet dat hier een feestje was.'

'Het is ook niet echt een feestje,' zei Beatrice. 'Hé, Connie.'

'We hebben iets heel naars meegemaakt,' zei Connie met een van paniek overslaande stem. 'We dachten dat jij wel raad zou weten.'

'Nou, dat was duidelijk een vergissing,' zei Finn. 'Moet je kijken. Ze is lam.'

'De afkeuring van de jeugd,' mompelde Rudi.

'Wat een mooie jurk heb je aan,' zei Kristin tegen Connie. 'Mooie bloemen ook. Je lijkt wel een bosnimf. Wil je iets drinken?'

'Wat is er dan gebeurd?' vroeg Beatrice. 'Zijn jullie in orde?'

'Het was zijn vriend Arlo,' zei Connie.

'Op een gegeven moment ontstond er ruzie,' zei Finn.

'Wat voor ruzie? Werd er gevochten?'

'Hij begon met een mes te zwaaien,' zei Connie. 'Het was vreselijk. We dachten dat hij iemand zou doodsteken. Laat maar zien, Finn.'

Finn stak een hand in de diepe binnenzak van zijn canvas jas en haalde een lang mes tevoorschijn. Hij legde het op tafel, midden tussen de halflege borden, schalen en glazen.

Beatrice' gezicht vertrok en ze keek naar haar gasten. 'Besef je dat het alleen al strafbaar is om zo'n mes op zak te hebben?' zei ze schor.

'Ik wist niet wat ik moest doen,' zei Finn. Hij zag er ineens heel jong en angstig uit. 'Dit leek me het beste.'

Rudi stak zijn hand uit en streek voorzichtig met één vinger over het mes. Will pakte het op om de scherpte te testen en slaakte een zachte kreet van ontzag.

Toen nam Tyler het woord. 'Je hebt de juiste beslissing genomen.'

Finn keek hem onzeker aan, zijn jonge gezicht had een kleur gekregen.

'Ja,' zei Beatrice. 'Ja, dat klopt, lieverd. Ik was gewoon een beetje geschrokken. Willen jullie iets eten?' vroeg ze, gebarend naar de tafel. 'Er is nog genoeg, zoals je ziet.'

'Nee,' antwoordde Finn geringschattend. 'Dit is niet echt iets voor ons. We gaan weer; we moesten alleen dat ding even kwijt.' Hij knikte met zijn hoofd naar het mes. 'We laten jullie verder met rust.'

Tyler knikte hem toe. 'Dat lijkt me een goed idee,' zei hij. 'Volgens mij kun je beter ergens anders zijn.'

Finn keek hem verwonderd aan, maar hij zei niets.

24

Marco pakte het glimmende lange mes van tafel. 'Dit is een behoorlijk vervaarlijk wapen,' zei hij terwijl hij het van dichtbij bestudeerde.

'Leg neer,' zei Beatrice.

'Ben je bang dat ik er iemand mee zal steken?' Hij zwaaide ermee naar Kristin.

'Hier met dat mes,' zei Beatrice en ze pakte het van hem af.

'Tyler,' zei Ali met een hese afgeknepen stem. 'Ik wilde even zeggen dat het me spijt dat ik je nooit ben komen opzoeken.'

'Ik snapte het wel,' antwoordde hij.

'Deze avond verloopt heel anders dan ik had verwacht,' zei Kristin. 'Ik vind er niks meer aan, zo.' Ze ving Rudi's blik. 'Jij hebt nog bijna niets gezegd. Waarom meng je je niet in de discussie?'

'Dat is niet helemaal mijn stijl,' antwoordde hij vriendelijk.

'Is dat omdat je schrijver bent?' vroeg Marco, die met zijn hand zijn mond afveegde. 'Ben je materiaal aan het verzamelen?'

'Wat is het dan?' vroeg Jay plotseling, zijn blik op Tyler gericht. Zijn stem klonk schor. Iedereen keek naar hem, verrast dat hij zijn mond had opengedaan. Hij zat ineengedoken aan tafel, met een gekwelde uitdrukking op zijn gezicht en een trillend spiertje in zijn wang. 'Wat is dan de bedoeling van deze reünie? Waarom ben ik hier, waarom zijn we hier? Wat wil je van ons? Of is dit wat je wil?'

Hij gebaarde naar het gezelschap rond de tafel. 'Dit verschrikkelijke demasqué. Krijg je hier soms een kick van?'

'Natuurlijk krijgt hij hier een kick van,' zei Clara.

Tyler boog zich over tafel om de waterkan te pakken en schonk voorzichtig zijn glas vol. 'Ik zal je zeggen wat ik wil en wat ik hier kom doen.' Hij nam een trage slok en zette het glas rustig terug op tafel. 'Als ik mijn ogen dichtdoe,' zei hij met zijn kalme afgemeten stem, alsof hij een tekst oplas, 'zie ik jullie allemaal voor me zoals jullie eruitzagen toen ik jullie voor het laatst zag. Het is een haarscherp beeld: iedereen die me nakijkt terwijl ik word afgevoerd. Ik herinner me elke afzonderlijke uitdrukking van jullie gezichten, de ontzetting. Het is alsof het net gebeurd is en het zal altijd zijn alsof het net gebeurd is, een zich eeuwig herhalend moment: ik die word weggeleid van het pad dat al voor me lag uitgestippeld sinds ik als jongetje bedacht had dat ik dokter wilde worden. Ik heb meer dan de helft van mijn leven – bijna mijn hele volwassen leven – in de gevangenis gezeten en het is alsof al die jaren als een vreselijke duisternis uit dat ene heldere moment zijn ontsproten.'

Hij nam een slokje water en keek iedereen een voor een even aan. 'En al zie ik jullie gezichtsuitdrukking nog zo voor me, de betekenis ervan is in de loop der jaren veranderd. Op het moment zelf meende ik ongeloof te zien. Natuurlijk geloofden jullie niet dat ik Leo had vermoord. Ik was jullie vriend. Het was gewoon een gruwelijke vergissing. Ik weet niet meer wanneer ik me realiseerde dat dat niet het geval was. Toen niemand me schreef, me steunde, me liet weten dat hij natuurlijk niet geloofde dat ik Leo had vermoord? Of toen ik veroordeeld werd en niemand naar de rechtszaak kwam, behalve als getuige? Getuigen die niet mijn onschuld kwamen bepleiten. Of toen niemand me kwam opzoeken in de gevangenis? Behalve jij,' zei hij als een terzijde tegen Will. 'Man, die bezoekjes moeten vreselijk voor je zijn geweest; voor mij in elk geval wel. Wat was ik naïef. Ik heb er belachelijk lang over gedaan om in te zien dat het niet zomaar een vergissing was.' Hij nam weer een grote slok water.

'Een van jullie heeft Leo vermoord en mij ervoor op laten draaien.'

Jay stootte een vreemde klank uit, een soort ingehouden zucht. Alle anderen hielden hun adem in.

'Twee mensen hier weten dat ik Leo niet heb vermoord – ik, en de werkelijke moordenaar.'

'Dit kun je niet maken,' riep Marco, terwijl hij zijn stoel luid schrapend achteruitschoof. 'Jij hebt Leo vermoord. Iedereen zegt altijd dat hij onschuldig is. Dat doen alle veroordeelde moordenaars.'

'Dat zeggen ze inderdaad,' zei Tyler. 'Maar sommige mensen zijn echt onschuldig. Ik heb bijna dertig jaar vastgezeten voor een misdaad die door iemand hier aan tafel is gepleegd. Ik vraag me af hoe dat voelt: dat je in één klap niet alleen één, maar twee mensen van hun leven berooft. En Leo's dood – dat kan in een opwelling zijn gebeurd, een gewelddadige reactie. Maar dat je mij mijn leven hebt ontnomen, dat was een keuze, een keuze die je negenentwintig jaar lang elke dag hebt moeten maken, in de wetenschap dat jouw vrijheid ten koste ging van de mijne. Ja, ik vraag me af hoe dat voelt.'

'Tyler,' zei Ellen. 'Maar heel weinig mensen die iemand hebben vermoord zijn bereid dat toe te geven, zelfs aan zichzelf.' Haar onberispelijke uiterlijk begon scheurtjes te vertonen. Haar grijze vlecht was bijna helemaal losraakt, haar rok zat gedraaid, ze had vlekken op haar wangen. 'De meesten onderdrukken de herinnering eraan. Ze beschermen zichzelf tegen het onverdraaglijke door het te vergeten. Het rood waas, dat soort dingen. Ben je in behandeling bij een psycholoog, Tyler? Ik wil je van harte iemand aanbevelen.'

Tyler reageerde niet op haar. 'Ik zal niet proberen te beschrijven hoe het is om dertig jaar in een zwaarbewaakte gevangenis door te brengen. Als je nooit in de gevangenis hebt gezeten, kun je je daar onmogelijk een voorstelling van maken. Het geweld. De drugs. Het vuil. Bloed, stront en kots. Kakkerlakken. De verveling. De angst, je staat ermee op en je gaat ermee naar bed. De bureaucratie als een schoen op je smoel. De woede en de wanhoop. Maar het ergste is de hoop. Het duurt heel lang voordat je daarvan genezen bent. De dingen die je worden aangedaan en de dingen die je uiteindelijk zelf doet. En al die tijd rot je langzaam weg.'

Hij zweeg weer even. In de drukkende stilte schraapte Beatrice haar keel. 'Maar je hebt het overleefd,' zei ze.

'Is dat zo?' vroeg Tyler. 'Iets heeft het overleefd.' Hij bracht zijn hand naar zijn gezicht en ging peinzend met een vinger over het litteken. 'Misschien heeft dit me wel gered. Ik heb twee maanden in het gevangenisziekenhuis gelegen en daar heb ik een besluit genomen. Ik zou het volhouden. Ik zou ooit die poort uit lopen en nog iets van een leven voor me hebben.'

Hij glimlachte naar hen. 'Maar nu heb ik jullie nog steeds niet verteld waarom ik deze reünie wilde. De eerste jaren dat ik vastzat, nadat mijn hoger beroep was afgewezen, werd ik verteerd door woede en het gevoel verraden te zijn. Ik zwoer dat ik erachter zou komen wie Leo had vermoord en mij ervoor op had laten draaien en dat ik wraak zou nemen. Ik speelde de gebeurtenissen van dat weekend steeds weer in mijn hoofd af, bracht in kaart wie wat had gezegd, wie het gedaan zou kunnen hebben. En weet je wat mijn conclusie was? Dat ik niemand van jullie vertrouw. Jullie zouden het allemaal gedaan kunnen hebben.'

'Tyler,' zei Beatrice, nadat ze eerst weer haar keel had geschraapt. 'Ik zou deze zaken heel graag met je willen bespreken en horen wat je erover te zeggen hebt, maar niet op deze manier. Dit is te pijnlijk.'

Tyler negeerde haar en wees naar Ali. 'Ik was verliefd op je en volgens mij was jij ook verliefd op mij. Hoeveel brieven heb ik je die eerste paar maanden vanuit de gevangenis wel niet geschreven? Brieven waarin ik al mijn angsten uitte en je smeekte om terug te schrijven, om me te komen opzoeken?'

Ali keek hem aan, haar ogen twee donkere poelen in haar wit weggetrokken gezicht. 'Ik kon het niet,' fluisterde ze. 'Ik zou gek zijn geworden als ik me er niet voor had afgesloten. Dat was het enige wat ik kon doen.'

'En jij.' Tylers vinger wees nu Will aan, die naast zijn vrouw zat, maar haar niet aankeek. 'Je hebt me nooit verteld dat je een relatie met Ali had. Je hebt me nooit ook maar iets verteld. Je zat daar maar te zwatelen over politiek of over je tuintje.'

'Maar ik kwam tenminste wel langs.'

'Dat is waar. Jij en mijn moeder. Mijn arme moeder. Het was bijna een opluchting toen ze stierf en ik die bezoekjes niet meer hoefde te verdragen, die bezoekjes waarbij ze door haar tranen heen probeerde te lachen en tegen me zei dat ze ervan overtuigd was dat ik onschuldig was, terwijl ik wist dat ze het tegenovergestelde dacht. Maar, relax!'

Tyler nam weer uitgebreid de tijd om iedereen één voor één aan te kijken, met een brede glimlach op zijn gezicht. 'Ik ben die behoefte aan wraak te boven gekomen. Een van de aanwezigen hier moet als de dood zijn dat ik de waarheid heb achterhaald. Maar nee. Ik weet niet wie van jullie Leo heeft vermoord, ik weet alleen dat ik het niet was. Ik kwam tot het inzicht dat ik, als ik ooit nog vrij zou komen – nou ja, zo vrij als iemand met levenslang voorwaardelijk kan zijn – en nog iets van een leven wilde hebben, mijn obsessieve gedachten over jullie en over gerechtigheid en wraak moest loslaten. Ik nam me voor om binnen afzienbare tijd na mijn vrijlating een ontmoeting met jullie allemaal te regelen.' Hij knikte naar Beatrice, die haar hoofd weer op Rudi's schouder had gelegd. 'Dus bedankt voor je gastvrijheid; ik weet dat dit bepaald geen ideale avond voor je was. Ik wilde jullie allemaal nog eenmaal in de ogen kijken, zien wat er van jullie geworden was en daarna zou ik jullie nooit meer hoeven zien. Maar weet je wat?' Zijn glimlach verbreedde zich, even leek hij op zijn montere jongere zelf. 'Het lijkt erop dat ik alsnog mijn wraak heb gekregen. Want hoewel ik sinds de moord op Leo in een hel heb geleefd, lijkt geen van jullie het leven te hebben geleid waarnaar jullie verlangden toen we nog jong en veelbelovend waren. Jullie hebben er ook niet echt veel van gebakken zo te zien. Misschien dat het met jou wel redelijk goed gaat,' zei hij tegen Clara.

'Dat was bij jou altijd moeilijk te zeggen. Maar wat de rest betreft: dat lijkt me toch niet. Het klinkt vast raar, maar ik benijd jullie geen van allen. Dus misschien bestaat er toch zoiets als gerechtigheid. Karma. Jullie zitten opgesloten in jullie leventje. Allemaal.'

Hij nam een laatste slok water. 'Ik moest jullie nog een keer ontmoeten om jullie te kunnen vergeten. Ik ben hier om afscheid te nemen.'

25

De keuken, die doodstil was geweest, was nu vol reuring en kabaal; iedereen praatte wild gebarend door elkaar heen. Marco was opgestaan.

'Genoeg!' zei Beatrice, zo luid dat iedereen het hoorde. 'Ik wil met Tyler praten. Dat had ik al eerder moeten doen. Jullie kunnen de tuin in gaan of naar boven of naar huis. Maakt mij niet uit. Maar laat ons even alleen.'

Iedereen vertrok en Beatrice schonk zichzelf een glas water in en dronk het leeg, waarna ze naast Tyler ging zitten en de halflege borden naar het midden van de tafel schoof. 'Dat was me het toespraakje wel.'

'Ik heb gewoon gezegd wat ik op mijn lever had.'

'Maar Ellen heeft wel gelijk. Bijna elke gevangene zegt dat hij onschuldig is.'

'Klopt.'

'We hebben allemaal dertig jaar lang gedacht dat jij Leo hebt vermoord. Verwacht je echt dat we je nu zomaar geloven?'

'Ik verwacht helemaal niets. Al weet een van jullie natuurlijk dat ik de waarheid spreek.'

'Als het waar is wat je zegt.' Ze rilde, ineens had ze het koud, in haar dunne zijden blouse.

'En jij, Beatrice, geloof jij me?'

Beatrice pakte het lege waterglas en hield het tegen haar gloeiende voorhoofd. 'Ik weet niet wat ik ervan moet denken. Ik zal eerlijk tegen je zijn, Tyler. Ik heb nooit geweten wat ik ervan moest denken.'

'Dus je hebt altijd getwijfeld.'

'Ja. Maar weet je, Tyler, ik zal altijd blijven twijfelen. Er is niets wat je kunt zeggen dat die twijfel weg zal nemen. De jury heeft je unaniem schuldig verklaard. Dus die twijfelde blijkbaar niet. Je kunt welbespraakt, hartstochtelijk en overtuigend zijn, maar ik zal het nooit zeker weten. Niemand zal het ooit zeker weten, behalve jij – en, als wat je zegt waar is, de echte dader natuurlijk.'

'Dat ben ik met je eens.'

'Waarom dit dan allemaal?'

'Dat heb ik je net uitgelegd.'

'Is het belangrijkste niet dat je vrij bent?'

'Jij bent advocaat,' zei Tyler. 'Je weet dat ik niet echt vrij ben. Ik heb voorwaardelijk. Ik sta nog onder toezicht maar mag de rest van mijn straf buiten de gevangenis doorbrengen. Neem het feit dat ik hier ben: als ik hier bijvoorbeeld zou blijven slapen, dan moet ik mijn reclasseringsambtenaar bellen. Bij de minste overtreding die ik bega word ik weer opgesloten. Als iemand ook maar het idee heeft dat ik een bedreiging zou kunnen vormen, word ik weer opgesloten.'

'Ben je van plan om in beroep te gaan?'

'Beweren dat je onschuldig bent is geen grond voor een beroep. Zoals jij ook wel weet.'

'Maar Tyler, als je onschuldig bent wil je dat dan niet officieel bekrachtigd hebben?'

'Ik heb wel wat belangrijkers te doen.'

Beatrice boog zich naar hem toe. 'Mocht je om juridisch advies verlegen zitten, ik ken wel een paar mensen. Als je wilt kan ik je met ze in contact brengen. Als ik iets voor je kan doen, dan graag.'

'Waarom? Om je schuldgevoel te sussen?'

'Schuldgevoel?'

'Ja. Je vertelt me net doodleuk dat je er altijd aan hebt getwijfeld of ik Leo wel had vermoord, maar dat heb je me nooit laten weten. Je hebt nooit geschreven. Je bent nooit op bezoek geweest. Je ging gewoon door met je fijne leven, in je mooie huis, met je man de minister en je goedbetaalde baan. Maar je liet mij aan mijn lot over en waarschijnlijk lukte het je om mij en die knagende twijfel stukje bij beetje te vergeten. En nu zit je me aan te gapen met je bezorgde advocatengezicht en bied je mij je hulp aan. Dat is wel een beetje laat, vind je ook niet?'

Beatrice dacht lang na over een antwoord. Ze hoorde stemmen van boven komen en zag mensen in de tuin, maar daar aan tafel waren ze afgeschermd van iedereen. 'Het is inderdaad een beetje laat,' zei ze. 'Ik had je moeten opzoeken. Maar ik was in beslag genomen door mijn eigen leven. Waarschijnlijk was het ook gewoon lafheid. Ik kon mezelf niet van je onschuld overtuigen, want dat zou betekenen dat een van de anderen het gedaan moest hebben; een van ons, zoals je net al zei. Het was makkelijker om de uitspraak te accepteren en jou uit mijn hoofd te zetten. Ik ben er niet trots op. En voor de duidelijkheid,' voegde ze er met een scherpe ondertoon aan toe, 'de kans lijkt me toch groter dat je het wel hebt gedaan dan niet.'

Tyler knikte. 'Het is een ingewikkelde kwestie,' zei hij vriendelijk.

'Maar ik wil je echt graag helpen. Ik kan de beste advocaten voor je regelen.' Ze aarzelde even. 'Ik zou een financiële bijdrage kunnen doen.'

'Kun jij het zelf niet doen?' vroeg Tyler. 'Jij bent toch advocaat.'

'Ja, maar dit is niet mijn expertise.'

'Wat doe jij dan?'

'Ik ben bedrijfsjurist.'

'Geen idee wat dat inhoudt.'

'Fusies, overnames. Als bedrijven dat soort stappen zetten hebben ze advocaten nodig.'

'Wat voor stappen? Je braakt maar woorden uit die ik niet begrijp.'

'Je snapt het best,' zei Beatrice vermoeid. 'Als bedrijven andere bedrijven opkopen of als bedrijven samengaan met andere bedrijven. Daar zitten een heleboel juridische haken en ogen aan en die los ik voor ze op.'

'Dat betaalt vast goed.'

'Ik mag niet klagen.'

Tyler schudde langzaam zijn hoofd. 'Dat kan ik niet helemaal rijmen met de Beatrice die ik kende,' zei hij. 'Die Beatrice wilde bedrijven opblazen. Ze wilde ze zeker niet helpen om nog rijker en machtiger te worden.'

'De Beatrice over wie jij het hebt was een meisje van eenentwintig. Ja, ik was een anarchist en ik gebruikte drugs en ik wilde het systeem omverwerpen. En toen ik zeven was speelde ik met roze plastic pony's en nu...'

'En nu ben je volwassen en heb je die kinderachtige zaken achter je gelaten,' onderbrak Tyler haar.

'Zoiets. Ik weet dat het voor jou anders is. Misschien ben je op je tweeëntwintigste blijven steken.'

Tyler reageerde met een flauw glimlachje. 'Ja, het is vrij moeilijk om je idealen te verloochenen in de cel.'

'En daarmee bedoel je volwassen worden, een baan nemen, trouwen en kinderen krijgen, dat soort dingen?'

'Ik waardeer je aanbod,' zei Tyler. 'Maar ik heb je hulp niet nodig, Beatrice. Ik wil niet in beroep gaan; dat heeft geen enkele zin. Zoals ik zei; ik wilde jullie allemaal nog een keer in de ogen kijken en het dan voorgoed achter me laten.'

26

Ali was over het grindpaadje onder een smeedijzeren poortje door naar het afgescheiden uiteinde van de tuin gelopen, waar een tafeltennistafel stond, met daarachter een schuurtje. Ze had een momentje voor zichzelf nodig, maar ook een sigaret. Ze voelde in haar zakken.

'Ik heb wel vuur,' hoorde ze achter zich zeggen.

Ze draaide zich om. Marco had een aansteker in zijn hand. 'Ik heb altijd een zwak voor zippo's gehad. Alsof je een pistool trekt.' Hij klapte hem open.

Ze boog zich naar hem toe, stak haar sigaret in de vlam en hield hem haar pakje voor.

'Ik heb mijn eigen medicijn, dank je.' Hij haalde een verfomfaaid jointje uit zijn zak, stak het aan, inhaleerde diep en hield de rook lang vast voordat hij die weer uitblies. 'Daar was ik aan toe.'

Achter hem zag Ali Clara en Kristin hun kant uit komen. Toen ze vlakbij waren, bood ze hun haar pakje aan.

'Dit zou ik eigenlijk niet moeten doen,' zei Clara, terwijl ze er eentje uit nam.

'Als het niet je eigen sigaretten zijn, telt het niet echt,' zei Marco.

Vervolgens hield Ali Kristin het pakje voor, maar die schudde haar hoofd. Marco bood haar zijn joint aan; ze nam een hijsje en gaf hem weer terug.

'Ik voel me alsof ik net een aardbeving of een terroristische aanslag heb overleefd,' zei Marco.

'Hij heeft alleen macht over ons als we dat toestaan,' zei Clara. 'Hij probeert ons uit onze tent te lokken.'

Kristin begon luidkeels te lachen. 'Uit de tent lokken? Noem je dat zo? Hij beweert dat een van jullie een moordenaar is.'

'Wat een onzin,' zei Marco meteen. 'Waar haalt hij het lef vandaan om de moraalridder uit te hangen en daar vanaf het hoofd van de tafel op ons neer te zitten kijken? Hij kan de kolere krijgen.' In weerwil van zijn felle toon keek Marco om zich heen en liet toen zijn stem iets zakken, alsof hij dacht dat ze werden afgeluisterd. 'Ik bedoel, ik heb natuurlijk ook met hem te doen. God weet wat hij allemaal heeft moeten doorstaan, al die jaren. Maar het is gewoon een feit dat hij veroordeeld is voor moord en dat het een overduidelijke zaak was. We hebben allemaal gehoord dat hij tegen Leo schreeuwde dat hij hem zou vermoorden, en de volgende ochtend was Leo dood. En het mes lag ook nog eens vlak naast hem!'

'Maar stel dat hij onschuldig is,' zei Kristin. 'Stel dat hij al die jaren onschuldig in de gevangenis heeft gezeten? Dat vind ik echt een onverdraaglijk idee.'

'Hij is niet onschuldig,' zei Clara.

'Hoe weet je dat?'

'Dat weet ik gewoon. Hij kan niet onschuldig zijn.'

'Waarom niet? Omdat dan een van jullie het gedaan moet hebben?' Kristin nam weer een hijs van Marco's joint. 'En ermee weg is gekomen. Griezelig idee, dat er hier gewoon een moordenaar rondloopt en...'

'Zo kan-ie wel weer,' zei Clara. 'Hou nou maar gewoon je kop.'

'O, wacht eens even,' zei Kristin. 'Volgens mij weet ik al wat hier aan de hand is.' Haar ogen glommen in de schemering.

'Er is helemaal niks aan de hand.'

'Ben je er zo zeker van Tyler het heeft gedaan, dat hij het wel móét hebben gedaan, omdat je eigenlijk altijd bang bent geweest dat...'

'En nou je bek houden, ik waarschuw je niet nog eens.'

'Het is op zich heel goed mogelijk. Je zou bereid zijn geweest om Tyler voor hem op te offeren.'

'Waar heb je het godverdomme over?' vroeg Marco. 'Voor wie?'

Kristin gaf hem een niet heel zacht klapje op zijn wang. 'Rustig maar.'

'Luister.' Marco boog zich met uitpuilende ogen naar haar over. 'Je hebt vanavond wel genoeg gezegd. Hou nou voor één keer eindelijk je grote waffel eens dicht.'

'Aha, ik zie het al. Ik heb je beledigd,' zei Kristin vrolijk lachend.

'Je kunt het toch niet begrijpen.'

'Je bent beledigd omdat ik je niet heb opgehemeld tegenover je vrienden, als je mensen die je bijna dertig jaar niet meer hebt gezien zo kunt noemen.'

'Zwijg nou maar voordat je er spijt van krijgt.'

'Wat? Ga je me anders een klap verkopen?'

Marco draaide zich abrupt om en beende weg, een stille kreet in zijn keel, zijn ogen brandend van machteloze woede.

27

Rudi kwam de trap af. Hij legde een hand op Beatrice' rug. 'Mag ik alweer binnenkomen?'

'Ja, we zijn klaar. Ik heb mijn beroepskeuze verdedigd tegenover Tyler.'

'We hebben allemaal compromissen moeten sluiten,' zei Rudi.

'Ik heb geen compromissen gesloten,' antwoordde ze.

Tyler stond op en schoof zijn stoel netjes onder tafel. 'Ik laat jullie verder alleen. Als je het goedvindt ga ik nog even in de tuin zitten om mijn gedachten te ordenen. Daarna ga ik en hoef je me nooit meer te zien.' Hij liep door de tuindeuren naar buiten.

'Wat een afschuwelijke kutavond,' zei Beatrice met een zucht. 'Ik zag er al als een berg tegen op, maar het was nog veel erger dan ik dacht.'

'Ik vind je erg aantrekkelijk als je grof in de mond bent,' zei Rudi zacht, terwijl hij met zijn vingertoppen haar nek streelde.

'Niet doen,' zei Beatrice. Ze schudde hem van zich af. 'Tyler schijnt te denken dat hij op de een of andere manier puur is gebleven, terwijl wij allemaal oud en gecorrumpeerd zijn geworden. Volgens mij ziet hij me nog zoals ik op mijn eenentwintigste was. Misschien heeft hij gelijk en zou mijn vroegere ik teleurgesteld in me zijn.'

'Zo moet je niet denken.'

'Ik wilde zo graag aardig gevonden worden. Als ik daarop terugkijk, krijg ik gewoon medelijden met het meisje dat ik toen was.'

'Ik heb juist medelijden met de man die ik geworden ben,' zei Rudi somber.

'Ben je niet gelukkig? Je hebt toch alles? Je schrijven, je kinderen, je huwelijk.'

'Is er niet meer dan dat?'

Beatrice slaakte een melancholische zucht. 'Weet je, ik heb er soms zo genoeg van om altijd maar voor de saaie practicus door te moeten gaan.'

Rudi gebaarde om zich heen. 'Je hebt een praktisch huis,' zei hij. 'Een prachtig, groots, ruim, praktisch huis. Als dat saai is, dan zouden de meesten van ons wel een beetje saaiheid kunnen gebruiken.'

'Dat is precies wat ik bedoel,' zei Beatrice. 'Mensen kijken naar mij en naar mijn huis en naar waar ik woon, ze kijken naar mijn man met zijn belangrijke publieke functie – God verhoede dat ik ooit iets zou doen dat hem in diskrediet zou kunnen brengen – en ze denken dat dat mij definieert. Maar ik ben veel meer dan dat. Ik ben veel meer dan een getrouwde vrouw van middelbare leeftijd.'

'Laten we vanavond even niet aan onze huwelijken denken. Ze lijken onwerkelijk.'

'Een midzomernachtdroom,' zei Beatrice zachtjes.

Ze glimlachten naar elkaar maar toen verdween hun glimlach en keken ze elkaar serieuzer aan. Rudi boog zich voorover en kuste haar zachtjes op haar mond. Hij legde een hand op haar wang en kuste haar opnieuw, met overgave ditmaal. Ze voelde de hitte naar haar buik trekken. Zijn hand gleed van haar wang naar haar hals en verder omlaag, haar zijden blouse in en omvatte een borst. Naar adem happend schoof ze bij hem vandaan. Met de rug van haar hand veegde ze haar mond af, waarbij ze haar best deed haar lippenstift niet uit te smeren. 'Als mijn man dat had gezien,' zei ze enigszins verward, alsof ze net twee andere mensen tijdens die handeling had betrapt.

'Mijn vrouw zou nog erger zijn,' zei Rudi. 'Als ze me zo met een ander zou zien zoenen, zou ze van me scheiden. Dat denk ik echt. Ze is niet bepaald begripvol.'

'Waarom deed je het dan?'

Rudi aarzelde even voordat hij antwoord gaf. 'Ik wilde me herinneren hoe het was, hoe jij was, hoe ik was. Al die tijd geleden, toen we jong waren en alles nog voor ons lag. Ik was zo verliefd op je. Ik ben nog jaren verliefd op je geweest. Het was net alsof ik terug het verleden in stapte – mijn vrouw kan me moeilijk verwijten wat er in mijn leven is gebeurd voordat ze mij ontmoette.'

Beatrice grinnikte even. 'Ik denk niet dat je vrouw met die uitleg genoegen zal nemen.'

'Jij hebt me anders ook niet tegengehouden.'

'Dat had ik wel moeten doen,' zei ze. 'Ik heb een man. En een zoon.'

Rudi legde zijn hand op haar wang. 'Je zei zelf dat je meer bent dan dat.'

Er klonken stemmen uit de tuin. Beatrice stond op. 'We kunnen ons maar beter bij de anderen voegen. Ik denk dat we deze avond moeten afsluiten.'

28

Marco liep terug naar het huis. Er zat niemand meer aan de tafel in het souterrain, die was bezaaid met vuile borden, nog halfvolle schalen salade, wijnglazen en verfrommelde papieren servetjes. Hij ging op de stoel aan het einde van de tafel zitten, waar Beatrice had gezeten, pakte een glas waar nog wijn in zat en dronk het in twee grote slokken leeg.

Hij was doodmoe en wazig. Hij wist niet meer hoe ze hierheen gekomen waren, herinnerde zich alleen nog dat hij met Kristin van huis ging, de deur achter zich dichttrok. Van het diner herinnerde hij zich ook weinig meer dan het gevoel dat hij er op de een of andere manier niet echt deel van uitmaakte: hij had zich geïrriteerd en slecht op zijn gemak gevoeld. Over het hoofd gezien, dacht hij bitter, niet erkend. Tylers woorden zaten hem dwars, zijn woede laaide op als aangeblazen kooltjes. Hij dacht aan zijn armoedige appartement, zijn lege dagen, de avonden waarop hij in een bar dezelfde oude nummers speelde voor een handvol halfdronken mensen die niet eens naar hem luisterden, zijn belachelijke relatie waarvan hij wist dat het een vergissing was.

Hij dacht aan vroeger. Die tijd lag nog haarscherp in zijn geheugen opgeslagen, als een felverlicht podium. Hij riep de mensen uit het verleden op. Daar had je Beatrice, onzeker en volgzaam, Jay, de binnenvetter, Ellen, met haar warme handen en hartelijke persoonlijkheid, de behoedzame, oplettende Clara, de cynische, sexy Ali, slimme Rudi, en Will, altijd geestdriftig en in voor alles.

Hij dronk nog een restje wijn uit een ander glas.

En dan was er Tyler. Tyler met zijn vriendelijke blik, standvastig, betrouwbaar, die je het gevoel gaf dat je veilig bij hem was. Tyler, die op die prachtige zomerdag door de politie werd afgevoerd. Marco zag nog altijd die blik voor zich waarmee hij hen had aangekeken voordat hij in de auto stapte. Die zou hij nooit vergeten. De ontzetting. Hij had er nooit echt met iemand over gepraat. Toen hij het aan Kristin probeerde te beschrijven had het overdreven en onecht geleken, en Kristin had gereageerd met een welhaast demonische opwinding die hem enorm irriteerde.

En dan was er natuurlijk Leo nog. Leo, aan wie hij zo min mogelijk probeerde te denken. Hij was lang en stevig geweest, net zo lang als Tyler. Zij waren de leiders van de groep geweest, hoewel Leo die positie had opgeëist en Tyler amper leek te beseffen dat hij van alles het middelpunt was. Leo met zijn warrige donkere haar, donkere stoppels, felblauwe ogen. Een glimlach die hij opzette als hij mensen in wilde pakken. Ongelooflijk knap, en dat wist hij maar al te goed.

Maar koud. Een koude, kille man.

Hij wilde niet aan Leo denken. Nu niet, nooit niet. Hij dronk nog een restje wijn op. Alles om hem heen was vaag, de kamer bewoog een beetje; alleen het verleden was duidelijk afgebakend. Dat weekend.

Hij knipperde met zijn ogen en probeerde terug in het hier en nu te komen. Zijn blik viel op het mes dat lag te glimmen in het laatste licht dat door het raam naar binnen viel. Hij pakte het en hield het in zijn hand, voelde voorzichtig met zijn duim aan het scherpe lemmet. Toen stond hij op en liep ermee naar boven, de woonkamer in, waar Beatrice, Rudi, Ellen en Will met elkaar in gesprek waren, terwijl Jay in zijn eentje achter een schaakbord zat en de houten stukken ogenschijnlijk geconcentreerd verplaatste, hoewel hij een verdwaasde uitdrukking op zijn gezicht had.

Marco legde het mes op het salontafeltje.

'Waarom loop je in godsnaam met dat mes rond?' vroeg Beatrice.

Rudi boog zich voorover en pakte het op, draaide het een paar keer rond en legde het weer terug. 'Gevaarlijk ding,' zei hij met ontzag.

Marco liet zich in een leunstoel zakken. 'Ik ben uitgeteld,' zei hij.

'We zijn allemaal bekaf,' zei Beatrice.

Rudi mompelde iets en ze keek hem aan. Heel even ving Will, die tegenover hen zat, een glimp op van de Beatrice van vroeger, verlegen en verleidelijk, alleen maar op zoek naar acceptatie en liefde.

'Nee,' zei Marco. 'Je begrijpt het niet. Ik ben uitgeteld. Tweeënvijftig en uitgeteld. Wat is er gebeurd? Waar is alles gebleven?' En hij begon te huilen, verborg schokschouderend zijn gezicht achter een gespreide hand en greep met zijn andere hand de stoelleuning vast, terwijl hij gesmoorde keelgeluiden voortbracht.

'O, man,' zei Will.

'Marco, lieverd,' zei Ellen.

Ze hurkten aan weerszijden van hem neer, raakten hem zachtjes aan en mompelden sussende woordjes, alsof hij een dolgedraaid dier was.

'Wat moet ik doen?' zei hij tussen zijn snikken door. 'O jezus, wat moet ik doen?'

'Ik weet het,' zei Will. 'Ik weet het, ik weet het. Gooi het er maar uit. Het is allemaal ook zo afschuwelijk geweest, maar je komt er wel weer bovenop. Wij allemaal. We komen er allemaal wel weer bovenop. Rustig maar, rustig maar.' Een niet-aflatende woordenstroom, terwijl Marco tranen met tuiten huilde. Will kuste Marco op zijn kruin, zijn eigen vlezige gezicht was van pijn vertrokken. Ellen had haar armen om Marco heen geslagen; zijn betraande gezicht tegen haar borst gevlijd.

Jay keek naar het innig verstrengelde drietal. Ze zagen eruit als een middeleeuwse sculptuur die verdriet moest uitbeelden, dacht hij. 'Wat doen we hier eigenlijk allemaal?' vroeg hij aan niemand in het bijzonder.

Niemand gaf antwoord. Beatrice zat nog steeds met gesloten ogen naast Rudi, die zachtjes haar nek streelde. Jay schoof een loper schuin over het bord.

29

Jays ogen prikten; het voelde alsof ze diep in hun kassen begraven lagen. Hij deed zijn best om niet te kijken naar Marco en het duo dat zich over hem ontfermde. De lucht was warm en zwaar. Het duister nam bezit van de hemel en de tuin vulde zich met schaduwen.

Hij keek naar het schaakbord. De stukken leken ineens eerder dreigend dan afleidend. Hij voelde de angst als een dikke smurrie binnen in zich en kon amper ademhalen. Het was in jaren niet zo erg geweest, maar hij had dan ook jarenlang angstvallig alles vermeden wat hem uit zijn evenwicht zou kunnen brengen. Hij dacht aan zijn kleine huis aan de rand van de hei; zijn schamele bezittingen allemaal op hun plaats, de in eenzaamheid doorgebrachte avonden, een karige maaltijd aan de kleine grenen tafel met een boek voor zijn neus; zijn baan in het zorgcentrum, waar hij een vriendelijke stem opzette en zich behoedzaam voortbewoog. Zijn leven was erop ingericht om het onverwachte uit te bannen. Hij nam elke dag dezelfde route naar zijn werk, sloeg de zeldzame uitnodigingen voor etentjes of feestjes beleefd af, deed een keer per week boodschappen en kocht dan altijd dezelfde spullen, waarvan hij volgens een vast rooster zijn maaltijden bereidde. Hij sliep zeven uur per nacht, mediteerde voor het ontbijt en op zijn vrije dagen maakte hij lange inspannende wandelingen, altijd in zijn eentje. Misschien was die inspanning, door weer en wind, die hij dan te verduren kreeg, het enige drama in zijn leven. De wetenschap dat het angstige, chaotische deel van zijn leven achter hem lag en dat hij nergens meer voor hoefde te vrezen en nergens meer op hoefde te hopen, bood hem een zeker geluk, of in elk geval innerlijke rust.

Hij wist nog steeds niet waarom hij naar deze reünie was gekomen. Daar kon hij niet alleen Clara de schuld van geven. Misschien, dacht hij nu, had hij het als een soort test beschouwd. Als dat zo was, dan had hij gefaald. Hij was minder afgescheiden van de wereld dan hij had gedacht. Die had nog steeds invloed op hem. Da angst kneep zijn keel dicht. 'Nee,' zei hij en hij stond abrupt op, waarbij hij tegen het schaakbord stootte en de stukken kletterend op de grond vielen.

Rudi keek hem over Beatrice' hoofd heen aan, maar hij zei niets, gaf hem alleen een trage welbewuste knipoog.

Jay draaide zich geschrokken om en ging vlug de kamer uit, roffelde de trap af naar het souterrain en liep langs het slagveld van de lange eettafel door de schuifdeuren naar buiten. Hij moest Clara vinden. Ze moesten gaan.

De tuin hing vol avondgeuren. Rozen, nachtbloemen, een aroma dat hij niet kon thuisbrengen, als de overheersende geur van lelies, doodsbloemen.

Hij bleef even staan en keek om zich heen terwijl hij zich probeerde te oriënteren. Daar zag hij het trapje dat vanaf het terras naar de tuin leidde, en verderop, aan het eind van het lange gazon, een schuurtje. Maar gedurende enige ogenblikken kon hij geen mensen onderscheiden. Er ritselde iets in het struikgewas. Een takje knapte.

Hij hoorde stemmen. Vrouwenstemmen. 'Clara,' riep hij scherp, waarna er twee schimmen zijn kant op kwamen.

'Jay?' Clara had haar arm om Ali's schouders geslagen. Ali stond erg rechtop en bewoog zich stijfjes, alsof haar gewrichten op slot zaten.

'Wat is er aan de hand?' vroeg hij.

'Ali is van streek,' zei Clara.

'Waarom?'

'Misschien spreekt hij de waarheid,' zei Ali schor, terwijl ze Clara's arm van zich af schudde.

'Natuurlijk niet,' zei Clara nadrukkelijk.

'Het is me allemaal te veel. Waar is Benjy eigenlijk? Heeft iemand Benjy gezien?'

'Al een tijdje niet meer,' zei Jay.

'Ik kan niet eens fatsoenlijk voor een hond zorgen.' Ali liet hen achter en liep schokkerig als een marionet het huis in.

'Tyler wilde haar kwetsen,' zei Clara. 'Hij wil ons allemaal pijn doen. Daarom is hij hier.'

Dit is de echte test, dacht Jay. Nu, op dit moment. Ik kan mezelf aan mezelf bewijzen. Hij balde zijn vuisten. 'Mij kan hij geen pijn doen. Waar is hij, verdomme?' zei hij, plotseling vol energie. Zijn stem klonk luid en had iets schraperigs.

Clara keek verbaasd naar hem op en stak toen haar vinger uit. In het schaarse licht kon Jay achter in de tuin een figuur ontwaren. Hij beende er met grote passen heen. Clara volgde hem en riep dat hij op haar moest wachten.

'Tyler,' zei Jay terwijl hij op hem af liep. 'Je bent God niet. Je bent niet een of andere heilige die tot ons is gekomen om ons de weg te wijzen. Je bent een vuile moordenaar.'

'Denk je dat echt, Jay? Werkelijk?'

'Kom mee, nu,' zei Clara. 'Laat hem toch, Jay.'

'Je hoeft hem niet te beschermen,' zei Tyler. 'Hoewel dat altijd je rol was: hem koste wat kost beschermen.'

'Hou je smoel,' zei Jay. 'Hou godverdomme je bek.' En hij haalde uit.

Hij raakte Tyler op de zijkant van zijn gezicht, en Tyler wankelde iets achteruit, maar verder reageerde hij nauwelijks.

Jay haalde nog een keer uit, maar met minder overtuiging ditmaal, een halfzachte dreun die op Tylers schouder landde. Zijn gezicht was tot een grimas vertrokken. Hij zag eruit alsof hij in huilen kon uitbarsten.

'Jay!' riep Clara. 'Hou op!'

'Je had altijd al een hoop woede in je,' zei Tyler kalm. 'Die kamer die Leo en jij destijds verbouwden; het mag dan Leo's idee zijn geweest, maar het maakte iets bij je los, nietwaar?'

'Ik heb helemaal geen woede in me,' riep Jay als een klein kind.

'Gelul.'

'Ik vermoed dat dat de aanleiding voor je inzinking was, plus het feit dat Clara bij je weg was gegaan,' vervolgde Tyler. 'Het moet pijnlijk zijn geweest om de waarheid over jezelf onder ogen te zien. Die woede waardoor je werd verteerd. Nu werk je in de zorg, leef je een goed leven, een leven vol zelfkastijding, misschien; maar je blijft altijd bang dat die woede weer tot uitbarsting komt.'

'Hou op,' zei Jay en hij legde zijn handen over zijn oren.

'Je moet hem gewoon negeren,' zei Clara.

'Je hebt het recht niet,' zei Jay. 'Je hebt het recht niet om hier op te duiken en ons allemaal van streek te maken.'

'Grappig concept is dat,' zei Tyler, 'recht.'

'Tyler,' zei Clara fel. 'Voor zover ik weet, heb jij Leo vermoord en hoe slecht hij ook geweest mag zijn, jij bent altijd nog erger. Jij bent een...'

'Sst,' zei Tyler zacht, met een vinger tegen zijn lippen.

Clara zweeg abrupt en ze stonden gedrieën bij elkaar in een onbestendige stilte. Toen haakte ze haar arm door die van Jay. 'Kom,' zei ze. 'Het is voorbij.'

30

Kristin kwam vanuit het souterrain klepperend de trap op, zwaaiend op haar hoge hakken. Er zat een scheur in de zoom van haar kanten jurkje. 'Wat heeft hij?' vroeg ze toen ze Will en Ellen op hun hurken naast Marco zag zitten, die niet meer huilde maar wel een opgezwollen, met snot en tranen besmeurd gezicht had.

'Het werd hem allemaal een beetje te veel,' zei Ellen troostend.

'Dat begrijp jij toch niet,' zei Marco bitter.

Kristin keek hem even verrast aan en begon toen te glimlachen. 'O, ik snap het al,' zei ze. 'Je voelt je nog steeds tekortgedaan.'

'Ik voel me helemaal niet tekortgedaan.' Marco vertrok zijn gezicht in een grimas. Zijn ogen waren rood en gezwollen. 'Ik voel me gekwetst.'

'O, jezus. De gekwetste man. Als je eens wist hoe klaar ik ben met gekwetste mannen. Je vindt vast dat ik het voor je op had moeten nemen toen Tyler zei dat je je dromen niet had waargemaakt.'

'Dat was niet erg aardig van hem.' Ellen streelde Marco's wang.

'Maar het was wel waar.' Kristin wees naar Marco, die onderuitgezakt in zijn stoel lag en haar door samengeknepen ogen aankeek. 'En daar zit 'm de kneep, nietwaar? Dat hij hardop zei wat jij altijd denkt. Dat hij dat zei waar iedereen bij was. In het bijzijn van je vriendin.'

'Hou toch je kop.'

'Had ik moeten zeggen dat je mijn held bent? Dat ik in je geloof? Dat het nog niet te laat is en je nog altijd ontdekt kan worden?'

'Jongens,' zei Will. 'Alsjeblieft, hou op.'

'Hou godverdomme je zeikklep dicht, stomme koe,' zei Marco.

'Je moet niet tegen me schelden, dat trek ik niet,' zei Kristin zacht. 'En ik trek het niet als je met anderen tegen mij samenspant.'

'Maar dat doe jij ook tegen mij.'

'Wanneer dan?'

'Als ik het over vaccins heb. Of over mobiele telefoons.'

'Dat is iets heel anders.'

'Helemaal niet.'

'Natuurlijk wel. Dat is gewoon dom gezwatel.'

'Kijk, zie je wel, je maakt me belachelijk. Je denkt dat ik dom ben. Ik weet niet eens waarom je met me bent.'

'Nou, dan zijn we het daar tenminste over eens.'

'Doe ons een plezier,' zei Beatrice, 'en zet dit morgen voort. Morgen ziet alles er weer anders uit.' Ze stond op. 'Ik ga dit mes opbergen op een veilige plek waar niemand bij kan. Dan bedenk ik morgen wel wat ik ermee ga doen.' Met het mes tussen duim en wijsvinger liep ze de kamer uit. Ze hoorden haar voetstappen de trap op gaan, een deur die geopend werd.

Het bleef even stil, maar toen kreeg Kristins gezicht weer een rancuneuze uitdrukking. 'In het begin,' zei ze met hernieuwde felheid, terwijl ze zich over Marco heen boog, 'leek je me echt een lieve gozer. Maar dat ben je helemaal niet. Je bent een zielig geval.'

'Genoeg!' Ellen stond op. 'Nu is het klaar. Je gaat te ver. Daar krijg je spijt van.'

'En jij bent belachelijk,' zei Marco tegen Kristin. 'Lachwekkend.'

'Zegt de man die hem niet meer omhoog kan krijgen.'

'Wát zei je?'

'Ik zei dat je hem niet meer omhoog kan krijgen.'

Marco vloog overeind. Hij had zijn vuist gebald, maar Will greep zijn arm.

'Ik loog toen ik zei dat het niet uitmaakte,' vervolgde Kristin triomfantelijk. 'Want het maakt wel uit!'

'Ophouden of mijn huis uit!' Beatrice was weer binnengekomen. Ze zag er niet uit; haar blouse hing uit haar rok, haar haar plakte in haar gezicht en haar make-up was uitgelopen, maar in haar stem klonk nog altijd gezag door.

'Ik wou dat ik nooit gekomen was,' zei Kristin.

'Je was niet eens uitgenodigd.'

'Tja, nou ja, het leek me gewoon leuk. Ik had zoveel over jullie gehoord; ik had een heel mooi beeld van jullie allemaal. En dan blijken jullie gewoon een stel vastgelopen halve bejaarden te zijn die alleen maar over het verleden zitten te zaniken.' Ze liep naar de trap maar draaide zich nog even om voor haar afscheidswoorden: 'De enige die ik aardig vond was de zogenaamde moordenaar.'

31

Ze hoorden haar de trap af stommelen.

'Ze weet niet wat ze zegt,' zei Ellen tegen Marco.

Hij keek haar met een doffe blik aan.

'Jullie kunnen allemaal maar beter gaan,' zei Beatrice.

Er klonken stemmen uit het souterrain, gevolgd door een schelle kreet.

'Was dat Ali?' vroeg Will, zijn verbijsterde gezicht vertrokken in een poging zich te concentreren. 'Volgens mij was dat Ali.'

'Hoorde ik glas breken?' vroeg Beatrice.

Nog een kreet en hondengegrom.

'Kom,' zei Ellen, alsof ze de troepen optrommelde voor een laatste offensief. 'Laten we gaan kijken of het niets ernstigs is. Kom op, Marco, sta op.'

'Waarom? Ik zit hier prima.'

'In godsnaam,' zei Ellen, en ze greep hem bij zijn bovenarm en begon aan hem te sjorren tot hij half uit zijn stoel gleed. 'In de benen.'

Ze liepen gevieren de trap af en stuitten op een slagveld. Schalen lagen ondersteboven op tafel, overal lag eten, samen met bloemen uit omgevallen vazen. Stroompjes water vloeiden samen met stroompjes wijn. Zo te zien was er een sigaret op de houten tafel uitgedrukt. Die lag nu op een bordje ernaast, in de auberginesalade.

Aan het uiteinde van de tafel stond Ali met Benjy in haar armen.

'Wat is er gebeurd?' vroeg Beatrice, terwijl Clara en Jay hand in hand door de tuindeuren naar binnen kwamen.

'Benjy was op tafel gesprongen,' zei Ali. 'God weet wat hij allemaal binnen heeft gekregen.'

'Wat een puinhoop,' zei Ellen bijna bewonderend.

'Rode uien zijn giftig voor honden!' schreeuwde Ali tegen haar. 'Net als rozijnen! Weet je dan helemaal niks?' Ze plofte op een stoel neer en stak haar hoofd in de hondenvacht, die vettig glansde en sporen van etensresten vertoonde.

'Wat is dat?' vroeg Beatrice wijzend, met iets dreigends in haar stem.

'O, gewoon een oude karaf,' zei Kristin, terwijl ze naar de glasscherven op de vloer keek. 'Ik moest mijn woede even kwijt. Maar maak je geen zorgen, ik betaal hem wel terug, hoor.'

'Dat kun je van je leven niet terugbetalen.'

'Sorry,' zei Kristin luchtig.

'Je ging toch weg?'

Kristin negeerde haar en ging op een stoel zitten waarvandaan ze de tuin in kon kijken.

'Waar is hij?' vroeg Ellen. 'Is hij vertrokken?'

'Hij zit nog in de tuin,' zei Clara.

'Maar hij zei dat hij weg zou gaan,' zei Beatrice. 'Ik laat hem er wel even uit. Jullie hoeven hem niet meer te zien.'

De gasten hadden andere plaatsen ingenomen en dronken wijn uit glazen waaruit eerder anderen hadden gedronken. Plotseling was het net of er een storm door het huis had geraasd waarvan ze nu de gevolgen in ogenschouw namen, verdwaasd, maar merkwaardig gelaten.

'Het is nog maar net elf uur,' zei Ellen. 'Ik moet het toch minstens tot twaalf uur zien te rekken. Ik ben hiervoor tenslotte helemaal uit Bristol gekomen.'

Beatrice haalde haar schouders op. 'Ik ga zo naar bed. Zodra Tyler weg is, bedoel ik. Jullie zien maar wanneer je vertrekt. Zolang iedereen maar weg is als ik morgenochtend opsta. Daar staan chocolatjes.' Ze gebaarde naar de keukenkastjes. 'En brandewijn, cognac en likeur, mocht iemand daar zin in hebben.'

Will stak een bijna vol glas rode wijn de hoogte in. 'Volgens mij hebben de meesten van ons, ikzelf niet in de laatste plaats, al meer dan genoeg gehad,' zei hij met dikke stem. 'Misschien is het beter dat iemand dit glas van me afpakt voordat ik mezelf nog meer schade toebreng.'

'Ik had helemaal niet willen komen,' zei Jay. 'Ik had gewoon naar mezelf moeten luisteren.'

'Het spijt me,' zei Clara.

'Je zei dat het helend zou kunnen werken,' zei Jay met een hopeloos gebaar. 'Hij heeft het grootste deel van zijn leven vastgezeten. Dat snap ik. Maar wat hij allemaal uitkraamde... Zoiets heb ik nog nooit gehoord. De kille haat in zijn woorden. Hij haat ons gewoon.'

Iedereen zweeg weer, tot Kristin ineens begon te lachen. 'Weet je wat ik me net realiseer?' Ze wees naar Ellen. 'Dat je uiteindelijk niet hebt gezegd wie er nou het beste in bed was.'

'Jezus christus,' zei Marco. 'Ben je helemaal van de pot gerukt?'

'Wil jij dat dan niet weten?'

'Als je ook maar een greintje verstand hebt, hou je nu je smoel dicht.'

Rudi schoof dichter naar Beatrice toe. 'Gaat het?' vroeg hij.

'Ik weet het niet,' antwoordde ze. 'Ik weet niet precies hoe ik me voel.' Ze keek om zich heen. 'Hij wilde ons tegen elkaar opzetten. Misschien heeft hij ons juist wel dichter bij elkaar gebracht.'

Rudi gaf haar een kneepje in haar arm.

'Ik heb niet echt geluisterd naar wat hij zei,' zei Clara traag. 'Toen hij van wal stak, kreeg ik onmiddellijk een heel levendige flashback van die laatste momenten samen.' Ze keek de anderen even aan. 'Het was alsof ik weer terug was op die afschuwelijke ochtend. Ik hoorde alle opschudding en zag iedereen zich verdringen in de deuropening en nog voordat iemand iets zei, wist ik al dat er iets vreselijks was gebeurd. Al weet ik niet meer wie het lijk had aangetroffen.'

'Ik,' zei Ellen.

'Ik dacht dat ik hem had gevonden,' zei Marco.

'Dat zou heel goed kunnen,' zei Ellen. 'Dat is een van de dingen die ik heb geleerd door relatietherapie te geven. Iedereen herinnert zich dingen anders. Je vertelt jezelf verhalen en die verhalen worden waar. Maar ik ben er vrij zeker van dat ik hem toen gevonden heb. Volgens mij realiseerde ik me onmiddellijk dat ons leven voorgoed was veranderd. Dat er altijd een ervoor en erna zou zijn.'

'Hij leek haast wel te glimlachen,' zei Marco. 'Gruwelijk.'

'Ik herinner me vooral zijn ogen,' zei Ali. 'Die staarden me aan.'

'Daar staat me allemaal niks van bij,' zei Clara. 'Wat ik me herinner is dat zijn ene arm gestrekt was, met de palm naar boven, alsof hij iets probeerde te pakken. Of iemand.'

'Ik zie het nog voor me,' zei Will bijna dromerig.

'Wat?' vroeg Marco.

'Die open ogen. Zoals Ali zei. Levenloos, maar toch keek hij me op de een of andere manier aan. Dat zal ik nooit vergeten.'

Ali schoof naar hem toe en raakte zijn arm aan. Ze had een bijna woeste, intense uitdrukking op haar gezicht. Will staarde voor zich uit, zijn ogen op een onzichtbaar punt in de verte gericht, alsof hij het voorval opnieuw beleefde.

'Ik had nog nooit een dode gezien,' zei Beatrice. 'Ik weet nog dat ik doordrongen was van het vreemde besef dat hij een paar uur daarvoor nog met ons op de wereld was en nu niet meer.'

'Ik kan wel een slokje cognac gebruiken,' zei Marco. 'Of wat je ook maar in huis hebt. Maakt niet uit wat. Zet maar neer.'

De flessen werden geopend en de glazen gevuld. Marco hief zijn glas. 'Ik wilde een toost uitbrengen, maar dat dekt de lading niet helemaal,' zei hij met een stem die klonk alsof zijn tong te groot was voor zijn mond. 'En ik wilde "op ons" zeggen, maar dat lijkt me ook niet helemaal juist. Volgens mij hebben we allemaal iets nodig om de pijn te dempen.' Hij nam een teugje. 'Vroeger vormden we een bijzonder groepje.'

'Hoort dit nog bij je toost?' vroeg Clara.

'Het is niet echt een toost, eerder een langgerekte angstkreet.' Hij keek peinzend naar zijn halflege glas. 'Waar was ik? O ja, volgens mij waren we destijds op de universiteit ook in de ogen van anderen bijzonder. Een cool groepje. Maar het is alsof God op ons neerkeek en ons wilde straffen omdat we zo zelfingenomen en arrogant waren.'

'Het was een tragisch misdrijf,' zei Clara. 'Meer niet.'

'Meer niet?' vroeg Marco. 'Het was allemaal verdoemd. Alles. Neem jij en Jay. In onze ogen waren jullie het perfecte stel. Jullie zouden een prachtige bruiloft hebben en schattige kindertjes krijgen. Maar je hebt Jay niet zomaar aan de kant gezet, of niet alleen hem. Je hebt het hele mannelijke geslacht aan de kant gezet. De halve wereldbevolking.' Hij keek Jay aan. 'Was het daardoor makkelijker? Was het makkelijker te verdragen dat je in feite was verlaten omdat je een man was?'

'Nee,' zei Jay. 'Dat maakte het niet makkelijker.'

'Marco,' zei Clara. 'Hou op. Zo doe je wat Tyler wil.'

'Wat is dat dan?'

'Ja, dat weet ik ook niet precies, maar waarschijnlijk probeert hij ons tegen elkaar op te zetten.'

'Volgens mij is dat niet wat hij wil,' zei Jay. 'We hebben ons al heel lang geleden tegen elkaar gekeerd. Ik denk dat hij het weet.'

'Wat weet?' vroeg Will.

'Ik denk dat hij weet wie Leo heeft vermoord. Hij weet het en speelt met ons.'

'Jay! Ben je gek geworden?' Clara's lippen waren een dunne streep. 'Híj heeft Leo vermoord. Geloof je dat onzinverhaal dat het een van ons was? Want in dat geval heeft hij zijn doel bereikt.'

Will keek naar Ali, die recht voor zich uit in het niets staarde, volkomen bewegingloos, alsof ze uit marmer was gehouwen. 'Ik kan hier niet meer tegen. Ik heb even een momentje voor mezelf nodig,' zei hij.

Rudi had zachtjes met Beatrice zitten praten, maar hij keek om zich heen toen Will het souterrain uit liep en ze hem de trap op hoorden lopen. 'Gaat het wel goed met hem?' vroeg hij. Hij haalde zijn telefoon uit zijn zak. 'Ik ga wel even bij hem kijken. Ik moet toch even bellen.' Hij glimlachte flauwtjes. 'Het is halftwaalf en ik zou om twaalf uur thuis zijn. Mijn vrouw kan nogal ongeduldig zijn.'

Hij stond op en liep de trap op. De overgebleven mensen keken elkaar ongemakkelijk aan.

'Ik ga vast een beetje opruimen,' zei Beatrice. 'Ik wil niet dat mijn zoon het huis in deze staat aantreft. Misschien kunnen jullie toch maar beter gaan.' Ook zij liep de trap op.

'Ik moet even naar de wc,' zei Ali. 'Dan vertrekken we.'

32

Nu zaten ze nog maar met z'n vijven aan tafel.

Kristin boog zich naar Ellen toe en stootte haar tumbler tegen het glas dat Ellen vasthield. 'Gaat het, schat?' vroeg ze. Ellen antwoordde niet en nam een slok van haar drankje. 'Met jouw werk ben je vast gewend dat mensen de meest vreselijke dingen tegen elkaar zeggen, toch? Is dat niet de gulden regel van therapie? Dat je alles kunt zeggen? Ik denk er weleens over om met iemand te gaan praten. Voor bepaalde dingen zou dat best goed kunnen zijn.' Ze maakte een overdreven gebaar in de richting van Marco. 'Zo heb ik bijvoorbeeld altijd oudere mannen. Veel oudere mannen. Dat heeft waarschijnlijk met mijn vader te maken. Denk je niet?'

'Hallo, ik kan je horen, hoor,' zei Marco. 'Als je tegen een van mijn oude vrienden over mij gaat zitten smoezen, kun je op z'n minst een beetje discreet zijn.'

'Ik wilde dat jij het ook zou horen,' zei Kristin. 'Nou, wat denk je ervan?' vroeg ze aan Ellen, terwijl ze haar iets harder aanstootte dan de bedoeling was, waardoor Ellen ineenkromp.

'Ik denk dat iedereen gebaat zou zijn bij de juiste therapie.'

'En jijzelf?' vroeg Kristin.

'Hoe bedoel je?'

'Ik kan je wel omhelzen,' zei Kristin. 'Je hebt gedaan wat je wilde. En je hebt, zoals je zei, de tijd genomen om dingen te ontdekken.

Dat was toch het woord dat je gebruikte? En je bent getrouwd en hebt een paar duizend kinderen en je helpt mensen met hun relatieproblemen. Maar hoe ga je om met vernedering? Soms voelt het net als vroeger op school, toen ik anderen achter mijn rug om over mij hoorde fluisteren. Daardoor begon ik hiermee.' Ze stroopte haar mouw op en toonde een paar bleke strepen op haar onderarm. Terwijl ze dat deed morste ze zonder dat ze het in de gaten had het grootste deel van haar drankje.

Ellen keek naar Kristins littekens en ging er toen zachtjes met haar wijsvinger overheen. Ze leek ouder, zag er opeens wat uitgezakt uit. 'Seks is ingewikkeld,' zei ze. 'Er is zoveel schaamte, woede en angst. Ik heb altijd geprobeerd me niet te veel aan te trekken van wat andere mensen denken.'

'Wauw,' zei Kristin. Ze keek naar Marco. 'Lijkt het je niet interessant om bij Ellen in therapie te gaan? Daar zouden we heel wat van kunnen opsteken.'

Marco bleef haar aankijken tot ze met een kleur haar ogen neersloeg. 'Ik ben niet dronken of stoned genoeg,' zei hij. 'Ik voel nog steeds van alles. Dat wil ik niet.'

'Laten we een spelletje doen,' zei Jay.

'Wat?' Clara keek hem verbaasd aan. 'Ben je niet lekker bij je hoofd?'

'Laten we flesje draaien spelen.'

'Waarom zou ik in godsnaam een fles willen ronddraaien?' vroeg Marco. 'Ik drink er liever een leeg.'

'Degene die door de fles wordt aangewezen moet dan uitleggen waarom hij of zij niet de moordenaar van Leo kan zijn.'

'We weten wie de moordenaar is. Daar hebben we geen fles voor nodig.'

'Ben je bang?'

'Jay, hou op. Ik weet wat je doet.'

'Wat doe ik dan?'

'Je doet weer maf.'

'Noem me niet zo.'

'Sorry. Ik wilde je niet – hou er maar gewoon over op, oké?'

'Of het mes. We zouden ook het mes kunnen gebruiken waar haar zoon mee kwam aanzetten.'

'Ik heb het mee naar boven genomen,' zei Marco, terwijl hij moeizaam overeind kwam en slingerend naar de trap liep. 'Ik haal het wel even.'

'Niet doen,' zei Clara fel, maar niemand besteedde aandacht aan haar.

'Wat is het donker geworden,' zei Kristin. 'We moeten wat meer licht aandoen.'

'We moeten gaan,' zei Clara.

'Mesje draaien,' zei Jay.

'Ik waarschuw je, Jay, kap hiermee,' zei Clara.

'Je bent mijn moeder niet.'

'Het mes lag er niet meer,' zei Marco, die de kamer weer binnenkwam. Hij liet zich min of meer op een stoel vallen en pakte een whiskyfles. 'Ik herinner me ineens dat Beatrice het ergens heeft opgeborgen. We zullen het hiermee moeten doen.'

'Hé,' zei Kristin toen hij de fles midden op tafel op zijn kant legde en er een zwiep aan gaf. 'Pas op. Hij is nog halfvol.'

De goudkleurige vloeistof spoot eruit en stroomde over tafel.

'Waar wijst hij naar?'

'Naar de tuin.'

'Tyler zit in de tuin,' zei Jay.

33

Trage voetstappen op de trap. Iemand kwam naar beneden.

De groep aan tafel draaide zich om en zag Ali. Ze wiegde Benjy tegen haar borst alsof hij een pasgeboren baby'tje was. Haar gezicht was uitgehold van de slaap. Ze ging zitten en keek iedereen om beurten aan. 'Wat is er?' vroeg ze. 'Waarom kijken jullie zo?'

'We hadden het over Tyler,' zei Jay.

'Tyler,' zei Ali toonloos. 'Ja. Waar is hij? Ik moet met hem praten. Ik heb al te lang gewacht.' Ze kwam overeind, struikelde bijna, maar hield Benjy stevig vastgeklemd.

Jay stond op en liep naar de schuifdeur, drukte zijn voorhoofd tegen het glas en spreidde zijn armen, alsof hij aan het kruis hing.

'Zie je hem?' vroeg Marco.

'Nee. Maar dat wil niet zeggen dat hij daar niet vanuit het donker naar ons zit te kijken.'

'Waarom word ik ineens zo bang?' vroeg Kristin.

'Bang?' Rudi kwam met twee treden tegelijk de trap af; hij hield zijn mobieltje in de ene hand en een tumbler in de andere. 'Waarvoor?'

'Dat weet ik niet.'

'Met wie was je in gesprek?' vroeg Marco. 'Ik hoorde je praten toen ik net boven was, maar ik kon niet verstaan waarover het ging.'

'Met Will,' zei Rudi. 'Hij is nogal van streek en ook heel dronken.'

'Will?' Ali liet zich weer op haar stoel zakken en drukte haar gezicht tegen het hondenlijfje.

'Het komt wel goed met hem,' zei Rudi. 'Morgen herinnert hij zich er waarschijnlijk niks meer van. Hij zal waarschijnlijk wel een gruwelijke kater hebben. Maar dat geldt voor ons allemaal.'

'Ik moet roken,' zei Ali, en ze begon verwoed in haar zakken te voelen. 'Waar zijn mijn sigaretten?'

'Ik zie iemand,' zei Jay, die nog steeds met zijn gezicht tegen het raam stond geplakt.

'Tyler?'

'Nee, Beatrice.'

Jay stapte bij het raam vandaan toen Beatrice met haar handen vol glazen op de schuifdeur af liep. 'Er staan verdomme overal glazen. Alsof er een heel leger in mijn huis heeft gebivakkeerd,' zei ze knorrig, terwijl ze ermee naar de vaatwasser liep. 'Ik dacht dat jullie weg zouden gaan. Het feest is afgelopen.'

'Ik wacht tot Will weer opduikt,' zei Ali. 'Hij is blijkbaar lam. Ik ga even sigaretten halen, daarna vertrekken we direct, dat beloof ik. We hebben allemaal al veel te lang van je gastvrijheid gebruikgemaakt.' Ze zette Benjy op de grond en krabbelde hem achter zijn oren. 'Ik ben zo terug, lieverd.'

'Het is twaalf uur,' zei Clara.

'Er is altijd wel ergens een nachtwinkel of een tankstation open.'

'Dan loop ik met je mee. Op dit uur van de avond kun je er niet in je eentje op uit.'

'Ik red me wel, hoor. Maar doe wat je niet laten kunt,' zei Ali schouderophalend.

'Zal ik ook meegaan?' vroeg Jay.

'Nee,' zei Clara scherp. 'Je kunt het beste naar huis gaan, Jay, zoals Beatrice al zei. Ga naar huis, en vergeet deze hele avond.'

'Ik heb mijn laatste trein gemist.'

'Hier kun je niet blijven,' zei Beatrice, die niet langer de moeite nam om beleefd te doen tegen haar gasten. Ze zette meer glazen in de vaatwasser. 'Niemand kan hier blijven. Jullie moeten allemaal gaan. Er is genoeg ravage aangericht.'

'Ik wil eerst nog met Tyler praten,' zei Jay koppig. 'Volgens mij zie ik hem nu. Achter in de tuin, bij dat beeldje. Hij staat daar maar. Alsof hij ergens op wacht.'

'Het kan me niet schelen waar hij op wacht. Hij moet gaan. Hij wil ons nooit meer zien en ik wil hem nooit meer zien.'

Clara en Ali liepen de trap op en verdwenen door de voordeur, terwijl Jay door de schuifdeur de patio op liep, waar hij even bleef staan voordat hij naar de bewegingloze gestalte achter in de tuin slenterde.

'Marco, kun jij ervoor zorgen dat ze elkaar niet in de haren vliegen?' vroeg Beatrice vermoeid.

'Ik? Wat wil je dat ik doe?'

'Ik begrijp niet waarom je dat aan Marco vraagt,' zei Kristin. 'Hij is bang voor lichamelijk geweld. Als het op vechten aankomt, heb je meer aan mij.'

'Misschien moet ik dat mes bij me steken,' zei Marco. 'Waar is het? Jij hebt het ergens opgeborgen, hè, Beatrice?'

'Ik ga je echt dat mes niet geven.'

'Ik ga mijn jas pakken,' zei Ellen. 'En een Uber bellen.'

'Waar zijn mijn autosleutels?' vroeg Rudi, die achter haar aan liep. 'Waar heb ik ze gelaten?'

'Je gaat toch niet rijden? Je hebt veel te veel gedronken.'

'Geen probleem,' zei Rudi. 'Als ik hier maar weg ben.'

34

De keuken was leeggelopen. Beatrice was alleen. Ze stond bij de vaatwasser en keek naar de tafel waaraan ze met z'n allen hadden gezeten.

Vijf uur geleden had deze open ruimte met zijn glanzende terracotta tegels en stalen steunbalken een prachtig decor geleken: de gedekte tafel, het glinsterend roestvrijstalen bestek, de kleurige borden die ze in Portugal hadden gekocht, wijnglazen klaar om gevuld te worden, de vele vazen vol bloemen en achter de glazen deuren de tuin, weelderig groen in het zachte namiddaglicht.

Dat was allemaal ontheiligd. De tafel lag vol plassen whisky en wijn, broodkorsten, klodders saus en boter, verfrommelde papieren servetten en ze zag zelfs een brandvlek van een uitgedrukte sigaret en een peuk in de auberginesalade op het bordje ernaast. Gesmolten kaarsvet van de opgebrande kaarsen was in grillige vormen over de kandelaars gedropen. Glasscherven glinsterden op de vloer. Buiten was het windstil en donker; een paar sterren en een bleek schijfje van de maan staken tegen het duister af. De warmte was uit de lucht verdwenen en het begon kil te worden.

Beatrice huiverde in haar dunne zijden blouse, waarvan een van de knoopjes ontbrak. Ze sloeg haar armen om zich heen en luisterde naar haar hartslag. Ze voelde zich een beetje misselijk en volkomen troosteloos. Een paar vage schimmen zweefden als geesten door de tuin. Boven zich hoorde ze mensen stommelen, maar geen stemmen. Ze waren er nog steeds. Ze moest zorgen dat ze weggingen.

Een paar minuten bleef ze te midden van de puinhoop staan, onzeker over wat komen ging, en toen liep ze ook de keuken uit

DEEL TWEE

35

Het was bijna middernacht toen Maud O'Connor bij het appartement van Archie en Fran in Leyton aankwam. Toen ze de woonkamer in liep botste ze tegen een man die net wegging. 'Sorry,' zei hij op afwezige toon. 'Maar ik zit met een noodgeval.'

'Gaat het wel goed?'

'Nee, allesbehalve.' Hij maakte een hulpeloos gebaar. 'Het klinkt misschien grappig voor jou, maar mijn buurman belde me net. Mijn kat zit weer eens op het dak. Ze hebben alles geprobeerd. Nu willen ze de brandweer bellen. Ik ben de enige die hem weer naar binnen kan lokken.'

'Dat vind ik helemaal niet grappig,' zei Maud. 'Ik heb ook ooit een kat gehad.'

'Klom die ook op het dak?'

'Nee, maar hij liep wel vaak weg.'

'Maar hij kwam altijd weer terug, toch?'

'Ja, dat wel,' zei Maud. Ze verzweeg dat hij altijd was teruggekomen tot die keer dat hij niet meer terugkwam en dat ze zich sindsdien altijd had afgevraagd of hij nog leefde en elders gelukkig was met iemand anders.

'Dank je,' zei de man. 'Dat geeft me weer een beetje hoop. Ik heet Ross, trouwens. Tot ziens.'

Hij vertrok en ze draaide zich om en keek de woonkamer in. Die was stampvol; mensen stonden dicht opeengepakt in kleine groepjes bij elkaar, ze dronken blikjes bier, rookten en bogen zich naar elkaar toe om elkaar boven de luide, doordringende muziek uit verstaanbaar te maken.

Ze probeerde te besluiten wat ze nu zou gaan doen toen iemand op haar schouder tikte. Ze keek om. Het was Ross. 'Ik moet er echt vandoor,' zei hij.

'Ja, dat zei je al.'

'Als ik mijn kat niet moest gaan redden, zou ik gebleven zijn en hadden we een praatje kunnen maken, en ik weet nu al zeker dat ik je uiteindelijk zou hebben gevraagd of je misschien nog eens wilde afspreken. Bijvoorbeeld morgen, voor een lunch.'

Ze bekeek hem iets aandachtiger. Was dit gewoon zijn vaste versiertruc? Maar zijn bruine ogen hadden iets, iets vriendelijks, waardoor ze dacht van niet. 'Is er echt een kat?' vroeg ze. 'Is dat niet iets wat je zomaar zegt om een gesprekje aan te knopen?'

'Er is echt een kat. In acuut gevaar.'

'Ik heb een zware week achter de rug,' zei Maud. 'Ik was van plan om zaterdag uit te slapen.'

'Een late lunch, dan,' zei hij. En, na even nadenken: 'In The Lantern. Die zit aan het kanaal, vlak bij Victoria Park. Om twee uur. Maar nu...' Hij keek naar buiten.

'Je kat.'

'Dus kom, als je kan. Of wil.'

En weg was hij. Maud wist niet precies wat ze ervan moest denken. Ze was er nogal door overvallen.

Ze keek om zich heen of ze bekenden zag, of Silas er was, terwijl ze zich afvroeg of ze hier wel had moeten komen. Ze kwam van een ander feest in Oost-Londen en had getwijfeld of ze nog hierheen zou gaan. Archie en Fran hoorden bij haar verleden. Toen Silas en zij uit elkaar gingen, had hun vriendengroep zich ook opgesplitst, volgens de wetten van de zwaartekracht van hun oorsprong. Archie en Fran hoorden bij Silas en hoewel ze wel contact met elkaar hadden gehouden, zagen ze elkaar bijna nooit. Maud had hen al ruim twee jaar niet meer gezien.

Tijd was iets raars, dacht ze. Emoties hadden er vrij spel op, rekten hem uit, dikten hem in of versnipperden hem. Ze had er lang over gedaan om de scheiding met Silas te verwerken. Er wordt altijd gezegd dat een relatie onderhouden hard werken is; voor een scheiding geldt hetzelfde. De afgelopen twee jaar had Maud zich op haar baan gestort, op haar vriendschappen, energie gestoken in een paar scharrels en een iets serieuzere relatie en geprobeerd te genieten van kleine dingen en er niet mee te zitten dat ze alleen was. Haar vader had haar altijd geleerd dat je je schouders eronder moest zetten en dat had ze gedaan. In het begin voelde het als een wond die nooit zou helen. Alles deed pijn en ze worstelde zich stap voor stap door de dagen heen. Het werd steeds iets beter, tot het niet meer dan een vervagende blauwe plek was; als je erop drukte deed het pijn, maar het was draaglijk. Nu was het eerder een litteken: een herinnering aan pijn. Maar het kostte moeite en wilskracht en regelmatig werd ze in een onbewaakt moment door herinneringen overvallen.

Hij had haar verlaten en hun gezamenlijke leven beëindigd, en toen hij er spijt van kreeg was het te laat. Meer dan eens was hij bij haar aan de deur verschenen om te vragen of ze het niet nog eens konden proberen; een keer met een bos bloemen en een andere keer in tranen, en Maud had er weleens over gefantaseerd hoe dat zou zijn. Maar ze wist dat er geen weg terug meer was. Ooit had ze vol overgave van hem gehouden, nu was hij meer een vertrouwde vreemdeling. Er was haast niemand die ze zo goed kende, en tegelijkertijd kende ze hem helemaal niet.

Maud wist niet of hij op dit moment weer een relatie had. Als ze gezamenlijke vrienden ontmoette, vroeg ze nooit naar hem. De meesten van haar vrienden hadden een relatie of waren getrouwd. Sommigen hadden kinderen of er waren kinderen op komst, of ze waren van plan om kinderen te krijgen. Silas en zij probeerden ook een kind te krijgen, tot hij in paniek raakte en de relatie beëindigde. Werd ze daarom nog steeds soms plotseling overvallen door een vreselijk verdriet? Ze miste hém niet zozeer, maar dat schaduwleven, waarin ze nog steeds in haar geliefde appartement in Oost-Londen woonde en een baby had.

Maar hij was een klootzak, zei ze tegen zichzelf. Een lafaard.

Ze wrong zich door de mensenmassa in de woonkamer heen naar de keuken, waar ze Archie aantrof, die diep in gesprek was met een man in een kaftan.

Archie keek op, bleef even verrast naar haar staan kijken en sloeg toen zijn armen om haar heen. Hij kuste haar uitbundig en zei dat hij haar had gemist en dat ze er geweldig uitzag. 'Ik zou dat maar snel weer wegstoppen,' zei hij half als grapje, half serieus tegen de man in de kaftan, die net een dun jointje draaide.

Maud huiverde even. Haar baan had haar relaties vaak in de weg gestaan, zeker die met Silas en zijn vrienden. Doordat ze bij de politie werkte werd ze automatisch gezien als de vijand, of op z'n minst als iemand voor wie je moest oppassen. Ze was niet alleen Maud, ze was Maud O'Connor, inspecteur bij de Metropolitan Police.

Ze pakte een flesje water van tafel, draaide de dop eraf, nam een slok en veegde met de rug van haar hand haar mond af. Daarna liep ze de lange, smalle tuin in, die ook vol mensen stond. In de verte schoot vuurwerk de lucht in en verspreidde lichtfonteinen over de heldere hemel.

Ze ving flarden van gesprekken op: 'De aarde gaat er gewoon aan...' 'O mijn god, dat is zo eng...' 'Ik wil het gewoon een keertje proberen...' 'De babysitter zei middernacht...'

Een vrouw met wie ze vroeger omging keek naar haar, dwars door haar heen, zonder ook maar een spoortje van herkenning op haar gezicht. Maud voelde zich net een geest die naar zijn oude leven is teruggekeerd, maar onzichtbaar en vergeten is. Aan het einde van het kale stukje gras zag ze een bekend stel staan en ze liep naar hen toe. Toen ze dichterbij kwam, zag ze dat de man een draagdoek omhad; ze kon de bolle vorm van een babylijfje onderscheiden. Ze keken om zich heen en een ogenblik waren hun gezichten precies even uitdrukkingsloos.

Toen klaarde het gezicht van de vrouw op. 'Maud!'

Ze kusten elkaar op de wangen.

'Wat leuk om je weer eens te zien, Maud,' zei de man. Paul, meende ze dat hij heette. 'Dat is lang geleden.'

'Inderdaad,' zei ze, terwijl ze op de donzige kruin van het baby'tje keek. 'En wie is deze kleine schoonheid?'

'Corin,' zeiden ze in koor, met dezelfde trotse glimlach.

'Hallo, Corin,' zei Maud. 'Wat een verrassing. Hoe oud is hij?'

'Veertien weken,' zei de vrouw.

'Wat geweldig.' Een gruwelijk moment lang dacht ze dat ze in huilen zou uitbarsten. 'Gefeliciteerd.'

Toen werd ze op haar schouder getikt en al voor ze zich omdraaide wist ze wie het was. 'Hé, Silas.'

Donker haar, blauwe ogen. Hij had zo'n tien jaar deel van haar leven uitgemaakt, van haar gehoopte toekomst. Nu stond hij naar haar te glimlachen – een vertrouwde vreemdeling. 'Hoe gaat het?' vroeg hij.

'Goed.' Ze glimlachte terug.

'Je ziet er goed uit. Wat zit je haar leuk.'

'Zo zit het altijd al.'

'O ja? Wil je iets drinken?'

'Ik hou het vanavond bij water,' antwoordde ze, en ze zag dat zijn ogen zich nauwelijks merkbaar even vernauwden toen hij werd herinnerd aan haar beroep en aan al die keren dat dat voor problemen had gezorgd.

'Heb je dienst?'

'Ik kan opgeroepen worden.'

'Dus misschien moet je er onverwacht vandoor. Hmm, net als vroeger.'

Voor Maud was het ook weer net als vroeger; Silas die denigrerende opmerkingen maakte over haar werk.

'Goed dat ik je tegenkom, Maud. Ik wilde je spreken.'

Op dat moment ging Mauds telefoon over in haar zak. Ze hoorden het allebei. 'Ik moet echt even opnemen,' zei ze met een licht schouderophalen. 'Sorry.'

Ze luisterde naar de stem zonder dat haar gezicht ook maar iets verraadde. Daarna hing ze op en richtte zich weer tot Silas. 'Wat je met me te bespreken had zal nog even moeten wachten.'

'Wacht nou even. Het is belangrijk. Ik mis je. Kan ik een keer langskomen?'

'Ik moet ervandoor.'

'Morgen. Kunnen we morgen afspreken?'

Ze dacht aan Ross en zijn uitnodiging om te gaan lunchen. 'Morgen heb ik waarschijnlijk geen tijd.'

'Maud...'

'Genoeg,' zei ze. Met haar hand wuivend boven haar hoofd liep ze snel de tuin uit.

36

De politiewagen stond met knipperende blauwe zwaailichten voor de deur. Een paar feestvierders stonden op de stoep te roken en keken ernaar, en naar Maud die naar de auto toe liep. Een jonge vrouw vroeg haar of er iets gebeurd was.

'Niet hier,' antwoordde Maud.

Naast de auto stond een geüniformeerde agent. Hij zag er jong uit, met een rond gezicht en een pluizig rood baardje, dat bedoeld leek om zijn hoge voorhoofd te compenseren. Hij kauwde verbeten op een stukje kauwgom. 'Paul Hale,' stelde hij zichzelf voor. Toen kneep hij zijn ogen iets samen. 'Je weet toch dat we een plaats delict gaan bezoeken? Wil je je misschien eerst nog omkleden?'

Maud keek naar haar gele bloesje met korte mouwen en haar wijde enkellange broek, en haalde haar schouders op. 'We kunnen er maar beter meteen naartoe gaan.'

Sommige rechercheurs gingen voorin zitten om te laten zien dat ze gewoon een van de jongens waren, maar Maud nam achterin plaats. Ze moest haar hoofd leegmaken en had geen zin om een gesprek te voeren. 'Wat is de bestemming?' vroeg ze toen ze wegreden.

'Tufnell Park. St Matthew's Avenue, nummer 44.'

Een kleine drie kwartier rijden, dacht ze.

'Is dit vaste prik voor je?' vroeg de agent.

'Hoe bedoel je? Misdaden onderzoeken?'

'Nee, dat je midden in de nacht wordt opgeroepen.'

'Ik ben vaak oproepbaar. Maar dit is de eerste keer dat ze een wagen voor me sturen. Meestal kan het wel tot de volgende ochtend wachten.'

'Dan zal het wel belangrijk zijn.'

'Ik hoop het niet.'

'Met een beetje geluk kan ik je straks weer terugbrengen naar je feestje.'

Maud probeerde net te bedenken hoe ze het gesprek vriendelijk kon beëindigen, toen haar telefoon weer ging. Ze keek naar het schermpje en zag dat het was wie ze verwachtte: Weller. Haar baas. 'Chef.'

'Ik keek net op het rooster en zag jouw naam staan.' Hij liet het klinken alsof het iets slechts was.

'Ik ben nu onderweg naar de plaats delict.'

'Wat hebben ze je verteld?'

'Alleen dat het een moord betreft en dat ze een auto zouden sturen. Dat verbaasde me eerlijk gezegd wel een beetje.'

'Hoezo?'

'Kunnen de mensen die dienst hebben het niet afhandelen?'

'Wil je eronderuit, Maud? Heb je gedronken vanavond?'

Maud keek naar het met stekeltjeshaar bedekte achterhoofd van agent Hale, zich ervan bewust dat hij alles hoorde wat ze zei.

'Nee, ik vroeg het me gewoon af. Ik dacht dat we alleen worden opgeroepen als er echt iets heel ernstigs aan de hand is.'

'Zegt de naam Sebastian Harris je iets?'

Maud dacht even na. 'De politicus?'

'De minister. Hij is minister en een goede vriend van de premier, en de moord is gepleegd in zijn huis.'

'Heeft hij het gedaan?'

'Is dat een grap?'

'Nee, een vraag.'

'Hij was niet aanwezig ten tijde van de moord. Hij is op werkbezoek. Maar daar gaat het niet om. Er is een moord gepleegd in zijn huis en wij staan vol in de schijnwerpers. En zoals je maar al te goed weet, Maud, verkeren we momenteel niet op al te goede voet met de regering. Ze schijnen te denken dat we de misdaad op zijn beloop laten en dat we, in het uitzonderlijke geval dat we toch een onderzoek instellen, niet in staat zijn zaken op te lossen.'

'Ik zal mijn best doen om deze zaak op te lossen.'

'Ik zal open kaart met je spelen,' zei Weller. 'Daar zit 'm nu precies de kneep. Als jij zou meedoen aan *Mastermind*, dan zou mensen tegen de haren in strijken je specialiteit zijn. Toen ik jouw naam zag staan heb ik eerlijk gezegd even overwogen om zelf te gaan.'

Er schoten haar allerlei mogelijke reacties te binnen, maar Maud keek weer naar het achterhoofd van de agent en onderdrukte ze allemaal. 'Als jij het wilt overnemen, dan trek ik me wel terug.'

Het bleef stil. Nam hij het werkelijk in overweging?

'Niemand gaat zich terugtrekken. Ik wil je er alleen maar van doordringen dat alle ogen op deze zaak gericht zullen zijn: de regering, de media. Dit is niet de gelegenheid voor jou om een of ander punt te maken.'

'Ik ga gewoon mijn werk doen.'

Er klonk een soort gesnuif aan de andere kant van de lijn. 'We merken wel hoe je het ervan afbrengt. Ik zal Mark die kant op sturen om je te assisteren.'

'Nee, dat is niet nodig,' zei Maud resoluut. Mark Forrester was een jonge man met een mager gezicht en rossig haar. Hij was karakterloos, behaagziek en hoogdravend, en wilde heel graag een van de jongens zijn. Maud had al een paar keer eerder met hem samengewerkt en als het aan haar lag zou het daarbij blijven.

'Hoe bedoel je, "niet nodig"?'

'Sorry, maar ik heb al iemand anders gevraagd.'

'Wie dan?'

Maud beet op haar lip. 'Carrie Kessler.'

'O ja? Dat heb je snel gedaan.' Hij klonk misnoegd. 'Denk je dat Carrie het aankan?'

'Ja,' zei Maud. 'Absoluut.'

'En ze is dus beschikbaar? Ik dacht dat ze nog aan een andere zaak werkte.'

'Die is afgerond. En ze is goed. We kunnen goed samenwerken. Ze was van onschatbare waarde in de Charlotte Salter-zaak.'

'Dat is niet echt een aanbeveling. Ik weet het niet, Maud.'

Maud wachtte af.

'Vooruit dan,' zei hij na een korte stilte. 'Maar zorg ervoor dat ze binnen de lijntjes blijft.'

'Kun je me iets meer over de zaak vertellen?'

'Dat wilde ik net gaan doen. Dat is het volgende probleem. Het enige wat ik weet is dat er een soort feest of een samenzijn van vrienden is geweest. En nu komt het: een van de aanwezigen was een onlangs voorwaardelijk vrijgelaten moordenaar: Tyler Green. Hij is net een paar weken vrij. Als de pers daar lucht van krijgt, breekt de hel los. En daarnaast wordt nu, op dit moment, de minister van Binnenlandse Zaken wakker gebeld en ik kan je verzekeren dat die hier niet blij mee zal zijn. Die zal er allesbehalve blij mee zijn.'

'Dus er is iemand vermoord in het huis van de minister, terwijl die zelf niet aanwezig was. En een van de gasten was een onlangs voorwaardelijk vrijgelaten moordenaar.'

'Dat is het wel zo'n beetje.'

'En wie is het slachtoffer?'

'Ik heb je verteld wat ik weet. Denk je dat je het aankunt?'

'Jazeker.'

'Zul je met beleid te werk gaan?'

'Ik zal het professioneel afhandelen.'

'Waarom stelt dat me niet gerust?' vroeg hij zich hardop af. 'Ik vertrouw op je, Maud. Hier hangt echt veel van af.'

37

Terwijl ze de ogen van de agent in de achteruitkijkspiegel ontweek, belde Maud Carrie Kessler. De telefoon bleef maar overgaan en ze wilde net ophangen toen er met een kreun werd opgenomen. 'Carrie? Met Maud.'

'Hè? Maud? Wat is er?'

'Sorry als ik je wakker heb gebeld.'

'Als? Als? Ik ben om halftien naar bed gegaan en ik zat midden in een fijne droom over kikkers. Volgens mij waren het kikkers. Hoe laat is het?'

'Tegen enen.'

Er werd weer gekreund. 'Over vier uur wordt Sadie wakker.'

'Heb je vanavond alcohol gedronken?'

'Wát?'

'Ik vroeg...'

'Ik verstond je wel. Als je het weten wilt; ik heb om zeven uur een half glas wijn gedronken om mijn magnetronlasagne mee weg te spoelen. Hoezo?'

'Er is een moord gepleegd. Ik wil je als mijn assistent. Kun je komen?'

'Natuurlijk kan ik niet komen. Het is midden in de nacht. Ik kan Sadie toch niet alleen laten?'

'Kun je geen oppas voor haar regelen?'

‘Wat? Om een uur ’s nachts?’

‘Ik denk dat je deze zaak bijzonder interessant zult vinden,’ zei Maud. ‘Als je op de een of andere manier toch een oppas kunt vinden, zou ik je er echt heel graag bij willen hebben.’

Hale stak twee nieuwe kauwgumpjes in zijn mond en begon luid te kauwen. Maud ving zijn blik in de spiegel. Ze keek weg. ‘O, en ik heb ook al tegen Weller gezegd dat je me wilde assisteren.’

‘Je meent het ook nog, hè?’ zei Carrie. ‘Om ik weet niet hoe laat ’s nachts. Doe even normaal.’

Maud zweeg.

‘Nou ja, misschien dat ik mijn moeder zou kunnen vragen. Die woont hier tien minuutjes vandaan.’

‘Dat zou geweldig zijn.’

‘Ze zal nog pissiger zijn dan ik, maar ik zal het proberen. Ik bel je zo terug.’

Maud keek peinzend uit het raampje naar de langs schietende gebouwen. Haar telefoon ging. ‘Ze neemt een Uber hierheen en is in een pesthumeur,’ zei Carrie. ‘Maar ik ga echt niet het hele weekend werken. Morgenmiddag ga ik met Sadie naar het aquarium. Vanmiddag, bedoel ik dus.’

‘Dank je, Carrie. Ik sta bij je in het krijt.’

‘Kom maar een keertje babysitten.’

Maud gaf haar het adres en hing op. In de spiegel trok Hale zijn wenkbrauwen lichtjes op, maar hij zei niets.

38

Ze zag de zwaailichten zodra ze St Matthew's Avenue in reden. Twee ambulances en minstens drie politiewagens. Ze stonden schuin geparkeerd en blokkeerden de hele weg. Daarachter begon zich een menigte te vormen en Maud zag dat er ook mensen met camera's waren. Twee vrouwelijke ambulanceverpleegkundigen stonden tegen een van de ziekenwagens geleund. Ze keken op toen Maud hun kant op kwam.

'Zijn er gewonden?' vroeg ze.

'Nee,' antwoordde een van hen. 'Alleen een dode.'

Maud liep het trapje op naar de voordeur, die wijd openstond. Ze botste bijna tegen een agent op die net naar buiten kwam. 'Wie heeft hier de leiding?' vroeg ze.

'Wie wil dat weten?' vroeg hij.

Ze toonde hem haar legitimatiekaart.

De agent kreeg een kleur. 'Brigadier Hawkins is boven. Het is er nogal druk.'

'Zijn er mensen vertrokken?'

'Hoe bedoel je?'

'Volgens mijn gegevens was hier een soort feestje aan de gang. Zijn alle gasten er nog?'

Hij haalde met een machteloos gebaar zijn schouders op. 'Dat weet ik niet. Volgens mij is iedereen daarbinnen.' Hij wees naar een gesloten deur. 'Anders vraag je het boven even.'

De plaats delict veiligstellen, zei Maud tegen zichzelf. Les één. Maar ze zei niets hardop. Aan de andere kant van de deur klonk luid geroezemoes; ze deed hem een stukje open en keek in een ruim vertrek vol mensen, sommigen staand, anderen zittend, die er allemaal uitzagen alsof ze een bomaanslag hadden overleefd. Ze hadden een glazige blik in hun ogen, wazig van de schok. Een man in een groezelig T-shirt met een scheve mond, alsof zijn kaak uit de kom was geschoten, keek haar met nietsziende ogen aan.

Ze draaide zich om. 'Is brigadier Hawkins hier ergens?'

Een man op de trap stak zijn hand op. Grijs pak, kortgeknipt donker haar. 'Wat kan ik voor je doen?'

Ze stelde zich voor. 'Craig Weller heeft me gestuurd,' zei ze.

'Is er een probleem?' vroeg Hawkins fronsend.

'Nee hoor,' zei Maud. Ze liep verder de gang in omdat ze niet wilde dat de gasten haar zouden zien voordat ze klaar was om hen te verhoren. 'We moeten ze van elkaar scheiden,' zei ze.

'Neem jij het over?' vroeg Hawkins. 'Is dat wat hier aan de hand is?'

'Ik heb de leiding over het onderzoek, dat is alles.'

'Hoezo? Waarom? Ben ik niet goed genoeg?'

Maud keek om zich heen. Hawkins had haar luid en onbeschoft toegesproken. Ze antwoordde met ijzige beleefdheid. 'Als je daar een probleem mee hebt, kun je contact opnemen met Weller. Maar zou je in de tussentijd, indien mogelijk, de getuigen van elkaar kunnen scheiden? We willen niet dat ze met elkaar gaan overleggen. En kun je me naar het slachtoffer brengen?'

'Wat wil je dat ik als eerste doe?' vroeg Hawkins.

Maud keek hem even aan en wenkte toen de jonge agente die bij de deur stond. 'Hoe heet je? Volgens mij kennen we elkaar nog niet.'

'Sarah Fortune, mevrouw.'

'Oké, Sarah. Ik ben inspecteur Maud O'Connor en ik leid dit onderzoek. Ik belast jou met het scheiden van de gasten. Noteer van iedereen naam en gegevens en vraag of er nog mensen zijn weggegaan of bijgekomen. Begrepen?'

'Ja, mevrouw.'

'Neem ook, als dat nog niet gebeurd is, alle telefoons in beslag. Ik wil een lijst van alle inkomende en uitgaande telefoontjes die tussen zes uur vanavond en nu zijn gepleegd, plus de coördinaten – we moeten weten of iemand het huis heeft verlaten en zo ja, waar hij of zij heen is gegaan. Begrepen?'

De jonge agente leek enigszins nerveus.

'Je kunt de taken ook verdelen,' zei Maud. Ze wees naar een jonge agent die op zijn telefoon stond te kijken. 'Laat hem de telefoons maar doen. Stuur me de informatie als je klaar bent. En laat een van je collega's zo snel mogelijk bloedtests regelen om op het gebruik van alcohol en drugs te controleren.' Ze voegde zich weer bij Hawkins. 'Nu heb je nog maar één ding te doen. Zullen we dan maar?'

Ze zag zijn kaken malen, maar hij zei niets. Ze liep achter hem aan twee trappen op naar de tweede verdieping. Vanaf de overloop zag ze de bedrijvigheid in de kamer, de witte overalls, ze ving het gemompel op.

'Het is nogal een smeerboel daarbinnen,' zei Hawkins. Hij was langer en lijviger dan zij en hij stond iets te dichtbij, bijna tegen haar aan gedrukt.

'Wat voor smeerboel?'

'Bloed. Doorgesneden keel. Het mooie huis van de advocate is behoorlijk aangetast.'

Voor de deur stond een klaptafeltje opgesteld, vol met apparatuur en benodigdheden. De twee rechercheurs haalden allebei een paar plastic sloffen uit hun cellofaanverpakking en trokken die over hun schoenen heen aan. Daarna trokken ze met een plop hun rubberhandschoenen aan. Maud wilde de kamer in lopen, maar Hawkins hield haar tegen. 'Je moet je er eerst even op voorbereiden,' zei hij. 'De geur grijpt je naar de strot.'

Maud had ontelbare plaatsen delict bezocht. Ze had mensen

gezien die van hoge gebouwen waren gevallen, iemand die voor een trein was geduwd en een man die door een bende met kapmessen was bewerkt. Ze wuifde hem weg en liep naar binnen.

Er lag iemand voorover op de vloer in een plas kleverig bloed dat wel zwart leek.

'Hebben we al een naam?'

'De naam van het slachtoffer is Garvey,' zei Hawkins. 'William Garvey.'

39

De man in de witte overall die over het lijk gebogen stond, ging opzij en Maud hurkte naast het lichaam neer. William Garvey lag op zijn buik, met zijn rechterarm boven zich uitgestrekt en zijn linkerarm gebogen langs zijn zij. Hij had lange, dikke vingers en een gouden trouwring om zijn ringvinger. Het horloge om zijn pols wees de juiste tijd aan: tien over één. Zijn in een oude spijkerbroek gehulde benen waren gespreid, sportschoenen aan zijn voeten. Zijn gezicht was opzij gedraaid, een wang lag in de plas bloed, zijn haar glom ervan. Zijn ogen stonden open of in elk geval het ene oog dat ze kon zien. Zijn hals stond ook open, als een gapende tweede mond. Ongeveer een meter bij hem vandaan lag een lang mes op de grond. Zijn halsslagader moest zijn doorgesneden, waardoor al dat bloed naar buiten was gepompt. Zoveel bloed, dacht ze, terwijl ze haar blik over Garveys lijk liet gaan en de stoppels op zijn wangen opmerkte, de manier waarop zijn haar op de kraag van zijn geruite katoenen hemd rustte.

'Hij moet vrijwel onmiddellijk dood zijn geweest,' zei ze hardop, hoewel ze het eigenlijk tegen zichzelf had.

'Zo doen ze dat in de gevangenis,' zei Hawkins. 'Eén haal met het mes en ze bloeden leeg, geen lawaai, in één keer klaar. Ik heb geen idee waarom Weller het nodig vond om jou erbij te halen. We hebben hem al aangehouden. Hij gaat terug naar de gevangenis, waar hij thuishoort. Ze hadden hem nooit vrij moeten laten.'

'Aangehouden op welke gronden?'

'Voor overtreding van de voorwaarden van zijn voorwaardelijke invrijheidstelling, om te beginnen. Maar het staat als een paal boven water dat we de dader te pakken hebben.' Hij keek haar aan, met een minachtend trekje rond zijn mond vanwege haar ongepaste kledij. 'Je kunt dus weer teruggaan naar waar je was toen Weller je belde.'

'Is er enig bewijs dat naar Tyler Green wijst?'

'Wij zijn hier niet veel langer dan jij. Maar alles wijst erop.'

Maud fronste, maar reageerde verder niet. Ze keek de kamer rond, een klein vierkant vertrek met een raam dat uitkeek op de tuin. Het leek een extra logeerkamer die ook als opslagruimte fungeerde. Tegen de ene muur stond een bedbank en tegen de andere een boekenkast en een rek met jurken, waarvan er verscheidene van hun hanger waren gegleden en in een kleurige hoop naast het lijk op de grond lagen, besmeurd met bloed. In de boekenkast lagen voornamelijk stapels papierwerk, maar er was ook een plank vol pockets.

De lucht in de kamer was zwaar van de bekende misselijkmakende zoetige geur, maar ook nog van iets anders bekends, maar dan zuur. Ze zag een grote plas kots naast de bedbank liggen; er was ook over de mooie grote gestreepte kussens heen gekotst en in de aardewerken pot van een plant met een gedraaide stam en lichtgroene bladeren.

Ze stond op. Aan de muur hing een ingelijste poster van een vrouw in bad. 'Kunt u een indicatie geven over het tijdstip van overlijden?' vroeg ze aan de man in de witte overall die bij de deur stond.

'Het kan niet erg lang geleden zijn. Het lichaam is nog warm en het bloed is nog niet volledig gestold. Hij is hooguit een uur dood.'

'Dank u. Wie heeft het lichaam gevonden?'

'Een van de vrouwen,' zei Hawkins kortaf. 'Ellen Sweeney.'

'Is ze beneden?'

'Iedereen is beneden, inclusief de echtgenote. Weduwe, moet ik zeggen. Ze zijn met z'n achten. Een soort reünie, meen ik.'

'Is er nog iemand anders binnen geweest?'

'Moeilijk te zeggen. Het was een complete chaos toen wij hier aankwamen. Enkelen van hen waren volkomen hysterisch.'

En het was nog steeds een chaos toen ik aankwam, bedacht Maud. 'Goed,' zei ze tegen de mensen in de kamer, 'ik laat het verder aan jullie over.'

Als om haar woorden kracht bij te zetten baadde de kamer ineens in een fel wit licht. Maud keek om naar het uitgelichte lichaam van William Garvey in de donkere plas bloed, naar het ene zichtbare oog dat haar aanstaarde en naar het lange mes dat glinsterde alsof het de bron was van het genadeloze licht.

40

Maud pelde haar handschoenen af, deed de sloffen uit en liep de trap af. Toen ze op de begane grond was ging de voordeur open en kwam er een vrouw binnenvallen alsof ze de finish van een race passeerde. Ondanks het gruwelijke tafereel dat ze net gezien had, kon Maud een glimlach niet onderdrukken. 'Carrie!'

Carrie Kessler was klein van stuk en had een tenger postuur, met een hartvormig gezicht en een puntige kin. Haar donkere haar zag eruit alsof het onder stroom had gestaan. Het stond alle kanten op, waardoor ze altijd iets verbaasds en gejaagds over zich had. Maud wist dat ze niet alleen een droogkomisch gevoel voor humor had, maar ook slim, dapper, koppig, eerlijk en loyaal was. En Carrie durfde haar een spiegel voor te houden en was niet bang om haar mening te geven.

Twee jaar geleden hadden ze samengewerkt aan de oude verdwijningszaak van Charlotte Salter, een vrouw die al tientallen jaren vermist was, mede door het oorspronkelijk inadequate politieonderzoek. Het was een intense, traumatiserende ervaring geweest, temeer omdat Silas tijdens het onderzoek hun relatie had beëindigd omdat hij er bij nader inzien toch voor terugschrok om een gezin te stichten.

Carrie was destijds hoogzwanger en de dag nadat ze het onderzoek hadden afgerond, waren de weeën begonnen en was ze vloekend als een bootwerker in het gezelschap van Maud en twee andere vriendinnen het ziekenhuis binnengereden. Nu zorgde ze in haar eentje voor haar dochter Sadie, die even klein en fel was als haar moeder. 'Ik ben zo snel mogelijk gekomen,' zei ze.

'Dank je. Ik ben hier zelf ook nog maar net, dus ik kan je nog niet erg veel vertellen. Het slachtoffer, William Garvey, is ongeveer een uur geleden vermoord. Doorgesneden keel. Hij ligt boven, op de tweede verdieping. Er was een bijeenkomst, Hawkins noemde het een soort reünie. Een van de aanwezigen was een veroordeelde moordenaar die onlangs voorwaardelijk is vrijgekomen. Tyler Green heet hij. Hij is gearresteerd voor het schenden van de voorwaarden van zijn voorwaardelijke invrijheidstelling, hoewel ik niet precies weet wat daar de gronden voor waren, en zit nu weer in hechtenis. Uiteraard is hij verdachte in de zaak, maar dat geldt voor iedereen die hier vanavond aanwezig was. We houden alle opties open, oké?'

'Bedoel je dat andere mensen dat niet doen?' vroeg Carrie grijnzend.

'Zoiets, ja.'

Carrie knikte en pakte een opschrijfboekje uit haar rugzak. Ze had een spijkerbroek aan en er zat een vlek op de kraag van haar blouse.

'O, en wat je misschien ook moet weten,' vervolgde Maud droogjes, 'is dat hier een lid van het King's Counsel woont, Beatrice Macmillan.'

'Fijn optrekje.' Carrie keek om zich heen. 'Mijn hele appartement past in deze gang.'

'Het is van Sebastian Harris.'

'Bedoel je dé Sebastian Harris? Die met de vierkante kin?'

'Precies. De minister van Infrastructuur en Waterstaat. Goede vriendjes met de premier, naar ik hoor. Ons is gevraagd dit op te lossen en speculatie en ophef in de media zo veel mogelijk te beperken.'

'Daar is het al te laat voor,' zei Carrie. 'Heb je dat circus gezien dat zich buiten heeft verzameld?'

'Ik weet het. Het wordt een gekkenhuis. Maar ze zullen snel resultaten willen zien. Er is mij dringend verzocht om – wat waren de woorden ook alweer? – de mensen niet tegen de haren in te strijken.'

'Je kent me; het toonbeeld van diplomatie.'

Maud glimlachte naar haar. 'Ik wilde jou erbij hebben omdat ik weet dat je niet met je laat sollen.' Ze stapten opzij om een agent langs te laten die met een doos bewijsmateriaal de trap af kwam. 'Voor zover ik begrepen heb, zitten alle gasten die aanwezig waren nu in de woonkamer, óók de vrouw van het slachtoffer. Ze zijn waarschijnlijk nog in shock, maar het is van belang ze zo snel mogelijk te verhoren. We moeten een beeld van de gebeurtenissen krijgen nu die nog vers in hun geheugen liggen. De volledige verklaringen komen later wel.'

Er klonken zware voetstappen op de trap. Hawkins verscheen, keek van Maud naar Carrie en weer terug. 'Is je chauffeur er nog?'

'Hoezo?'

'Ik neem aan dat je de moordenaar wel zult willen verhoren.'

Carrie trok haar wenkbrauwen op. 'Welke moordenaar?'

Hawkins keek op haar neer; naast hem leek ze nog kleiner dan ze al was. 'Die gast die we hebben opgepakt. Die verdomde reclasseringsklant.'

'Natuurlijk ga ik Tyler Green verhoren,' zei Maud. 'Ik ga iedereen verhoren die aanwezig was toen William Garvey werd vermoord. Maar we beginnen hier, in dit huis, waar de misdaad heeft plaatsgevonden. We doen het volgens het boekje. Een gedegen, ordentelijk onderzoek.'

Hawkins kreeg een donkere blik in zijn ogen. Hij mompelde iets.

'Dat heb ik niet gehoord,' zei Maud. 'Vergeet niet om sporenonderzoek te doen in de tuin, vooral rond de uitgang naar de straat. Ik wil weten of iemand via de achterkant het huis in en uit kan zijn gegaan.'

'Ja, ja,' zei hij, alsof hij daar allang aan had gedacht. 'Maar we weten allemaal wie het gedaan heeft, toch?'

'Dat is het vervelende van mensen zoals hij,' zei Carrie, terwijl ze naar de woonkamer liepen. 'Nu wil ik dat Tyler Green het niet heeft gedaan, alleen om die stomme grijns van zijn smoel te vegen.'

41

Alle ogen richtten zich op Maud en Carrie toen ze de woonkamer binnenkwamen. De agente had haar werk gedaan; iedereen zat apart en er stond een agent bij de deur en nog een andere bij de deuren die naar het terras leidden.

Maud bleef midden in de kamer staan. Terwijl ze haar blik over de gezichten van de aanwezigen liet glijden, nam ze ook de grandeur van de kamer in zich op, de ingelijste foto's van een jongere Sebastian Harris en van zijn vrouw en zijn zoon, de royale bank en leunstoelen, de open haard met de stapel brandhout ernaast, de volle boekenkast, de grote vazen met bloemen, de kleurige kleden, de matgele muren en de wandspiegel waarin de serene ruimte werd weerspiegeld. Dit was niet de eerste luxe stadsvilla die ze zag. Maar dit interieur voelde wel heel onpersoonlijk aan, alsof de bewoners de inrichting aan een binnenhuisarchitect hadden overgelaten.

'Ik ben inspecteur Maud O'Connor. Dit is brigadier Carrie Kessler. Ik leid het onderzoek naar de moord op jullie vriend, William Garvey. Ik begrijp dat jullie allemaal geschokt en aangeslagen zijn, maar ik zou het erg op prijs stellen als jullie een paar vragen zouden kunnen beantwoorden. Ik wil van ieder van u de naam weten en wat uw relatie tot het slachtoffer was.'

De aanwezigen noemden een voor een hun naam. Beatrice Macmillan, de bewoonster, zat met opgetrokken benen en haar armen om zich heen geslagen in een stoel die ze bij het raam had gezet. Jay Murphy had zich in een hoek van de lange bank genesteld, een zielig hoopje mens, vel over been, en Maud kon amper verstaan wat hij zei. Clara Keane, de enige van alle gasten die een kalme indruk maakte, had zich teruggetrokken in de pianokamer, waar ze achter het instrument was gaan zitten, alsof ze elk moment een stukje voor iedereen zou kunnen gaan spelen. Marco Burney – de magere kale man met zijn oude spijkerbroek en groezelige T-shirt die haar eerder met lege ogen had aangekeken – zat nu met zijn armen om zijn knieën geslagen voor de haard op de grond heen en weer te wiegen. Rudi Scott stond bij de terrasdeuren, met zijn handen diep in de zakken van zijn linnen broek, zijn grijze haar in de war. De kersverse weduwe, Ali Marais, een magere vrouw in een karmozijnrode jurk, was de enige die niet stilstond of -zat. Zelfs toen ze haar naam opgaf, bleef ze met kleine schokkerige passen door het ruime vertrek heen en weer lopen, met haar schurftige oude hondje tegen haar borst gedrukt. Ze had bloedeloze lippen en een krijtwit gezicht.

Maud richtte zich tot Hawkins. 'Waar zijn de anderen? Je zei dat er acht getuigen waren en dat Ellen Sweeney het slachtoffer had gevonden.'

'Dat weet ik niet,' antwoordde Hawkins, alsof hij er niets mee te maken had.

'Weet u waar de andere gasten zijn?' vroeg Maud aan Beatrice.

'Ze hebben Tyler afgevoerd,' antwoordde Beatrice toonloos. 'Meer weet ik niet.'

'Kristin is pleite,' zei Marco, half gnuivend van het lachen. 'Ze is ervandoor gegaan.'

'Waarheen?'

'Zal mij een zorg zijn. Blij dat ze is opgerot.'

Maud keek Hawkins weer aan. 'Spoor haar op en breng haar terug.'

'Volgens mij...'

'Eventuele bezwaren bespreken we wel als ze terug is. En waar is Ellen Sweeney? Zij had het slachtoffer toch gevonden?'

'Volgens mij is ze een beetje aan het opruimen,' zei Clara. 'Ze was te rusteloos om niets te doen.'

Nu hoorde Maud beneden iemand stommelen, en gerinkel van serviesgoed.

'Jezusmina,' zei Carrie. Ze liep vlak langs Hawkins en verdween naar de trap.

'Alles in dit huis is bewijs tot ik zeg dat het niet zo is,' zei Maud. Ze stond in de kleine uurtjes van de nacht midden in de kamer, zodat alle aanwezigen haar konden zien. Beneden hoorde ze Carrie kortaf tegen Ellen praten. 'Ik zal u vertellen wat er verder gaat gebeuren. Mijn collega en ik' – ze knikte naar Carrie die net binnenkwam, met een verfomfaaide vrouw die beschaamd keek in haar kielzog – 'zullen een voorlopige verklaring van iedereen afnemen om ons een eerste beeld te kunnen vormen van wat hier gisteravond heeft plaatsgevonden. Later zullen jullie dan nog uitgebreid worden verhoord.'

'Ik moet naar huis!' Jay had zich in een zittende positie gemanoeuvreerd; hij trilde over zijn hele lijf. Maud zag dat Clara opstond en naar hem toe liep, maar zich na een paar stappen bedacht en bleef staan. 'Ik moet hier weg!'

'Iedereen in deze kamer is een getuige. Vandaar dat jullie een voorlopige verklaring moeten afleggen, waarna dus een uitgebreider verhoor zal plaatsvinden om een helderder beeld te krijgen van wat er is gebeurd. Tot die tijd verzoek ik u in de buurt te blijven – dit geldt met name voor degenen van jullie die niet in Londen woonachtig zijn.'

'U begrijpt het niet,' zei Jay. 'Ik kan hier niet blijven.'

'Het spijt me,' zei Maud.

Naast haar zette Ali Benjy op de grond en haalde vervolgens een pakje sigaretten tevoorschijn, waaruit ze met onhandige vingers een sigaret probeerde te peuteren. Ze kreunde zachtjes toen er een paar op de grond vielen en bukte zich om ze op te rapen.

'Binnen wordt niet gerookt,' zei Beatrice.

'Ach, Beatrice,' zei Ellen kordaat. 'Laat haar toch gewoon roken. Dit is toch geen moment voor stomme regeltjes? Haar man is net vermoord.'

'Sebastian heeft een enorme hekel aan de geur van sigarettenrook.'

Marco stikte ineens bijna van het lachen.

Maud keek de kamer rond. De getuigen, blijkbaar allemaal te gast bij Beatrice Macmillan, leken wel afkomstig uit verschillende werelden. Een aantal zag er bemiddeld uit, zoals de gastvrouw zelf en Rudi Scott; anderen leken daarentegen een stuk minder vermogend, zoals de rillende, broodmagere man op de bank.

'Wie van jullie heeft William Garvey als laatste in leven gezien?'

'Dat was jij toch, Rudi?' zei Clara na een korte stilte.

Rudi keek geschrokken op. 'Ik? Ik dacht het niet.'

'Jawel, weet je dat niet meer? Je ging naar boven. Je zei dat je je vrouw ging bellen, dat het iets later zou worden. Kort daarna hoorden we stemmen boven en toen je weer beneden kwam, zei je dat je Will had gesproken en dat hij nogal van streek was en heel dronken.'

'Heeft niemand hem daarna meer gezien?' vroeg Rudi met een asgrauw gezicht. 'Vast wel, toch?'

'Volgens mij niet,' zei Ellen.

'Hoe laat was dat?' vroeg Maud.

'Even voor twaalven,' antwoordde Clara. 'Kwart voor, hooguit twintig minuten voor twaalf. Dat weet ik nog omdat Ali sigaretten ging halen. Ik bood aan om mee te lopen omdat het bijna middernacht was en het me geen goed idee leek om haar alleen te laten gaan.'

'Dat klopt,' zei Ellen. 'Dat herinner ik me nog.'

'Herinnert u zich dat ook zo, meneer Scott?'

'Pardon?'

'Kunt u bevestigen dat u William Garvey om ongeveer kwart voor twaalf hebt gesproken?'

'Ik weet niet hoe laat het toen was.'

'Maar u onderschrijft dat u met hem hebt gesproken en dat hij dronken was?'

'Ja. Ja, dat klopt.'

'Waar was dat?'

'Waar?'

'Ja.'

'Boven.'

Maud wachtte.

'Voor de badkamer,' vervolgde Rudi.

'Dank u. En daarna heeft niemand hem meer gezien?'

Ze keken elkaar aan en schudden hun hoofd.

'Goed,' zei Maud. Ze keek Rudi aan. 'We komen straks nog op de details terug. Geduld. En u, mevrouw Sweeney, hebt naar ik begreep het lichaam gevonden?'

'Dat klopt,' antwoordde Ellen glimlachend, waarna ze zich leek te realiseren dat dat ongepast was. 'Het was een enorme schok. Ik heb het al uitvoerig aan uw collega beschreven.'

'Ik wil het van u persoonlijk horen, maar dat kan wachten. Mevrouw Macmillan, mag ik met u beginnen?'

'Met mij?'

'Ja, als de gastvrouw. Het neemt niet veel tijd in beslag.'

Beatrice stond op. Ze streek haar haar achter haar oren, voelde even aan het gouden kettinkje om haar hals en draaide het zodat het sluitinkje niet te zien was. Ze trok haar blouse recht en zag weer dat er een knoop ontbrak. 'Uiteraard,' zei ze. 'Waar wilt u dat we heen gaan?'

'Hebt u misschien een studeerkamer?'

'Jawel. Ik zal u voorgaan.'

42

Toen de deur dichtsloeg en de sleutel in het slot werd omgedraaid, had Tyler het gevoel dat hij in een tijdlus terecht was gekomen. Hij was terug in de wereld waarin hij het grootste deel van zijn leven had doorgebracht. Alles begon weer opnieuw. Ontsnappen was een ijdele droom gebleken. Hier zou hij altijd weer belanden: in deze bedompte ruimte met de geur van zweet, pis en stront, met de tergend traag voortkruipende tijd, en dit lichaam dat oud zou worden en dan zou sterven. Alleen wist hij nu wat hij zou moeten doorstaan, en dat kon hij niet. Niet nog eens. Nog geen dag.

Hij hoorde de bewaarder weglopen en drukte zijn gezicht tegen de deur. 'Ik wil een bloedonderzoek!' riep hij. 'Dan kan ik bewijzen dat ik de voorwaarden van mijn invrijheidstelling niet heb geschonden!'

De voetstappen verwijderden zich.

'Nu!' riep hij, en zijn stem sloeg over van hopeloosheid. 'Licht de directeur in. Ik ken mijn rechten!'

Hij hoorde gelach. Eerst dacht hij dat het uit de gang kwam, maar toen besefte hij dat het achter hem klonk, uit het donker. Hij was niet alleen.

'Wie is daar?' hoorde hij toen. Hij zag iemand bewegen in het onderste bed.

Weer klonk er gelach. 'Ik had niet op een celmaat gerekend.'

Tyler reageerde niet. Even dacht hij dat zijn emoties hem te veel zouden worden. Hoe was het mogelijk om je zo volkomen verslagen te voelen en toch nog in staat te zijn om te staan, te ademen, begrijpelijke taal te bezigen?

'Hoe heet je?' vroeg de man in het donker.

Tyler gaf geen antwoord. Hij schuifelde naar het bed toe. Zijn schoenen zaten los omdat ze de veters eruit hadden gehaald, zijn broek zakte af omdat ze hem zijn riem hadden afgenomen. Hij klom op het bovenste bed. Door het dunne gordijn voor het enige raampje in de cel was de maan te zien. Hij had onder die maan gestaan, hij had de zachte avondlucht gevoeld.

'Erg vriendelijk ben je niet,' mompelde de man afkeurend.

Tyler lag zo stijf als een plank op zijn rug, met zijn armen strak langs zijn lijf. Onder zijn gesloten oogleden voelde hij zijn ogen kloppen. Zijn wang gloeide na van de dreun die de politieman hem had verkocht. Zijn hart ging tekeer alsof het uit zijn borst probeerde te breken.

Onder zich hoorde hij de man woelen. Het bed kraakte. De ademhaling van de man werd gejaagd. Tyler hoorde het bekende ritmische geluid en ten slotte een voldane zucht. 'Dat is beter,' zei de man.

Tyler wachtte. De ademhaling onder hem vertraagde en werd regelmatig. Even later klonk er zacht gesnurk.

Na een paar minuten deed hij zijn ogen weer open. De maan was verdwenen, het raam niet meer dan een donkergrijs vierkant in een nog donkerder cel. Arme Will, dacht hij, toen het beeld van diens uitgestrekte zware lijf in de plas bloed zich weer aan hem opdrong. Will, die had hem opgezocht in de gevangenis, terwijl geen van de anderen zich daar ooit had vertoond. Will, die met Ali was getrouwd. Hij moest zich concentreren, erachter zien te komen waarom dit opnieuw gebeurde, maar zijn hoofd zat vol en hij was moe, zo moe.

Als een koortsdroom draaide de hele avond zich in al zijn felle kleuren en verwarring weer voor hem af. Vijftigjarige gezichten die twintigjarige gezichten omhulden, vrienden die vreemden waren geworden. De vrouw van wie hij had gehouden zoals alleen jonge mensen van elkaar kunnen houden, puur en hartstochtelijk, die nu kribbig en kwaad was geworden. Zoals ze naar hem hadden gekeken, met lelijke nieuwsgierigheid, opgewonden medelijden en angst.

43

De studeerkamer was op de eerste verdieping, naast de echtelijke slaapkamer. Er stond een groot houten bureau met een bureaustoel erachter en verderop nog een leunstoel. Een hoge archiefkast in de hoek. Een wand vol boeken, voornamelijk juridische vakliteratuur, en ingelijste diploma's, oorkondes en professionele familieportretten aan de andere muren. Op de grond een rijkgeschakeerd vloerkleed. Maud en Beatrice gingen zitten en Carrie bleef tegen de deur geleund staan met haar pen in de aanslag boven haar notitieblokje.

Het raam keek uit op de straat. Beatrice slaakte een gesmoorde kreet toen ze het tafereel daarbuiten zag; de ambulances en de politiewagens, de blauwe zwaailichten, de aanzwellende menigte die zich rond de afzetting verdrong, het tv-busje verderop in de straat. Er stonden camera's op het huis gericht.

Carrie trok de jaloezieën naar beneden.

'Weet u wie mijn man is?' vroeg Beatrice.

'Ja,' antwoordde Maud.

Beatrice drukte haar vingers tegen haar slapen. 'Hij is een publieke figuur. Deze nachtmerrie zal een enorme...' Ze onderbrak zichzelf, hield haar hand voor haar gezicht en streek zachtjes met haar vingertoppen over haar wang. 'Een enorme...' probeerde ze weer, zoekend naar het juiste woord. 'Nou ja, u begrijpt me wel.'

'Wat ik begrijp is dat een vriend van u is vermoord,' zei Carrie.

'We weten dat u ons wilt helpen,' zei Maud.

Beatrice kreeg een kleur. Maud zag dat ze zichzelf in bedwang probeerde te krijgen. 'Uiteraard.'

'Kunnen we even een stukje terugspoelen om de gebeurtenissen in perspectief te plaatsen? U bevond zich vanavond met acht vrienden in huis toen de heer Garvey werd vermoord.'

'Ik zou ze niet direct vrienden willen noemen,' zei Beatrice.

'Wat deden ze hier dan, als het geen vrienden waren?'

'Het was een soort reünie.'

'Dus u was ooit bevriend met elkaar, is dat het?'

'Ja.'

'En was die reünie om de vrijlating van de heer Green te vieren?'

'In zekere zin.'

'Zou u me daarover meer kunnen vertellen?'

Beatrice beet op haar onderlip en knikte. 'Tijdens onze studie vormden we een vriendengroepje,' zei ze. 'Een hecht vriendengroepje, zou je kunnen zeggen,' voegde ze er enigszins onwillig aan toe, wat Mauds aandacht trok. 'Maar de contacten zijn verwaterd. De meesten van ons hadden elkaar niet meer gezien sinds...' Ze zweeg.

'Sinds?'

'Sinds het weekend waarin Tyler onze gezamenlijke vriend Leo Bauer had vermoord. Dat was een vrij traumatische ervaring.'

'Ongetwijfeld,' zei Maud neutraal.

'Ali en Will kwam ik hier en daar nog weleens tegen, maar de rest heb ik al die tijd niet meer gezien. Ik weet dat Jay en Clara nog contact met elkaar hadden. Destijds hadden ze een relatie, maar nu...' Met een vermoeid gebaar wuifde ze de overbodige informatie weg. 'Dat was het wel zo'n beetje.'

'Maar u hebt wel contact gehouden met Tyler Green?'

'Nee. Alleen Will zocht hem weleens op in de gevangenis. Maar de laatste jaren ook niet meer.'

'Waar was die reünie dan voor?'

'Ja, god, dat weet ik ook niet precies. Tyler had Will gevraagd of hij het wilde organiseren en Will had mij gevraagd of het hier zou kunnen, vanwege de ruimte. En iedereen kwam, wat ik niet had verwacht, maar daar zal iedereen zo zijn persoonlijke redenen voor hebben gehad. Het was een afschuwelijke avond, er hing vanaf het begin al een gevoel van naderend onheil. Ik had ze allemaal weg moeten sturen.'

'Had de heer Green specifiek deze mensen uitgenodigd?'

'Ja.'

'Waarom?'

'Waarom?' Beatrice aarzelde even en keek naar haar goedverzorgde handen met de gemanicuurde nagels. 'Omdat wij allemaal aanwezig waren toen Leo werd vermoord,' zei ze toen. Ze liet haar reserve even varen, boog zich naar Maud toe en vervolgde: 'We verbleven in een huis van Leo's tante, in Yorkshire. De meesten van ons waren die zomer afgestudeerd, dat tripje was om dat te vieren, maar het was ook een soort afscheid. Heel intens allemaal.' Maud zag haar blik wazig worden bij de herinnering. 'Maar door Leo's dood was alles in één keer afgelopen. Alsof de bliksem was ingeslagen, snapt u? Een vriend van ons was vermoord, een andere vriend was voor die moord veroordeeld, en we waren er allemaal bij geweest. Voor sommigen van ons was het te veel om elkaar weer te zien, omdat dan al die herinneringen weer bovenkwamen.'

'Wacht even,' zei Maud verbaasd. 'Waren jullie er allemaal bij toen die moord werd gepleegd?'

'Ja, dat klopt.'

'Waren er behalve jullie ook nog anderen aanwezig?'

'Nee, alleen wij.'

'Dus Tyler Green komt na negenentwintig jaar vrij en organiseert een ontmoeting met iedereen die aanwezig was toen Leo Bauer werd vermoord,' zei Maud bedachtzaam. 'Waarom?'

'Dat weet ik ook niet precies. Hij zei dat hij afscheid wilde nemen.'

Er viel een langdurige stilte. Toen begon Beatrice weer te praten. 'Dit zult u ook van de anderen horen, dus ik kan het net zo goed nu zeggen. Hij zei dat hij Leo niet had vermoord, maar dat een van ons het had gedaan.'

44

Maud wachtte even voordat ze haar volgende vraag stelde. 'Naar verluidt heeft de heer Scott het slachtoffer om ongeveer kwart voor twaalf boven bij de badkamer gezien. Getuigen hebben ze met elkaar horen praten. Kunt u dat onderschrijven?'

Beatrice wreef over haar gezicht. 'Rudi?'

'Inderdaad.'

'Dat zou wel ongeveer kunnen kloppen,' zei Beatrice aarzelend. 'Dat staat me niet precies meer bij.'

'En hoe laat werd de moord ontdekt?'

'Hoe laat? Dat weet ik niet. Geen idee. De gasten stonden op het punt om te vertrekken.'

'Kunt u geen enkele indicatie geven?'

'Rond middernacht, zou ik zeggen,' zei ze bedachtzaam. 'Ja, dat moet het wel ongeveer zijn geweest, Ali en Clara waren net sigaretten wezen halen. Ellen was naar boven gegaan om Will te zoeken. Omdat ik wilde dat iedereen wegging. Ik had net gezegd dat ze moesten gaan.'

'U had er genoeg van.'

'Het was een fiasco.'

'Goed.' Maud hoorde Carries pen over het papier gaan. 'Dus volgens u was het rond twaalf uur?'

'Ja. Hoewel ik het niet absoluut zeker weet.'

'Dank u. Kunt u me zeggen wanneer u William Garvey voor het laatst in levenden lijve hebt gezien?'

Er volgde een lange stilte. 'Nee,' antwoordde ze uiteindelijk. 'Ik zou het niet weten. Hij was er nog toen Tyler zei dat hij ons nooit meer wilde zien. Daar was iedereen bij. Maar daarna – het spijt me. Ik weet het niet meer. Iedereen ging... het is een groot huis. Ik was niet... ik weet het niet.'

'En hoe laat was dat?'

'Geen idee. Dat zou ik niet met zekerheid kunnen zeggen. Ik lette niet op de tijd.' Maud wachtte af, maar Beatrice keek omlaag naar haar handen en zei niets meer.

Uiteindelijk nam Carrie het woord. 'Dus u zegt dat u zich niet kunt herinneren hoe laat u William Garvey voor het laatst hebt gezien en dat Ellen Sweeney zijn stoffelijk overschot rond twaalf uur aantrof.'

'Dat is juist,' zei Beatrice met trillende lippen.

'Ging mevrouw Sweeney in haar eentje naar boven?'

'Aanvankelijk wel. Ze ging naar boven en kwam halsoverkop weer naar beneden om te zeggen dat Will dood was. Toen zijn een aantal mensen met haar mee naar boven gegaan.'

'Wie?'

Beatrice dacht even na voor ze antwoord gaf. 'Ik bleef beneden met Ali, Marco en Rudi. Dus Clara ging mee, en Kristin. En Jay ook volgens mij, al begrijp ik niet waarom, want hij is veel te gevoelig. En Tyler. Ellen zei dat hij wel zou weten wat ze moesten doen. Geen idee waarom ze dat zei.'

'Dacht ze dat William Garvey misschien nog leefde?'

'Dat weet ik niet. Dat zult u aan haar moeten vragen. Ik heb het alarmnummer gebeld. Daarmee hebt u het exacte tijdstip.' Ineens schrok ze op. 'Hoe laat is het nu?' vroeg ze paniekerig.

'Tien voor twee,' antwoordde Maud.

'Finn. O god. Stel dat Finn straks thuiskomt?' Ze stond op. 'Ik moet hem bellen.'

'Wie is Finn?'

'Mijn zoon. Als hij nu thuiskomt...' Ze gebaarde wild naar het raam.

'Verwacht u hem?'

'Ik weet het niet. Ja, misschien. Hij kan elk moment thuiskomen. Als hij dit allemaal ziet... Dat kan niet. Mijn telefoon, waar is mijn telefoon? Ik moet hem bellen.'

Maud wees naar de vaste telefoon die op het bureau stond. 'U kunt daarmee bellen.'

'Ja! Natuurlijk. Ik kan niet meer helder denken.' Ze boog zich over het bureau, haalde de hoorn van de haak en begon gejaagd een nummer in te toetsen. 'Ik weet zijn nummer niet meer,' zei ze. 'Hoe kan dat nou? Wacht even.' Ze drukte een hand tegen haar wang en toetste met geluidloos prevelende lippen weer iets in.

Maud keek naar haar. Ze leek verscheurd tussen beheersing en paniek. 'Hij neemt niet op,' zei ze. En meteen daarna: 'Finn, met mij. Bel me terug zodra je dit hoort. Je kunt niet naar huis komen. De politie is hier. Er is een, eh, ongeluk gebeurd. Dat vertel ik je later wel. Maar het is beter als je vannacht ergens anders slaapt. Het komt allemaal wel weer goed hoor, dat beloof ik. Maar bel even, wil je?' Ze legde de hoorn weer op de haak. 'En nu?'

'Wat kunt u me vertellen over het wapen?'

'Hoe bedoelt u?'

'Ik bedoel het moordwapen.'

'Dat snap ik,' zei Beatrice. 'Ik weet alleen niet wat ik daarover zou kunnen zeggen.'

'Hij is om het leven gebracht met een mes. Ik wil weten of dat mes van u was.'

'Dat weet ik niet. Ik heb het niet gezien.'

Maud draaide zich om. 'Carrie?'

Carrie knikte en liep de kamer uit. Maud richtte zich weer op Beatrice, die haar blik ontweek. Ze staarde uitdrukkingsloos in het niets.

45

'Is er, nu we toch even moeten wachten, misschien iets wat u nog kwijt wilt?' vroeg Maud. 'Iets wat ons zou kunnen helpen?'

'Ik heb geen idee wat ik op dat soort algemene vragen moet antwoorden. Als u een specifieke vraag hebt, zal ik die zo goed mogelijk beantwoorden.'

'Nu klinkt u een beetje als een advocaat.'

'Dat ben ik ook. Bedrijfsjurist,' voegde Beatrice er met een vreemd, vreugdeloos lachje aan toe.

'Ik bedoelde meer dat u klonk als zo'n advocaat die zijn cliënt aanraadt geen vragen meer te beantwoorden. Ik dacht dat we gewoon twee mensen waren die deze misdaad willen oplossen.'

'Het ligt wel iets gecompliceerder dan dat. U hebt al die mensen buiten gezien. Straks komt de pers. Morgen...' Ze onderbrak zichzelf en zuchtte. 'Het is al morgen. Later vandaag staat het in alle kranten en komt het in het nieuws.'

'Hoe sneller we de moordenaar oppakken, hoe sneller dit allemaal weer voorbij is.'

'Als u dat zo zegt, klinkt u erg naïef en onervaren.'

Maud glimlachte naar haar. 'Laat me u dit dan vragen. Hebt u William Garvey vermoord?'

'Natuurlijk niet.'

'Weet u wie de dader was?'

'"Weten" is het juiste woord niet, maar ik neem aan dat het Tyler was. Dat denken jullie toch ook? Hij is de meest voor de hand liggende verdachte.'

'Ja,' zei Maud. 'Dat is hij zeker.'

Carrie kwam de kamer binnen met een verzegelde zak. Ze hield hem omhoog. 'Is dit mes van u, mevrouw Macmillan?'

'Nee.'

'Weet u van wie het is?'

'Nee, dat weet ik niet,' zei Beatrice na enige aarzeling.

'Heb ik iets over het hoofd gezien?' vroeg Maud.

'Word ik geacht daar antwoord op te geven?'

'Mevrouw Macmillan, ik begin een beetje in de war te raken. Er is zojuist een oude vriend van u om het leven gebracht in uw eigen huis, maar u doet alsof mijn vragen een irritante inbreuk op uw privacy zijn. Als het moet zal ik deze vraag net zo lang blijven herhalen tot ik er antwoord op krijg. Hebt u dat mes ooit eerder gezien?'

Het bleef heel lang stil. Beatrice slikte. 'Ik heb het eerder gezien, ja,' zei ze toen nerveus. 'Mijn zoon, Finn, kwam ermee aanzetten. Het was niet van hem. Wat ik van hem begreep was dat hij het van iemand had afgepakt om eventuele problemen te voorkomen. In mijn optiek de juiste beslissing.' Ze slikte weer. 'Maar ik weet dat het verboden is om zo'n mes bij je te hebben in de publieke ruimte, ook al ben je niet van zins het te gebruiken. Ik heb gewoon gedaan wat iedere ouder zou doen.'

'Zoals u ongetwijfeld weet,' zei Maud, 'mag je een mes bij je hebben als daar een gegronde reden voor is. Als het klopt wat u zegt, hoeft uw zoon zich nergens zorgen over te maken. En u dient al mijn vragen volledig te beantwoorden.'

'Dit leek me niet relevant.'

Maud trok haar wenkbrauwen op. 'Dat mes is het moordwapen. Natuurlijk is het relevant. Heeft uw zoon het aan u gegeven?'

'Ja.' Beatrice dacht na. 'Hij kwam beneden met Connie, zijn vriendin, terwijl we zaten te eten. Ik had hem niet verwacht. Hij was van streek omdat een vriend van hem met dat mes had lopen zwaaien en de boel uit de hand dreigde te lopen. Hij heeft het op tafel gelegd. Of daar is het tenminste achtergebleven.'

'Wie heeft het aangeraakt?'

'Geen idee. Dat weet ik niet meer.'

'Hebt u het aangeraakt?'

'Zou kunnen. Ja, ik denk het wel.'

'Hoe is het mes uiteindelijk terechtgekomen in de kamer waar Garvey om het leven is gebracht?' vroeg Carrie.

'O, ja. Ik heb het daar opgeborgen toen ik het op een gegeven moment in de woonkamer zag liggen. Ik geloof dat Marco het daar had achtergelaten. De gasten bleven het maar oppakken en daar voelde ik me niet prettig bij. Het was vragen om ongelukken, dus toen heb ik het boven in het logeerkamertje gelegd – daar komt nooit iemand. Een veilige plek, dacht ik.' Haar gezicht betrok. 'Ik wilde in de ochtend besluiten wat ermee gedaan moest worden.'

'Dank u. Waar hebt u het precies neergelegd?'

'Waar? Gewoon op een plank in de boekenkast.'

'En is er verder nog iets wat u wilt zeggen?'

'Nee.'

'Goed, we zullen u later nog uitgebreid verhoren op het bureau. Voordat ik met de anderen ga praten zou ik u willen verzoeken om ons alle kamers op deze verdieping te laten zien.'

'Waarom in godsnaam?'

'Er is hier een moord gepleegd. Dit is een plaats delict. We willen ons een compleet beeld vormen van de locatie en de indeling. Er was hier vanavond een bijeenkomst. Mijn indruk is dat de gasten zich voornamelijk ophielden in de tuin en in de woonkamer op de begane grond. En het diner vond waarschijnlijk plaats in het souterrain, klopt dat?'

'Dat klopt.'

'Maar William Garvey is aangetroffen in een slaapkamer op de tweede verdieping. Wat deed hij daar?'

'Ik heb geen idee.'

'Hebt u hem naar boven zien gaan?'

'Nee.'

'Is hij in zijn eentje naar boven gegaan?'

Er volgde een lange stilte. 'Het spijt me,' zei Beatrice uiteindelijk. 'Ik probeer gewoon na te denken. Ja. Ik denk het wel. Ik weet het niet. Iedereen liep rond, in en uit.'

Maud keek om zich heen. 'Dus dit is de studeerkamer. Werkt u hier?'

'Ja. Mijn werk vergt veel voorbereiding.'

Maud, Carrie en Beatrice verlieten de studeerkamer en liepen een kamer in die uitkeek op de tuin. Er hing een andere sfeer dan in de vertrekken beneden; minder bedacht, minder formeel. Een enorme breedbeeld-tv, een doorgezakte bank, kussens op de vloer.

Aan de andere kant van de kamer was een deur die uitkwam op een stalen wenteltrap die naar de tuin leidde. Carrie liep erheen, trok een paar rubberhandschoenen aan, duwde de klink naar beneden en deed de deur open. 'Dus je kunt vanaf elke verdieping in de tuin komen, behalve van de tweede?'

'We hebben deze trap speciaal laten bouwen,' zei Beatrice. 'Maar we maken er eigenlijk weinig gebruik van. Finn wel, toen hij jonger was,' zei ze met een vreugdeloze glimlach. 'Hij glipte 's avonds weleens naar buiten.'

'En de deur zat vanavond niet op slot?'

'Nee, dat hebt u net zelf gezien.'

Aan de straatkant waren twee kamers. Maud trok ook een paar handschoenen aan en opende een deur die duidelijk toegang bood tot de echtelijke slaapkamer. Ze knipte het licht aan en keek rond. Alles ademde geld, het was nog een hele klus om je daar niet door af te laten leiden. Dit negentiende-eeuwse pand bood destijds onderdak aan een kantoorklerk en diens gezin, plus nog een of twee inwonende bedienden. Nu woonden er miljonairs en dat was te zien aan de ambachtelijke deurknoppen en armaturen. De sprei was zo strak als een biljartlaken over het bed gespannen. Ze liep naar de deur van de badkamer en suite en deed hem open. Er stond een vrijstaand bad. Ze voelde even aan de handdoek aan het rek.

'Beneden is ook nog een wc,' zei Beatrice. 'En op de tweede verdieping is er ook een.'

Maud en Carrie liepen door de gang naar een kamer die overduidelijk als logeerkamer dienstdeed. Hij had de luxe onpersoonlijkheid van een hotelkamer, met een abstract schilderij van een rode cirkel en een blauw vierkant aan de muur. De beddensprei vertoonde een paar kreukels.

'Deze kamer wordt zo goed als nooit gebruikt,' zei Beatrice, terwijl ze haar hand uitstak om de kreukels glad te strijken. Maud hield haar tegen. 'Oeps, ik wilde alleen de sprei even rechttrekken,' zei Beatrice. 'Macht der gewoonte.'

'Niet aankomen,' zei Maud. 'Volgens mij is er al te veel opgeruimd. Niets meer aanraken, alstublieft.' Ze duwde Beatrice zachtjes de kamer uit en deed de deur achter zich dicht.

'Moeten we ook naar boven?' vroeg Beatrice, met een gebaar naar de felverlichte tweede verdieping, waar de mensen van de technische recherche nog bezig waren en Wills lijk nog lag.

'Niet nu,' zei Maud, waarna ze naar beneden riep en wachtte tot er een geüniformeerde agent verscheen. 'Ik wil dat al deze kamers verzegeld worden. Er mag niemand naar binnen zonder mijn toestemming.'

'Waar moet ik vannacht dan slapen?'

'Hebt u vrienden of buren bij wie u terechtkunt nadat u op het bureau een verklaring hebt afgelegd?'

Beatrice keek bedenkelijk.

'Mocht dat een probleem opleveren, dan kunnen wij ook iets voor u regelen,' zei Carrie.

'Dat zal niet nodig zijn, dank u.'

46

Beatrice liep de trap af en Maud wenkte Carrie het studeervertrek weer in en sloot de deur. 'Wat denk je?'

Carrie ging in de bureaustoel zitten en strekte haar benen voor zich uit. Ze gaapte met haar mond zo wijd open dat Maud haar amandelen kon zien. 'Een kop koffie zou lekker zijn,' zei ze. 'En iets zoets. Mijn bloedsuikerspiegel is aan de lage kant, voel ik. Maar laat ik beginnen met een algemene opmerking. Het is een groot huis, maar ook weer niet zó groot. Hoe kan er een moord gepleegd worden met zoveel mensen in huis, zonder dat iemand weet wie het gedaan heeft? Nou ja, één persoon weet natuurlijk wie het gedaan heeft, maar je begrijpt wat ik bedoel.'

'Ik begrijp precies wat je bedoelt. En het lijkt me een belangrijk punt. Ik weet nog niet hoe of wat, maar het lijkt me belangrijk.'

'En dan hebben we Tyler Green, duidelijk de hoofdverdachte. Maar ik heb nog geen kans gehad meer over hem te weten te komen.'

'We weten alleen dat hij negenentwintig jaar heeft gezeten voor de moord op zijn vriend, Leo Bauer, tijdens een vakantieweekendje waarbij alle gasten van gisteravond aanwezig waren.'

Carrie knikte en begon wat te zeggen.

'Ik weet het,' zei Maud. 'Ik bedoel, wie krijgt er nou negenentwintig jaar aan zijn broek? En Beatrice Macmillan zei dat hij gisteravond beweerde dat hij onschuldig was en dat een van de andere aanwezigen de moordenaar was.'

'Tja, iedereen zegt van zichzelf dat hij onschuldig is.'

'Ja. En soms is dat waar.'

'Wat een wespennest!' Carrie roffelde met haar vingers op het enorme bureau van Beatrice Macmillan. 'Als hij de waarheid spreekt, wat hoogstwaarschijnlijk niet het geval is, ziet het er nog steeds niet goed voor hem uit. Misschien beschuldigde hij William Garvey ervan dat hij hem voor de moord had laten opdraaien. Misschien dacht hij of wist hij dat Garvey de dader was.'

'Dat zou heel goed kunnen,' zei Maud. 'Het heeft ook veel weg van een executie. Een doorgesneden keel. Maar als je wraak op iemand wil nemen, dan doe je dat toch niet op een bijeenkomst waar je zelf om hebt gevraagd, in een afgesloten ruimte waar je makkelijk betrapt kunt worden, met alle getuigen van de eerste moord erbij? Je weet dan dat je zelf direct verdacht zou worden. Dat is eerder totaaltheater. Het zou toch veel meer voor de hand liggen om Garvey op een stille plek uit de weg te ruimen? En dan dat mes nog.'

'Wat is er met dat mes?'

'Als je van plan bent om iemand te vermoorden dan neem je toch je eigen wapen mee? Het mes waarmee Garvey is vermoord, was meegenomen door Macmillans zoon. Het slingerde toevallig rond. Dat lijkt niet op een van tevoren geplande moord.'

'Er zijn geen regels voor een moord,' zei Carrie na even peinzen. 'Misschien rekende hij er gewoon op dat er een goed scherp mes in huis zou zijn. Ik wed dat er hier meerdere zijn waarmee Garvey vermoord had kunnen worden. En toen Macmillans zoon met dat mes thuiskwam, besloot hij dat te gebruiken. Of misschien heb je gelijk en was die moord helemaal niet gepland. Misschien kregen Green en Garvey gewoon ruzie en zag Green toevallig het mes liggen, pakte het om Garvey ermee te bedreigen en liep het uit de hand. Misschien doen al die jaren in de gevangenis dat met je. Dat je eraan gewend bent geraakt dat je voor je leven moet vechten.'

Maud knikte. 'Mogelijk. Wat was je indruk van Beatrice Macmillan?'

Carrie trok een rimpel in haar neus. 'Er klopte iets niet helemaal.'

'Dat ben ik met je eens. Een oude vriend van haar is in haar huis om het leven gebracht, een paar meter bij haar vandaan. Dan doe je toch alles wat je kunt om te helpen? Maar ze beantwoordde elke vraag als een advocaat, liet zo min mogelijk los.'

'Misschien dat ze, zoals zoveel advocaten, de politie niet vertrouwt.'

'Ze is bedrijfsjurist. Ze heeft nooit met de politie te maken. Toen ik haar naar dat mes vroeg, legde ze bijna een valse verklaring af.'

'Ze probeerde haar zoon te beschermen.'

'Ze mag dan geen strafrechtadvocaat zijn, maar ze weet heus wel dat wij hem daarvoor nooit lastig zouden vallen.'

'Vergeet haar man niet,' zei Carrie. 'Er is zojuist een bom ontploft in haar leven. Zoals ze al zei: over een paar uur staan de kranten er vol van. Moord in ministerswoning. Als iedereen is verhoord en het verhaal naar buiten komt, zou het einde carrière voor hem kunnen zijn. En voor haar misschien ook wel.'

'Dat is een mogelijkheid,' zei Maud. 'Een andere mogelijkheid is dat zij Garvey heeft vermoord. Ze verbergt iets, dat weet ik zeker.'

47

Tyler lag tot het uiterste gespannen in zijn bed. Hij probeerde zich te herinneren hoe hij moest ademen, maar het was alsof zijn longen vol drab zaten. De geluiden van zijn celmaat, die geur vlak onder hem, maakten hem misselijk.

Hij had het gevoel dat er een vloedgolf op hem af kwam; donkere rollende golven die aanzwollen als een dikke kronkelende spier. Nog even en hij zou erdoor verzwolgen worden. Alle gevoelens die hij negenentwintig jaar lang met al zijn wilskracht op afstand had gehouden in de wetenschap dat hij er anders kapot aan zou gaan, hoopten zich nu op. Hij had niet langer de kracht om zich er tegen te verzetten.

De man onder hem snurkte reutelend. Tyler huiverde. Hij zou uit bed klimmen om hem op zijn smoel te timmeren, op zijn gezicht in blijven beuken tot het geluid ophield en de onverdraaglijke gevoelens tot bedaren waren gekomen.

Hij gleed uit bed en bleef midden in de cel staan, met gebalde vuisten en een bonkend hart. Hij was zich pijnlijk bewust van zijn lichaam. Zoals zijn bloed werd rondgepompt, de vage pijn van zijn oude littekens, het gebulder in zijn hoofd, als het gebulder van een stormachtige zee.

De man ademde weer snurkend uit en toen begon Tyler te gillen. Hij schreeuwde en huilde en het geluid vulde hem en scheurde hem open. Hij liet zich op zijn knieën op de grond vallen en huilde in het donker als een gewond dier. Het was alsof hij verschrikkelijk moest overgeven: angst, afschuw en afgrijzen stroomden naar buiten. Hij sloeg met zijn hoofd tegen de tegels.

Het geluid werd een woord, een voortdurend herhaald woord: nee nee nee nee nee nee nee.

'Gast,' zei een stem.

Tyler werd zich bewust van een scherpe, prikkende punt in het zachte vlees net onder zijn oor.

'Als je je bek niet houdt, snij ik je open als een varken,' zei de stem.

Tyler hield zijn hoofd schuin en voelde warm bloed stromen; hij begon weer te brullen, nog luider ditmaal. Zware voetstappen buiten de cel. De deur vloog open. Fel licht in zijn gezicht. Hij kreeg een klap op zijn hoofd, een trap in zijn ribben en werd aan zijn armen de cel uit gesleurd.

Een donderende stem in zijn oor. 'We wisten dat je terug zou komen. Nu kom je nooit meer vrij.'

48

'Mevrouw Marais.' Carrie boog zich naar Ali toe. 'Het spijt me u dit te moeten vragen, maar zouden we u even kunnen spreken?'

Ali keek naar haar op en knipperde met haar ogen, alsof ze haar blik probeerde scherp te stellen. 'Waarom?'

'Gewoon een paar informele vragen. Loopt u maar even mee, dan hebben we een beetje privacy.'

Ali stond op, met de hond in haar armen. Ze keek om zich heen naar de anderen in de kamer. Ellen en Marco waren op hun stoel in slaap gevallen. Jay zat zachtjes jammerend heen en weer te schommelen. Niemand zei iets.

Ali zette Benjy op de grond en Carrie leidde haar aan haar elleboog de kamer uit. Het voelde alsof Ali van dunne twijgjes was gemaakt en elk moment in stukken kon breken.

In de studeerkamer zat Maud op hen te wachten.

Ali ging in de bureaustoel zitten. 'Goeie god.'

Maud boog zich naar haar toe en keek haar doordringend aan. 'Mevrouw Marais, wanneer hebt u uw man voor het laatst gezien?'

'Ik weet het niet,' antwoordde Ali. 'Ik weet het niet. Alles is – ik weet niet wat er gebeurd is.'

Maud zweeg en wachtte af met een ernstige uitdrukking op haar gezicht.

'Ik weet het niet,' zei Ali weer. 'Ik ben misselijk. Ik wil roken.'

'Bij benadering?'

'Kunt u dat niet aan iemand anders vragen?' Ze bleef even stil. 'We zaten allemaal aan tafel, met elkaar te praten.'

'Hoe laat was dat?'

'Geen idee. Het was donker, dat weet ik nog. Het was donker buiten.'

'En dat was de laatste keer?'

'De laatste keer,' herhaalde Ali toonloos. Ze legde een hand over haar ogen. 'Hij ging naar boven.'

'Waarheen?'

'Dat weet ik niet.'

'En u?'

Ali haalde haar hand weg. 'Ik ben naar de wc gegaan. Ik was misselijk; ik dacht dat ik moest overgeven. Het was een afschuwelijke avond geweest. Ik ben nog steeds misselijk.'

'En toen?'

'En toen niets. Niets. Wat zit u nou te kijken? Ik ben sigaretten gaan halen. Toen ik terugkwam was hij er niet. Dat is alles. Iemand is hem gaan zoeken.'

'Dank u,' zei Maud. 'Weet u misschien wie hem nog heeft gezien nadat hij van tafel was gegaan?'

Ali fronste. 'Behalve Rudi, bedoelt u? Nee, geen idee. Iedereen liep een beetje rond. Is hij nog boven?' vroeg ze. 'Will, bedoel ik. Is hij daar nog?'

'Ja.'

'Moet ik hem bekijken?'

'Op een gegeven moment zal hij officieel geïdentificeerd moeten worden. Maar daar kunt u ook iemand anders toe machtigen, als u wilt.' Maud liet even een stilte vallen voordat ze de onvermijdelijke vraag stelde: 'Weet u wie uw man heeft vermoord, mevrouw Marais?'

'Tyler.' Haar mond vertrok toen ze die naam uitsprak.

'Waarom denkt u dat?' vroeg Carrie. 'Waarom weet u dat zo zeker?'

'Hij hield van me.'

'Tyler hield van u?'

'Ooit hield hij van me. En ik van hem. Voordat hij Leo vermoordde. En toen hij in de gevangenis zat, ben ik met Will getrouwd. Dat wist hij niet, niemand had het hem ooit verteld. Ik zag het aan zijn gezicht, zoals hij naar me keek. Hij had mij net zo goed kunnen vermoorden.'

'Dus u zegt dat Tyler Green uw man heeft vermoord vanwege u?'

Ali sloeg haar armen om haar magere lijf. 'Ik heb het zo koud,' zei ze. 'Ik ben zo moe. Ja, vanwege mij.'

'Dat hij van u hield is alweer heel lang geleden,' zei Maud vriendelijk. 'Denkt u werkelijk dat...?'

'Ik weet het niet,' antwoordde Ali. 'Ik weet niet meer wat ik moet denken.'

'Oké,' zei Maud, nadat de deur achter Ali was dichtgevallen. 'De ene theorie is dat Tyler Green William Garvey heeft vermoord omdat hij erachter was gekomen dat William destijds Leo heeft vermoord. Een andere theorie is dat hij hem heeft vermoord omdat Garvey was getrouwd met de vrouw van wie hij hield. Een derde mogelijkheid is dat beide moorden niets met elkaar te maken hebben.'

'Dus het is ook mogelijk dat Green destijds Leo Bauer niet heeft vermoord maar nu wél Garvey, omdat Green had ontdekt dat hij Leo had vermoord en hem daarvoor heeft laten opdraaien.' Carrie telde de scenario's op haar vingers. 'Of hij heeft Bauer dertig jaar geleden na een uit de hand gelopen ruzie gedood en heeft vannacht Garvey vermoord omdat die de liefde van zijn leven had ingepikt. Of om een andere, ons nog onbekende reden. Of hij heeft Bauer wel vermoord, maar Garvey niet. Of hij heeft ze allebei niet vermoord.'

'Ja, dat zijn de mogelijkheden wel zo'n beetje.'

'Je zou er duizelig van worden.'

'O ja, ik kreeg net de gegevens van al hun mobiele telefoonverkeer binnen. Ik stuur het naar je door, kun jij dan even kijken of je iets bijzonders opvalt?'

'Tuurlijk.'

'Eigenlijk denk ik dat we ook het dossier van de Bauer-zaak moeten bekijken.'

'Weet je zeker dat er een verband is?'

'Ik weet natuurlijk niets zeker.'

'Goed, ik neem contact op met het bureau en vraag of ze het hierheen kunnen brengen. Wie wil je nu spreken?'

'Ellen Sweeney.'

Mauds telefoon begon te zoemen in haar zak; ze haalde hem tevoorschijn en nam op.

'Heb je hem al in staat van beschuldiging gesteld?' Het klonk als geblaf.

'Nee, nog niet,' antwoordde Maud koel.

'Ontkent hij?'

'Ik heb Green nog niet gesproken. Ik ben nog op de plaats delict.'

'Wat doe je daar verdomme nog, Maud?'

Ze hield haar telefoon een eindje bij haar oor vandaan.

'Ik zei toch dat ik snel resultaat wilde zien?'

'Ik ben de zaak aan het onderzoeken.'

'Nou, doe dat dan door de man te verhoren van wie we allemaal weten dat hij de dader is en ontfutsel hem een bekentenis. Mij leggen ze het vuur ook na aan de schenen.'

49

Carrie moest Ellen Sweeney wekken.

Ze deed haar ogen open en keek verbaasd om zich heen voor ze besefte waar ze was. Haar dikke grijze haar zat helemaal in de war en haar rok was iets opgekropen; ze ging moeizaam rechtop zitten. 'Ik moet in slaap gedommeld zijn,' zei ze en ze begon hartelijk te lachen. 'Dat is raar! Dat ik na zo'n vreselijke gebeurtenis gewoon in slaap val. Ik droomde ook nog iets. Wat was het ook alweer? Ik weet het niet meer.'

'We zouden u graag een paar vragen stellen.'

'Ik moet mijn man even bellen.'

'Alles op zijn tijd.'

'Hij maakt zich vast zorgen. Hoewel, dat is waarschijnlijk helemaal niet waar. Hij ligt natuurlijk gewoon te slapen. En de kinderen ook. Ik heb vijf kinderen, weet u, hoewel er nog maar twee thuis wonen. Ik noem ze mijn...'

'We kunnen verder praten in de studeerkamer. Inspecteur O'Connor zit op u te wachten.'

'Hoelang moeten we hier nog blijven?' vroeg Rudi, maar half verstaanbaar.

'We kunnen u nergens toe dwingen, maar we stellen uw medewerking zeer op prijs en we zullen de komende uren van ieder van jullie een verklaring opnemen. Ik kan me voorstellen dat jullie het ook zo snel mogelijk achter de rug willen hebben.'

Toen nam Clara het woord. 'Het gaat niet goed met Jay.'

'Wat vervelend. Wat is het probleem?'

'Hij kan niet tegen de stress,' antwoordde Clara.

'We moeten allemaal dealen met de stress,' snauwde Beatrice.

Marco tilde zijn hoofd op; hij keek wazig om zich heen en sloot zijn ogen weer.

'Hoe laat was het toen u het lichaam van William Garvey aantrof?'

'Hoe laat?'

'Ja.'

'Ik ben niet helemaal helder. Een kop koffie zou er wel in gaan.'

'Het tijdstip, mevrouw Sweeney.'

'Eigenlijk heet ik Eleanor Hooper, maar ik heb de naam van mijn man aangenomen toen we trouwden. Daar ben ik ouderwets in.'

'Mevrouw Sweeney, hoe laat hebt u het lichaam gevonden?' Maud had het koud gekregen in haar dunne gele bloesje, en onder de alertheid die zich altijd van haar meester maakte aan het begin van een zaak, haar hersenen die op volle toeren werkten om de feiten te verzamelen, verbanden te leggen, indrukken op te slaan, groeide haar vermoeidheid. Zij was ook wel toe aan een bak sterke koffie.

'Het was rond twaalven, of even voor twaalven,' antwoordde Ellen uiteindelijk, met iets triomfantelijks in haar stem. 'Maar hooguit een paar minuten voor.'

'Hoe weet u dat zo zeker?'

'Omdat Clara zei dat het bijna twaalf uur was toen Ali zei dat ze sigaretten ging halen.'

'Dus u weet zeker dat het voor twaalven was.'

'Ja. Ali was moed aan het verzamelen om met Tyler te praten. Ze hadden de hele avond amper een woord met elkaar gewisseld. En er hing een vreselijke spanning tussen hen. Op zich niet zo vreemd, als je erover nadenkt. Ze waren vroeger namelijk stapelgek op elkaar. Hij op haar, tenminste. Zij liep er iets minder mee te koop. Maar goed, ze zei dat ze sigaretten moest halen, waarna ze samen met Clara vertrok, omdat Clara niet wilde dat ze alleen zou gaan. Toen ze terugkwamen, na hooguit tien minuten, ben ik Will gaan zoeken. Omdat Ali stond te popelen om naar huis te gaan, snapt u, en ze een beetje kwaad was omdat hij nergens te bekennen was. Arm mens. Dat zal haar in de toekomst nog wel achtervolgen – dat ze kwaad op hem was, terwijl hij al die tijd dood op de tweede verdieping lag. Arme, arme Ali. Ze zal hulp nodig hebben om dit te verwerken. En ze heeft geen kinderen die haar kunnen steunen. Ze konden geen kinderen krijgen, begrijpt u.'

'Dat is nuttige informatie, dank u wel.'

'Goed,' zei Carrie, terwijl ze iets in haar boekje schreef. 'Dus Ali Marais en Clara Keane verlieten kort voor middernacht het pand en toen ze na hooguit tien minuten terugkwamen, bent u vrijwel onmiddellijk naar boven gelopen, waar u William Garvey aantrof. Is dat juist?'

'Ja.'

Maud keek Ellen Sweeney onderzoekend aan. Ze was gefascineerd door haar babbelzieke opgeruimdheid. 'Hoe wist u waar hij was?'

'Dat wist ik niet. Ik dacht dat hij misschien op de wc zat of in een van de kamers in slaap was gevallen, dus ik ben gewoon alle kamers afgegaan, deed het licht aan en riep zijn naam. Ik zei: "Will, ben je daar? Het is tijd om naar huis te gaan." En toen...' Ze viel stil.

'Wat gebeurde er toen?'

'Toen kwam ik bij de kamers op de tweede verdieping. Ik keek eerst in de kamer van de zoon en daarna in de andere kamer.'

'Was de deur open of dicht?'

'Open. Nee, dicht.' Ze dacht even na. 'Normaal weet ik dit soort details precies. Dat moet ook wel, als therapeut. Juist de kleine dingen verdienen aandacht. Misschien stond hij op een kier. Hoe dan ook, ik deed het licht aan en zag hem op de grond liggen. Eerst dacht ik dat hij lag te slapen, en ik dacht, arme Will, hij was blijkbaar beschonkener dan ik dacht. Maar toen zag ik het bloed, natuurlijk. Het zat overal.' Rode blosjes kleurden haar wangen; haar ogen glommen.

'Begreep u toen direct dat hij dood was?'

'Ja. Ja, natuurlijk, al dacht ik ook dat we hem op de een of andere manier nog konden redden. Gek, hè? Ik wist dat hij dood was – ik bedoel, jullie hebben het lijk ook gezien. Maar ergens kon ik het gewoon niet accepteren.'

'Hebt u hem aangeraakt?'

'Ik heb hem op zijn schouder getikt. Om hem wakker te maken. Ik wist dat hij niet meer wakker zou worden, maar ik moest het proberen. Ik weet niet. Dat was het, volgens mij. Ik heb niet in het bloed gestaan. Voor zover ik weet, tenminste. Ik zag dat zijn keel was doorgesneden. Afschuwelijk. En ik kon één oog van hem zien, dat me aanstaarde. Ik heb, afgezien van mijn overleden moeder in het ziekenhuis, maar één andere dode in mijn leven gezien, en dat was Leo.'

'En toen?'

'Toen ben ik om hulp roepend naar beneden gerend. Ik riep dat Will vermoord was. Volgens mij gebruikte ik werkelijk de term "vermoord". Dat was niet erg tactisch tegenover Ali, bedenk ik nu, maar ik kon niet meer helder denken.'

'Dat is begrijpelijk.'

'Kristin zei dat ze mee zou gaan. Ik weet niet waarom zij dat aanbood. En Clara ook, en dus kwam Jay ook mee, als haar schaduw. Dat was geen goed idee; hij is veel te gevoelig. En ik vroeg Tyler om mee te komen omdat hij dokter is. Nou ja, geen dokter, maar medicus, vanwege zijn studie, destijds.'

'Dus Tyler Green bevond zich op dat moment onder de andere gasten?'

'Ja, dat moet haast wel. Of misschien was hij door mijn gegil uit de tuin gekomen. Kort daarvoor was hij in de tuin gaan zitten. Ik weet alleen dat we met z'n vijven naar boven zijn gegaan.'

'Wat gebeurde er toen?'

'Tyler knielde bij Will neer en zei meteen dat hij niks meer voor hem kon doen. Wat we natuurlijk al wisten.'

'Heeft hij het lichaam aangeraakt?'

'Dat weet ik niet.'

'En Clara, Kristin en Jay?'

'Dat weet ik ook niet. Of nou ja, Kristin in ieder geval niet, want die moest overgeven.'

Nu weten we tenminste wiens braaksel het is, dacht Maud. 'Dank u.'

'Toen zijn we weer naar beneden gegaan en iedereen huilde en schreeuwde door elkaar heen, en ik nam Ali in mijn armen en het leek wel of ik een marmeren standbeeld omhelsde. Arme vrouw.'

'Dank u. U zult op het bureau nog een gedetailleerde verklaring moeten afleggen.'

'Mevrouw Sweeney, waarom bent u gaan opruimen?' vroeg Carrie.

'Waarom? Omdat het een enorme rotzooi was en daar kan ik niet tegen.'

'Maar het was een plaats delict.'

'En evengoed een enorme rotzooi. Het leek me dat Beatrice wel een beetje hulp kon gebruiken.'

'Wat hebt u precies opgeruimd?'

'Dat zou ik u niet kunnen zeggen. Ik heb de tafel afgeruimd en een en ander in de vaatwasser gezet. Dat soort dingen.'

'Meer niet? Hebt u bijvoorbeeld de tafel of het aanrecht afgenomen of spullen van de vloer opgeraapt?'

'Dat weet ik zo niet meer. Ik probeerde alleen maar te helpen.' Ze liet een klaterende schaterlach horen, die ze inslikte toen ze de uitdrukking op Carries gezicht zag. 'Sorry,' zei ze, en ze zag er plotseling oud en uitgezakt uit. 'Ik ben een onnozele kletskous.'

50

'Bedankt voor uw geduld. Ik begrijp dat het onaangenaam is en dat iedereen het liefst naar huis zou willen, en het staat u natuurlijk vrij om te gaan, maar als u ermee instemt zouden we u graag eerst meenemen naar het bureau om uw verklaringen op te nemen.'

Maud stond midden in de woonkamer, in de kleine uurtjes van de nacht.

'En kunnen we daarna dan naar huis?' vroeg Clara.

'Degenen die in Londen wonen wel. Maar degenen die buiten Londen wonen, zullen we waarschijnlijk verzoeken om nog een tijdje in de buurt te blijven.'

'Dat is niet eerlijk,' zei Clara.

'Het is niet eerlijk dat jullie vriend dood is.'

'Natuurlijk, maar toch vind ik...'

'Met een beetje geluk duurt het niet al te lang. Maak hem maar wakker.' Maud wees naar Marco, die diep in slaap op zijn stoel zat, een kwijldraad uit zijn open mond. 'En waar is Kristin Foster? Is zij al boven water?'

'Ze was in de flat waar ze met Marco Burney woont, naar verluidt bezig een tas in te pakken,' zei Hawkins met een grote grijns.

'Laat haar zo snel mogelijk naar het bureau komen.'

'Kunnen we daar koffie krijgen?' vroeg Ellen.

'Natuurlijk. Er wordt voor jullie gezorgd.'

Maud richtte zich tot Hawkins, die bij de deur stond. 'Zorg ervoor dat het hele huis verzegeld wordt. En we hebben een trits auto's nodig om iedereen naar het bureau te brengen om hun verklaringen af te nemen.'

Voordat ze zelf vertrokken, gingen Maud en Carrie naar het souterrain om de situatie in ogenschouw te nemen. Ondanks Ellens pogingen om op te ruimen, stond de tafel nog steeds vol vuile schalen en was hij bezaaid met etensresten en gemorste wijn.

Maud deed de schuifdeuren open en de twee vrouwen liepen de tuin in, waar de maan hun pad verlichtte. Vanaf het eind van het gazon keken ze naar het huis met de grote verlichte ramen en de trappen die van de verschillende verdiepingen naar de tuin leidden. 'Je kunt zo via de ene verdieping naar buiten en via een andere weer naar binnen zonder dat het in de gaten loopt,' zei Carrie. 'Je zou kunnen beweren dat je even naar buiten gaat en ondertussen naar de tweede verdieping kunnen gaan, of andersom.'

'Ja, dat bedacht ik ook net.'

Er liep een smal grindpaadje langs de zijkant van het huis. Maud gebaarde naar de deur die op de straat uitkwam, die met verschillende zware sloten was afgesloten en vanboven met stalen punten was afgezet. 'Vergeet niet dat we Beatrice Macmillan naar de sleutels moeten vragen.'

'Komt goed,' zei Carrie, die het in haar geheugen prentte.

Weer terug in het huis liep Maud drie trappen op naar de tweede verdieping, terwijl Carrie ging kijken waar de auto's voor de getuigen bleven. In de kamer waar de moord had plaatsgevonden stopten twee in groene overalls gehulde hulpverleners het zware lijf van Will voorzichtig in een lijkzak, waarna ze hem op een brancard legden. Maud vond dat ze bijna teder te werk gingen. Ze sloeg het een tijdje gade en ging toen in de andere kamers kijken. In de grootste huisde duidelijk een tiener. Er stonden twee gitaren tegen de muur en aan het voeteneinde van het bed stond een enorm tv-scherm met een spelcomputer. Op het kussen lag een dichtgeklapte laptop en naast de lamp op het nachtkastje een kluwen van opladers. Naast de deur zag ze een hoop kleren, overal slingerden schoenen rond, waaronder een paar voetbalschoenen, en de deur van de klerenkast stond open. Op het bureau stonden drie bekers en er lag een theorieboek voor het rijexamen. De bureaustoel was omgevallen naast een hoopje mandarijnenschillen en een groene handdoek. De enige verwijzing naar de kindertijd was een ribfluwelen octopus, die naast een rij schoolboeken en wat andere boeken in de kast zat. Maud zag een veganistisch kookboek en een boek met de titel *Hoe te leven*. Aan de muur hing een poster van een zwevende burcht, met Japanse karakters eronder.

Naast de jongenskamer was een wc en dan was er nog een studeerkamertje aan de straatkant. Achter de laatste deur bevond zich een benauwd raamloos hok dat vol stond met opgerolde kleden, verfblikken, tennisrackets, meerdere paren ski's, enkele grote koffers en dozen waarop met viltstift dingen stonden geschreven als 'kerstversiering' en 'oud speelgoed Finn'.

Onderweg naar beneden bleef Maud even stilstaan op de overloop. Haar ogen glommen van alles wat er in haar omging. Ze voelde ideeën opkomen, die langzaam vaste vorm kregen. Ze wist dat ze die moest zien vast te houden zonder ze na te jagen.

Carrie stond beneden in de gang op haar te wachten. Maud streek haar haar strak achterover uit haar gezicht. 'Oké, we gaan.'

51

Het was nog midden in de nacht, maar het was net alsof ze het daglicht in stapten. Maud telde maar liefst drie nieuwe televisieploegen, met felle opnamelampen. Voor hen, op de stoep, herkende ze de rug van brigadier Hawkins. Een keurig gekapte vrouwelijke reporter met een bezorgde, meelevende uitdrukking op haar gezicht hield hem een microfoon voor.

Carrie fronste haar wenkbrauwen. 'Denk je dat hij de indruk probeert te wekken dat hij degene is die dit onderzoek leidt?'

'Dat zou heel goed kunnen,' zei Maud glimlachend.

'En je gaat hem niet vertellen dat hij zijn bek moet houden?'

'Daar is het leven veel te kort voor. Er is werk aan de winkel.'

Ze liepen verder over de stoep, volledig genegeerd door de verzamelde pers. Plotseling kwam een zwarte Range Rover met piepende remmen vlak voor hen tot stilstand, waardoor ze geschrokken achteruitsprongen. De chauffeur stapte uit en opende het achterportier. Maud stond ineens oog in oog met een man die ze herkende uit de krant en van praatprogramma's op tv. 'Meneer Harris,' zei ze.

Harris leek haar eerst helemaal niet te zien. Hij keek om naar zijn chauffeur, die de achterklep had geopend en er een koffer en een schoudertas uit had gehaald. Hij gaf hem een paar mompelende instructies en keek toen eindelijk Maud aan.

Hij had een rond, blozend gezicht en grijze krullen. Het leek wel of zijn bekendheid zijn gezicht deed glimmen, alsof er een spotje op hem gericht stond. 'Bent u van de politie?'

'Ik ben inspecteur Maud O'Connor.'

'Kunt u me naar de persoon brengen die het onderzoek leidt?'

'Dat ben ik,' zei Maud.

Hij keek haar met onverholen wantrouwen aan. 'Hoe is het met mijn vrouw?'

'Ze is nogal overstuur, uiteraard,' antwoordde Maud.

'En mijn zoon?'

'Die is er niet.'

'Wat?' Zijn ogen vernauwden zich. 'Kom mee naar binnen. We moeten praten.' Hij beende weg zonder op Maud te wachten. Alle camera's werden op hem gericht en er werden vragen geroepen, maar hij keek niet op of om.

Toen Maud en Carrie achter hem aan liepen, versperde Hawkins hun de weg. 'Misschien kan ik beter met hem praten.'

'Nee,' zei Maud, terwijl ze om hem heen liep. Ze liep achter Harris aan de gang in, waar de mannen van de technische recherche in een hoek bij elkaar zaten.

Harris draaide zich naar haar om. 'Waar is mijn vrouw?'

'Ze is onderweg naar het bureau. Voor de getuigenverhoren.'

'Wat? Op dit tijdstip?'

'Wachten heeft geen zin.'

Harris keek zwaar ademend om zich heen en zag zijn chauffeur, met zijn bagage. 'Breng maar naar boven.'

'Nee, wacht even,' zei Maud. 'Het huis wordt verzegeld en voor de eerstkomende paar uur hermetisch afgesloten. Er mag niets naar binnen of naar buiten. En u zult ook moeten vertrekken.'

Harris gebaarde Maud om dichterbij te komen. 'Ik heb James al gesproken,' zei hij op fluistertoon. 'Ik neem aan dat je begrijpt wie ik bedoel.'

'James is een veelvoorkomende naam,' zei Maud.

'James Moore,' zei hij met een zucht. 'De minister van Binnenlandse Zaken. Doet dat misschien een belletje rinkelen?'

'Wat hebt u met hem besproken?'

'Ik heb hem duidelijk gemaakt dat dit een uiterst gevoelige zaak is en hij heeft me verzekerd dat ik van alle ontwikkelingen op de hoogte zal worden gehouden.'

'Uiteraard,' zei Maud. 'Ik zal een contactpersoon aanstellen die u...'

'Hou toch op,' zei Harris. Dat kwam er luider uit dan zijn bedoeling was en hij keek even om zich heen of iemand hem had gehoord. 'U hebt toch de leiding over dit onderzoek?'

'Dat klopt.'

'U hebt die kermis buiten ook gezien. Het zijn net bloedhonden die op zoek zijn naar het minste spoortje dat naar iets bruikbaars zou kunnen leiden. Ik wil dat u me verzekert dat ze niets zullen vinden. En ik wil geen verrassingen, begrijpt u dat? Ik wil absoluut van alles op de hoogte worden gehouden, is dat duidelijk?'

'Ik begrijp uw bezorgdheid,' zei Maud beleefd. Vanuit haar ooghoek zag ze Carrie met haar ogen rollen. 'Als u me dan nu wilt excuseren...'

Harris stak zijn hand op. 'Wacht,' zei hij. 'Zoals ik al zei, heb ik met de minister van Binnenlandse Zaken gesproken en hij heeft me verzekerd dat deze zaak probaat en met uiterste discretie zal worden afgehandeld.'

'Dat spreekt voor zich,' zei Maud.

'Dat valt nog te bezien,' zei Harris. 'Ik heb eerder met de Met te maken gehad en laten we het er maar op houden dat ik niet bijzonder onder de indruk was.'

Maud reageerde niet. Ze had zo haar eigen problemen met de Metropolitan Police, maar dat ging ze deze man niet aan zijn neus hangen.

'Ik heb begrepen dat jullie de hoofdverdachte al hebben opgepakt. Tyler Green.'

'Die is inderdaad in hechtenis genomen.'

‘Wordt hij in staat van beschuldiging gesteld?’

‘Ik was net op weg om hem te gaan verhoren.’

‘Maar, even onder ons, denkt u dat hij in staat van beschuldiging wordt gesteld?’

‘Onder ons of niet onder ons, ik heb werkelijk geen idee.’

Hij keek snel om zich heen. ‘Is er naar u weet iets in deze zaak naar boven gekomen dat mij in verlegenheid zou kunnen brengen?’

‘In verlegenheid brengen? Waar denkt u aan? Is er iets specifieks waar u zich zorgen om maakt, meneer Harris?’

Harris boog zich zo dicht naar Maud toe dat ze zijn adem kon ruiken. ‘Laat ik duidelijk zijn; ik ben een eerzaam burger en ik ben bereid op alle mogelijke manieren met de politie samen te werken. Maar als er ineens een verslaggever of een filmploeg voor mijn deur staat met vragen over iets waarvan ik niet van tevoren ben ingelicht, dan zit u diep in de problemen. Is dat duidelijk?’

Maud gaf geen antwoord. Ze knikte niet eens.

‘Dus, hebt u me iets te vertellen of niet?’

‘Ik heb u niets te vertellen, maar des te meer te vragen,’ zei Maud. ‘Was u op de hoogte van deze bijeenkomst?’

‘Is dit een verhoor?’

‘Ik stelde u een vraag.’

‘Ik heb hier hoegenaamd niets mee te maken.’

‘De bijeenkomst was in uw huis. Wist u dat die plaats zou vinden?’

‘Vagelijk.’

‘Was u het ermee eens?’

‘Wat doe het ertoe of ik het ermee eens was of niet?’

‘Was u het ermee eens of niet?’

Harris ademde diep in. ‘Ik vond het uiteraard geen prettig vooruitzicht dat er een moordenaar in mijn huis zou vertoeven.’

‘Wist uw vrouw dat u zo uw bedenkingen had?’

‘We hebben erover gepraat en ik heb gezegd dat ze het moest doen als het belangrijk voor haar was.’

'Het was dus belangrijk voor haar?'

'Ik geloof niet dat ik die exacte bewoordingen heb gebruikt, maar ik had er geen bezwaar tegen dat die bijeenkomst bij ons thuis zou worden gehouden, als u dat bedoelt.'

'Waren er onder de aanwezigen ook mensen die u kende?'

'Mijn vrouw had geen contact meer met de mensen uit haar verleden,' zei hij na een korte aarzeling. 'Op misschien een of twee van hen na, maar ook zij waren niet meer dan, eh, verre kennissen. En het verhaal over Tyler Green is me bekend, natuurlijk.'

'En wat vond u daarvan?'

'Tja...' begon Harris, waarna hij kuchte en zijn keel schraapte. 'In mijn werk heb ik altijd gevonden dat iedereen een tweede kans verdient, terwijl ik er aan de andere kant ook van overtuigd ben dat het belangrijk is om rekening te houden met de gevoelens van de slachtoffers en/of nabestaanden. Maar als de reclassering...' Zijn stem ging omlaag, om zich op te werken naar de climax. 'Als de reclassering een moordenaar op vrije voeten heeft gesteld, kunt u er donder op zeggen dat er een onderzoek ingesteld zal worden en dat ik alles zal doen wat in mijn macht ligt om dergelijke dwalingen in de toekomst te voorkomen.'

Het leek Maud ineens alsof Harris niet gewoon haar vragen beantwoordde, maar zijn verhaal afstak voor de televisiecamera's. 'Wat kunt u me vertellen over William Garvey?' vroeg ze.

'Tja, William Garvey. Ik geloof niet dat ik hem ooit heb ontmoet, maar zijn naam heb ik weleens horen vallen. Ik meen dat mijn vrouw sporadisch nog weleens contact met hem had. Het spreekt natuurlijk voor zich dat ik uitermate geschokt en ontsteld was toen ik hoorde dat hij was vermoord.' Hij kuchte weer. 'En het is natuurlijk extra schokkend dat het in je eigen huis gebeurt.' Hij keek haar ernstig aan. 'Maar ik zie werkelijk het nut van al deze vragen niet in.'

'De media zullen u ook de nodige vragen gaan stellen. U kunt er maar beter aan wennen.'

'Ik geloof dat uw toon me niet helemaal bevalt.' Hij fronste en zweeg even, waarna hij zichtbaar zijn best deed om iets vriendelijker over te komen. 'Luister, mevrouw, eh...'

'O'Connor, inspecteur O'Connor.'

'Het is niet mijn bedoeling om hier op mijn strepen te gaan staan. Ik vraag u eenvoudigweg om uw medewerking. Ik zou graag een eerlijk antwoord van u krijgen. Zijn er zaken boven water gekomen die tot een probleem zouden kunnen leiden?'

'Los van de moord, bedoelt u?'

'Dit zal tegen mij gebruikt worden, dat zult u zien. Nou, weet dat ik me niet zomaar gewonnen geef. Ik kan zowel een nuttige medestander als een gevaarlijke tegenstander zijn.'

'Bedankt voor de waarschuwing,' zei Maud. 'O ja, waar was u de afgelopen vier uur?'

'Dat meent u niet.'

'Die vraag moet ik iedereen stellen,' zei Maud. 'Standaardprocedure.'

'De afgelopen vier uur zat ik achter in de auto op de M1, terwijl ik van Nottingham, waar ik een congres had bezocht, werd teruggereden naar Londen. Mocht u dit willen verifiëren, er zijn legio getuigen.'

'Dank u.'

52

'Jullie hebben flink de tijd genomen,' zei Hale toen Maud en Carrie in de auto stapten. 'Waar nu heen? Het bureau?'

'De Fordham-gevangenis alsjeblieft.'

'Okido.' Hij scheurde weg. Op de stoel naast hem lag een enorme zak chips en tijdens het rijden propte hij regelmatig een handvol chips in zijn mond. Maud proefde ineens een lichte azijnsmaak. 'De beste manier om wakker te blijven,' zei Hale. 'Iemand chips?'

'Nee, dank je,' zei Maud.

Maar Carrie boog naar voren en pakte een handvol chipjes uit de zak, die ze een voor een opat; een paar kruimeltjes vielen op haar schoot. 'We hebben echt dringend behoefte aan koffie,' zei ze tegen Maud.

'Er zit nog wel een beetje in mijn thermosfles,' zei Hale. 'Er zit wel heel veel suiker in. En hij is waarschijnlijk lauw.'

'Dat is aardig van je,' zei Maud. 'Maar nee, bedankt.'

'Ik heb ook kaas- en hamsandwiches.'

'Meen je dat?' vroeg Carrie.

'Ik ben altijd overal op voorbereid.'

'Die zul je zelf nog nodig hebben,' zei Maud. 'We eten straks wel iets op het bureau.'

'Hoe was het?'

'Pardon?'

'Daarbinnen. Hoe was het?'

'Als je het niet erg vindt, hebben we daar nog het een en ander over te bespreken.'

'Let maar niet op mij,' zei Hale.

Carrie haalde haar telefoon en haar opschrijfboekje tevoorschijn. 'Toen jij boven was heb ik even naar de doorgestuurde data van de telefoons gekeken,' zei ze zachtjes. 'Uit de locatiegegevens blijkt dat Ali Marais en Clara Keane de enigen zijn die het pand hebben verlaten. Dat was om twaalf voor twaalf. Ze zijn niet verder weg geweest dan de Shell-pomp, ongeveer driehonderd meter verderop. Ze zijn negen minuten weggebleven.'

'Wat precies overeenkomt met hun verklaring.'

'Ja. Ik moet de belgeschiedenis nog nader onderzoeken, maar één dingetje viel me direct al op.'

'Wat dan?'

'Niet een gepleegd telefoontje, maar juist een niet-gepleegd telefoontje: Rudi Scott heeft zijn vrouw nooit gebeld.'

'En hij was voor zover we weten de laatste die William Garvey nog in leven heeft gezien.'

'Iemand een kauwgumpje?' vroeg Hale.

'O, en het dossier over de moord op Leo Bauer ligt voor ons klaar op het bureau.'

'Uitstekend.'

De auto zoefde door de donkere straten, de grote huizen van Tufnell Park maakten al snel plaats voor armere wijken, kleinere huizen, woonblokken, een nachtwinkel waar een vos bij een omgevallen vuilnisbak rondsnuffelde. Onder de spoorbrug lag een aantal daklozen te slapen, hun schamele bezittingen hoog opgestapeld in boodschappenwagentjes. Naast een van de opgekrulde gedaantes zag Maud een schurftige hond liggen. Het was vannacht tenminste niet koud, dacht ze.

Ze gingen een bocht om en er tekende zich een kolossaal gebouw aan de horizon af. De hoge bakstenen muren zaten vol kleine onverlichte raampjes. Boven het complex cirkelde een helikopter rond, als een gigantisch insect.

'Daar zijn we dan,' zei Hale. 'Welkom in de Fordham-gevangenis.'

53

Een slechtgeluimde bewaarder leidde Maud en Carrie door een serie met zware sloten beveiligde traliedeuren. 'Hij heeft nu al voor problemen gezorgd,' zei hij.

'Hoe dan?' vroeg Maud.

'Schreeuwen, bonzen. Hij was helemaal buiten zinnen. We hebben hem met vier man in bedwang moeten houden. Compleet gestoord.' Hij opende de deur van een verhoorkamer voor hen. Een raamloos, grijs geschilderd vertrek, met niet meer dan vier oranje plastic stoelen en een aan de vloer vastgeklonken tafel, met aan één kant over de breedte een verhoogde metalen stang en in het midden de opnameapparatuur. Maud ging aan de tafel zitten, Carrie nam naast haar plaats.

De bewaarder gebaarde dat ze op de stoelen aan de andere kant van de tafel plaats moesten nemen. 'We gaan hem voor u halen.'

Een paar minuten later hoorden ze voetstappen op de gang. De deur ging open en Tyler Green werd door twee bewaarders naar binnen gebracht, een aan elke arm. Hij hield zijn handen voor zijn lijf, zijn polsen waren strak geboeid. Ze drukten hem neer op een stoel tegenover de rechercheurs. Een van de cipiers haalde een paar handboeien uit zijn zak waarmee hij Tyler aan de stang van de tafel vastmaakte.

Tylers linkeroog zat halfdicht en was bont en blauw. Op zijn ene wang zat een paarse bloeduitstorting en zijn onderlip was gezwollen. Zijn hemd zat onder het bloed.

'Wat is er in godsnaam gebeurd?' vroeg Maud.

'We moesten hem in bedwang houden,' zei een van de bewaarders.

'In bedwang houden? Hij heeft een pak slaag gehad.'

'Dat is zijn eigen schuld.'

Maud keek Green aan, die uitdrukkingsloos terug staarde. 'Ik ben inspecteur Maud O'Connor en dit is mijn collega, brigadier Carrie Kessler. Wat is er gebeurd?'

'Wat denkt u zelf?'

'Bent u in orde?'

'Ik weet niet eens wat ik daarop moet antwoorden.'

Maud keek de twee cipiers aan. 'Ik ga een verhoor afnemen. Kunt u zijn boeien afdoen?'

'Geen denken aan,' zei de cipier. 'Hij is een gevaar voor zijn omgeving en voor zichzelf.'

'Als leidinggevende in dit onderzoek eis ik dat hij humaan behandeld wordt.'

De bewaarder glimlachte flauwtjes. 'Als u een probleem hebt met de gang van zaken hier, kunt u het op schrift stellen ter attentie van de gevangenisdirecteur. Wij zullen ervoor zorgen dat het bij haar terechtkomt als ze er weer is.' Hij keek zijn collega aan. 'Wanneer komt ze weer, maandagochtend, toch?'

'Hij is niet eens aangeklaagd,' zei Maud.

'Hij is een voorwaardelijk in vrijheid gestelde moordenaar en zijn invrijheidstelling is herroepen.'

'Door wie? De moord is pas een paar uur geleden gepleegd.'

'Zoals ik al zei, u kunt een schriftelijke klacht indienen.'

'Goed,' zei Maud. 'Aangezien u hem voor onze veiligheid hebt vastgeketend, kunt u ons nu met hem alleen laten.'

De cipiers keken elkaar aarzelend aan, tot een van hen begon te knikken. 'Als u er maar niet te lang over doet.'

Toen ze vertrokken waren, bekeek Maud Tyler Green iets aandachtiger. Hij was een lange man met kortgeknipt grijs haar, bruine ogen met lichtere vlekjes, hangende oogleden en een groot litteken op zijn wang. Hij straalde een waakzame gereserveerdheid uit, maar hij leek ook doodmoe, volkomen uitgeput. En er was nog iets, dacht ze: hij zag er verslagen uit.

'Kan ik iets voor u doen?' vroeg ze.

'Ik heb net gezien hoe ver uw macht reikt om iets voor mij te kunnen doen. U kunt het op schrift stellen.'

'Bent u mishandeld?'

'Hoe oud bent u? Twaalf? Wat denkt u dat er gebeurt als iemand als ik hier weer wordt binnengebracht?'

'Wilt u er werk van maken?'

'U hebt gehoord wat ze zeiden,' antwoordde Green. 'Ik ben begonnen.'

'Kan ik iets voor u halen?'

'Nee, u kunt niets voor me halen. Het is midden in de nacht. Tenzij u die bewaarders wilt vragen of ze koffie voor ons willen zetten.'

'Meneer Green, ik ben hier omdat ik u wil spreken in verband met de moord op William Garvey. Hoe sneller we die zaak kunnen ophelderen, hoe sneller we u hieruit kunnen krijgen.'

Green wilde zijn handen optillen, maar was blijkbaar vergeten dat ze aan de tafel vastzaten. Hij bukte en wreef over zijn gezicht. Toen hij zijn hoofd weer optilde, rolden de tranen over zijn wangen.

'Ik kom hier niet meer uit,' zei hij. 'Begrijpt u dat niet? Ze hebben me weer te pakken. Dit keer laten ze me niet meer gaan.'

54

Maud zette het ouderwetse opnameapparaat aan, wachtte tot het rode lampje brandde, noemde haar naam en die van Carrie en de datum en de tijd: 3.49 uur, zaterdag 22 juni. Daarna knikte ze naar Tyler Green. 'Mag ik om te beginnen vragen of er al een bloed- en urinetest bij u zijn afgenomen?'

'Nee, nog niet.'

Voordat Maud de kans kreeg om iets tegen haar te zeggen was Carrie al van haar stoel opgestaan. 'Komt goed,' zei ze. 'Ik ga erachteraan.'

Maud knikte en richtte zich weer tot Tyler, terwijl Carrie de verhoorkamer verliet. 'Mijn excuses. Dat had onmiddellijk moeten gebeuren.'

'Dank u.'

'Wat zullen de tests uitwijzen?'

'Dat ik geen alcohol heb gedronken en geen drugs heb gebruikt.'

'Er is op de bijeenkomst gisteravond duidelijk flink gedronken.'

'Ik heb al negenentwintig jaar geen alcohol meer aangeraakt,' zei Tyler.

'Ook niet na uw vrijlating?'

'Dat leek me veiliger.'

'Veiliger? Omdat u niet wist hoe u zich zou gedragen?'

Tyler schudde zijn hoofd. Nee, legde hij uit, omdat hij niet wist hoe hij zich zou voelen, wat het in hem los zou kunnen maken, die enorme vloedgolf van opgekropte gevoelens.

Maud bestudeerde zijn magere, gehavende gezicht, de gespikkelde bruine ogen waarin niets te lezen viel. 'Dus u hebt de voorwaarden voor uw invrijheidstelling niet geschonden?'

'Nee. Maar dat doet er niet toe.'

'Hoezo niet?'

'Ik word toch aangeklaagd voor de moord op Will? Het feit dat ik niets heb gedronken zal weinig verschil maken.'

'Ik heb de leiding over dit onderzoek en het is mijn taak om uit te zoeken wie William Garvey heeft vermoord. Ik zal al het bewijs verzamelen, met iedereen praten die in het huis aanwezig was en de waarheid boven tafel krijgen. U bent gewoon een van de mensen op de lijst.'

'En dat moet ik geloven?' zei hij schamper.

'Geloof wat u wilt,' zei ze met een licht schouderophalen. 'Laat ik beginnen met de volgende vraag: hebt u William Garvey vermoord?'

'Nee.'

'Weet u wie de dader is?'

'Nee.'

'Goed. Ik zou het op prijs stellen als u me in uw eigen bewoordingen vertelt hoe de avond is verlopen.'

'Vanaf het begin?'

'Ja. Begint u maar bij de totstandkoming van de avond. Ik vind het eerlijk gezegd een behoorlijk opzienbarend idee: om alle mensen uit te nodigen die erbij waren toen Leo Bauer werd vermoord.'

Tyler keek peinzend langs haar heen. Hij zag er dodelijk vermoeid uit. 'Ik heb Will gevraagd het te organiseren en Will heeft Beatrice gevraagd of het bij haar zou kunnen, en zij zei ja. En vervolgens heeft iedereen de uitnodiging aangenomen.'

'Maar waarom?'

'Waarom ik het Will heb gevraagd?' Hij kneep zijn ogen even

dicht. Hoe kon hij die rechercheur aan het verstand peuteren dat het onderdeel was van het proces om weer te geloven dat hij vrij kon zijn of op z'n minst gedeeltelijk vrij? En dan had hij het niet over op vrije voeten zijn, maar bevrijd zijn van de dodelijke greep van het verleden – van wat er met hem gebeurd was, wat hem was aangedaan, hoe zijn leven kapot was gemaakt. 'Ik heb bijna dertig jaar opgesloten gezeten voor een misdaad die ik niet heb gepleegd,' zei hij alleen, en hij maakte een klein gebaar met zijn geboeide handen. 'Ik ben schuldig bevonden. U bent hier niet om mij mijn onschuld te horen bepleiten. Ik weet heel goed dat iedereen over zichzelf zegt dat hij onschuldig is.'

'Ik heb nog steeds niet gehoord waarom u die reünie wilde,' zei Maud.

Hij gaf traag en moeizaam antwoord. Ze zag dat het hem enorme moeite kostte. 'Ik was een slachtoffer geworden, iemand die dingen zijn aangedaan. Ik ben ten onrechte veroordeeld, opgesloten, gestraft, in elkaar geslagen, beroofd van elk idee van macht over mijn eigen leven.' Hij leek de woorden nu makkelijker te kunnen vinden, alsof er binnen in hem iets was losgekomen. 'In de gevangenis kun je gemakkelijk het gevoel krijgen dat je een willoos object bent – een oude, vol water gezogen tak die door de stroming wordt meegevoerd. Of gewoon een lichaam. Het is een heel lichamelijke ervaring. Ik wilde iets van controle terug, ook al had het geen zin of nut. Ik wilde mijn ervaringen in een nieuwe vorm gieten, weer van mezelf maken. Ik wilde de macht bij hen weghalen. Ik dacht dat ze, als ik ze weer zou zien, met ze zou praten, in hun ogen zou kijken en te horen zou krijgen hoe hun leven was verlopen, allemaal weer tot menselijke proporties zouden worden teruggebracht.' Zijn stem sloeg over. 'En dat was ook precies wat er gebeurde. Omdat ik zag dat ze allemaal op hun eigen manier ongelukkig waren.'

'Had u gehoopt dat ze ongelukkig zouden zijn? Wilde u ze straffen?'

'Daar heb ik in de eerste jaren van mijn gevangenschap inderdaad regelmatig aan gedacht. Die wraakfantasieën hadden me helemaal kunnen overweldigen. Maar tegen de tijd dat ik vrijkwam wilde ik ze alleen nog maar vergeten. Ik wilde niet meer over ze dromen, wilde mijn hoofd niet meer breken over de vraag wie de dader was en mij negenentwintig jaar voor zijn misdaad had laten opdraaien. Mijn vrienden. Toen ik jong was dacht ik echt dat ik van ze hield. Ik vertrouwde ze volledig. Ik was een naïeve jongen, die beschermd was opgevoed. Een dromer, zou je kunnen zeggen.' Hij toonde haar een glimlach die geen glimlach was.

'Dus u hebt William Garvey gevraagd om die reünie te organiseren.'

'Ja.'

'Hoe reageerde hij op dat verzoek?'

'Enigszins terughoudend,' antwoordde Tyler, waarna hem een kreunende zucht ontsnapte die diep uit zijn binnenste leek te komen. 'Arme Will. Arme donder. Hij probeerde een goede vriend te zijn. Zelfs gisteravond had hij het daar nog over. Over vriendschap.'

Maud reageerde niet en bestudeerde zwijgend Tylers gezicht, de manier waarop zijn aangezichtsspieren bewogen, hoe hij met zijn gedeeltelijk onder de hangende oogleden schuilgaande ogen langs haar heen keek.

'Toen hij jong was, was hij een beetje een paljas, maar heel innemend. Een aardige man. Lief. Ik heb hem daar zien liggen, weet u.'

'Ja, dat weet ik. Daar komen we nog op.'

'Ze moeten het van achteren hebben gedaan.'

Maud wachtte, maar hij zei niets meer. Ze herinnerde zich dat Hawkins had gezegd dat ze dat zo deden in de gevangenis, met één haal... 'Ik heb begrepen dat Garvey u weleens opzocht in de gevangenis.'

'Ja, dat klopt.'

'Anderen ook?'

'Van de groep? Nee. Mijn moeder wel.' Hij bewoog zijn handen weer, voor zover de boeien dat toelieten. Maud vermoedde dat hij zijn ogen had willen bedekken, vanwege de herinnering. 'Ik droom ook over haar. Elke nacht. Ze stierf toen ik negenendertig was en dat was bijna een opluchting voor me, want haar bezoekjes waren een marteling – voor ons allebei. Mijn ouders zijn niet lang na mijn veroordeling gescheiden; vanwege mij. Mijn vader wilde niets meer met me te maken hebben. Mijn moeder heeft altijd volgehouden dat ze in mijn onschuld geloofde, maar ik wist dat het niet waar was. Heel lang, zelfs toen ze al dood was, heb ik haar willen bewijzen dat ik geen moordenaar ben, om haar daarmee tenminste te troosten. Maar goed, nadat ze was overleden begon ik over haar te dromen.'

Tyler Green leek niet te merken dat de tranen over zijn beschadigde gezicht stroomden. Er drongen zich allerlei vragen aan Maud op, maar ze zweeg en liet hem zijn gedachten volgen.

'Maar goed, ja, Will kwam weleens langs. Niet heel vaak, en in de loop der jaren ook steeds minder. Ik weet niet meer wanneer zijn laatste bezoek was. We hebben het nooit gehad over wat er was gebeurd. Hij heeft ook nooit gezegd dat hij in mijn onschuld geloofde of juist in mijn schuld, of wat dan ook in die richting. We hadden het nooit over Leo of de anderen uit de groep. Hij zat altijd maar een beetje te wauwelen en ik liet het over me heen komen, terwijl ik hoopte dat hij weer op zou rotten.'

'En Ali Marais, heeft hij haar ook nooit genoemd?' vroeg Maud.

Tyler keek haar aan en vertrok zijn mond tot een vreugdeloze grijns. 'Ach,' zei hij. 'Ali Marais.'

'Wat kunt u me over haar vertellen?'

55

Op dat moment ging de deur weer open en kwam Carrie binnen in het gezelschap van een cipier en een verpleegkundige, die allebei niet bepaald blij uit hun ogen keken.

'Weten jullie wel hoe laat het is?' vroeg de verpleegkundige. 'Kon dit niet tot morgen wachten?'

'Kom,' zei de cipier, een gedrongen sterke kerel. 'We gaan een plasje plegen.' Hij keek naar Tyler. 'Heb je zitten janken?'

'Bent u degene die hem heeft mishandeld?' vroeg Maud.

'Waar hebt u het over?'

'Ik moet u waarschuwen dat ik dit tot de bodem laat uitzoeken.'

'Ik zal het onthouden,' zei de cipier. Hij maakte de boeien los en Tyler stond op. Toen hij de verhoorkamer uit werd geleid zag Maud dat hij een beetje mank liep.

'U kunt de tests zo dadelijk direct aan mij geven.'

'Vertrouwt u ons niet?'

Dat deed ze inderdaad niet, maar ze gaf geen antwoord en zette het opnameapparaat uit.

'Heeft hij iets gezegd?' vroeg Carrie, terwijl ze de deur achter de drie mannen dichtdeed.

'Hij heeft geen bekentenis afgelegd, als je dat bedoelt.'

'Hij is heel anders dan ik had verwacht.'

'Wat had je dan verwacht?'

'Weet ik veel. Nou ja, gewoon, niet iemand die zo fascinerend is.'

'Fascinerend? Ja, dat zou je wel kunnen zeggen.'

'Al ziet het er niet erg goed voor hem uit. Hij heeft al een moord gepleegd. Hij heeft negenentwintig jaar gezeten. En eenmaal op vrije voeten brengt hij iedereen samen die bij de eerste moord aanwezig was, wat toch echt wel een vrij merkwaardige actie is. Ik bedoel, waarom zou hij dat doen?'

'Het heeft te maken met een zoektocht naar vrijheid,' zei Maud. Ze had het idee dat ze iets wist zonder te weten wat het was.

'Of hij is een doorgewinterde crimineel, óf hij is de grootste pechvogel die ik ooit heb gezien, en dat zegt nogal wat,' zei Carrie.

56

Acht kilometer van de gevangenis waarin Tyler Green nu tegenover de rechercheur met het weerbarstige stroblonde haar zat, had Rudi op het politiebureau toestemming gekregen om zijn vrouw te bellen. Hij boog zich over de telefoon alsof hij haar zijn diepste geheimen vertelde. 'Het is verschrikkelijk,' fluisterde hij tegen Celia, die nu rechtop in bed zat, knipperend met haar ogen in het schijnsel van het bedlampje. 'Verschrikkelijk.'

'Ik zei toch dat je beter niet kon gaan,' zei ze. 'Kom maar snel naar huis.'

'Ja, dat gaat dus niet. Ik zit op het politiebureau. We zitten allemaal op het bureau.'

'Wat is dat nu weer voor iets belachelijks?' Hij hoorde haar uit bed stappen, zag haar vastberaden vooruitgestoken kin voor zich. 'Daar hebben ze het recht niet toe. Je hebt niets gedaan.'

'Ze hebben bloed- en urinemonsters genomen,' zei hij. 'Ze hebben me geobserveerd.'

'Denken ze dat je drugs hebt gebruikt?'

'Dat moeten ze controleren,' antwoordde Rudi. Hij weifelde even. 'Er waren wel drugs in het pand aanwezig,' zei hij toen. Nu klonk hij zelf haast als een politieman, dacht hij.

'Drugs? Wie gebruikte er dan drugs?'

'Een paar van de anderen. Ik zelf niet.'

'Was je dronken?'

'Ik heb wel een paar drankjes op, ja. Dat is niet verboden.'

'Maar je zou met de auto naar huis komen. Je kunt niet met drank op achter het stuur gaan zitten.'

'Ik heb het keurig binnen de perken gehouden,' zei Rudi, terwijl hij een bonkende hoofdpijn voelde opkomen.

'Ik kom er nu aan, Rudi.'

'Dat is nergens voor nodig. Je kunt hier niets doen. Ik ben vast snel weer thuis.'

'Ik ga mijn advocaat bellen en dan kom ik naar Londen en eis ik dat ze je onmiddellijk vrijlaten.'

'Ik ben hier uit eigen vrije wil. Dat zijn we allemaal. En ik heb al ingestemd met een verhoor. Dat is het eenvoudigst. Zodra dat allemaal achter de rug is, kom ik meteen naar huis.'

'Ze denken toch niet dat jullie er iets mee te maken hebben?'

'Nee, natuurlijk niet,' antwoordde hij, maar hij hoorde de paniek in zijn stem.

'Waarom houden ze jullie dan vast?'

'Omdat we allemaal aanwezig waren,' zei Rudi vermoeid, terwijl hij wenste dat hij haar niet gebeld had.

'Je houdt iets voor me achter.'

'Celia, alsjeblieft. Ik zit echt niet op een verhoor van jou te wachten. Ik heb een vreselijke avond achter de rug. Ik had iets meer steun van je verwacht.'

'Je had er nooit heen moeten gaan.'

'Ja, dat zei je al.'

'Volgens Google Maps is het een uur en zevenentwintig minuten rijden. Ik ben er om halfzeven.'

'Blijf thuis,' zei Rudi.

'Je hebt me nodig. Ik kom eraan.'

57

Finn Macmillan Harris liep haastig naar huis in het licht van de straatlantaarns. Hij was alleen, omdat hij in de club ruzie had gekregen met zijn vriendin. Hij had dorst, was bezweet van het dansen, had het afwisselend heet en koud en voelde zich ineens doodmoe door de heftige gebeurtenissen en daarmee gepaard gaande emoties van de avond. Het enige wat hij nu wilde was onder de dekens kruipen, in vergetelheid wegzakken en tot diep in de middag in bed blijven liggen. Zijn vader was de stad uit om rijke zakenlui naar de mond te praten of wat hij ook maar tijdens die reisjes deed, dus van hem zou hij geen last hebben.

Zijn moeder had gebeld en een voicemailbericht ingesproken, maar hij had geen zin om het af te luisteren. Ze wilde waarschijnlijk weten hoe laat hij thuis zou komen of haar excuses aanbieden voor het tafereel waar hij eerder die avond per ongeluk op was gestuit. Hij werd een beetje onpasselijk bij de herinnering. Al die dronken oude mensen en zijn moeder, normaal zo goedverzorgd en elegant, helemaal verfomfaaid en aangeschoten, met een vermoeide ouwe kop en die grijsharige man die niet van haar af kon blijven. Maar die waren inmiddels allemaal weg en zij lag allang in bed.

Toen hij bijna thuis was en in zijn zak naar zijn sleutels zocht, zag hij een politieauto met blauwe zwaailichten en een groepje mensen eromheen. Nu zag hij ook dat de weg was afgezet. Misschien waren de buren beroofd, dacht hij. Of was een van de buren ziek geworden, misschien die oude Nelson Greer, die er volgens zijn moeder uitzag alsof hij elk moment een hartaanval kon krijgen.

Rampspoed kan zomaar toeslaan; bij anderen dan, niet bij de familie Macmillan Harris.

58

Tyler werd weer binnengebracht en door de cipier aan de tafel vastgeketend. De verpleegkundige hield een verzegeld, doorzichtig zakje vast met een plastic cilinder erin en een klein potje met geperforeerde strips aan de zijkant. 'Op de resultaten van het bloedonderzoek zult u nog even moeten wachten,' zei hij.

'Oké,' zei Maud.

Hij zette het potje voor haar op tafel. 'Alsjeblieft. De drugs waarop we hebben getest zijn amfetamine, barbituraten, ketamine, MDMA...'

'Ik ken het rijtje.' Ze pakte het potje en trok de geperforeerde strips eraf. Iedereen keek toe terwijl er langzaam een vaag blauw streepje onderaan de strips verscheen dat steeds duidelijker werd, maar het tweede streepje waarmee drugsgebruik werd bevestigd bleef uit. 'Negatief,' zei Maud uiteindelijk.

Tyler leek niet erg geïnteresseerd. Hij staarde naar zijn vastgeketende handen en zijn gezichtsuitdrukking bleef onveranderd.

'Bedankt,' zei Maud, waarmee ze de twee mannen te kennen gaf dat ze konden gaan.

Ze wachtten zwijgend tot de mannen verdwenen waren, waarna Carrie het opnameapparaat weer aanzette.

'Goed,' zei Maud. 'Hoe voelde u zich toen u erachter kwam dat Ali Marais met uw oude vriend William Garvey was getrouwd?'

Tyler keek in de grijze ogen van de rechercheur. Het was alsof ze recht in zijn ziel keek, in zijn zelf dat hij zo lang verborgen had gehouden. Hij weerstond haar blik. Geen van beiden keek weg. Er had zich een merkwaardige ruimte tussen hen geopend en hij voelde een klem op zijn borst omdat het zo lang geleden was dat iemand zich volledig op hem richtte en haar best deed om hem te begrijpen.

Hij hoorde het opnameapparaat lopen en de andere rechercheur op haar stoel schuiven. Zelfs als hij niet naar haar keek voelde hij Mauds ogen op zich gericht. Je moest wel heel dom zijn om tegen inspecteur O'Connor te liegen, dacht hij. 'Bedoelt u of ik hem wilde vermoorden omdat hij mijn vriendin had afgepakt?'

'Nou?'

'Ali werd mijn vriendin toen ik net twintig was, nog amper droog achter mijn oren. Het is waar dat ik van haar hield, of dat dacht ik toen tenminste, en ik was ervan overtuigd dat het voor altijd zou zijn. We hadden tegen elkaar gezegd dat we samen zouden blijven. Of misschien had alleen ik dat gezegd. Zij was moeilijk vast te pinnen; ze had iets ongrijpbaars – misschien vond ik haar daarom juist zo aantrekkelijk. Al geloof ik wel dat ze van me hield. Ooit. Maar dat is allemaal al heel lang geleden. In een andere wereld, en ik was een ander mens. Ik kan me niet eens herinneren hoe het voelt om zo verliefd te zijn. Het is niet meer dan een herinnering aan een herinnering van een herinnering.'

Maar dat was niet helemaal waar. Tyler kon het zich nog heel goed herinneren. Hij herinnerde het zich zoals iemand die sterft van de dorst zich de smaak van koel water herinnert. Een fractie van een seconde voelde hij Ali's kleine, sterke hand in de zijne, zag hij haar naar hem glimlachen.

Hij keek op en zag Mauds verontrustende blik op hem gericht. 'Ik was een dom, gevoelig joch,' vervolgde hij, ineens met kille stem, omdat die donkere golf weer bezit van hem nam. 'Wie weet hoe het tussen ons gegaan zou zijn? Waarschijnlijk zouden we uit elkaar zijn gegroeid, hoewel ik ervan overtuigd was dat we voor elkaar bestemd waren. Maar ze is me nooit komen opzoeken in de gevangenis, heeft me zelfs nooit geschreven en op een gegeven moment heb ik haar opgegeven. Misschien ben ik haar wel gaan haten. Die eerste jaren zat ik vol haat, wanhoop, hoop en verschrikkelijk verdriet. Ik kon die gevoelens niet meer van elkaar scheiden: om er één kwijt te raken moest ik ze allemaal kwijtraken.'

'Wanneer bent u erachter gekomen dat ze met William Garvey was getrouwd?'

'Gisteravond.'

'Dus ondanks al die bezoekjes heeft hij het u nooit verteld.'

'Hij heeft het me nooit verteld,' beaamde Tyler met een sombere grijns. 'Hij wilde me vast ontzien.'

'En hij heeft er ook niets over gezegd toen hij u hielp die reünie te organiseren?'

'Hij heef er nooit iets over gezegd.'

'Hoe voelde u zich toen u erachter kwam?'

'Dit slaat nergens op. Het maakt toch niks uit wat ik voor Will of de anderen voelde?'

'Voor ons wel,' zei Carrie. 'Het zou een motief kunnen zijn. Of misschien hebt u Leo Bauer inderdaad niet vermoord en wist u dat William Garvey de dader was. Nog een motief.'

Tyler draaide zich naar Carrie toe en keek haar aan. 'Ik weet niet wie Leo heeft vermoord en het maakt me niet uit dat Ali met Will is getrouwd. Ik was verrast toen bleek dat ze samen waren, maar het deed me verder niets. Ik vond het ergens wel vermakelijk. Ik ben niet dertig jaar lang een stille liefde voor Ali blijven koesteren, als jullie dat soms denken. Zoals ik haar gisteren zag, was ze gewoon een niet al te gelukkige vrouw van middelbare leeftijd met een stom mormel van een hondje. Ik voelde me niet verraden door Will. Dat is allemaal onzin, het boeit me helemaal niks. Ik ben niet geïnteresseerd in liefde of wraak of gerechtigheid. Dat ligt achter me. Het enige wat er nog toe doet is de hemel boven me, regen en wind in mijn gezicht, de aarde onder mijn voeten. Dacht je dat ik na bijna dertig jaar de gevangenis uit liep met het idee om iemand te vermoorden, nagenoeg in het openbaar, zodat ik direct weer opgesloten zou worden? En nooit meer vrij zou komen? Nooit meer.' De tranen stroomden weer over zijn gezicht en net als de vorige keer leek hij het niet te merken. 'Ik hou het hier geen dag langer uit,' zei hij. 'Geen uur.'

Maud boog zich over tafel en zette het opnameapparaat uit. 'We nemen even een korte pauze. We gaan kijken of we ergens een bekertje koffie voor u kunnen regelen. Ik zal proberen om u naar een cel op het politiebureau te laten overplaatsen, al zal dat op dit tijdstip niet makkelijk zijn. We zijn over een kwartiertje terug en dan neem ik het verloop van de avond verder met u door.'

Terwijl ze met Carrie door de gang liep, keek ze omhoog en zag dat het raampje lichter begon te worden; de maan had nog maar een vluchtige vorm. Het was halfvijf. De nacht was voorbij, de dag brak aan.

59

Finn zat achter in een politiewagen. Hij rilde en wist niet of dat kwam door de drugs, doordat hij het koud had of omdat hij bang was.

Wat was er gebeurd? Er stonden politiewagens en ambulances voor hun huis, mensen op straat, buren, journalisten. Alle lichten brandden, waardoor het huis wel een cruiseschip in het donker leek, maar hij had niet naar binnen gemogen en ze hadden hem naar een politieauto geleid en op de achterbank gezet. Als een misdadiger.

Hij dacht aan het brok hasj in een sok in een van zijn lades. Zouden ze dat vinden? Zouden ze zijn laptop doorzoeken? Stonden daar dingen op die hem in de problemen konden brengen? Hij wilde alleen maar in bed kruipen en pas weer wakker worden als dit allemaal voorbij was.

Waar was zijn moeder? Hij herinnerde zich de gemiste oproep en haalde zijn telefoon uit zijn zak. Hij keek naar de onverzettelijke nek van de agent die voor hem zat, drukte toen de telefoon tegen zijn oor en luisterde het bericht af.

De stem van zijn moeder klonk vreemd hoog, alsof ze hem met de grootse moeite onder controle hield. 'Finn, met mij. Bel me terug zodra je dit hoort. Je kunt niet naar huis komen. De politie is hier. Er is een, eh, ongeluk gebeurd. Dat vertel ik je later wel. Maar het is beter als je vannacht ergens anders slaapt. Het komt allemaal wel weer goed hoor, dat beloof ik. Maar bel even, wil je?'

Het klonk niet alsof ze dacht dat het allemaal weer goed zou komen. Hij belde haar. Na een paar keer overgaan hoorde hij haar stem – haar normale, professionele stem – die vroeg om een bericht in te spreken.

'Mam,' zei hij. 'Met mij.' Zijn stem klonk dun en bibberig.

Hij hing op. Hij dacht aan zijn vader, en daardoor voelde hij zich nog beroerder. Het begon al licht te worden en de platanen stonden als schildwachten aan weerszijden van de straat. Hij leunde voorover en deed zijn ogen dicht.

Even later draaide de auto de hoofdstraat in en minderde vaart. 'Ik voel me niet zo goed,' zei hij, terwijl de agent voor het bureau parkeerde. 'Ik voel me helemaal niet goed.'

60

Jay hoorde iets tikken. Eerst dacht hij dat het de wijzers van de klok waren, maar de klok in het vertrek maakte geen geluid. De grote wijzer kroop stil vooruit en het was nu bijna vijf uur.

Hij had kramp in zijn benen en stond op. Ze hadden hem wat water gegeven, maar hij had nog steeds een droge mond, en zijn tong voelde donzig aan. De koffie die ze hem hadden gebracht smaakte metaalachtig; alsof hij van een bekertje warm bloed zat te nippen.

Waar kwam dat geluid vandaan? *Pok, pok, pok,* alsof er met een vingernagel op de deur werd getikt, een code die hij niet kon ontcijferen. Soms leek het wel alsof het in zijn hoofd zat, dat de bedrading van zijn hersenen het begaf.

Toen zag hij wat het was. Een bromvlieg vloog voortdurend met zijn dikke lijf tegen het raam dat hoog boven hem in de muur zat. *Tik, tik, tik.* Jay drukte zijn handen tegen zijn hoofd. Hij kon het niet aanhoren. *Tik, tik, tik.* Hij kon niet meer. *Tik, tik, tik.*

Hij liep naar de deur en trok hem open. 'Ik moet naar de wc,' zei hij, en hij hoorde de paniek in zijn stem.

Ze wezen hem een deur in de gang waarachter zich de toiletten bevonden. Hij leunde tegen de muur en ademde in en uit, in en uit, zoals hij geleerd had te doen als hij door een paniekaanval werd overvallen, maar er zat niet genoeg lucht in zijn longen en hij begon te hyperventileren. Hij plensde koud water in zijn gezicht. Was hij dat in de spiegel, de man die hem aanstaarde alsof hij vastzat in een brandend gebouw? Was hij dat nu, of dertig jaar geleden, of was het zijn toekomstige, bejaarde zelf?

Met zijn handen op de rand van de wasbak leunde hij naar voren. Het verleden leek tot leven te zijn gekomen; het kronkelde binnen in hem, als een lange, gespierde paling. Rustig blijven ademen, dacht hij. Geen paniek. Concentreer je op je ademhaling. In, uit. Denk aan wat Clara zei toen ze het politiebureau binnenliepen: 'Het komt wel goed. Ik beloof het, het komt wel goed. Je geeft gewoon je verklaring af en daarna mag je naar huis.' Hij probeerde zich Clara's gezicht voor de geest te halen, maar zag Will. En Leo. Hij zag Tyler Green en stelde zich voor dat hij hem sloeg, eindelijk uiting gaf aan de verterende woede die hij voelde, al zo lang onderdrukt maar altijd aanwezig, als een gloeiend kooltje.

Hij ging rechtop staan. Hij moest hier weg. Hij deed de deur open en stapte de gang in. De politieagent stond een paar meter verderop met zijn rug naar Jay toe met een jonge vrouwelijke collega te praten. Jay liep vlug naar de ingang en trok de deur open. Niemand riep naar hem of probeerde hem tegen te houden. Hij was buiten. De trap af. Het voorterrein over, langs de auto's. De straat op. Zo eenvoudig was het.

Gejaagd om zich heen kijkend liep hij snel verder. De zon was opgekomen, de hemel veranderde geleidelijk van zilvergrijs naar een wolkeloos, glinsterend blauw. Hij had geen idee waar hij was en ook geen idee waar hij nu heen zou gaan. Naar huis, zei hij bij zichzelf: de eerste de beste trein terug naar huis. Daar kon hij de deuren op slot doen, de gordijnen dichttrekken, de telefoon uitzetten, in bed gaan liggen en de dekens over zijn hoofd slaan. Hij kon zich in het donker verstoppen tot dit was overgewaaid.

Was het nog maar donker, dacht hij. Er was al verkeer en er waren al mensen op straat. Sommigen begonnen hun dag en anderen beëindigden hem; zwalkende nachtbrakers, die elkaar ondersteunden, mannen in T-shirts en vrouwen in korte rokjes. Hij hield een hand voor zijn gezicht en probeerde hun blikken te ontwijken, hij wilde niemand in de ogen kijken en niet door de speldenprik van hun nieuwsgierigheid worden gestoord. Hij wilde verzwolgen worden.

Al heel lang wilde hij het liefst ongezien blijven en geen sporen nalaten. Soms zag hij zichzelf bijna als mist boven een landschap: aanwezig, maar ongrijpbaar. Waarom had Clara hem overgehaald om mee te gaan? Die afschuwelijke avond, mensen die tegen hem praatten, hem vragen stelden, hem uit zijn tent probeerden te lokken. Te veel eten, te veel drinken, te veel mensen dicht op elkaar, met het verleden om hen heen wervelend.

Ineens hoorde hij luid getoeter en gierende remmen. Hij was zonder dat hij er erg in had zomaar de weg op gelopen. Een automobilist leunde schreeuwend uit zijn raampje en stak zijn middelvinger naar hem op.

Jay liep wankelend verder. Plotseling herinnerde hij zich dat zijn jas nog over de rugleuning van de stoel in de verhoorkamer hing – of misschien had hij hem bij Beatrice thuis laten liggen; hij wist het niet meer. Hij had geen portemonnee. Hij had geen telefoon; die hadden ze afgepakt. Midden op de stoep bleef hij staan. Zelfs na uren lopen zou hij nog steeds in deze monsterlijke stad gevangenzitten.

'Wat moet ik doen?' zei hij hardop.

Hij liet zich op de grond zakken, sloeg zijn armen om zijn schenen en legde zijn hoofd op zijn knieën om het zonlicht buiten te sluiten. Een langslopende hond plaste een paar meter bij hem vandaan tegen een lantaarnpaal.

Op het bureau, niet meer dan een paar honderd meter verderop, brulde brigadier Hawkins dat die klootzak van een Jay Murphy onmiddellijk gevonden moest worden, anders zwaaide er wat.

61

Conrad Bauer werd wakker door het gerinkel van de telefoon beneden in de woonkamer. Hij draaide zich om, legde een arm over zijn ogen en probeerde het te negeren tot het ophield. Toen hoorde hij zijn mobieltje overgaan in zijn werkkamer, het melodietje bleef zich maar herhalen, hield op en begon opnieuw. De vaste telefoon beneden rinkelde weer.

Hij ging rechtop in bed zitten. Zijn vrouw sliep rustig verder, haar grijze haren lagen uitgewaaierd over het kussen en ze had een slaapmasker op. Het was al licht buiten en de vogels zongen, maar toen hij zijn bril op had gezet en op de radioklok op het nachtkastje keek, zag hij dat het pas een paar minuten voor vijf was. Toch bleven beide telefoons maar overgaan.

Hij stapte uit bed, trok een kamerjas aan en liep zijn werkkamer in. 'Ja,' blafte hij, 'wat heeft dit te betekenen?'

'Meneer Bauer?'

'Spreekt u mee.'

'Mijn excuses dat ik u wakker bel. U spreekt met Nick Shelby van BBC *News*.'

'Waarom belt u me op dit onchristelijke tijdstip?'

'Ik weet niet of u het al gehoord hebt, maar er is een moord gepleegd in het huis van Sebastian Harris, en Tyler Green is aangehouden.'

'Wat zegt u?' Conrad Bauer wreef zijn ogen uit.

De journalist praatte door en vroeg om een reactie.

'Tyler Green,' zei hij. 'Zegt u nu dat er weer een moord is gepleegd?'

'Ja. Op ene William Garvey, gisteravond laat.'

'Will Garvey,' zei Bauer. 'Goeie god. Heeft hij Will ook te grazen genomen?'

'Garvey is vermoord, maar vooralsnog is er nog niemand in staat van...'

'Dus u wilt een reactie?' Bauer ging zitten, voelde zijn stramme lijf. De telefoon in de woonkamer begon weer te rinkelen. 'Ik zal u een reactie geven.' Met zijn vrije hand sloeg hij hard op het bureaublad. 'Hoe hebben ze hem in godsnaam vrij kunnen laten? Ik heb het nog proberen te voorkomen. Ik had je zo wel kunnen vertellen dat hij weer een moord zou plegen. Daar heb ik ook voor gewaarschuwd.' Hij zweeg even, nam een adempauze. 'Tyler Green is een bijzonder gevaarlijke man. Negenentwintig jaar geleden heeft hij mijn zoon vermoord. Er zijn bepaalde mensen voor wie levenslang ook echt levenslang zou moeten betekenen. Ik heb altijd al gezegd dat hij een van die mensen is. Tyler Green had nooit vrij moeten komen.'

Nadat hij nog een paar telefoontjes had beantwoord, ging hij terug naar de slaapkamer. 'Wat is er aan de hand?' mompelde zijn vrouw slaperig vanuit bed.

'Het is niet te geloven,' zei hij. 'Tyler Green heeft weer toegeslagen.'

'Hoe bedoel je?' Ze schoof het slaapmasker omhoog en knipperde met haar ogen.

'Ze hebben hem vrijgelaten en hij heeft weer een moord gepleegd.'

'Nee,' zei ze, terwijl ze rechtop ging zitten. 'Nee.'

Ze zag er oud uit, dacht Bauer, maar dat was ze natuurlijk ook.

Dat waren ze allebei, in de tachtig inmiddels, en op de een of andere manier zelfs nog ouder. Verdriet vreet aan je.

'Ja.' Hij begon zich aan te kleden. 'Hij heeft Will Garvey vermoord.'

'Wat ga je doen?'

'Ze komen me zo interviewen.'

'Conrad.' Ze was ontsteld. 'Weet je zeker dat je hier weer in meegesleept wil worden?'

Maar ze zag al dat al haar bezwaren nutteloos zouden zijn. Haar man was geagiteerd, bijna opgewonden. Ze dacht terug aan al de maanden en jaren dat hij in beslag werd genomen door zijn campagne om Tyler Green levenslang achter de tralies te houden. Dat was zijn manier van rouwverwerking geweest of misschien zijn manier om met het ongeloof over de dood van zijn zoon om te gaan. 'Ik ga hier echt een enorme stennis over schoppen,' zei Bauer, terwijl hij zijn overhemd dichtknoopte en een kam door zijn witte haar haalde. 'Enorme stennis.'

Hij ziet er nu al jonger uit, dacht ze. Ze liet haar hoofd op het kussen zakken en trok het masker weer over haar ogen, al wist ze dat ze niet meer in slaap zou vallen. Ze luisterde naar de fluitende vogels buiten en dacht aan de moordenaar van haar zoon.

62

Maud zette een piepschuimen bekertje koffie voor Tyler neer. 'Ik wist niet hoe u uw koffie drinkt,' zei ze, 'dus er zit nog geen suiker of melk in.'

Tyler haalde het dekseltje eraf en klemde de beker tussen beide handen vast, alsof hij het koud had, hoewel het benauwd was in de verhoorkamer. Hij nam een voorzichtig slokje en toen nog een. Hij had zichzelf weer onder controle.

'Ik wil graag het verloop van de avond met u doornemen, zoals u het zich herinnert,' zei Maud met een knikje naar Carrie, die het opnameapparaat inschakelde. 'Hoe laat arriveerde u op St Matthew's Avenue 44?'

'Om twee voor zeven.'

'Dat is opmerkelijk precies.'

'Voordat ik aanbelde keek ik op mijn horloge.' Hij wierp een blik op zijn kale, geboeide pols. 'Het enige wat ik bij mijn vrijlating uit de gevangenis meenam was mijn oude horloge, en ik heb er meteen een nieuw batterijtje in gedaan. Ik heb het altijd om. Ze hebben het nu natuurlijk weer van me afgenomen.'

'Wie waren er nog meer?'

'Iedereen was er al, behalve Rudi. Die kwam ongeveer vijfentwintig minuten later. Eerst zaten we in de woonkamer en later gingen we de tuin in.' Met iets van een lachje keek hij op van zijn koffie. 'Een erg mooie tuin.'

‘Wat dronken de gasten?’

‘Martini. Dat dronken we vroegen bij speciale gelegenheden. Dat vonden we stoer,’ zei hij spottend. ‘Ik dronk water. Kristin, die jonge vriendin van Marco, dronk eerst ook niet, maar later wel.’

Maud ordende haar gedachten. ‘Dus volgens u was de groep in het begin van de avond steeds samen op een en dezelfde plek?’

‘Ja, grotendeels. Op een gegeven moment gingen Beatrice en Will naar de keuken om asperges klaar te maken. En later gingen Rudi en Beatrice naar de keuken om het eten op tafel te zetten. Men liep een beetje rond en er werd in groepjes gepraat natuurlijk, het was niet één gezamenlijk gesprek, dat werd het pas toen Kristin mij vroeg wat er dat weekend gebeurd was.’

Hij was een goede getuige, dacht Maud; heel precies. Te veel precisie was verdacht. De meeste mensen zouden nu vaag en warrig zijn.

‘Ik gaf haar zo goed mogelijk antwoord en beschreef hoe het in de gevangenis was. Het gevangenisleven. Daarna veranderde de sfeer; onvermijdelijk, denk ik. Volgens mij nam Kristin toen ook haar eerste drankje. Dat was om ongeveer tien over acht, schat ik.’

Maud trok een wenkbrauw op.

‘Ik ben me altijd heel bewust van de tijd,’ zei hij, en heel even verscheen er een barstje in zijn herwonnen kalmte. ‘Het verloop van de tijd. Zelfs zonder mijn horloge weet ik altijd hoe laat het is.’

‘Hoe laat is het dan nu?’ vroeg Carrie.

Hij keek haar aan. ‘Iets van halfzes, tien over halfzes, denk ik.’

Ze keek op haar telefoon en glimlachte. ‘Dat is je reinste superkracht.’

‘En bleven jullie daarna ook allemaal bij elkaar?’ vroeg Maud.

Hij staarde zwijgend in de verte, alsof hij de kamer waarin hij zich had bevonden weer voor zich zag, met de in en uit lopende gasten. ‘Marco werd heel kwaad op me. We waren samen de tuin in gelopen en hij zei dat ik zijn leven had verwoest. Toen vroeg ik naar het moment waarop hij zich realiseerde dat hij het niet zou maken als muzikant. Daar reageerde hij behoorlijk overspannen op.'

'Hmm. Was het uw bedoeling om hem te provoceren?'

'Niet echt. Ik was er oprecht nieuwsgierig naar. Ik wilde gewoon weten hoe het ieder van hen was vergaan. Kristin voegde zich bij ons en toen kwam Beatrice zeggen dat we het beschaafd moesten houden of iets in die trant.'

'En daarna?'

'Daarna ging iedereen aan tafel in het souterrain. Ik zat aan het hoofd,' zei hij voordat ze ernaar kon vragen, 'dat had Beatrice zo bedacht. Tussen Clara en Ali in.'

'Wat gebeurde er toen?'

'Er werd gegeten. En door sommige aanwezigen ook veel gedronken. Wijn, ditmaal.'

'Weet u nog wat er zoal besproken werd?'

'Eerst waren het allemaal flarden. Het ging over Rudi's rijke vrouw, die een campagne had gevoerd over familiewaarden – dat vrouwen het huishouden horen te doen, geen seks voor het huwelijk, dat soort dingen.' Zijn stem klonk neutraal. 'Later ging het over kinderen. Ellen heeft er vijf. Ali en Will konden geen kinderen krijgen, wat duidelijk een pijnlijk onderwerp was. Ali raakte behoorlijk van streek.'

'Waardoor?'

'Doordat Kristin erover doorvroeg.' Hij zette zijn bekertje neer. 'Maar voornamelijk door mij.'

'Dus u hebt zowel haar als Marco van streek gemaakt?'

'Blijkbaar.'

'Waarom?'

'Ik vroeg haar of ze dacht dat ze een goede moeder zou zijn geweest. Dat schoot haar in het verkeerde keelgat.'

'Verbaast u dat?'

'Nee. Will werd kwaad,' vervolgde hij. 'Ik denk dat hij Ali wilde beschermen. De hele avond leek hij zich hyperbewust van haar gevoelens. Misschien ook niet zo vreemd.'

Maud vroeg zich af of Hawkins misschien gelijk had en Tyler Green toch een psychopaat was.

'Ik lijk misschien gevoelloos,' zei Tyler, alsof hij haar gedachten gelezen had. 'Misschien ben ik dat wel geworden. Dat is wat zoveel jaar gevangenschap met je doet. Ali ging van tafel om in de tuin een sigaret te roken. Ze wilde even alleen zijn. Ze bleef een paar minuten weg. Dat moet even voor negenen zijn geweest of daaromtrent. Toen begonnen ze op Kristins instigatie over Leo te praten.'

Hij zweeg, maar geen van beide rechercheurs zei iets en na een korte stilte pakte hij de draad weer op. 'Het begon ermee dat iedereen zei hoe geweldig hij was. Knap, charmant, intelligent. Dat soort dingen. Je kent het wel, geen kwaad woord over de doden. Maar al snel ging het een heel andere kant op.'

'Oké,' zei Maud.

'Iemand zei dat Leo er eigenlijk voor had gezorgd dat Jay van de universiteit was verwijderd. Ze hadden de kamer van een medestudent gesloopt, echt helemaal vernield, maar Leo ging op de een of andere manier vrijuit terwijl Jay niet meer mocht terugkomen. Jay hield vol dat hij het niet zo erg vond. Ik weet niet in hoeverre dat waar was. Daarna was het net of iedereen zich vrij voelde om de onverbloemde waarheid te spreken. Iemand anders zei dat Leo Will altijd Bolle noemde, al leek Will er niet erg mee te zitten; hij maakte er een grapje over. Clara zei dat Leo een nare treiteraar was. Ze trad verder niet in details. Maar ze had gelijk, daar kan ik over meepraten.'

'Bent u door hem getreiterd?'

'Op de lagere school. Heel erg. Daar, nu hebt u mijn motief,' zei hij. 'Wraak.'

Het rode lampje van het opnameapparaat knipperde. Carrie kreeg een berichtje binnen op haar telefoon, en nog een.

'En verder?'

'Daarna begon Ellen over seks met Leo. Ze was met alle mannen aan tafel naar bed geweest, behalve met Jay, en leek daar nogal mee ingenomen te zijn. Tja, waarom ook niet? Maar goed, ze deed ons dus haar ervaring met Leo uit de doeken. Ze zei dat het een nare ervaring was, dat het vooral over macht ging, als een dier dat zijn territorium markeert.'

Maud was zich bewust van het gekras van Carries pen. Ze knikte naar Tyler ten teken dat hij verder kon gaan.

'Toen werd het echt behoorlijk lelijk. Ellen zei dat Leo destijds met een paar vrienden had gewed dat hij Ali in bed zou kunnen krijgen. Verschillende mensen probeerden haar de mond te snoeren, maar het was al te laat. Ali had dat nooit geweten en hoorde het voor het eerst. Het was duidelijk bijzonder pijnlijk en het leek ook zo onbetamelijk.'

Onbetamelijk. Wat een vreemde woordkeus. Maud nam er nota van.

'Het was alsof Leo ons nog steeds schade berokkende, al die jaren later,' zei Tyler. 'Alsof hij zich in de kamer bevond.'

'En u? Wist u ervan?'

'Ja,' antwoordde hij kortweg.

Maud leunde achterover op haar stoel. 'U praat erover alsof het u niet aanging. Was u niet kwaad?'

'Destijds wel.'

'Gezellig etentje,' zei Carrie.

'Hoe ging het verder?'

'Will beschuldigde Ellen ervan dat ze bot en kwetsend was. Van het een kwam het ander. Hij zei dat Leo ons allemaal – dat wil zeggen, de mannen uit de groep – had verteld over zijn verovering van Ellen en dat ze zichzelf zo vrij vond maar eigenlijk nogal wanhopig was. De gemoederen raakten aardig verhit. Vooral Clara was pisnijdig op Will. Toen kwamen de zoon van Beatrice en zijn vriendinnetje binnen met het mes – het mes waarmee Will vermoord is,' voegde hij er met dat verontrustende lachje van hem aan toe.

'En hoe weet u dat?'

'Ik heb het naast zijn lijk zien liggen.'

'Hoe weet u zo zeker dat het dat mes was? Een heleboel messen lijken op elkaar.'

'Het was dat mes.'

'Hebt u het aangeraakt?'

'Nee,' zei hij na een korte aarzeling.

'Terug naar de keukentafel. Hoe laat was het toen de zoon van Beatrice met zijn vriendinnetje binnen kwam vallen?'

'Even over halfnegen,' antwoordde Tyler direct. 'Ik had niet de indruk dat hij erg met ons ingenomen was. Tien minuten later vertrokken ze weer – het mes bleef op tafel achter.'

'Kunt u me zeggen wie het allemaal in handen heeft gehad?'

Tyler sloot zijn ogen en opende ze weer. Hij deed denken aan een roofvogel. 'Rudi,' zei hij. 'En Marco zwaaide ermee rond. En Beatrice; zij pakte het van Marco af. Volgens mij heeft verder niemand het aangeraakt, niet op dat moment tenminste. Maar goed, toen die koters vertrokken waren heb ik mijn zegje gedaan.'

'Uw zegje?'

'Ja. Ik heb gezegd dat ik onschuldig was. Ik zei dat een van hen Leo had vermoord en mij ervoor had laten opdraaien, maar dat ik niet wist wie. Ik zei dat ik mijn wraak, als ik die al had gewild, nu alsnog gekregen had, omdat ze allemaal vastzaten in het leven dat ze sinds de moord hadden geleid en dat ik als enige werkelijk vrij was.' Zijn vreugdeloze lachje verscheen weer even. 'Iets van die strekking, in elk geval. Ik zei dat ik ze nooit meer wilde zien en dat ik daar alleen was om ze allemaal nog een keer in de ogen te kijken en dan voorgoed afscheid te nemen.'

'Dat zal tot de nodige consternatie hebben geleid.'

Tyler trok een schouder op. 'Tja,' zei hij. 'Beatrice joeg iedereen de keuken uit. Ik weet niet waar ze allemaal heen gingen. Ik herinner me nog wel dat Ali de tuin in ging om te roken en dat Marco met haar meeliep. En Clara en Kristin gingen ook naar buiten.'

'En dat was even na tienen?' vroeg Maud.

Tyler knikte.

'Dus u bleef alleen achter met Beatrice?'

'Ja, ze nam de gelegenheid te baat om haar een-op-eengesprekje met me te voeren. Volgens mij had ze daar de hele avond op zitten wachten. Ze zei in feite dat ze altijd de mogelijkheid had opengehouden dat ik misschien onschuldig was en bood me financiële hulp aan, mocht ik in beroep willen gaan.'

'En wat was uw reactie daarop?'

'Ik zei dat ik niet in beroep wilde gaan. En ik vroeg waarom ze me dat nooit eerder had laten weten.'

'En?'

'Ach, het bekende liedje,' zei Tyler vermoeid. 'Dat het destijds allemaal al zwaar en ingewikkeld genoeg was, enzovoort. Dat ze zich er schuldig over voelde en meer van dat soort geblaat. Maar goed, ik ben ook naar buiten gegaan, nadat ik haar blijkbaar van streek had gemaakt.' Hij zei het alsof hij tegen een stoel aan was gelopen.

'Hoe dan?'

'Ik vroeg haar wat haar jongere ik zou vinden van de bedrijfsjurist die tegenover me zat.'

'Was ze daardoor gekwetst?'

'Ze reageerde defensief en een beetje geïrriteerd. Ik bedoel, hoe durft een moordenaar een eerzaam burger en vooraanstaand lid van de maatschappij te bekritiseren? En even later kwam Jay de tuin in en gaf me een klap in mijn gezicht.'

Maud stelde zich het iele breekbare mannetje voor dat uithaalde naar Tyler, die lang, sterk en intimiderend was. 'Heeft Jay u een klap verkocht?'

'Ja.'

'Dus even resumerend,' zei Carrie. 'U bent naar die reünie gekomen, hebt van iedereen de zwakke plek vastgesteld en daarin zitten poeren tot ze boos of gekwetst waren.'

'Maar daar was het me niet om te doen.'

'Waarom dan wel?'

'Ik wilde zien hoe ze waren.'

'Zodat u zich van hen kon bevrijden?'

'Inderdaad.'

Carrie knikte. 'Behoorlijk hard.'

'Ik begrijp dat het zo kan overkomen.'

'En welbewust,' zei Maud. 'Alsof het allemaal van tevoren was gepland.'

'Kunnen we even pauzeren?' vroeg Carrie. 'Vijf minuutjes.'

63

Terwijl ze de verhoorkamer verlieten, zwaaide Carrie met haar telefoon naar Maud. 'Sadie is een halfuurtje geleden wakker geworden. Ik moet even bellen om te kijken hoe het gaat.'

Ze liep een stukje bij Maud vandaan, die een paar flarden van het gesprek tussen Carrie en haar moeder opving. De groene beker waar Sadie zo om had gehuild, stond in het kastje naast het aanrecht. Het T-shirt met de kangoeroes erop dat ze zo graag aan wilde, zat in de was. Het was niet erg om het tandenpoetsen een keertje over te slaan en als Sadie geen pap wilde kon haar moeder haar gewoon iets te eten geven waar ze wel trek in had. 'Als jullie naar buiten gaan, zal ze haar regenlaarzen aan willen,' zei Carrie. 'Die draagt ze altijd en overal. Ze staan in de bezemkast. Ja, geef haar maar even.' Haar stem veranderde, schoot een octaaf de hoogte in. Ze bezigde woordjes als 'popje' en 'duifje' en maakte levendige gebaren, alsof haar dochtertje haar kon zien. 'Mama komt snel weer thuis,' zei ze.

Het licht stroomde door het hoge raampje naar binnen toen ze weer bij Tyler Green binnenkwamen. Het was zes uur geweest. Zo meteen zou Maud naar het bureau gaan om de anderen te verhoren. 'We naderen het moment van de dood van William Garvey,' zei ze. 'Ik heb van u begrepen dat iedereen flink had gedronken, dat sommigen ook drugs hadden gebruikt en dat ze nogal opgefokt waren door uw gedrag. Een vrij giftige combinatie, lijkt me.'

'Dat kun je wel zeggen, ja,' zei Tyler.

'Wat gebeurde er nadat u de tuin in was gegaan?'

'Dat zult u aan hen moeten vragen.'

'Wat deed u in de tuin?'

'Wat ik daar deed?'

'Uit de verklaringen van de anderen blijkt dat u ongeveer een kwartier in de tuin bent gebleven. Wat deed u daar?'

'Niets.'

Maud wachtte.

'Ik deed ademhalingsoefeningen. Langzaam en diep in- en uitademen. Een soort meditatie. Ik bracht mezelf tot rust, liet alle gebeurtenissen van de avond van me afglijden.'

'Meer niet?'

'Meer niet.'

'Een kwartier is best lang om alleen maar te ademen,' zei Carrie.

Tyler richtte zijn blik op haar. 'Ik vind het eerlijk gezegd vrij kort.'

'Wie kwamen er tijdens dat kwartier nog meer de tuin in? Dit is belangrijk.'

'Dat weet ik niet precies. Daar heb ik niet op gelet.'

'Tot nog toe wist u alles anders heel precies.'

'Ik dacht dat het gedaan was. Dat het tijd was om te gaan. Ik was moe.'

'Dus u hebt geen enkel idee wie er in de tuin zijn geweest?' drong Carrie aan.

'Nou ja, Jay dus, die was echt door het dolle heen, daar viel geen land meer mee te bezeilen. En Marco kwam ook even naar buiten. Ze bleven niet lang. Toen hoorde ik Ellen gillen dat Will was neergestoken en dat ik moest komen.'

'Dus u hebt de tuin pas verlaten toen Ellen u riep.'

'Inderdaad.'

'Maar daar zijn geen getuigen van?'

‘Nee, helaas niet.’

‘En het slachtoffer?’

‘Tja, wat valt erover te zeggen? Hij was dood. Overal zat bloed. Ik kon niets meer voor hem doen.’

‘Hebt u hem vermoord?’

‘Nee.’

‘Haatte u hem?’

Een heel korte weifeling. ‘Nee.’

‘Weet u wie hem heeft vermoord?’

‘Nee.’

‘Wilt u nog iets kwijt?’

‘Nee.’

Maud stond op. ‘Dan was dit het voor nu.’

64

De bewaarder stond buiten de verhoorkamer te wachten. 'Heeft hij bekend?' vroeg hij.

'Nee,' antwoordde Maud.

'Hij vertelt je toch de waarheid niet, al praat je een jaar met hem,' zei de man hoofdschuddend.

Maud aarzelde even. Het zat haar niet lekker Tyler Green in deze situatie achter te laten, maar ze had nog zoveel andere dingen te doen. 'Ik heb verzocht om hem naar een politiecel over te brengen,' zei ze. 'In de tussentijd moet hij onder permanente zelfmoordbewaking worden geplaatst.'

'We zullen uw wensen doorgeven.'

'Mijn wensen doorgeven?' vroeg Maud. 'Wat houdt dat in?'

'Dat we de desbetreffende bevoegde van uw wensen op de hoogte zullen stellen zodra dat mogelijk is.'

'En wanneer is dat? Het is nu zes uur op een zaterdagochtend.'

'Dat durf ik u niet te zeggen.' De bewaarder gebaarde om zich heen. 'Misschien dat het u is opgevallen dat we behoorlijk onderbezet zijn.'

'Tyler Green vormt een acuut gevaar voor zichzelf.'

'Deze gevangenis zit vol met mensen die een gevaar vormen voor zichzelf en voor anderen. We kunnen ze onmogelijk allemaal voortdurend in de gaten houden. Volgens sommige mensen verdient iemand als Tyler Green geen speciale behandeling na alle smeerlapperij die hij heeft uitgehaald. Maar we zullen elk uur wel even bij hem gaan kijken. En we hebben hem bij Harvey Skinner in de cel gezet, dus er is iemand bij hem die hem voortdurend in de gaten houdt. Een van de voordelen van een overvolle gevangenis.'

Maud wist niet precies wat ze daarop moest zeggen. Ze had de vage notie dat ze toch iets moest kunnen doen, iemand moest kunnen bellen, maar ze kon zo snel niemand bedenken en het ontbrak haar aan tijd. Ze keek naar het naamplaatje van de bewaarder. 'Oké, meneer Boyle,' zei ze, 'ik hou u persoonlijk verantwoordelijk voor zijn veiligheid.'

'Doet u nu maar gewoon uw werk, dan doe ik het mijne,' zei de bewaarder met een grijns.

65

Ellen Sweeney drukte de telefoon tegen haar oor. Ze glimlachte en stak haar vrije hand bezwerend uit, ook al was er niemand die dat zag. Haar stem was hoger dan gewoonlijk. 'Natuurlijk had ik je eerder kunnen bellen, Michael, maar ik wilde je niet wakker maken.'

'Doe niet zo belachelijk. Ollie stond een uur geleden al naast mijn bed te tetteren.'

'Het spijt me.' Ze klemde de telefoon iets steviger vast.

'Daar is het een beetje te laat voor.'

'Je zult wel moe zijn.'

'Ik wil gewoon weten wat er aan de hand is, Ellen. En zou je misschien zo vriendelijk willen zijn om me te vertellen waarom ik het via de radio moest vernemen?'

'Toe, Michael. Een van mijn vrienden is vermoord. En ik was erbij.'

'Dat is toch amper een vriend, als je elkaar al bijna dertig jaar niet meer hebt gezien?'

'Niet zo boos! Ik ben snel weer thuis.'

'Dat hoop ik dan maar.'

Haar glimlach verstijfde, tot haar mond een treurig streepje werd. Met haar loskomende vlecht en de opgewonden blos op haar wangen zag ze eruit als een klein meisje dat haar best deed om niet in huilen uit te barsten. 'Het was verschrikkelijk,' zei ze. Haar stem stokte even.

Er viel een onheilspellende stilte.

'Ellen,' zei haar man na een tijdje. 'Doe niet zo dramatisch, alsjeblieft. Je wilde zelf naar die belachelijke reünie van mensen die je sinds ons trouwen niet meer hebt gezien. Het laatste waar ik op zit te wachten is dat mijn vrouw betrokken raakt bij een of ander ranzig schandaal. Je beseft toch wel wat voor indruk dat zal maken?'

'Het spijt me,' zei ze weer.

'Je weet wie ik ben. Je weet welke positie ik bekleed. En dat sollicitatiegesprek zit eraan te komen.'

'Natuurlijk weet ik dat, lieverd.'

'Het is al erg genoeg om nooit te weten wanneer je weer iets beschamends zal uithalen. Dat gebeurt zo vaak. Maar dit is van een andere orde.'

'Maar ik kan toch niet helpen dat...'

'Genoeg!'

Ze zweeg.

'Wanneer kom je naar huis?'

'Zodra ze mijn verklaring hebben opgenomen haal ik mijn spullen op bij Georgia en neem ik de eerste trein. Ik kom zo snel mogelijk.'

'Dat is nog minstens een paar uur,' zei Michael kwaad. 'Je beseft toch wel dat ik een uitzonderlijk drukke week achter de rug heb?'

'Jawel.'

'En nu verwacht je dat ik op de jongens pas terwijl jij op een politiebureau zit te wachten. Dat bevalt me niks.'

'Nee.'

'Helemaal niks.'

66

Conrad Bauer had jarenlang een succesvolle zakenman gespeeld in de tv-serie *Fletcher's Fortune*. Maar zijn beste rol was die van vader van een vermoorde jongeman. Toen ze het gruwelijke nieuws negenentwintig jaar geleden te horen kregen van twee jonge agentjes die bij hen thuis op de bank zaten, waren Conrad en Susan in tranen uitgebarsten. De bodem was onder hun leven weggeslagen en ze dachten dat ze nooit meer vaste grond onder de voeten zouden krijgen. Maar mettertijd waren ze toch weer opgekrabbeld. Susan Bauer had een goede therapeut, goede vrienden en, bovenal, haar twee andere kinderen.

Conrad Bauer had niets dan minachting voor therapie en verwierp het idee volledig. Kreeg hij Leo er soms mee terug? Hij minachtte en verwierp alles en gebruikte zijn verdriet als motor om hun zaak te bepleiten. Toen het proces tegen Tyler Green begon, was Bauer ervan uitgegaan dat hij en zijn gezinsleden het middelpunt van de zaak zouden vormen. Zij waren tenslotte de slachtoffers. Maar ze bleken niet meer dan omstanders te zijn. De politie en het OM hadden nauwelijks contact met hen opgenomen. Tijdens het proces waren ze niet meer dan toeschouwers geweest, in niets te onderscheiden van de andere aanwezigen. Ze werden niet als getuigen gehoord. Ze kregen geen toestemming om de jury te vertellen over het leed dat hun was aangedaan.

Bauer haatte Greens advocaten met hun muggenzifterige pogingen om de overduidelijke waarheid weg te moffelen. Voor de officier van justitie had hij ook geen goed woord over. Met het gebrek aan hartstocht dat hij voor de zaak aan de dag legde had het net zo goed om een winkeldiefstalletje kunnen gaan. Hij had meerdere keren gezien dat Greens advocaten en het team van het OM aan het einde van de dag samen keuvelend als oude vrienden de rechtszaal verlieten, grinnikend om het een of ander, alsof het allemaal maar een spelletje was. Hij zag voor zich hoe ze naar huis gingen, aan tafel zaten te eten, tv-keken, alsof het een gewone werkdag was geweest.

Maar de rechter minachtte hij niet. Hij had hem dag na dag aan het werk gezien. In het begin had rechter Kendall hem afstandelijk, bijna afwezig geleken. Maar dat veranderde toen een van de agenten tijdens zijn getuigenis suggereerde dat er dat weekend verboden middelen zouden zijn gebruikt. Die waren weliswaar niet in het perceel aangetroffen, maar het vermoeden bestond dat die weggegooid waren voordat de politie ter plaatse was. Op dat moment had de rechter ineens interesse getoond. Hij had de getuigenis onderbroken en naar de aard van de drugs gevraagd. Wat waren het voor drugs, wat voor uitwerking hadden ze, hoe kwam je eraan? Toen hij naar de antwoorden van de agent luisterde, was er duidelijk afkeer op zijn gezicht te zien. Greens advocaat was opgestaan en zei dat de getuigenis van de agent was gebaseerd op vermoedens van het gebruik van drugs. Drugs die er niet eens waren aangetroffen en dus ook niet relevant konden zijn voor de zaak.

Daarop had de rechter zich tot de jury gewend en de volgende woorden gesproken: 'Het lijkt mij heel goed mogelijk dat u, de leden van de jury, deze informatie over de omstandigheden rond de misdaad wel degelijk relevant zult vinden. Het is uiteraard geheel aan u, maar u kunt het beschouwen als een verklaring voor de weerzinwekkende omstandigheden waaronder deze gruwelijke misdaad is gepleegd.'

Bauer zag dat rechter Kendall een diepe minachting koesterde voor Tyler Green en alles wat hij vertegenwoordigde: een wereld van drugs, privileges en seksuele losbandigheid. Toen Green in de beklaagdenbank zat, vuurde de rechter af en toe zelf een scherpe vraag op hem af. Ogenschijnlijk om nadere informatie over bepaalde details te krijgen, maar Greens antwoorden werden steevast met afkeurend gekreun en geërgerd hoofdschudden in ontvangst genomen. Bauer had zich het hele proces lang volkomen genegeerd en gemarginaliseerd gevoeld, maar tijdens het verhoor van Green had de rechter zijn blik door de rechtszaal laten dwalen en hem een ogenblik recht aangekeken. Er sprong een vonkje van herkenning over en Bauer meende ook een bevestiging van hun gedeelde afschuw over de gebeurtenis te bespeuren.

Nadat de jury Green schuldig had bevonden, vreesde Bauer dat de rechter misschien verzachtende omstandigheden aan zou voeren: veelbelovende student, van onbesproken gedrag, een stralende toekomst voor zich. Maar de rechter ging de andere kant op. Hij verwierp dat totaal.

'Waar we hier in deze rechtszaal bij dienen stil te staan, is een leven dat in de bloei van zijn jeugd beëindigd is.'

Na afloop van het proces raadden veel mensen Bauer aan om een streep onder de hele gruwelijke geschiedenis te zetten, om het af te sluiten, alsof de kwestie ooit kon worden afgesloten. Bauer had verhalen gehoord over moordenaars die vervroegd waren vrijgekomen wegens goed gedrag. Een columnist had over de zaak geschreven en de strafmaat bekritiseerd met het argument dat de kans zeer gering was dat iemand als Tyler Green zou recidiveren.

Iemand als Tyler Green. Bauer wist wat daarmee werd bedoeld: dat respectabele mensen, studenten, niet in de gevangenis thuishoorden. Hij zag al voor zich dat Green precies het goede gedrag vertoonde in de gevangenis; dat hij studeerde, berouw voorwendde, de juiste dingen tegen de juiste mensen zei en dan na een paar jaar stilletjes weer op vrije voeten zou worden gesteld. Vanaf dat moment wijdde Bauer zijn leven aan het voorkomen van dat scenario.

Zijn carrière als acteur ging door, en met succes. Maar het was zijn roeping om ervoor te zorgen dat Tyler Green nooit meer vrijkwam.

Hij richtte een slachtofferhulpgroep op. Hij gaf interviews op radio en televisie. Hij sprak op congressen en demonstraties, overal waar ze hem maar wilden hebben. Hij had het telefoonnummer van iedere radioproducer, redacteur en journalist, en zij dat van hem. Hij was altijd beschikbaar, had altijd een goed verhaal en was altijd van alles op de hoogte. Hij had zich ontwikkeld tot een reclasseringsexpert. Hij wist hoe hij het systeem kon beïnvloeden en, misschien nog wel belangrijker, hij wist hoe hij het vanachter de schermen kon beïnvloeden. Hij legde contact met mensen bij justitie en het ministerie van Binnenlandse Zaken, mensen die het zich niet konden veroorloven om als soft op het gebied van de bestrijding van criminaliteit te worden gezien. Hij begreep dat die politici er baat bij zouden kunnen hebben om een moordenaar opgesloten te houden.

Hij besefte dat het niet genoeg was verdriet te voelen: je moest het ook tonen. Als je op tv of de radio kwam, moest je het kunnen overbrengen, met de juiste snik in je stem, net zoals je huilde op het toneel, in een stuk dat je al honderd keer had gespeeld.

Nog geen uur nadat hij het nieuws had vernomen, zat Bauer thuis op de bank met een cameraploeg van een nieuwsprogramma. Hij had zich, zoals gewoonlijk, tot in de puntjes op de gelegenheid gekleed. Hij had geen pak aangetrokken, dat zou er gek uitzien in een ochtendprogramma, maar had gekozen voor een eenvoudig donkerblauw hemd, met de bovenste knoopjes los. Informeel, maar toch serieus.

De jonge vrouw die hem interviewde was nieuw. Bauer kende vrijwel alle verslaggevers en presentatoren van de actualiteitenprogramma's, maar Freya Davison had hij nog niet eerder ontmoet. Ze zag er bezorgd uit.

'Voordat we beginnen wil ik even melden dat onze juridische afdeling heeft laten weten dat we heel voorzichtig moeten zijn met onze uitlatingen over deze zaak,' zei ze, met grote onrustige ogen. 'Wat er met uw zoon is gebeurd, is een afschuwelijke, tragische gebeurtenis. Ik begrijp dat zoiets nooit overgaat. Natuurlijk niet. Maar we zullen toch op onze woorden moeten letten.'

Bauer kwam even in de verleiding om te zeggen dat hij evenveel wist over de straffen voor beïnvloeding van de rechtsgang en minachting van de rechtbank als een advocaat, net zoals hij evenveel wist over de reclassering als een reclasseringsambtenaar. 'Dat komt wel goed,' zei hij. 'Ik geef dit soort interviews al jaren.'

'Maar nu vindt er een politieonderzoek plaats.'

'Zolang er nog geen aanklacht ligt, zijn de wetten aangaande minachting van de rechtbank en beïnvloeding van de rechtsgang niet echt relevant,' zei Bauer. 'Maar maak je geen zorgen. Ik zal op mijn woorden letten. Ik wil alleen maar zeggen wat ik voel. Ik wil vanuit mijn hart spreken ten behoeve van de slachtoffers, zoals ik altijd heb gedaan. Tussen twee haakjes, klopt het dat het slachtoffer van deze gruwelijke misdaad William Garvey is?'

'Ja, dat klopt.'

'Was hij getrouwd?'

'Ja.'

'En werd hij bij zijn volle naam genoemd? Of Will? Of Bill?'

'Het spijt me, dat weet ik niet.'

'Dan kunnen we het maar beter op William houden,' zei Bauer. 'Een van de ergste dingen die gebeurden in de nasleep van de moord op onze zoon, was dat er in de media allerlei onwaarheden over hem werden verkondigd, die door andere mensen dan weer verder werden verspreid.'

'We proberen het bij de feiten te houden,' zei de vrouw. Ze knikte naar de cameravrouw en richtte zich weer tot Bauer. 'De introductie doe ik later. Dan geef ik wat achtergrondinformatie, vertel wie u bent, enzovoort, enzovoort. Vindt u het goed dat we meteen met het interview beginnen?'

Bauer keek om zich heen. Op de muur achter hem hing een foto van Leo, achttien jaar oud, grijnzend alsof iemand net een mop had verteld. Bij elk televisie-interview dat bij hem thuis werd opgenomen, zorgde hij ervoor dat de foto achter hem te zien was. Hij knikte haar toe.

'Meneer Bauer, wat voelde u toen u het verschrikkelijke nieuws van gisteravond vernam?'

Bauer liet een korte stilte vallen, alsof hij zichzelf bij elkaar moest rapen. 'Als eerste wil ik er even bij stilstaan dat er weer iemand is vermoord. Zijn naam was William Garvey en ik wil hierbij graag mijn innige deelneming betuigen aan zijn weduwe en...' Bauer viel stil. Hij was vergeten te vragen of Garvey kinderen had. 'En al zijn dierbaren. Ik weet wat het is om op deze manier een familielid te verliezen.'

'En u hebt een pijnlijke persoonlijke connectie met deze zaak. Dat roept vast verschrikkelijke herinneringen bij u op.'

'Ja,' zei Bauer. Hij voelde zijn ogen prikken. 'Ik kan nu niet ingaan op de details van deze verwerpelijke misdaad. Het onderzoek is nog in volle gang. Maar het is een voldongen feit dat Tyler Green onder de aanwezigen was in het huis waar de moord heeft plaatsgevonden.' Hij haalde diep adem. 'Jaren geleden is deze zelfde Tyler Green veroordeeld voor de brute moord op mijn dierbare zoon, Leo.' Hij zuchtte opnieuw. En nog eens.

'Ik begrijp dat dit moeilijk voor u is,' zei de interviewer meelevend.

'Dat gaat nooit over. Die moord is inmiddels bijna dertig jaar geleden gepleegd en Tyler Green was tot levenslang veroordeeld. Sindsdien heb ik mijn leven gewijd aan de strijd om mijn zoon recht te doen en niet alleen hem, maar ook alle andere slachtoffers van misdaad. Ik heb ervoor geijverd dat levenslang ook echt levenslang zou zijn. Maar...' Stilte. Een diepe ademteug. 'De autoriteiten hebben anders beslist. Ondanks al onze protesten is Tyler Green enige weken geleden op vrije voeten gesteld. Ik kan nu niet verder op de gebeurtenissen ingaan. We moeten eerst de bevindingen van de politie afwachten. Als ze al iets vinden. Maar het goede nieuws is dat Tyler Green weer in hechtenis zit, waar hij thuishoort.'

'Hebben deze vreselijke ontwikkelingen oude wonden opengereten?'

Bauer wreef zich in de ogen. 'Die wonden hoeven niet opengereten te worden. Ze liggen altijd open. Tyler Green had levenslang gekregen, maar wij, mijn vrouw en ik, hebben werkelijk levenslang.'

Bauer keek Freya Davison recht aan, die een veelbetekenende stilte liet vallen. 'Dank u zeer voor dit gesprek, meneer Bauer.' Weer een korte stilte. Ze keek naar de cameravrouw. 'Heel goed. Precies wat we nodig hadden.' Ze hoorde zichzelf. 'Ik bedoel dat u uw verdriet echt heel aangrijpend wist te verwoorden.'

'Hebben jullie nog achtergrondbeelden nodig?' vroeg Bauer.

'Een paar maar. We zijn hier met een paar minuutjes wel klaar.'

67

'Waar nu heen?' vroeg Hale.

'Geef haar dan weetabix,' zei Carrie in haar telefoon.

'Terug naar Bureau Hitcham Road, alsjeblieft.'

'Of wat dan ook. Er liggen pannenkoeken in het vriesvak.'

'Deprimerende toestand daarbinnen, zeker? Ik ben er zelf nooit binnen geweest. Maar je hoort weleens wat.'

'Behoorlijk deprimerend,' zei Maud. Haar hersenen maakten overuren. Ze probeerde haar gedachten over Tyler Green naast zich neer te leggen en zich te concentreren op de taak die haar te doen stond.

'Nou ja, geef haar gewoon iets, maakt niet uit wat. Of niets, ook goed. Ze zal heus niet verhongeren.'

'De bedwantsen lijken me nog het ergst,' zei Hale genietend.

Maud keek uit het raampje naar de ontwakende stad, buurtwinkeltjes die de luiken openden, joggers die over de stoep renden, mensen die hun hond uitlieten in de stralende ochtend. Haar ogen voelden korrelig van de slaap.

Ze reden voor Bureau Hitcham Road langs, waar een hele kluit journalisten voor de deur stond, en draaiden de parkeerplaats op. Het bureau was gevestigd in een nietszeggend bedrijfsgebouw. Het had net zo goed een kantoor van de sociale dienst kunnen zijn. Een symmetrische kolos van rode baksteen, de grote vierkante ramen glinsterend in het zonlicht.

'Het spijt me heel erg,' zei Carrie. 'Zeg maar tegen haar dat ik snel weer thuis ben. Zet haar desnoods voor de tv. Wat ze maar wil. Echt ontzettend bedankt dat je me zo uit de brand helpt.'

'De dokter heeft Alison Marais een kalmerend middel gegeven,' zei brigadier Hawkins tegen Maud. 'Ik vrees dat je haar verhoor een paar uur zult moeten uitstellen.'

'Hoe houdt de rest zich?'

'Waar zal ik beginnen?' zei Hawkins grijnzend. 'De bedrijfsjuriste heeft om haar eigen advocaat gevraagd, die onderweg is. Die Ellen Sweeney kraamt voortdurend zogenaamd inspirerende nonsens uit tegen iedereen die het maar horen wil. Die gast met zijn kaalgeschoren kop, Burney, blijft maar jammeren dat hij het slachtoffer is van een gerechtelijke dwaling – zijn drugstest was positief, overigens.'

'En zijn vriendin? Heeft die zich inmiddels al gemeld?'

'Ja. Ze is nu onderweg hierheen. Ze was trouwens niet de enige die ervandoor was gegaan.'

'Hoe bedoel je?'

'Jay Murphy heeft ook een ontsnappingspoging gedaan.'

'Hoezo "ontsnappingspoging"? Hij is helemaal niet gearresteerd. Hij mocht gaan en staan waar hij wilde.'

'Volgens mij zag hij dat toch anders. Hij was ertussenuit geknepen, maar hij is niet erg ver gekomen. Hij zat hier om de hoek helemaal ineengedoken op straat. Een oud dametje was zo vriendelijk om ons daarop te wijzen.'

'Oké,' zei Maud.

'O ja, en de jongen is hier ook. Het is echt een soort zwaan-kleef-aan. Ik heb begrepen dat de vrouw van Rudi Scott ook...'

'Wat, is de zoon hier?'

'Ja. Ik heb hem in verhoorkamer zeven gezet om te kalmeren.'

'Was hij van streek dan?'

'Hij zit te huilen om zijn moeder.'

'Die mag hij pas zien als hij over dat mes is ondervraagd. Is er een verantwoordelijke volwassene bij hem?'

'Hè?'

'Een verantwoordelijke...'

'Ik hoorde je wel. Hij is geen kind meer. Hij is zeventien.'

'Precies.' Maud richtte zich tot Carrie. 'Ik wilde eigenlijk met Rudi Scott beginnen, omdat hij William Garvey als laatste heeft gezien. Maar misschien moeten we eerst maar met Jay Murphy gaan praten, gezien zijn geestelijke staat.'

'Willen jullie niks over de ophef in de media horen?' vroeg Hawkins. 'De vader van Leo Bauer was op het vroege ochtendnieuws en nu staan zijn fans hier met spandoeken voor de deur.'

'Nee dank je, nu even niet.' Ze liep snel de gang in maar hield voor de deur van de verhoorkamer ineens in. Haar bleke gezicht kreeg een waakzame uitdrukking, haar ogen vernauwden zich. Ze deed Carrie denken aan een hond die een geurspoor had opgevangen. Maar Maud herinnerde zich plotseling iets, een vluchtig ogenblik in het huis, dat ze zonder het te beseffen had opgeslagen. 'Kom er straks ook maar bij,' zei ze tegen Carrie. 'Ik wil graag dat je eerst het dossier over de moord op Leo Bauer gaat halen. En spoor Matt Moran voor me op. Vraag hem zo snel mogelijk contact met me op te nemen.'

'Moran, van de technische recherche?'

'Ja. Ik heb hem nodig.'

68

De jonge agent wachtte even voordat hij de deur van de verhoorkamer opendeed. 'Hij probeerde ervandoor te gaan,' zei hij. 'Dat lijkt me toch minstens een gedeeltelijke bekentenis, of niet dan?'

'Ik wil gewoon even met hem praten,' zei Maud.

'Het leek me dat u dat moest weten.'

'Het was me al bekend. Maar als je koffie zou kunnen halen?'

'Wilt u me er niet bij hebben?'

Maud antwoordde niet.

'Oké,' zei hij. 'Twee koffie.'

'Drie. Ook een voor mijn collega.' Maud gebaarde naar Carrie, die haastig de gang uit liep. 'Ze is terug voor de koffie er is.'

De agent kreunde en duwde de deur open.

Jay zat in elkaar gedoken en bewoog zijn hoofd op en neer, alsof hij mee knikte met een ritme dat alleen hij kon horen.

Ze pakte een stoel en ging tegenover hem zitten. 'Waarom ben je er nou zomaar vandoor gegaan?'

Jay tilde langzaam zijn hoofd op en keek haar aan. Hij knipperde snel met zijn ogen, terwijl hij bleef knikken.

Maud herhaalde haar vraag.

'Ik trek dit niet. Ik wilde helemaal niet komen. Ik zei al dat het te veel zou worden. Maar zij zei dat het goed zou zijn.'

'Wie zei dat?'

'Clara. Ze zei dat het goed voor me zou zijn. Ik wist dat het niet zo was. En nu is het weer gebeurd.' Het knikken verhevigde, zijn handen, die op tafel lagen, gingen open en dicht. Hij maakte een vreemd smakkend geluid met zijn mond, alsof hij een haartje probeerde uit te spugen.

Maud boog zich over de tafel in zijn richting en probeerde zijn blik te vangen, maar zijn ogen schoten schichtig alle kanten op. 'Jay. Ze komen ons zo koffie brengen en dan wil ik je een paar vragen stellen – dat doe ik bij jullie allemaal. Je bent niet gearresteerd. Je wordt nergens van beschuldigd. Je was in de buurt toen er een misdaad werd gepleegd en bent daarom een belangrijke getuige. We willen de dader te pakken krijgen en daar kun jij ons bij helpen. Begrijp je dat?'

'Naar huis,' zei Jay. Het klonk eerder als een vraag dan als een eis.

'Heb je verdovende middelen of medicijnen gebruikt?' vroeg Maud, die zich afvroeg of hij dringend medische hulp nodig had.

Nu keek hij haar aan. 'Ik heb me goed gedragen,' zei hij. 'Ik ben voorzichtig geweest. Ik heb gedaan wat er van me gevraagd werd.'

Carrie kwam binnen, gevolgd door de jonge agent, die een houten dienblad op tafel zette en meteen weer verdween, waarbij hij de deur iets te hard achter zich dichtgooide.

'Hier. Suiker help tegen de shock.' Carrie scheurde meerdere suikerzakjes open en strooide de inhoud in een van de bekertjes. 'Hmm, er is niks om mee te roeren,' zei ze, en ze stak haar pen in het bekertje en begon wild te roeren. 'Melk?'

Toen het antwoord uitbleef, deed ze er een scheut melk bij en schoof het bekertje naar Jay toe.

Hij staarde met glazige blik tussen hen door en richtte zijn blik toen op Maud. 'Kijk niet zo naar me.' Hij priemde zijn vinger in haar richting. 'Je kijkt me aan alsof je binnen in me kunt kijken en dat kun je niet.' Hij drukte zich tegen de rugleuning van zijn stoel aan, alsof hij zich aan haar zicht probeerde te onttrekken.

'Wat vrees je dat de mensen zullen zien?' vroeg Maud vriendelijk.

'Dat begrijp je toch niet.'

'Help me dan om het te begrijpen.'

'Dit is niet goed.' Hij pakte het bekertje met twee trillende handen vast; de lichtbruine vloeistof klotste over de rand.

'Heb je een geheim, Jay?'

'Iedereen heeft geheimen. Jij niet, soms?'

'Schaam je je ergens voor of voel je je ergens schuldig over?'

'Me schamen?' zei hij met een uitzinnige lach.

'Heb jij William Garvey vermoord?'

'Daar gaat het niet om.'

'Geef alsjeblieft antwoord op mijn vraag. Heb jij hem vermoord?'

'Nee.'

'Waarom ben je er dan vandoor gegaan?'

'Ik heb toch al gezegd dat ik hier niet kan blijven. Maar niemand luistert naar me.'

'Ik luister. Je kunt me alles vertellen.'

'Dat zeggen ze altijd.'

'Wie zijn "ze"?'

'Dat weet ik niet,' antwoordde Jay vermoeid, bijna normaal, terwijl hij haar recht aankeek. 'Gewoon, dat ik dat al eens heb meegemaakt.'

'Wat had je voor relatie met William Garvey?'

'Geen,' antwoordde hij. 'Al niet meer sinds ik vóór alle anderen de universiteit verliet.'

'Is Clara de enige met wie je contact hebt gehouden?'

'Zij heeft contact gehouden met mij. Uit schuldgevoel.'

'Waarover?'

Maud hoorde Carrie heen en weer schuiven op haar stoel, ietwat ongeduldig door Mauds omzichtige vragen, maar ze hield haar ogen strak op het magere, nerveus bewegende gezicht van Jay Murphy gericht. 'Ze is bij me weggegaan,' zei hij. 'Na Leo. Toen stortte ik in. De laatste strohalm.'

'Dus ze voelt zich na negenentwintig jaar nog steeds schuldig omdat ze het heeft uitgemaakt? Dat is best bijzonder.'

'Uitgemaakt, ingemaakt, afgemaakt, afgehaakt,' zei Jay. Hij liet een beklagenswaardig snuivend lachje horen. 'Ze houdt een oogje op me, alsof ze mijn moeder is. Niet dat mijn moeder een oogje op me houdt, maar goed.' Hij schommelde heen en weer op zijn stoel. 'Maar goed,' zei hij weer. 'Ik heb tegen haar gezegd dat ik opgebrand ben en in de as leef.'

'In de as?' Dat klonk bombastisch, maar er zat ook wel iets in. Jay Murphy leek op de grijze restanten van een man, een grauw en uitgedoofd mens. 'Je hebt dus geen contact gehouden met William Garvey?'

Hij schudde zijn hoofd.

'Of met Tyler Green?'

Weer hetzelfde ontkennende gebaar.

'Je zei dat je voor alle anderen de universiteit verliet – waarom was dat?'

Jay bewoog zijn hoofd langzaam van links naar rechts, als een in een hoek gedreven dier. 'Dat weet je al.'

'Nee, dat weet ik niet. Daarom vraag ik het aan jou.'

'Ik ben weggestuurd.'

'Waarom?'

'Daar wil ik het niet over hebben.'

'Je kunt het me beter zelf vertellen dan dat ik het van een ander moet horen.'

'Ik heb geweld gebruikt,' zei Jay. 'Is dat wat je wilde horen? Ben je nu tevreden? Ik ben gewelddadig geweest. Ik heb iemands kamer vernield. Ik heb iemand onheus bejegend. Ik ben weggegaan. En nooit meer teruggekomen. Ik had nooit mee moeten gaan op dat stomme weekendje. Ik had nooit naar deze kloterige reünie moeten gaan. Alles is misgelopen. Alles. Alles. Alles.'

'Meneer Murphy,' zei Maud. 'Jay. Ben je daarna nog weleens gewelddadig geweest?'

'Ik ben uitgepraat. Ik ben beter. Ik werk in een zorgcentrum en ik ga heel zorgzaam met iedereen om. Ze mogen me. Ze weten dat ze me kunnen vertrouwen. Het zal niet meer gebeuren.'

'Heb je gisteravond geweld gebruikt?'

'Nee,' antwoordde Jay, terwijl hij een hand optilde om zijn gezicht af te schermen. 'Nee.'

'Heb je Tyler Green aangevallen?'

'Nee. Nee. Nee.' Hij schommelde weer met zijn bovenlijf heen en weer en zijn woorden waren niet zozeer een ontkenning als wel een bezwering voor zichzelf.

'Je kunt het me maar beter vertellen.'

'Nee.'

'Heb je William Garvey aangevallen?'

'Nee. Alsjeblieft. Nee.'

'Wat heb je gedaan toen je weer de tuin in ging nadat Tyler Green jullie had toegesproken?'

'Gedaan?' Hij staarde haar verwilderd aan en legde toen zijn handen voor zijn ogen. 'Gedaan?'

'Ben je weer naar binnen gegaan? Heb je William Garvey vermoord?'

'Nee.'

'Praat dan met me, Jay. Vertel me wat je je nog kunt herinneren. Vertel me wat je weet.'

'Niets. Ik kan me niets herinneren. Ik weet niets. Mag ik nu alsjeblieft naar huis?'

Hij begon sneller te schommelen en Maud voelde dat hij dieper in zichzelf weggleed, buiten haar bereik. 'Gebruik je medicijnen?' vroeg ze. 'Heb je iets nodig?'

Hij antwoordde niet, bleef ineengedoken heen en weer schommelen en mompelde onverstaanbaar voor zich uit.

'Bel de crisisdienst,' zei Maud tegen de agent.

'Het is zaterdag. Alle verhoorkamers zitten vol met uw getuigen, er begint zich een menigte voor de deur te vormen en nu wilt u dat ik de crisisdienst er ook nog bij haal?'

'Laat ze zo snel mogelijk komen en zorg dat Jay Murphy er niet vandoor gaat. Hij vormt een gevaar voor zichzelf.'

69

'Dat iemand van dat gezelschap Tyler Green had willen vermoorden, dáár kan ik nog wel inkomen,' zei Carrie. 'Maar waarom William Garvey? Wie wil dat, behalve Tyler dan misschien? Of Williams vrouw wellicht? Maar waarom zouden ze het dan zo openlijk doen, tijdens een reünie? En de anderen hadden hem al dertig jaar niet meer gezien. Of maken we het te ingewikkeld en was het gewoon een willekeurige daad van geweld als gevolg van een dronken woede-uitbarsting?'

'Misschien,' zei Maud. Ze had een rimpel in haar voorhoofd en een peinzende uitdrukking op haar gezicht. 'Of misschien is er die avond iets gebeurd wat die moord heeft uitgelokt, iets wat we nog niet weten of nog niet hebben begrepen.'

'Tja, ik kan er nog geen lijn in ontdekken.'

'Daarom moeten we alles nog eens nalopen. Kun jij een tijdlijn van de gebeurtenissen maken? We moeten erachter zien te komen waar iedereen zich bevond op het tijdstip van de moord – in welk vertrek van het huis, met wie, in dat heel kleine tijdslot waarin het gebeurd kan zijn.' Haar telefoon begon te zoemen. Ze viste hem uit haar zak en trok een grimas toen ze zag wie er belde.

'Maud.' Alleen al aan hoe hij haar naam uitsprak, hoorde ze dat hij niet in zijn nopjes was. 'Chef.'

'Waar zit je in godsnaam?'

'Op het bureau.'

'Ik ook. Samen met het halve land, zo te zien. De verhoorkamers puilen uit en er staat een menigte met spandoeken voor de deur te zwaaien. Hoe leg ik dat uit aan de minister?'

'U kunt hem zeggen dat het onderzoek...'

'En de pers?'

'Wat is daarmee?'

'Kom op, Maud. We hebben een bekentenis van Tyler Green nodig. Je zult binnen afzienbare tijd een verklaring moeten afleggen, ze zijn niet te houden. En je moet Sebastian Harris een kluif toewerpen en ervoor zorgen dat de minister me met rust laat. En daarbij ben ik zojuist belaagd door een woedende mevrouw Scott.'

'Laten we elkaar even onder vier ogen spreken.' Maud stak haar telefoon weer in haar zak. 'Ik verga van de honger,' zei ze tegen Carrie.

'Zal ik een sandwich of zoiets voor je halen terwijl jij met Weller praat?'

'Graag. En meer koffie – extra sterk. Er zijn twee mensen over wie ik me echt zorgen maak.'

'Wie dan?'

'Jay Murphy.'

'Ja, ik ook,' zei Carrie. 'Maar je hebt opdracht gegeven om de crisisdienst in te schakelen en zij zullen zich over hem ontfermen. Wie is de ander?'

'Tyler Green zou niet in de gevangenis moeten zitten.'

'Een heleboel mensen zouden niet in de gevangenis moeten zitten.'

'Ik zat te denken: de bewaarder noemde de naam van zijn celgenoot. Harvey Skinner. Doet dat bij jou een belletje rinkelen?'

'Nee, volgens mij niet.'

'Ik vraag me af wat hij op zijn kerfstok heeft.'

70

Craig Weller was chagrijnig en moe. Zijn das zat te strak geknoopt en zijn haar was glad achterovergekamd.

Zodra hij Maud zag wees hij beschuldigend naar haar. 'Geef me één goede reden waarom je Tyler Green nog niet in staat van beschuldiging hebt gesteld.'

'Er is geen bewijs dat hij het heeft gedaan. En het lijkt erop dat hij de voorwaarden voor zijn invrijheidstelling ook niet heeft geschonden. Zij hadden hem niet vast mogen zetten.'

'Wil je hem weer vrijlaten?' Wellers gezicht liep vervaarlijk rood aan. 'Is dat je oplossing voor deze schijtvertoning? De psychopaat vrij rond laten lopen en de rest vasthouden in een politiecel? Onder wie de man van een belangrijke campagnevoerster en een lid van het King's Counsel die getrouwd is met een minister.'

'Niemand zit vast. Ik heb ze gevraagd om hier te blijven tot ze hun verklaring hebben afgelegd, meer niet. Sommigen van hen wonen niet in Londen.'

'Oké, ik ga Hawkins opdragen om ze allemaal naar huis te sturen en daar te wachten tot jij contact met ze opneemt.'

'Waarom zou je dat doen?'

'Omdat ik je baas ben, Maud, weet je nog?' Hij staarde haar woedend aan. 'Ik weet wel wat je in je schild voert.'

'Pardon? Wat voer ik dan in mijn schild?'

'Ik weet heus wel dat je stiekem rechten studeert. Dacht je dat ik daar niet achter zou komen?'

Maud hield haar gezicht in de plooi. 'Er is niets stiekems aan.'

'Je gaat ons verlaten, is dat je plan?'

'Ik volg gewoon een avondcursus. Het kan nooit kwaad om wat rechtskennis op te doen.'

'Dat weet ik zonet nog niet. Hangt er helemaal van af wat je leert. Ik vind het geen prettige gedachte dat je niet volledig toegewijd bent, Maud.'

'Volgens mij heb ik je geen enkele reden gegeven om dat te denken.'

'Dit is niet de eerste keer dat ik mijn nek voor je heb uitgestoken.'

Daar reageerde Maud niet op. Ze was er niet van overtuigd dat Weller dat daadwerkelijk had gedaan.

'Ik moet het niet hebben dat je hier een beetje advocaatje gaat spelen en het opneemt voor die klootzak, Tyler Green, alsof je zijn verdediging voert.'

'Dat doe ik ook helemaal niet. Maar ik ga ook de wet niet aan mijn laars lappen omdat dat de minister beter uitkomt. Ik volg bij dit onderzoek gewoon de geijkte procedure en doe alles volgens de regels. Zoals jij dat, voor zover ik weet, zo graag hebt,' voegde ze er met een voorzichtig glimlachje aan toe.

Weller keek haar peinzend aan, alsof hij probeerde te peilen of ze hem in de zeik nam. 'Ik weet dat je gewoon je werk doet, maar ik moet dat ook doen, en dat maak je me bepaald niet makkelijk, Maud. Denk even mee.'

'Het is niet mijn bedoeling je het moeilijk te maken.'

Weller tikte op zijn horloge. 'Het is nu kwart over zeven. Je bent duidelijk nog niet zover om Green in staat van beschuldiging te stellen en dit gaat langer duren dan ik had gehoopt en verwacht. Om tien uur spreken we elkaar weer en dan stellen we een definitief team samen. Daarna geef je een persconferentie. Oké?'

'Oké,' antwoordde Maud. 'Goed. Hawkins kan de mensen naar

huis sturen en dan contacteren wij ze later om hun verklaring op te nemen. Maar aan een van hen wil ik het persoonlijk mededelen.'

'Waarom?' vroeg Weller wantrouwig.

'Omdat ik hem nog een paar vragen wil stellen voordat hij gaat. Kijken hoe hij reageert.'

'De advocaten cirkelen al rond,' zei Weller. 'Als vliegen rond een drol. Wees voorzichtig.'

'Een paar vraagjes maar.'

Carrie overhandigde haar een beker koffie en een enigszins oudbakken koffiebroodje. 'Over Harvey Skinner,' zei ze.

'Ja?'

'Ik heb hem even nagetrokken. Hij heeft drie jaar geleden, toen hij als klusjesman in Kent werkte, een bejaard echtpaar doodgeslagen met een klauwhamer. Zij was zevenentachtig en hij negentig. Hij heeft tachtig pond gestolen. Die zaten in de theepot verstopt.'

'Jezus.'

'Hij werd gepakt omdat hij onder het bloed sigaretten ging kopen in de buurtwinkel. Toonde blijkbaar geen enkel berouw. Toen de rechter het vonnis uitsprak begon hij te neuriën. Klinkt als een regelrechte engerd. Kijk, dit is 'm.'

Carrie schoof haar telefoon naar haar toe en ze keek naar het gezicht met de vergrote ogen achter dikke brillenglazen, en een buitensporige grote, grijnzende rode mond. 'Waar zijn ze in godsnaam mee bezig?'

71

Met zijn linnen pak en zijn mooie hemd was Rudi Scott overduidelijk de elegantst geklede gast van het stel. Nu had hij een glazige blik in zijn ogen, door de schok of van vermoeidheid. Zijn linnen jasje was gekreukt, op een van de mouwen zat een vlek. Maud en Carrie hadden tegenover hem plaatsgenomen; Carrie gaf hem zijn telefoon.

'U mag zo weg,' zei Maud.

'Godzijdank,' zei Rudi. 'Ik moet echt slapen. Ook al heb ik het gevoel dat ik dat nooit meer zal kunnen.'

'Maar eerst wil ik u nog een paar vragen stellen.'

'Waarover?' vroeg Rudi fronsend.

'Ik hoop dat u er geen bezwaar tegen hebt dat dit gesprek wordt opgenomen?'

'Hè?'

Carrie zette het opnameapparaat op de tafel.

'Ik wil niet moeilijk doen,' zei Rudi, 'maar ik ben echt ongelooflijk moe. En door de impact van de gebeurtenis kan ik niet meer helder denken. Is dit een officieel verhoor?'

'Nou ja, we zijn rechercheurs,' antwoordde Maud, 'dus het is een verhoor. Maar u kunt het afkappen wanneer u maar wilt.'

'Is dit het moment waarop ik om mijn advocaat zou moeten vragen? Ik heb een advocaat.'

'U kunt altijd om rechtsbijstand verzoeken, dus ook nu,' zei Maud.

Rudi schudde zijn hoofd. 'Ik wil gewoon meewerken.'

Carrie zette het apparaat aan. Maud noemde hun namen, de datum, tijd en plaats. 'U bent de laatste die William Garvey in levenden lijve heeft gezien,' zei Maud.

'Dat lijkt me sterk,' zei Rudi. 'Ik weet haast zeker dat iemand hem daarna nog heeft gezien.'

'O ja?' vroeg Maud geïnteresseerd. 'Wie dan?'

'Ja, dat weet ik ook niet precies, maar er liepen zoveel mensen rond. Iemand heeft hem vast nog gezien, dat kan haast niet anders.'

'Maar boven, waar het lichaam werd aangetroffen, liepen niet zoveel mensen rond.'

Rudi reageerde niet.

'Wat ging u boven doen?' vroeg Maud.

Hij lachte gemaakt.

'Wat is er zo grappig?' vroeg Carrie.

'Ik vind het een nogal rare vraag, aangezien iedereen op dat moment vrijelijk ronddwaalde.'

'U mag het een rare vraag vinden, maar ik ga hem toch nog een keer stellen,' zei Maud. 'Wat ging u boven doen?'

'Misschien dat ik op zoek ging naar de wc. Ik had vrij veel gedronken.'

'Maar er is beneden toch ook een wc?'

'Die zal bezet zijn geweest. Ik was behoorlijk aangeschoten, misschien wilde ik me even aan alle drukte onttrekken.'

'En toen?'

'Wat bedoelt u?'

'Ik probeer uw bewegingen na te gaan,' zei Maud. 'U komt de wc uit – en toen?'

Opnieuw leek Rudi in zijn geheugen te graven. 'Toen zag ik Will.'

'Waar?'

'Op de overloop.'

'Dus op de gang, niet in de badkamer?'

'Ja. Volgens mij wel. Op de overloop.'

'Wat deed hij daar?'

'Niets. Ik dacht dat hij had staan wachten tot ik naar buiten kwam.'

'Hoelang was u daar?'

'Met Will, bedoelt u?'

'Hoelang bent u boven gebleven?'

'Dat weet ik niet meer precies.'

'Vijf minuten?'

'Misschien.'

'Of eerder tien?'

'Wat doet dat ertoe?'

'Ik probeer me gewoon een beeld te vormen. Tien minuten, een kwartier?'

'Zeker geen kwartier. Ik ging alleen maar even naar de wc.'

'En hoelang was u samen met Will?'

'Heel even maar. Een minuut? Twee?'

'Hebt u met hem gepraat?'

Opnieuw een zichtbare aarzeling. Toen Rudi begon te antwoorden, haperde hij even en hij moest opnieuw beginnen. 'Ja, ja ik heb even met hem staan praten.'

'Waarover?'

Hij schudde hulpeloos zijn hoofd. 'U vraagt me wat ik heb gezegd op een bijeenkomst waar ik urenlang met de ene na de andere persoon heb gepraat. Er werd flink gedronken, er werden herinneringen opgehaald en soms ging het er best stevig aan toe. Het is bijna niet te doen om je onder die omstandigheden een specifiek, heel vluchtig gesprekje te herinneren. En Will had erg veel gedronken.'

'Probeert u zich het toch te herinneren,' zei Maud. 'Dit was anders. Het was op een andere plek, weg van de rest van het gezelschap. Alleen jullie tweeën. U kunt zich vast wel iets herinneren.'

'Ja, ik weet niet, we praatten gewoon even.'

'Waarover?'

'Hoe vreemd het was om na al die jaren weer als groep samen te zijn.'

'Er waren eerder die avond best harde woorden gevallen. Heeft hij daar iets over gezegd?'

'Nee.'

'Zei hij waarom hij naar boven was gegaan?'

'Volgens mij zei hij dat hij even bij de anderen weg moest, even een momentje voor zichzelf nodig had. Hij was erg dronken. En behoorlijk emotioneel. We hadden net met z'n allen herinneringen opgehaald aan Leo's dood, het moment dat hij gevonden werd.'

'En?'

'Dat was best heftig, na zo lang mijn best te hebben gedaan om er juist niet aan te denken. Ellen heeft hem gevonden destijds, net zoals ze nu Will heeft aangetroffen, al dacht Marco blijkbaar dat híj Leo gevonden had. Ellen zei dat ze op dat moment onmiddellijk begreep dat onze levens nooit meer hetzelfde zouden zijn. Volgens Marco had Leo een flauwe glimlach om zijn lippen, al kan ik me dat zelf niet herinneren. En Ali en Will zeiden dat het net was alsof hij hen aankeek.' Hij dacht even na. 'En volgens mij zei Clara toen dat hij erbij lag alsof hij iets of iemand probeerde te pakken. Iedereen herinnerde zich hem net even anders, alsof ze zich op een bepaald detail moesten richten om er wijs uit te kunnen worden of er überhaupt mee om te kunnen gaan.'

'En wat herinnert u zich nog?'

'Ik? Daar kan ik eerlijk gezegd niks zinnigs over zeggen. Hij was gewoon zo... nou ja, zo dood. Ik had me nooit eerder gerealiseerd hoe dood een dode is. Als u begrijpt wat ik bedoel.'

Maud knikte, dat begreep ze maar al te goed. Ze keek Rudi een paar tellen zwijgend aan. 'U zei ook dat u naar boven was gegaan om u even aan het gezelschap te onttrekken.'

'O ja, dat klopt.'

'Bent u Will naar boven gevolgd?'

‘Nee. Ik ging naar de wc. Dat zei ik toch al?’

‘Is hij u dan gevolgd?’

‘Hij was er al.’

‘Kunt u dat iets verduidelijken? Waar was hij dan precies?’

Ineens zag Rudi er verward uit. ‘Hij stond daar toen ik uit de wc kwam, bedoel ik. Ik heb even met hem gepraat en ben toen weer naar beneden gegaan.’

‘En ging hij naar de wc, toen u hem achterliet?’

‘Pardon?’

‘U zei dat u dacht dat hij had staan wachten tot de wc vrij was, ook al waren er nog meer wc’s in huis. Is hij de wc in gegaan?’

‘Dat weet ik niet. Dat heb ik niet gezien. Ik heb er niet op gelet.’

‘Dus u verliet het gezelschap om naar de wc te gaan en u even aan de drukte te onttrekken?’

‘Ja.’

‘Geen andere reden?’

‘Wat zou ik voor andere reden gehad kunnen hebben?’ Hij klonk geïrriteerd.

‘Maar toen u van de eettafel opstond en het gezelschap verliet, beweerde u naar verluidt dat u uw vrouw ging bellen.’

‘O? Heb ik dat gezegd? Daar staat me niets van bij.’

‘Dat hebt u gezegd. Hebt u haar ook gebeld?’

‘Pardon?’

‘Hebt u uw vrouw gebeld, zoals u tegen de andere gasten hebt gezegd?’

‘Dat weet ik niet zeker meer,’ zei Rudi voorzichtig.

‘Ik help u wel even: dat hebt u niet. Uit onze gegevens blijkt dat er gisteravond niet met uw mobiel gebeld is.’

‘Waarom vraagt u het dan? Ik heb haar niet gebeld. Ik was het wel van plan, maar heb me bedacht omdat ik haar niet wilde wekken. Dat doet toch verder helemaal niet ter zake?’

Maud antwoordde niet, keek hem alleen aan.

‘Ik ben zo moe,’ zei Rudi. ‘Ik kan niet helder meer denken.’

'Dat was het voor nu.' Ze stond op. 'Voordat u kunt gaan komt er nog een agent langs om uw kleren in beslag te nemen. U zult zich moeten uitkleden.'

'Waarom in godsnaam?'

'U was in de kamer waar de moord is gepleegd.'

'Betekent dit dat ik ergens van word beschuldigd?'

Nu voelde Maud zich ineens heel moe. 'Die kamer wordt momenteel met een pincet uitgekamd. Ze zullen vezels vinden. Het is nuttig om te weten welke vezels van u afkomstig zijn en welke niet.'

'Misschien heeft mijn advocaat daar andere ideeën over.'

Maud dwong zich kalm te reageren. 'Ik heb u al gezegd dat u er op elk moment een advocaat bij mag halen. Maar als u weigert mee te werken, zullen we u hier moeten houden tot het is opgelost. De dienstdoende agent zal kleren voor u meebrengen. Die zullen waarschijnlijk minder stijlvol zijn dan u gewend bent, maar u komt er wel mee thuis. Zodra uw verklaring op papier staat, zullen we u contacteren om hem te komen ondertekenen. Dit verhoor is afgelopen.'

72

Toen Maud de deur van de verhoorkamer achter zich dichtdeed, kwam er een vrouw door de gang snel op hen af gelopen. Een keurige, gestroomlijnde vrouw, met lichtblond haar dat een langwerpig, bleek gezicht omlijstte. Ze had kleine, dicht tegen het hoofd staande oren, haar smalle schouders waren gehuld in een smaakvol grijs jasje. Een vermoeid uitziende man met staalgrijs haar en een metalen brilletje volgde in haar kielzog met een kartonnen dienblad met gaten, waarin drie piepschuimen bekertjes staken.

De vrouw bleef abrupt stilstaan. 'Wat deed u daarbinnen?'

'Pardon?'

'Ik zei: wat deed u...'

'Ik verstond u wel. Ik ben inspecteur O'Connor. Ik heb zojuist een getuige verhoord. Mag ik vragen wat u hier doet?'

'Waarom was u bij mijn man? Hij heeft u toch zeker wel gezegd dat hij zijn advocaat erbij wilde hebben?' Ze gebaarde naar de man achter haar, die van zijn ene op zijn andere voet stond te wiebelen. 'Waarom hebt u hem verhoord terwijl wij net even iets te drinken haalden?'

'Hij heeft niet gezegd dat hij een advocaat wilde.'

'En dat moet ik geloven?'

'Vraagt u het hem zelf.'

'Ik ben helemaal niet te spreken over de manier waarop deze zaak wordt aangepakt. Rudi is al de hele nacht op. Hij mocht niet naar huis. Hij is behandeld als een misdadiger.'

'We hebben hem niet tegen zijn wil vastgehouden. We hebben hem gevraagd hier te blijven tot hij zijn verklaring had afgelegd.'

'Kan hij dan nu gaan?'

'Nog niet. Hij moet zijn kleren nog inleveren.'

'Pardon?'

'We zullen hem andere kleren verschaffen.'

Celia kneep haar ogen tot spleetjes. Haar neusvleugels trilden. Maud kon niet met zekerheid zeggen of ze nu kwaad of geschrokken was. 'Wie heeft de leiding over deze zaak? Ik wil hem spreken.'

'Ik,' zei Maud.

'U?'

'Ja. Dus eventuele klachten kunt u aan mij richten.'

'Weet u wie ik ben?'

'Ik weet dat u de vrouw bent van meneer Scott, die aanwezig was in een huis waar een moord is gepleegd.'

'Ik kan het u heel moeilijk maken.'

Maud grijnsde. 'Achteraan in de rij aansluiten, graag,' zei ze opgewekt.

'Volgens mij is ze bang,' zei Carrie, terwijl ze wegliepen.

'Daar zou je weleens gelijk in kunnen hebben. Maar goed, eerst maar eens zijn kleren laten onderzoeken.'

'Alleen zijn hemd en broek?'

Maud dacht daar even over na. Er zat haar iets dwars. Zijn houding had haar geïrriteerd, maar dat was het niet. 'Nee,' zei ze. 'Ik wil alles. Schoenen, sokken, ondergoed.'

'Zijn ondergoed? Daar zal hij niet blij mee zijn,' zei Carrie grijnzend.

'Ik wil dat Matt alles nagaat, elke vezel, elk vlekje.' Ze keek even om naar de kamer die ze net hadden verlaten. 'En wat denk jij?'

'Hij is voor zover we weten de laatste die Garvey nog in leven heeft gezien, dus hij staat uiteraard op de verdachtenlijst en de antwoorden die hij gaf hebben het er niet beter op gemaakt. Het klonk alsof hij wanhopig een samenhangend verhaal probeerde te verzinnen.'

'Dat ben ik met je eens,' zei Maud weifelend. 'Toch heb ik het idee dat hij wel met betere antwoorden op de proppen was gekomen als hij Garvey had vermoord.' Ze zuchtte. 'Maar criminelen doen niet altijd wat het beste voor ze is, en ik heb niet geslapen, dus ik zoek er waarschijnlijk te veel achter.'

'Ik heb het dossier van de Bauer-zaak doorgenomen.'

'Sprong er iets in het oog?'

'Zelfde modus operandi,' zei Carrie met een licht schouderophalen.

'Oké.' Maud wreef over haar gezicht en streek haar haar naar achteren. 'Ik wil er ook wel even een blik op werpen. Voor de zekerheid.'

'Waar ben je dan naar op zoek?'

'Geen idee.'

Maud sloeg het dossier open en las vluchtig een paar bladzijden. Ze had niet gelogen toen ze zei dat ze geen idee had waarnaar ze op zoek was. Ze wist niet eens of de twee moorden wel verband met elkaar hielden. Ze bekeek de getuigenverklaringen, het pathologieverslag en het toxicologisch rapport. Vervolgens pakte ze het stapeltje foto's. Het huis. De kamer. Het lijk. Leo Bauer lag in een plas bloed in een klein, rommelig vertrek, een arm gestrekt naar voren, alsof hij iets probeerde te pakken, wit gezicht, gesloten ogen, donker haar, doorgesneden keel. Verder close-ups van de wond, het mes, het weerloze lichaam op de sectietafel.

Met een zucht stak ze de foto's terug in de map. 'We moeten een huisbezoekje brengen aan Ali Marais.'

Carrie wilde net reageren toen Mauds telefoon ging.

Het was Weller: 'Ik wil dat je Beatrice Macmillans verklaring gaat afnemen,' zei hij.

'Ik heb haar al gesproken.'

'Ja, maar dit is haar officiële verklaring,' zei Weller. 'Ik heb haar man gesproken en hem toegezegd dat we ze verder met rust zullen laten als we deze verklaring eenmaal hebben.'

'Dat kan ik niet beloven,' zei Maud, 'en bovendien denk ik dat ik mijn tijd momenteel beter kan besteden. Ik wil de weduwe spreken.'

'Als je het niet met me eens bent dan stuur je me maar een memo. Zorg intussen dat het in orde komt.'

73

Tyler Green tuurde naar het plafond, volgde de barsten in het schilderwerk. Alles – het schilderwerk, het gerafelde laken dat hem half bedekte, het roestige rooster rond de plafondlamp – zag eruit alsof het aan het rotten, roesten of barsten was. Hij voelde een beweging in het onderste bed.

Harvey Skinner was zo lang dat hij zich op moest krullen om in het bed te passen. De cellen op deze verdieping waren oorspronkelijk bedoeld voor één persoon, maar door er een stapelbed en een slonzig gordijn rond de roestvrijstalen plee aan toe te voegen, konden ze er nu twee personen in kwijt. Skinner was niet alleen lang. Hij was ook lijvig, alsof hij gedeeltelijk opgeblazen was; zijn buik puilde tussen zijn broekband en de zoom van zijn T-shirt uit. En hij was bleek, alsof hij onder de grond had geleefd. Hij droeg een dikke vliegeniersbril en had een middenscheiding. Zijn krullen glommen van de haarolie of gewoon van het zweet.

Hij had een verrassend hoge stem. 'Tyler Green,' zei hij. 'Tyler Green.'

Tyler gaf geen antwoord.

'Ze zeiden dat je dertig jaar gezeten had. Dat is slecht. Heel slecht.'

Tyler bleef zwijgen. De cel leek piepklein, alsof er niet genoeg lucht was voor hen tweeën.

'En nu ben je er weer.' Skinner giechelde schril. 'Je hebt het daarbuiten niet lang uitgehouden, hè?' Hij wachtte tot Tyler iets zou zeggen. In de verte hoorden ze iemand schreeuwen. 'Je bent niet echt aardig, blijkbaar. Niet erg spraakzaam.'

'Nee.'

'Dat vind ik onbeschoft. Daar kan ik niks mee. Echt helemaal niks.'

74

Agent Hale reed met Maud en Carrie zuidwaarts naar de rivier. Maud keek uit het raampje. Ze zag mensen lopen met hun ochtendkoffie. Het was zaterdag. Veel korte broeken en zomerjurkjes.

Ze bracht haar telefoon naar haar oor. 'Hallo. Ja, met inspecteur O'Connor. Ik zou graag de dienstdoende directeur te spreken krijgen... Ja. De directeur... Nu. Het is een noodgeval... Ja. Ja, ik weet hoe laat het is, en nee, het kan niet wachten... Dank u, ja, ik blijf aan de lijn.'

Ze keek op haar horloge. Het was tien over acht. De lucht was melkachtig lichtblauw. De bladeren van de platanen waren fris limoengroen. Vermoeidheid klopte achter haar ogen.

'Goedemorgen,' hoorde ze iemand zeggen.

'Spreek ik met de dienstdoende directeur?'

'Daar spreekt u mee. En u bent?'

'Ik ben inspecteur O'Connor en ik bel in verband met een van uw gedetineerden, Tyler Green, die vanmorgen vroeg bij jullie is binnengebracht. Mij is net ter ore gekomen dat hij in een cel is geplaatst met Harvey Skinner.'

'Ja, en?'

'Harvey Skinner lijkt me niet het type om een cel met iemand te delen. Ik verzoek u om Tyler Green daar onmiddellijk weg te halen.'

'Nee maar, u meent het.'

'Harvey Skinner is een regelrechte psychopaat.'

'Dus we hebben een andere psychopaat bij hem geplaatst. Ik zie het probleem niet.'

'Meneer – wat was uw naam? U hebt uw naam niet genoemd.'

'Steven Chellick.'

'Nou, meneer Chellick, het probleem is dat er gewonden kunnen vallen.'

'U bent ervan op de hoogte dat de gevangenissen een capaciteitsprobleem hebben?'

'Ik verzoek u dringend om Tyler Green direct over te plaatsen. Ik maak me ernstige zorgen over zijn veiligheid. Zegt u nu dat u mijn verzoek niet zal inwilligen?'

'Ik zeg u dat ik nota heb genomen van uw zorgen.' Ze kon zijn glimlach bijna horen. 'Voor wat ze waard zijn.'

75

Hale parkeerde de auto voor een groot appartementengebouw dat op een hotel leek. Maud en Carrie stapten uit en gingen door enorme glazen schuifdeuren het gebouw binnen, waar ze werden verwelkomd door een portier die hen naar de lift bracht. Op de elfde verdieping stapten ze uit in een onpersoonlijke gang.

Recht tegenover de lift werd een deur geopend door een jonge vrouw in een grijs pak en een witte blouse. 'Ik ben niet de butler,' zei ze glimlachend. 'Ik ben Robyn Murdoch en ik ben hier in de hoedanigheid van advocaat van Beatrice Macmillan. Komt u verder.'

Ze liepen naar binnen. 'Jezus,' zei Carrie bewonderend. 'Sorry. Dat ontglipte me.'

'Het is geloof ik van een kennis van meneer Harris.'

Het appartement was inderdaad behoorlijk indrukwekkend, een grote open ruimte met een houten vloer, minimalistisch ingericht. De kamerhoge ramen boden uitzicht op de rivier, met Westminster Palace aan de overkant. Aan een kant van de kamer stond een lange glazen eettafel. Beatrice Macmillan en Sebastian Harris zaten naast elkaar met hun rug naar het raam.

Maud liep naar hen toe. 'Ik heb begrepen dat u per direct een officiële verklaring wilt afleggen.'

'Wij willen dit gewoon snel en zo efficiënt mogelijk afhandelen,' zei Harris. 'Dit begint een schertsvertoning te worden.'

'Is uw zoon hier ook?'

'Uiteraard. Waarom vraagt u dat?'

'Ik zou hem ook graag een paar vragen willen stellen.'

'Hij is erg van streek,' zei Beatrice. 'Is dat echt nodig?'

'Hij heeft het moordwapen uw huis binnengebracht, dus ja, dat is echt nodig.' Maud nodigde Carrie met een knikje uit om zich bij hen te voegen. Ze gingen tegenover het echtpaar aan tafel zitten.

'U hebt andere kleren aangetrokken,' zei Maud tegen Beatrice.

'Ja, natuurlijk.'

'We hebben de kleren die u aanhad nodig voor het onderzoek.'

Beatrice keek naar haar advocaat. 'Moet dat?'

Maud richtte zich tot Robyn Murdoch. 'Wilt u het haar zeggen of zal ik het doen?'

'We zullen uiteraard onze medewerking verlenen,' zei Murdoch.

'Kunt u die kleren dan voor ons halen?'

Beatrice schudde ongeduldig haar hoofd. 'Ik pak ze wel als we klaar zijn.'

'Liever nu, alstublieft,' zei Maud.

Beatrice keek woedend naar haar advocaat, maar die gaf geen sjoege. Met een theatrale zucht stond ze op, en Maud volgde haar door een lange gang naar het washok. De kleren lagen op een hoop naast de wasmachine.

'We zijn precies op tijd,' zei Maud glimlachend. Ze trok haar handschoenen aan, zag een rol vuilniszakken op een plank liggen, scheurde er een af en stopte de kleren in de zak. 'Was dat alles?'

'Natuurlijk is dat alles.'

Maud keek naar het halfopen deurtje van de wasmachine. 'Weet u het zeker?'

Ze knielde neer, stak haar hand naar binnen en tastte rond. Ze voelde iets zachts en trok een zwarte damesslip tevoorschijn.

'Nou ja, zeg,' zei Beatrice. 'Dit gaat wel heel ver. Bent u nu tevreden? Misschien moet ik mijn advocaat even laten weten waar u allemaal mee bezig bent.'

'Ga gerust uw gang,' zei Maud. Ze stond op en stopte het slipje bij de rest van de kleren in de zak. Ze liepen terug naar de woonkamer.

'Alles in orde?' vroeg Robyn Murdoch.

'Nee, verre van,' antwoordde Beatrice. 'Dit is allemaal hoogst onaangenaam.'

Ze gingen weer zitten. Robyn Murdoch glimlachte naar Maud. Het was alsof ze hadden afgesproken om samen een vroege kop koffie te drinken, maar dan zonder koffie. 'Ik wil nogmaals duidelijk stellen dat mevrouw Macmillan haar volledige medewerking wil verlenen,' begon ze. 'Maar u kent de situatie.' Ze gebaarde naar Harris, die opgeprikt naast haar zat. 'Deze zaak zou voor hen allebei bijzonder schadelijk kunnen worden, hoe onschuldig ze ook zijn. Daarom willen we dit gewoon efficiënt en professioneel aanpakken.'

'Prima,' zei Maud. 'Wilt u uw man erbij hebben, mevrouw Macmillan?'

'Ik zie geen enkele reden waarom je dit jezelf zou aandoen,' zei Beatrice tegen haar man. 'Ik red me wel.'

'Ik blijf,' zei Harris, en hij sloeg zijn armen over elkaar.

Maud knikte naar Carrie.

Voor de zoveelste keer die ochtend zette Carrie het opnameapparaat aan en noemde Maud de namen van de aanwezigen en de tijd en de plaats. 'We hebben net Rudi Scott verhoord. Het lijkt erop dat hij de laatste is die William Garvey nog in leven heeft gezien. Kunt u daar uw licht over laten schijnen?'

Beatrice reageerde enigszins verward. Ze boog zich naar Murdoch toe en stelde haar een gefluisterde vraag.

Murdoch knikte. 'Hebt u ook specifieke vragen?' vroeg ze.

'Hebt u hem naar boven zien gaan?'

Er volgde weer een gefluisterde uitwisseling tussen Beatrice en haar advocaat. 'Het spijt me, maar dat kan ik me niet meer herinneren,' zei ze daarna tegen Maud.

'Hebt u hem weer naar beneden zien komen?'

'Dat weet ik ook niet meer.'

'Hebt u anderen naar boven zien gaan?'

'Het spijt me, er gebeurde zoveel tegelijk. Ik betwijfel of het me überhaupt zou zijn opgevallen, maar ik heb er in elk geval geen enkele herinnering aan.'

'Hebt u William Garvey naar boven zien gaan?'

'Nee.'

'Is u de laatste keer dat u Rudi Scott zag – voordat het lichaam ontdekt werd, bedoel ik – iets vreemds aan hem opgevallen?'

'Niet dat ik me kan herinneren.' Voor elk antwoord overlegde Beatrice op fluistertoon met haar advocaat.

Op een gegeven moment begon Maud te lachen. 'Kijkt u weleens naar Wimbledon?'

'Wat heeft dat met de zaak te maken?' vroeg de advocaat.

'Ik moest ineens denken aan hoe de koppels bij het dubbelspel na elke punt met elkaar in gesprek gaan, waardoor de wedstrijd twee keer zo lang duurt als nodig is. Is dat u weleens opgevallen?'

'Nee,' antwoordde Beatrice.

'Of misschien kunt u het zich niet meer herinneren.'

'Pardon,' zei Murdoch, 'betwist u nu het recht van mevrouw Macmillan op juridisch advies?'

'Dit zijn doodeenvoudige vragen. Al dat overleg kost alleen maar tijd.'

'De beste manier om de vaart erin te houden is het verhoor voort te zetten.'

Maud zette het verhoor voort, stelde dezelfde vragen die ze de anderen eerder ook al had gesteld en bijna alle antwoorden werden voorafgegaan door gefluisterd overleg tussen Beatrice en haar advocaat.

76

'Ik heb die man op het bureau alles al verteld.' Finn Macmillan Harris zag er slecht uit. Onder zijn zomerse teint was zijn gezicht flets en pafferig en hij had paarse kringen onder zijn ogen. Zijn voorhoofd werd opgesierd door een rij puistjes. Hij was op blote voeten en droeg een oude joggingbroek en een wijd, verwassen T-shirt. Hij leek misplaatst in het prachtige smetteloze vertrek.

'Was er een verantwoordelijke volwassene aanwezig tijdens je verhoor op het bureau?' vroeg Maud.

Hij schudde zijn hoofd.

'Ook bij dit verhoor hoort eigenlijk een volwassene aanwezig te zijn.'

'Ik ben geen kind meer.'

'Je bent zeventien.'

'Ik blijf wel,' zei Beatrice, en ze legde haar hand op Finns arm. Finn keek zijn moeder niet aan, maar Maud zag de spieren in zijn onderarm zich aanspannen.

'Dat lijkt me niet zo'n goed idee,' zei Maud.

'Ik ben zijn moeder. Ik wil erbij blijven.'

'We hebben er liever geen ouders bij als we een minderjarige verhoren,' zei Maud, waarmee ze het algemeen hield. 'Het lijkt me beter als u erbij blijft,' zei ze tegen Robyn Murdoch.

De advocate knikte en ging naast Finn zitten. Beatrice bleef even besluiteloos staan dralen en verdween toen. Maud hoorde haar door de deur heen even met haar man praten, waarna de stemmen wegstierven. 'Finn,' begon Maud. 'We gaan dit gesprek opnemen, daarna wordt het uitgetikt en moet je het ondertekenen. Het is net als bij onder ede staan: je zult ons de waarheid moeten vertellen.'

Hij knikte, knaagde aan zijn nagel. 'Krijgen zij het te zien?'

'Je ouders? Nee. Ben je er klaar voor?'

Carrie zette het opnameapparaat aan en Maud stak de riedel weer af die aan elke opname voorafging. 'Hoe laat kwam je gisteravond thuis?'

'Een uur of halftien?' gokte hij. 'Niet erg laat.'

'Was je alleen?'

'Nee. Ik was samen met Connie. Mijn vriendin. Nou ja, soort van.'

'Waarom kwam je naar huis?'

'Nou ja, ik woon er nou eenmaal, hè?'

Maud zei niets en staarde hem alleen maar recht aan in zijn van ellende vertrokken gezicht.

'Jullie weten dit allemaal allang. Ik kwam dat mes dumpen. Het vermeende moordwapen.'

'Hoe kwam je aan dat mes?'

'Dat weet ik... dat weet ik even niet meer.'

'Je hoeft je geen zorgen te maken,' zei Maud. 'Dit gaat om een moord, niet om jou en je vrienden. Maar ik moet het wel weten.'

Finn wreef in zijn ogen. 'Gewoon, een vriend.'

'Heeft die vriend ook een naam?'

'Komt hij in de problemen als ik zeg hoe hij heet?'

'Ik kan je niets beloven, maar ik doe geen onderzoek naar je vriend of wat hij heeft uitgespookt. Ik wil alleen maar vaststellen waar het moordwapen vandaan kwam.'

Finn haalde zijn handen door zijn vuile blonde haar. 'Arlo,' zei hij, zo zacht dat Maud vroeg of hij het kon herhalen voor de opname. 'Arlo Wallace.'

'En waarom had hij jou dat mes gegeven?'

'Hij heeft het niet aan me gegeven. Ik heb het van hem afgepakt. Hij was... hij was ruzie aan het zoeken en Connie en ik waren bang dat hij er iemand mee zou verwonden.'

'Wat heb je toen gedaan?'

'Ik heb het mee naar huis genomen omdat ik niet wist wat ik er anders mee moest doen. Ik dacht dat mijn moeder het wel zou weten.'

'Dus je nam het mee naar huis, en toen?'

'Ik hoorde stemmen en gelach, dus ik ging naar beneden. Aan tafel zat een hele groep mensen die ik nog nooit had gezien. Er was echt belachelijk veel eten, een soort vreetfestijn. Ik ben vegetariër,' voegde hij eraan toe. 'Ik gaf het mes aan mijn moeder. En toen zijn Connie en ik weer weggegaan. Dat was het.'

'Heb je haar het mes letterlijk overhandigd?'

Finn dacht even na. 'Volgens mij heb ik het gewoon op tafel gelegd.' Hij vertrok zijn gezicht in afkeer. 'Een paar van die mensen leken er behoorlijk opgewonden van te raken. Ze pakten het op, voelden eraan.'

'Weet je nog wie?'

'De man die naast mijn moeder zat, met het grijze haar.'

Rudi, dacht Maud.

'En de man die vermoord is.'

'Hoe weet je dat hij het was?'

'Hebt u vanmorgen geen tv gekeken en bent u niet online geweest? Je ziet zijn gezicht overal. En die ander ook. De moordenaar.'

'Tyler Green?'

'Ja.'

'Het is nog niet duidelijk wie het gedaan heeft. Heeft Tyler Green het mes aangeraakt waar jij bij was?'

'Nee. Hij was de enige die geen enkele interesse toonde. En zo te zien de enige die niet bezopen was.'

'Dus de anderen waren allemaal dronken volgens jou?'

'Zeker weten. Ik vond het vrij wanstaltig, eerlijk gezegd.'

'En jijzelf?' vroeg Carrie. 'Had jij veel gedronken?'

'Nee. Een blikje bier in het park, eerder op de avond.'

'En drugs?'

De kleur verspreidde zich als inkomend tij over het gezicht van de jongen. 'Ik begrijp niet helemaal wat dat ermee te maken heeft.'

'Finn,' zei Maud vriendelijk. 'We vragen dit niet omdat we jou willen pakken op het gebruik van verboden middelen, maar omdat het relevant kan zijn met betrekking tot jouw betrouwbaarheid als getuige.'

'En dit wordt niet doorgebriefd aan mijn ouders?'

'Niet door ons.'

Zijn blik schoot richting Robyn Murdoch. 'Of door u?'

'Geen zorgen,' zei ze met een geruststellende glimlach.

'Jullie hebben geen idee hoe het is om een minister en een lid van het King's Counsel als ouders te hebben.'

'Nee.'

'Als hij zou weten dat ik drugs gebruik...'

'Doe je dat?'

'Soms. Niet vaak. Een beetje. Soms.'

'En gisteravond?'

'Voordat we thuiskwamen hadden we alleen een klein beetje wiet gerookt. Daarna gingen we naar een club. The Cauldron,' voegde hij eraan toe toen hij zag dat Maud een vragende wenkbrauw optrok. 'In de buurt van Finchley. Daar heb ik een beetje xtc genomen.'

'Dank je,' zei Maud.

'Was dat het?'

'Lag het mes nog op tafel toen je wegging?'

'Ja. We zijn bijna onmiddellijk weer vertrokken. Ik wilde daar niet langer blijven. Ik vond het onprettig.'

'Wat vond je precies onprettig?'

'Voornamelijk om mijn moeder dronken te zien, heel anders dan anders. Ik vond het een beetje eng. Klinkt dat stom?'

Buiten op straat slaakte Maud een zucht.

'Wat?' vroeg Carrie.

'Ik begon het verhoor met het idee dat Beatrice nogal moeilijk doet en vrij irritant is. Maar er is meer aan de hand.'

Ze pakte haar telefoon en belde Matt Moran. 'Ben je er al? Mooi zo. Er is werk aan de winkel.'

77

'Hij zou nu op weg zijn geweest naar de tuin,' zei Ali bedeesd. 'Die gedachte kan ik maar niet van me afschudden. Op zaterdagochtend bracht hij me altijd thee op bed en dan hoorde ik hem fluitend rommelen in de keuken. Hij smeerde een paar boterhammen en dan bleef hij de hele dag weg. Vooral in deze tijd van het jaar. En dan kwam hij aan het eind van de middag glunderend thuis, banjerde op zijn modderschoenen het huis in met de oogst van die dag: tuinbonen, uien, bessen. En zijn geliefde asperges.' Haar lippen trilden. Een schorre snik ontsnapte haar.

Ali Marais had zich in een dikke witte badjas gewikkeld. Haar korte donkere haar was vochtig, haar kleine, krijtwitte gezicht van alle make-up ontdaan. Maud vond dat ze er jonger, mooier, kwetsbaarder uitzag. Ze zaten in de keuken van haar jarendertighuis in Clapham. De kamer was keurig opgeruimd en smetteloos schoon, hoewel er over een van de stoelen een jasje hing dat van Will moest zijn geweest en op de deurmat voor de deur naar de kleine tuin een paar grote regenlaarzen stond. Naast het fornuis hing een tuinkalender aan de muur, met bij de datums gekrabbelde notities, waarschijnlijk geheugensteuntjes voor dingen die Will in de tuin moest doen.

Achter Ali was een vrouw vrij luidruchtig thee voor hen aan het zetten. Diana Marais was verrassend anders dan haar zus: zacht, innemend, ietwat sjofel, ze had meer van haar overleden zwager dan van haar zus. Ze had de deur opengedaan en had hen eerst niet binnen willen laten. Maar Ali was in die veel te grote badjas de trap af gekomen en had hen binnen genodigd.

'Ik kan er niets meer over zeggen,' zei ze nu met schorre stem. 'Wat valt er nog over te zeggen?' Ze peuterde met dunne, trillende vingers een sigaret uit een van de twee pakjes die op tafel lagen. 'Will vond het vreselijk als ik binnen rookte,' zei ze. 'Hij had gelijk. Op den duur stinkt alles naar oude rook. Ik probeer er niet meer dan een paar per dag te roken, maar vandaag is een uitzondering. Ik heb geen vuur. Waar is mijn aansteker?'

'Hier, lieverd.'

Diana Marais kwam naar haar toe met een grote doos lucifers, streek er een af en gaf haar vuur. Ali zoog gretig aan de sigaret en leunde weer achterover op haar stoel. Haar zus legde de doos op tafel, gaf haar een kus boven op haar hoofd en liep terug naar de ketel waarin het water net aan de kook was geraakt.

Recherchewerk is een kwestie van geduld en herhaling. Bestaande verklaringen worden aangevuld en herzien, en de belangrijke dingen blijken vaak de kleine, gemiste versprekingen, contradicties en lacunes; tijdlijnen die nog eens worden nagelopen, feiten die nog eens tegen het licht worden gehouden, bewijs dat opnieuw wordt bekeken. Daar was Maud door gefascineerd; het uitpluizen, het opnieuw doorspitten van wat al bekend was en er een nieuw licht op werpen.

Het rode lampje brandde en terwijl Ali Marais opnieuw haar verhaal deed en Benjy zachtjes onder tafel lag te snurken, hield Maud haar oren gespitst voor iets wat haar aandacht zou trekken, al had ze nog geen idee wat dat zou zijn. Ali sprak hortend, gefragmenteerd, en zei de dingen die ze eerder ook al had gezegd. Soms viel ze helemaal stil en dan wachtten Maud en Carrie zwijgend tot ze de draad weer oppakte. Nadat Ali de vondst van Wills dode lichaam beschreven had, bleef het stil in de keuken. 'Bent u niet naar boven gegaan om hem te zien?' vroeg Maud na een poosje.

Ali schudde heftig met haar hoofd.

'Mevrouw Marais,' zei Maud zacht en behoedzaam. 'Kunt u me iets meer vertellen over de relatie tussen u en uw man?'

Ali staarde haar aan. 'Ik weet niet...' zei ze, waarna ze stilviel.

'Is dit werkelijk nodig?' vroeg haar zus.

'Ik werd weleens kwaad op hem,' fluisterde Ali. 'Gisteravond werd ik ook kwaad toen ik weg wilde en hij maar niet naar beneden kwam.'

Maud herinnerde zich dat Ellen had gezegd dat Ali nog last zou krijgen van het feit dat ze zo kwaad was op Will, terwijl hij al die tijd met doorgesneden keel in dat kamertje lag.

'Hij was een goede man,' zei Ali zacht. 'Hij heeft me opgevangen na Tyler. Hij was al heel lang verliefd op me, dat wist ik wel, al deed ik toen ik met Tyler was alsof ik het niet wist. Ik was hem dankbaar. En er was niemand anders in ons huwelijk, alleen wij, en Benjy. Geen kinderen – dat gemis was altijd aanwezig.'

'Hield u van hem?' vroeg Carrie.

'Houden van,' zei Ali vlak. 'Wat is dat eigenlijk precies? Will was een goede man. Hij was trouw. Hij hield van me. En ik hield op mijn manier van hem. Is dat genoeg?'

'Voor hem of voor u?'

'Ik weet het niet. Ik weet niet wat ik zeg. Hij is dood. Het is voorbij. Alles is voorbij.' Ze sloeg haar magere handen voor haar gezicht en begon heen en weer te wiegen op haar stoel.

Diana Marais zette bekers thee op tafel. 'Ik heb er nog geen suiker en melk in gedaan,' zei ze tegen Maud, terwijl ze een van de bekers naar haar zus toe schoof. 'Kijk eens,' zei ze bijna kirrend, als een moeder tegen een bang kind.

Maud wachtte rustig af. Na een paar minuten haalde Ali haar handen voor haar gezicht weg en nam ze voorzichtig een slokje thee. 'En Will en Tyler?' vroeg Maud. 'Hoe gingen die met elkaar om? Waren ze vroeger goed bevriend?'

'Heel goed. Will bewonderde Tyler. Hij keek tegen hem op.'

'Dus hij hield van jullie allebei?'

'Ja.'

'Ingewikkeld.'

'Niet echt.'

'En Tyler?'

'Hij... Ik dacht altijd dat hij ook erg op Will gesteld was.'

'Maar tijdens ons laatste gesprek zei u tegen ons dat u ervan overtuigd was dat Tyler Will had vermoord, vanwege u.'

'Ja.' Het kwam eruit als een gesmoorde zucht.

'Wat zou betekenen dat hij nog steeds van u houdt.'

Ali zei niets, maar ze schudde haar hoofd.

'Mevrouw Marais schudt haar hoofd,' zei Carrie voor de opname.

'Waarom zou hij hem dan vermoorden?'

'Ik denk dat hij nu een hekel aan me heeft,' zei Ali. 'Me echt haat. En dat hij Will ook haat, omdat hij met me getrouwd is. Dat voelde ik gisteren. Hij wist niet dat we getrouwd waren. Dat had Will hem nooit verteld. Ik denk dat Tyler ons wilde straffen. Hij was...' Ze viel even stil. 'Onmenselijk.' Ze trok weer een sigaret uit het pakje, stak hem op en zoog er zo hard aan dat haar wangen invielen.

Maud goot een scheutje melk in haar thee en nam een slok. 'Wat kunt u me vertellen over de relatie van uw man met de andere gasten?'

'Er was geen sprake van relaties met de andere gasten. We hadden iedereen al bijna dertig jaar niet meer gezien. Op Beatrice na, die we af en toe nog weleens zagen als ze een gaatje in haar drukke agenda kon vinden. Maar we waren nog nooit bij haar thuis geweest. Zo belangrijk waren we niet voor haar.'

'Oké. Dus uw man had met niemand contact gehouden?'

'Nee.'

'Zou een van hen een reden kunnen hebben om wrok tegen hem te koesteren?'

'Tegen Will?' Ali nam weer een trekje van haar sigaret, die al een flinke gloeiende askegel begon te vormen, en daarna een slok thee. 'Iedereen vond Will aardig. Dat was hij ook. Aardig,' herhaalde ze vinnig.

Maud knikte. Ze concentreerde zich en probeerde zich alles te herinneren wat al die verschillende mensen in de loop van de lange nacht tegen haar hadden gezegd. Ze dacht aan het eerste verhoor met Ellen. 'Klopt het dat u vlak voordat u sigaretten ging halen hebt gezegd dat u graag met Tyler wilde praten, die de tuin in was gegaan? En wat had u dan tegen hem willen zeggen?'

'Pardon?' Ali doofde haar sigaret. Ze zag er doodmoe uit. 'Wat maakt dat uit? Ik wilde mijn excuses aanbieden of zo. Voor alles, voor het feit dat ik nooit iets van me had laten horen; misschien zelfs voor mijn huwelijk met Will. Lijkt dat nu niet bizar? Om hem mijn excuses aan te bieden? Hij is een monster. Ziet u niet wat voor monster hij is?'

'Volgens mij is het genoeg geweest,' zei haar zus verwijtend.

'Dat ben ik met u eens,' zei Maud, terwijl ze opstond. 'Ik hoop dat het u lukt om een beetje te slapen.'

Ali lachte schamper. 'Ik heb het gevoel dat ik nooit meer zal slapen.'

78

Conrad Bauer had een lange vermoeiende ochtend achter de rug, maar het was het allemaal waard geweest, vond hij. Nu al die interviews gedaan waren, zat hij met een kopje thee achter zijn computer en keek de gesprekken terug. Hij was in twee ontbijtshows geweest en op het ochtendnieuws, direct na de minister van Binnenlandse Zaken. Hij was tevreden over zijn uiterlijk. Het donkerblauwe hemd. Zijn ernstige gezicht, de lichte aarzeling in zijn stem. Hij vond dat hij goed overkwam: een oude man die zich zijn eigen verlies herinnert, maar zich nu concentreert op de tragische dood van William Garvey en het verdriet van de mensen die hem hadden gekend en liefgehad.

Hij luisterde ook naar zichzelf op de radio: welbespraakt en toch bondig, de omzichtige eerbied van de interviewer.

Zijn inbox stroomde vol steunbetuigingen van vrienden, bekenden en onbekenden. Er verzamelde zich een menigte rond Bureau Hitcham Road en de hoofdcommissaris van de Metropolitan Police sprak zijn zorgen uit over de vrijlating van Tyler Green. De premier had een verklaring afgegeven, evenals de woordvoerder van de reclassering. Zo meteen zou een rechercheur de pers te woord staan.

Hij nam een slokje thee. Hij voelde zich springlevend, vastberaden en vol doelgerichte woede. Hij wilde meer doen, zich nog vaker uitspreken, zijn stem horen aanzwellen en het mededogen zien in de ogen van mensen die hij toesprak.

Susan Bauer was in de tuin. Ze hield van tuinieren, maar dat deed ze nu niet, en ze las ook niet in de ochtendkrant die net was bezorgd en die ze mee naar buiten had genomen. Ze zat met haar handen in haar schoot gevouwen op het houten bankje en staarde voor zich uit. Ze wilde Conrad vragen om ermee op te houden, er gewoon mee op te houden. Ze had het gevoel dat ze zijn gerechtvaardigde woede, zijn harstocht en verbetenheid geen seconde langer meer kon verdragen.

Hun zoon was vermoord. Zijn afwezigheid was de kern van haar leven, de drijvende kracht en zou dat blijven tot aan haar dood. Ze vond het verschrikkelijk als de mensen het hadden over het goede dat voort kon komen uit zo'n vreselijke tragedie. Er kon niets goeds uit voortkomen en haar acceptatie en verdriet brachten een zekere vredige berusting met zich mee. Maar Conrad kon het niet laten rusten. Hij had vanmorgen bijna gelukkig geleken, dacht ze. Gelukkig in zijn haat en woede en verlangen naar vergelding.

Ze hoorde de telefoon overgaan in huis. Ze hoorde de deurbel. Ze sloot haar ogen en hief haar gezicht op naar de zon en het geluid van de zingende vogels.

79

Vooral de nachten die Tyler in gevangenschap had doorgebracht waren een marteling geweest. Overdag had hij structuur, was er een strak schema dat volgens een nauwkeurig uurrooster was ingedeeld, dat hij doorliep als een soldaat op een militaire missie. Exercitie, eten, douchen, studeren, exercitie... Maar de nachten waren vormeloos; de tijd had geen kader, maar druppelde tergend langzaam voorwaarts. Dan lag hij in het donker, met een andere man boven of onder zich die hij hoorde ademen, snurken, kreunen, soms hoorde schreeuwen, onverstaanbare kreten hoorde slaken. Weggevoerd worden door de slaap was een herinnering geworden, iets wat hij was verleerd, en in zijn slapeloosheid zwermden zijn gedachten en gevoelens als miljoenen insecten om hem heen. Als hij dan eindelijk toch sliep, daalden benauwende akelige dromen over hem neer, waardoor hij zwetend en doodsbang wakker schrok.

Maar deze ochtend wenste Tyler dat het nog donker was geweest. Het enige raampje in de cel bood uitzicht op een stukje lichtblauwe hemel waar af en toe een wolkenflard doorheen zweefde. Zelfs in deze benauwde cel hoorde hij buiten de vogels zingen. Gisteren had hij onder die hemel gelopen, in het stralende daglicht. Gisteren was hij langs een kanaal naar een park gelopen en had daar urenlang met halfgesloten ogen zitten luisteren naar de spelende kinderen, het geklater van een fontein, het gekwinkeleer van een merel in een boom.

En nu zat hij hier, waar hij altijd zou blijven. Levenslang is levenslang. Tyler Green komt nooit meer vrij.

Toen liet hij de gedachte aan inspecteur O'Connor toe, haar intelligente gezicht, die grijze ogen waarmee ze hem had aangekeken, ín hem had gekeken, in een poging een helder beeld van hem te krijgen. Als er iemand was die hem kon... maar hij onderbrak zijn eigen gedachtegang.

De sleutel werd rammelend in het slot gestoken en de celdeur zwaaide open. Harvey Skinner stapte naar binnen. Hij leek het licht tegen te houden en bracht een onaangename geur met zich mee, paddenstoelachtig en muf. De deur viel met een klap achter hem dicht.

Skinner liep verder tot hij met zijn gezicht een paar centimeter van dat van Tyler verwijderd was. Hij grijnsde en liet zijn knokkels kraken. 'Wat zullen we eens doen vandaag?' vroeg hij met zijn hoge stem. 'Tyler Green.'

'Ga bij me vandaan,' zei Tyler. 'Nu.'

'Zei hij iets? Heeft hij me iets opgedragen? Dat is goed. Dat is heel goed.' Zelfs zijn lach was groezelig. 'Ik heb vrienden hier, Tyler Green. Heb jij hier vrienden?'

Jay zat op een stoel in een gang en keek naar de langslopende mensen. Ze leken hem vergeten te zijn. Hij was even in slaap gevallen. Hij zag een agent naar hem staan kijken. 'Kan ik nu gaan?'

'Hebt u uw verklaring afgelegd?'

'Ja.'

'Ja, dan kunt u gaan, lijkt me. Als ze uw telefoonnummer hebben.'

'Ja, dat hebben ze.'

Hij stond op en liep als in een droom de gang uit, een deur door en nog een deur door, en toen stond hij buiten op straat en de zon scheen op zijn gezicht. Hij was vrij.

80

Ellen zat weer aan de keukentafel in het huis van haar vriendin Georgia Byrne. Achter Ellen zag Maud het groen van een van de vele parkjes in Islington. Mensen lieten er hun hond uit.

Bij het aanrecht was Georgia in de weer. 'Willen jullie misschien thee of koffie?' vroeg ze. 'Ik heb ook taartjes.'

'Nee, dank u,' antwoordde Maud. 'We houden het zo kort mogelijk.'

'Neemt u vooral zo lang als u nodig hebt. Dit is zo verschrikkelijk.'

'Zou u ons misschien even alleen kunnen laten?' vroeg Maud. 'We willen mevrouw Sweeney alleen even een paar vragen stellen en dan gaan we weer.'

'O ja, ja, natuurlijk,' zei Byrne, een beetje geschrokken. Ze schonk haastig een beker koffie voor zichzelf in, waarbij ze op het marmeren aanrecht morste. 'Ik hoor het wel als u iets nodig hebt.'

Even later hoorden ze het gemurmel van haar stem uit de kamer komen. Ellen boog zich over tafel naar hen toe. 'Ik durf te wedden dat ze iemand belt om het allemaal aan te vertellen. Ik heb haar nog nooit zo opgewonden gezien.' Ze liet zich terugzakken op haar stoel en keek bedachtzaam voor zich uit. 'Ik ben nog nooit zo nauw bij zoiets afschuwelijks betrokken geweest. Het voelt haast onwerkelijk.'

'Maar u was al eerder bij een moord betrokken,' merkte Maud op.

'O ja, natuurlijk. Sorry, ik kan bijna niet geloven dat ik die arme Leo helemaal was vergeten.'

'U hebt waarschijnlijk gewoon slaap nodig,' zei Maud. 'We zijn zo klaar. Sommige vragen kunnen misschien enigszins indiscreet lijken.'

Ellen leek even verbaasd en begon toen te lachen. 'O ja,' zei ze. 'Ik heb het over seks gehad. En waarom ook niet? Maar het zou goed kunnen dat sommige mensen zich daar ongemakkelijk bij hebben gevoeld. Dat overkomt me wel vaker. Maar aangezien jullie hier zijn in verband met een moordonderzoek, denk ik niet dat dat heel belangrijk is.'

'Daar hebt u waarschijnlijk gelijk in,' zei Maud, 'maar we moeten het er toch even over hebben. Sommige mensen voelden zich er dus niet gemakkelijk bij. Wie waren dat?'

Ellen gebaarde met haar handen. 'Misschien moet ik eerst even zeggen dat ik relatietherapeut ben. Mensen kunnen alles tegen me zeggen. Als je jong en ongebonden bent, is het uitleven van je seksualiteit niets om je voor te schamen, zolang je er anderen geen schade mee berokkent.'

'Maar...?' vroeg Carrie.

'Sorry?'

'Ik dacht dat ik een "maar" hoorde aankomen. U zei dat sommige mensen zich ongemakkelijk voelden en mijn collega vroeg wie dat dan waren.'

Voordat Ellen kon antwoorden klonk het melodietje van 'Ring-a-Ring-a-Roses'. Ze keek op haar telefoon. 'Sorry, maar deze moet ik even opnemen. Hallo, lieverd.' Ze stond op en liep naar het andere eind van de kamer, weg van de straat. Ze keerde hun haar rug toe en dempte haar stem.

Maud ving alleen een paar flarden op. Fragmenten van ontkenningen en verontschuldigingen, gevolgd door een lange stilte. Er kwam een blikkerig geluid uit haar telefoon, onverstaanbaar geschreeuw.

Toen nam Ellen weer het woord. 'Nee, nee, het spijt me, ik...' Ze viel stil. Met haar rug naar de twee rechercheurs toe gekeerd keek ze naar haar telefoon. Langzaam draaide ze zich om en kwam weer aan tafel zitten. Haar ogen stonden glazig, alsof ze slecht nieuws te horen had gekregen.

Ze keek de twee aan alsof ze hen nauwelijks herkende, haalde een zakdoekje tevoorschijn en snoot haar neus. 'Dat was Michael, mijn eh... Het heeft hier niets mee te maken, maar hij kan nogal...' Ze gebaarde weer, knikte traag en haalde diep adem.

Het was duidelijk dat ze haar tranen probeerde te bedwingen. 'Gaat het?' vroeg Maud. 'Wilt u misschien een glaasje water?'

Ellen sloeg met haar hand op tafel. 'Nee, het gaat helemaal niet,' zei ze, 'op allerlei manieren niet. Het idee dat ik andere mensen relatieadvies geef, terwijl ik zelf...' Ze brak haar zin af en haalde weer diep adem.

'Terwijl u...?' vroeg Maud.

'Laten we het daar maar niet over hebben,' zei Ellen met hernieuwde energie. 'U vroeg naar gisteravond.' Ze liet haar hoofd even in haar handen rusten en tilde het toen weer op. 'Het betekent verder niets, maar ik denk dat u het beter van mij kunt horen dan van iemand anders.' Ze haalde diep adem. 'We waren allemaal emotioneel en open tegen elkaar, en toen benoemde ik mijn seksuele ervaringen met hen, wat die voor mij betekend hadden.'

'Hen?' vroeg Maud.

'Ik zei dat ik met ieder van hen naar bed was geweest, behalve met Jay... Met alle mannen, bedoel ik,' zei ze met een flauw glimlachje. 'Zo bevrijd was ik nu ook weer niet. En hoe het voor mij geweest was. Ik vertelde ze dat Leo de enige was die me had behandeld alsof ik niet meer dan een ding was.' Ze keek Maud doordringend aan. 'Ik wil hier even duidelijk stellen dat ik niet uit ben op uw medelijden.'

'Medelijden waarmee?'

'Toen vertelde Will dat Leo nadat hij me had geneukt met de

andere jongens in het café over mij had gepraat, zoals jongens praten over de meisjes met wie ze naar bed gaan. Hij had gezegd dat ik een zielig geval was en dat ik met iedereen naar bed ging omdat ik wanhopig op zoek was naar aandacht.'

'Hoe was het om dat te horen?'

'Bedoelt u of ik me vernederd voelde? Nee. Ik was wel kwaad.'

'Hoe kwaad?'

'O, juist, ja,' zei Ellen na een korte stilte. 'U vraagt of ik kwaad genoeg was om Will dood te steken?'

'Dat hebt u mij niet horen vragen,' zei Maud. 'Maar u vraagt het zelf wel. Wat is het antwoord?'

'Het antwoord is dat ik al die mannen gewoon zat ben. Ze verachten je als je zin hebt in seks en ze verachten je als je geen zin hebt in seks. Maar de echte schoft in dit verhaal is Leo, niet Will, en Leo was al dood. Je kunt iemand niet twee keer vermoorden.'

'Waarom bent u naar de reünie gegaan?'

Er trok een schaduw over Ellens gezicht. 'Dat vraag ik me ook af. Ik ga normaal eigenlijk nooit naar reünies. Misschien was het een poging om weer mijn twintigjarige zelf te worden. Nou, wat dat betreft heb ik mijn lesje wel geleerd.' Ze wierp Maud een vlugge blik toe. 'Je zou het zelfs zielig kunnen noemen.'

Maud wachtte even met het stellen van haar volgende vraag om Ellen de tijd te geven tot zichzelf te komen. 'Onze interesse gaat uit naar een specifiek en vrij kortdurend moment. Om ongeveer kwart voor twaalf komt Rudi beneden en zegt dat hij boven even met Will Garvey heeft gepraat. Volgens hem was er niets buitengewoons aan het gesprek, hoewel ze allebei behoorlijk dronken waren. Ongeveer een kwartier later wordt Will Garvey dood aangetroffen.'

'Door mij,' zei Ellen.

'Ja. Waarom ging u naar boven?'

'Het was tijd om te gaan. Dat is zwak uitgedrukt. De avond was al behoorlijk uit de hand gelopen en het was duidelijk dat Beatrice ons weg wilde hebben. In mijn beleving wilden de meesten van ons ervandoor en er nooit meer aan herinnerd worden.'

'Wat gebeurde er toen u Garvey had gevonden?'

'Ik kon het eerst niet echt bevatten. Ik dacht dat hij in elkaar was gezakt of sliep. Toen werd ik me bewust van de geur. Die geur verwacht je niet.'

'Wist u zeker dat hij dood was?'

'Ik knielde bij hem neer en toen zag ik het bloed en de hoek waarin zijn hoofd lag. Toen wist ik dat hij dood was.'

'Hebt u het wapen aangeraakt?'

'Het wapen? Ik heb helemaal geen wapen gezien.'

'Laten we even teruggaan in de tijd. Rudi Scott komt weer beneden nadat hij met Garvey heeft gepraat. Waar is iedereen?'

'Ik ben al vierentwintig uur op. Ik kan niet helder meer denken.'

'We zijn bijna klaar. Hou nog even vol. U hebt ons al verteld dat Ali Marais sigaretten was gaan halen en dat Clara Keane met haar mee was. Waren ze al vertrokken toen Rudi weer beneden kwam?'

'Wat doet dat ertoe?'

'We proberen alleen maar vast te stellen wie waar was op welk moment.'

Ellen reageerde met een hulpeloos gebaar. 'Nee, nog niet,' zei ze toen. 'Ik herinner me dat hij iets zei en dat Ali iets terugzei. En daarna zei ze dat ze sigaretten ging halen, waarop Clara zei dat ze mee zou gaan.'

Maud keek even naar Carrie.

'Ik weet het,' zei Ellen. 'Het is vrij vaag allemaal. Sorry, ik ben bekaf.'

'Geen probleem,' zei Maud. 'En waar was Tyler Green?'

'Dat weet ik nog,' zei Ellen. 'Hij was de tuin in gegaan. Om zich aan de drukte te onttrekken. Jay ging achter hem aan.'

'Dus volgens u waren ze allebei in de tuin. Weet u dat zeker?'

'Ze waren zichtbaar vanuit het huis. Marco was bang dat het op een gevecht zou kunnen uitdraaien, dus hij liep er ook heen. Of nee, ik geloof dat hij dat op verzoek van Beatrice deed. Volgens mij gingen er nog wel meer mensen de tuin in.'

'Wie dan?'

'Dat weet ik niet meer. Ik wilde weg. Ik was van plan om mijn jas te pakken en een Uber te bellen en...' Ze zweeg even. 'Volgens mij héb ik er zelfs een gebeld, maar ben ik dat later door alle consternatie vergeten. Die heeft er waarschijnlijk voor niets een tijdje voor de deur staan wachten. Wat doen ze eigenlijk als dat gebeurt? Ze zullen je wel een of andere boete in rekening brengen.' Ze wreef over haar vermoeide, kwabbige gezicht. 'Ik haat het als ik dingen vergeet.'

Maud zette het opnameapparaat uit, maar ze stond nog niet op. 'Mevrouw Sweeney,' zei ze. 'Mag ik u in uw hoedanigheid van relatietherapeut een vraag stellen? Wat voor advies zou u geven aan iemand die duidelijk in een ongelijkwaardige relatie zit en geestelijk mishandeld wordt?'

Ellen keek op, ving Mauds blik en keek weer weg. 'Ik geef geen advies,' zei ze. 'Dat hoort niet bij mijn werk.'

'Maar wat zou uw reactie zijn?'

Maud zag Ellen slikken. Haar handen lagen in elkaar verstrengeld op haar schoot. 'Ik zou vragen waarom die persoon niet bij machte was om voor zichzelf op te komen,' zei ze traag. 'Ik zou haar aanmoedigen om na te denken over haar eigenwaarde en zelfliefde. Mensen in een dergelijke relatie hebben vaak geen enkel zelfvertrouwen meer en zijn gaan geloven dat ze niets waard zijn, dat ze het op de een of andere manier verdienen om gekleineerd en gecontroleerd te worden. Daarbij zou ik nog willen opmerken,' vervolgde ze met zichtbare moeite, 'dat mensen in zulke relaties de schadelijke patronen waarin ze vast zijn komen te zitten in stand houden door voortdurend aan de eisen van hun controlerende partner tegemoet te komen.'

'Dank u,' zei Maud. 'Dat lijkt me een heel bruikbare reactie.' Met een klein glimlachje naar Ellen stond ze op.

Ellen glimlachte niet terug, maar ze knikte Maud toe en wendde zich toen af.

81

'Ik rij wel,' zei Celia tegen Rudi. 'Jij bent er niet meer toe in staat.'

'En mijn auto dan? Die staat nog bij Beatrice voor de deur.'

'Die rijdt Gordon wel terug. Toch, Gordon?'

Hun advocaat knikte weinig enthousiast. 'Als ik iets ontbeten heb,' zei hij. 'Ik ben zelf eerlijk gezegd ook best moe.'

'Neem de tijd, er is geen enkele haast bij.'

'Ik ben niet verzekerd.'

Celia pakte haar telefoon en begon erop te typen. 'Nu wel,' zei ze. 'Voor vierentwintig uur. Geef hem de sleutel, Rudi.'

Rudi stak zijn hand in de zak van de blauwe joggingbroek die ze hem op het bureau hadden gegeven. Hij overhandigde de advocaat de sleutel en gaf hem het adres, waarna hij gedwee achter Celia aan naar haar auto liep. Ze had gelijk: hij was niet meer in staat om te rijden. Hij voelde zich slap en lamlendig, zonder ook maar een greintje energie. Toen hij zichzelf in de autospiegel bekeek zag hij dat zijn gezicht erg bleek was.

Hij keek langs zijn lijf omlaag. Door de kleren die ze hem hadden gegeven, leek hij een vreemde voor zichzelf: het was een goedkope joggingbroek, een dun donkerblauw hemd, witte instappers die hem iets te groot waren. Hij had zweethanden en zijn hoofdhuid jeukte.

'Ik ben echt kapot,' zei hij toen Celia wegreed. 'Ik ga proberen wat te slapen.'

'Wacht even, Rudi.' Celia zat zoals altijd kaarsrecht, heel dicht op het stuur. Ze zag er beheerst en alert uit.

'Wat is er?'

'Ga je me niet vertellen wat er is gebeurd?'

'Hoe bedoel je?'

'Wat er vannacht allemaal is gebeurd?'

'Je weet wat er is gebeurd. Tyler Green heeft Will Garvey vermoord. Het was een absolute nachtmerrie.'

'Ik ken je, Rudi. Ik weet dat je iets voor me achterhoudt.'

'Jezusmina, natuurlijk hou ik dingen achter. Het was afschuwelijk. Afgrijselijk. Traumatisch,' zei hij. 'Ik heb tijd nodig om het te verwerken, om het tot me door te laten dringen wat er allemaal precies is gebeurd. Je kunt moeilijk van me verwachten dat ik je alles in één keer vertel.'

'Je hoort geen geheimen voor me te hebben, Rudi.'

'Ik heb geen idee waar je het over hebt.'

'Geheimen drukken ons terneer,' zei Celia, die in het achteruitkijkspiegeltje keek en de richtingwijzer aanzette om aan te geven dat ze linksaf ging. 'Geheimen houden ons gevangen. De waarheid zal ons bevrijden.'

'Ik ben je man, ik behoor niet tot je doelgroep. En ik heb net een vreselijke, ingrijpende ervaring achter de rug. Daar zou je best een beetje rekening mee mogen houden.'

'Ik denk aan jouw belang. Daar denk ik altijd aan. Ik wil je helpen, maar dat kan ik alleen als ik weet wat je dwarszit.'

'Een vroegere vriend van me is vermoord. Ik heb de hele nacht op het politiebureau gezeten, geen oog dichtgedaan, en mijn vrouw behandelt me als een mogelijke verdachte. Dat zit me dwars.'

'Nou, slaap maar lekker dan, Rudi,' zei ze, als een moeder tegen een koppig klein kind. 'Je kunt slapen terwijl ik naar huis rij.'

Hij deed zijn bril af, zette de stoel in de laagste stand, draaide zich met zijn rug naar Celia toe en legde zijn wang tegen het koele leer van de stoelleuning. De hemel was een helderblauwe koepel, de zon scheen brandend op hem door het glas en toen hij zijn ogen sloot zag hij de hete witte bal nog steeds op zijn netvlies staan.

Hij kon niet slapen. Celia's muskusachtige parfum drong zijn neus binnen. De auto zoemde onder hem. Hij bleef stil liggen en probeerde regelmatig adem te halen, deed alsof hij sliep. Celia zette de radio aan en de auto vulde zich met klassieke muziek: iets traags en zwaars, een dodenmars, het sonore gebrom van naderend onheil.

De auto minderde vaart en kwam tot stilstand. Hij kwam overeind en deed zijn ogen open. 'Wat is er?'

'Blijkbaar is er een ongeluk gebeurd,' zei Celia. 'Dat kan er ook nog wel bij.'

Rudi keek door de voorruit. Een lange rij auto's slingerde zich voor hen uit de heuvel op. De zon weerkaatste van het koetswerk, waardoor zijn hoofdpijn nog erger werd. 'Het staat volkomen vast,' zei hij.

'Dat zie ik ook wel.'

'Ik heb het verschrikkelijk warm.'

'Iedereen heeft het warm, Rudi.'

'Hebben we water?'

'Nee.'

'Jezus christus,' zei hij kwaad, en hij voelde zijn vrouw naast zich verstijven. 'Sorry. Ik ben mezelf niet.'

82

Terwijl Jay naar het station liep had hij het gevoel dat er insecten onder zijn schedeldak waren gekropen. Gonzende, zoemende, wriemelende, kriebelende insecten. Hij wreef over zijn hoofd. Zijn hele volwassen leven – sinds dat gruwelijke weekend – was hij bezig geweest een schuilplaats te creëren om niet alleen de wereld, maar ook zijn eigen gedachten op afstand te houden. Het was een uiterst fragiele constructie, bijeengehouden door plakband en gerafelde touwtjes. Als hij midden in de nacht wakker werd leek het soms alsof de wind en de regen zich door de kieren van zijn schuilplaats naar binnen hadden weten te dringen, waardoor die zou kunnen instorten en hij aan de elementen zou zijn overgeleverd. Maar de constructie had standgehouden. Tot nu.

Hij was net een acteur die bijna dertig jaar de rol van een normaal functionerend mens had gespeeld. Op de dagen dat hij niet wilde eten, niet eens uit bed wilde komen, maakte hij zichzelf wijs dat hij een normaal mens speelde. Nooit de hoofdpersoon van de film. Altijd een bescheiden bijrol, iemand die de hoofdrolspeler koffie serveert of, nog beter, gewoon een figurant die zwijgend voorbijloopt op de achtergrond.

Maar tijdens deze vreselijke avond had zijn constructie het begeven en had hij zijn rol niet naar behoren gespeeld. De ware Jay Murphy had zich in al zijn leegheid en huichelarij getoond. Ze hadden hem gezien zoals hij was en hij had zichzelf gezien zoals hij was.

Hij probeerde zijn malende gedachten in toom te houden, maar het beeld van het lijk en het bloed bleef zich opdringen. Het werd zo krachtig dat hij het probeerde te blokkeren door zijn ogen te bedekken, maar dat maakte het juist nog intenser, scherper en feller.

Het drong vaag tot hem door dat het een mooie ochtend was, nog vrij koel, maar met de belofte van warmte. Hij liep langs mensen, stelletjes, duidelijk met plannen voor de dag, dingen waar ze enthousiast over waren. Een wereld waar hij buiten stond. Hij had er net zo goed door een ruit naar kunnen kijken.

Hij wist dat hij niet had moeten gaan, dat hij er alleen maar last van zou krijgen. Waarom had hij zich door Clara laten overhalen?

Hij had weleens gehoord over mensen die tijdens een operatie waren bijgekomen. Ze voelden de pijn, maar waren door de verdoving niet tot spreken in staat. Hij voelde zich net zo. Hij werd geopereerd terwijl hij volledig bij bewustzijn was en kon er niets tegen uitrichten. Hij wilde alleen maar dat het ophield.

83

Maud keek uit het raampje terwijl Hale hen naar de woning van Marco Burney in Wood Green bracht. Het was een mooie ochtend. De terrasjes zaten al vol. Ze kon de koffie haast ruiken.

Haar mobieltje zoemde in haar zak. 'Met Driscoll. Ik onderzoek de plaats delict. Je had gebeld.'

Maud moest even nadenken. Ze was moe, alles kostte iets meer tijd. 'Ja,' zei ze. 'Nemen jullie de tuin ook mee?'

'De tuin?'

'Laat ik het anders formuleren. Ik wil dat je ook sporenonderzoek in de tuin doet. Dat je daar alles verzamelt. Afval. Peuken. Alles. Duidelijk?'

'Ja, mevrouw,' zei Driscoll weinig enthousiast. 'Was dat het?'

'En dingen die in huis op de grond of in de vuilnisbak zijn gegooid. Wat dan ook.'

'Zijn we mee bezig.'

'Mooi zo.'

Er viel een stilte. Maud voelde de man aan de andere kant van de lijn wachten tot ze het gesprek zou beëindigen, maar ze probeerde zich iets te herinneren. Wat was het ook alweer? O ja. Waarschijnlijk was het niets, maar toch. 'Er is nog een logeerkamer,' begon ze terwijl ze de herinnering weer opriep, 'op de eerste verdieping. Hebben jullie die al bekeken?'

'Nee, moeten we dat doen?'

'Nee. Sluit de kamer maar af, aangezien jullie er toch nog niet binnen zijn geweest. Als het goed is komt er zo iemand van de technische recherche, Matthew Moran. Het is waarschijnlijk niet van belang, maar hij zal daar een kijkje nemen. Laat het maar aan hem over. Bedankt en tot kijk.'

'Vanwaar die interesse voor de logeerkamer?' vroeg Carrie.

'Ging jij als tiener nooit naar feestjes?'

'Natuurlijk wel.'

'Ik ook,' zei Maud. 'Er is waarschijnlijk niets te vinden, maar...' Ze maakte haar zin niet af.

84

Jan en Mick stonden op het perron van metrostation Camden Town, waar ze op de lijn naar Bank stapten. Ze waren opgewonden. Ze woonden weliswaar in Londen maar waren nooit eerder naar Borough Market geweest. Het plan was om uit te stappen op London Bridge, daarvandaan naar de markt te lopen, ergens iets te ontbijten en dan – wie weet? – misschien wel langs de rivier terug naar huis te wandelen.

Ze wisten het nog niet, maar ze zouden Borough Market vandaag niet bereiken.

Mary Rundell leunde tegen de muur. Ze was negentig en stond vlak naast een bankje, maar niemand bood haar een zitplaats aan. Mensen waren in hun telefoon verdiept of deden alsof. Ze ging naar Brixton om bij haar zoon en schoondochter te brunchen: roerei, pasteitjes, koffie. Maar van die brunch zou het niet komen die dag. Pas die avond zou ze weer iets kunnen eten: een halve geroosterde boterham.

Zo'n anderhalve kilometer verderop reed Narayan Singh, de machinist van de Northern Line, in zuidelijke richting station Tufnell Park uit. Hij was er met zijn aandacht niet bij: hij dacht aan de wedstrijd van vanmiddag. Als zijn dienst erop zat zou hij met zijn zoon naar Highbury gaan. Hij wist niet dat de laatste minuten van zijn loopbaan waren aangebroken.

Een magere grijsharige man wrong zich zo ruw langs Mary Rundell dat ze zich met haar krukken in evenwicht moest houden. Hij bleef vlak voor haar staan en ze staarde naar zijn rug. Ze was bijna gevallen en ze zag ineens voor zich hoe ze op de grond smakte en een heup brak, en alles wat daarop zou volgen. Brancards en ziekenhuizen. Haar grootste angst. De man knikte lichtjes met zijn hoofd. Op en neer. Waarschijnlijk niet helemaal goed bij zijn hoofd. Je zag steeds meer van dat soort verwarde mensen tegenwoordig. Vreselijk toch eigenlijk.

Mick zei iets maar Jan kon hem niet verstaan omdat de man naast haar in zichzelf stond te mompelen. Eerst dacht ze dat hij aan het bellen was, maar het klonk niet als een normaal gesprek. De woorden van de man werden langzaam overstemd door het toenemende gedruis van de naderende trein. Toen het gedruis overging in gebulder, kreeg Mary Rundell de aandrang om de man voor haar vast te pakken, maar dat kon ze niet omdat ze haar krukken vasthield. En Jan werd overvallen door een onrust die ze niet helemaal kon plaatsen, een misselijk gevoel dat zich door haar borst verspreidde.

De trein kwam de tunnel uit gedenderd. De magere man stapte naar voren. Iemand gaf een gil. Jan probeerde weg te kijken en zag de machinist. Hij was zo dichtbij dat ze zijn gezicht kon zien, zijn starende ogen en zijn in een geluidloze schreeuw opengesperde mond.

85

'Ik was al bang dat we u wakker hadden gemaakt,' zei Maud.

Marco nam een slok koffie, terwijl hij een nerveuze blik op het opnameapparaat wierp. 'Kristin is net naar bed gegaan, maar ik probeer wakker te blijven. Als ik nu naar bed ga, kan ik vanavond niet slapen. Dan is mijn hele week naar de klote. Ik heb morgenmiddag een optreden. Dan moet ik helder zijn.' Met een vermoeide blik taxeerde hij Maud. 'Voor jullie is het niet zo'n probleem. Hoe oud zijn jullie, begin dertig? Ik trek dit niet meer. In mijn studententijd haalden we de hele nacht door en gingen dan de volgende ochtend ergens ontbijten. Daarna ging je een paar uur pitten en dan begon het weer opnieuw. Daar kwamen ook weleens chemische stimulantia aan te pas, als ik dat mag zeggen tegen de politie. Het zal inmiddels wel verjaard zijn, neem ik aan.'

'En gisteravond?' vroeg Carrie.

'Hoe bedoelt u?'

'Waren er stimulerende middelen in het spel?'

'O, gaat het daarover?' vroeg Marco op boze toon. 'Als je een moord niet kunt oplossen, kun je misschien iemand aanhouden voor drugsbezit? Volgens mij kunnen jullie maar beter gaan.'

'Het maakt ons niet uit of er drugs zijn gebruikt,' zei Maud. 'Voor Tyler Green zou het een probleem kunnen zijn, maar wij zullen verder niets met die informatie doen.'

'Jullie hoeven je wat dat betreft over Tyler geen zorgen te maken,' zei Marco. 'Hij heeft me flink terechtgewezen en maakte duidelijk dat hij de voorwaarden voor zijn vrijlating niet wilde schenden.'

'Voor u stelt het waarschijnlijk niet veel voor, maar voor hem wel,' zei Maud. 'Hij zit alweer in de cel. Of wou u soms zeggen dat dat zijn verdiende loon is?' vroeg ze met opgetrokken wenkbrauwen.

Marco keek ongemakkelijk. 'Dat was wel mijn eerste gedachte toen ik hoorde dat hij weer vastzat,' zei hij. 'Maar ik heb hem in de tuin gezien.'

'De hele tijd?'

'Dat weet ik niet zeker. Jay ging de tuin in om zijn bezwaren tegen Tyler te uiten en ik ging erachteraan om ervoor te zorgen dat het niet uit de hand zou lopen.'

'Waren er nog anderen bij?'

'Rudi liep met me mee. En even later kwam Kristin er ook bij.'

'En jullie waren allemaal samen?'

'Ja, volgens mij wel.'

'En was Tyler de hele tijd in zicht?'

'Dat niet, maar ik heb hem niet langs zien glippen.'

'En William Garvey?' vroeg Carrie. 'Konden jullie goed met elkaar overweg?'

'Bedoelt u in het algemeen?' vroeg Marco weifelend.

'Nee, gisteravond.'

'O, dat ging wel,' antwoordde hij. 'We waren allemaal nogal dronken en vrij luidruchtig.'

'Hij was niet zo aardig als hij deed voorkomen,' klonk achter hen, en ze keken alle drie om.

Kristin stond in de deuropening. Ze had alleen een ruimvallend T-shirt en een onderbroekje aan.

'Ik dacht dat je sliep,' zei Marco.

'Ik hoorde stemmen.'

Haar ogen waren opgezwollen. Er zaten vegen make-up op haar gezicht en haar haar zat in de war. 'Hoe bedoelt u, niet zo aardig?' vroeg Maud.

'Hebben jullie al gehoord wat hij tegen Ellen zei?' Ze wachtte het antwoord niet af. 'Ik bedoel, als je zoiets zegt, na zoveel jaar, dan zit er toch een steekje bij je los, of niet dan?'

'Zijn u, naast zijn opmerkingen tegen Ellen, nog andere spanningen opgevallen tussen Garvey en de andere gasten?'

'U maakt een grapje zeker? Iedereen had ruzie met iedereen.'

'Ik niet,' zei Marco.

'Ach, jij,' zei ze giftig. 'Breek me de bek niet open.'

Maud keek Marco aan. 'Heeft zich gisteren een probleem tussen u en Garvey voorgedaan?'

Kristin antwoordde in zijn plaats. 'Het echte probleem was tussen hem en Tyler Green. Die wist precies hoe hij Marco moest bespelen.'

'Dat is niet helemaal waar,' mompelde Marco.

'Natuurlijk is dat wel waar!' zei Kristin. 'Tyler Green komt uit de gevangenis en organiseert die reünie omdat hij jullie wil naaien, in al jullie hoofden wil kruipen. En hij weet dat je om Marco op stang te jagen alleen maar naar zijn muzikale carrière hoeft te vragen.' Ze stond inmiddels naast hem en gaf hem een tikje op zijn kale kop, waardoor hij ineenkromp. 'Waar is het misgegaan? Wanneer realiseerde je je dat je geen ster zou worden? Dat soort dingen.'

'Ik denk dat onze kleine Kristin me probeert te helpen,' zei Marco onderkoeld en toonloos, maar Maud pikte zijn smeulende woede op. 'Ik denk dat ze jullie probeert te vertellen dat ik Will Garvey niet kan hebben vermoord omdat ik te zeer in beslag werd genomen door de wens om Tyler Green te vermoorden.' Hij draaide zich om en keek haar aan. 'Toch?'

'Als je het zo wilt opvatten,' zei ze met een licht schouderophalen.

'Waarom hebt u na de moord het pand verlaten?' vroeg Maud haar. 'U moet geweten hebben dat u een belangrijke getuige was en toch bent u weggegaan zonder de politie in te lichten.'

'Waarom?' zei Kristin met een vals lachje. 'Ik ontvluchtte de situatie niet, ik ontvluchtte hém.' Ze wees vol woedende afkeer naar

Marco. 'Je hoeft maar te zeggen dat je me niet meer nodig hebt en ik ben pleite. Dan ben ik weg voor je er erg in hebt.'

'Mooi,' zei Marco. 'Fijn.'

Hij stond op, keek gejaagd om zich heen en begon lukraak spullen te pakken en door de kamer te smijten: een grote borstel vol haar, een stapel tijdschriften, ingelijste foto's. 'En neem je troep mee!' riep hij, terwijl hij een opgerold oranje yogamatje omver schopte, dat zich uitrolde over de vloer.

'We gaan maar weer eens,' zei Maud. 'Tenzij jullie er nog iets aan toe te voegen hebben.'

'Red je je wel hier?' vroeg Carrie zacht aan Kristin.

'Ik? Ha! Ik zou me meer zorgen maken over hem als ik jullie was.'

86

Diana Marais had roerei voor haar zus gemaakt. Dat was een halfuur geleden. Het ei was onaangeroerd. Ook de beker thee was onaangeroerd en helemaal koud geworden. Maar Ali had wel een paar sigaretten gerookt, die ze had uitgedrukt op het schoteltje dat dienstdeed als asbak. De keuken rook ernaar. Will zou het vreselijk hebben gevonden en ze voelde zich schuldig, alsof ze het bewust deed om hem van streek te maken. Maar niets kon hem natuurlijk nog van streek maken. Zijn lichaam lag nu in het mortuarium of ergens op een tafel, waar ze hem opensneden. Ze huiverde bij de gedachte aan zijn zachte witte buik, zijn weerloze penis onder het donkere bosje haar.

Plotseling stond ze op, liep naar de koelkast en trok de deur open. Ze tuurde naar de laatste asperges waarmee hij gisteren uit de tuin was thuisgekomen – was het echt pas gisteren? – en naar een kom tuinbonen die hij al had gedopt voor vanavond en een voorraadje sperziebonen. Die zou hij met een klontje knoflookboter op tafel hebben gezet en met glimmende lippen hebben verorberd.

Ze zag het open stralende gezicht weer voor zich waarmee hij gistermiddag met zijn volle tas was binnengekomen. Ze hoorde haar eigen zure opmerking over de tirannie van de tuin, zijn modderige voetstappen op de vloer. De gekwetstheid die even oplichtte op zijn gezicht en meteen weer werd onderdrukt, de zware ronding van zijn schouders.

En nu zou ze hem nooit meer zien. Ze zou hem nooit meer kunnen vertellen dat het haar speet dat ze altijd zo kritisch was geweest, dat ze zo weinig van zichzelf gegeven had, dat ze niet van hem had kunnen houden met de volle toewijding die hij verdiende, dat ze geen kind met hem had gekregen. Misschien had Tyler gelijk en zou ze geen goede moeder zijn geweest, maar Will zou wel een goede vader zijn geweest. Hij zou zich vol overgave op die rol hebben gestort. Hij had verlangd naar onvoorwaardelijkheid. In het begin was zijn liefde voor haar zo geweest: zonder voorbehoud, vurig en ruimhartig. Maar zij had hem niet toegelaten, had uit angst voor zijn openlijk getoonde gevoelens altijd iets van zichzelf achtergehouden en haar grenzen streng bewaakt, waardoor ze zichzelf zelden had laten zien en hem niet had binnengelaten. Langzaam maar zeker had hij zich steeds verder teruggetrokken.

Nu ze zo naar de door hem geoogste groenten in de koelkast stond te kijken, leek het verraad om aan Tyler te denken, hoe het met hem was geweest, dertig jaar geleden. Maar de herinneringen kwamen bij haar op en ze kon er niet aan ontsnappen. Ze liepen samen over straat en aten kersen uit een bruine papieren zak. Hij in een wit T-shirt, donkere zonnebril, stralende glimlach. Zoals hij naar haar keek als ze de liefde bedreven, ernstig, gericht op haar genot. Wat was er gebeurd met dat meisje dat Tyler gezien en aanbeden had; waar was ze gebleven?

Ali deed de koelkast dicht. Benjy stond voor de tuindeur te janken en ze liet hem binnen, zag de egaal blauwe lucht. Ze tilde Benjy op en ging aan tafel zitten, met de beker koude grijze thee en het bordje gestold roerei voor zich. Ze duwde haar gezicht in de ruwe hondenvacht en dacht aan het oplettende gezicht van de rechercheur, haar indringende grijze ogen. Die Maud O'Connor moest de moordenaar vinden van haar goede, vriendelijke, onhandige, lieve man, de man op wie ze, nu hij er niet meer was, eindelijk verliefd werd.

Ze wilde huilen, de tranen hun troostende, helende werk laten doen. Maar ze bleef uiterlijk onbewogen, ondanks haar ellende en eenzaamheid. Tergende eenzaamheid.

87

Maud stond midden in een groen perkje, met wild fladderende duiven boven haar in een boom. Ze had ineens de behoefte gehad om even uit te stappen en Hale achter het stuur luid smakkend op zijn kauwgom te laten kauwen, terwijl Carrie haar moeder door de telefoon instructies gaf, met Sadie jengelend op de achtergrond.

Aangemoedigd door een man die waarschijnlijk hun opa was, probeerden twee kleine kinderen een zachte bal heen en weer te schoppen. Een iets ouder kind zat op een bankje te huilen. Hij had twee lelijk geschaafde knieën en telkens als het snikken bijna ophield, keek hij naar het bloed en begon hij weer te grienen. Bijna uit het zicht lag een dakloze opgekruld onder het dichte struikgewas, omgeven door lege bierblikjes. Daar vlakbij stond een overvolle vuilnisbak, met eromheen aangevreten afval, vermoedelijk uit de vuilnisbak getrokken en verder verspreid door een hond of een vos. Een langslopende jongeman praatte luid tegen zichzelf, kwaad schreeuwend tegen niemand. Maar er stonden rozen in het bloembed. Er huisde een kleine groep puttertjes in de struiken. In het gras zat een verliefd stelletje naar elkaar te glimlachen. Zoveel wat voor verbetering vatbaar was, zoveel wat precies goed was.

Maud probeerde haar gedachten tot rust te brengen. Ze had zoveel details verzameld, nu moest ze een stap terugdoen en het grotere geheel in haar hoofd tot ontwikkeling laten komen. Ze moest snel zijn, maar niet te gehaast. Net als haar vader, die dakdekker was, wist ze hoe ze haar geduld moet bewaren. Een onderzoek was net een puzzel; er waren momenten van inzicht als zich opeens een ingewikkeld patroon openbaarde.

Ze ademde de ochtendlucht diep in, vulde haar longen ermee. Haar telefoon begon te zoemen. Zuchtend haalde ze hem uit haar zak, wist al wie het was voor ze op het schermpje keek. 'Waar zit je in godsnaam?' vroeg Weller op geïrriteerde toon. 'Het is bijna halfelf. Ik zit op het bureau, het is een gekkenhuis hier in de straat, de minister van Binnenlandse zaken wil dat er een verklaring wordt afgelegd, maar jij bent er niet.'

'Ik wilde je net bellen. We zullen het samenstellen van het team en de persconferentie moeten uitstellen.'

'Geen sprake van.'

'Ik kan er niet op tijd zijn. Geef me een halfuur of zo. Elf uur, oké? Of doe maar halftwaalf voor de zekerheid.'

'Maud, hoorde je wel wat ik net zei?'

'Ik zou het niet vragen als het niet nodig was.' Ze stak de telefoon weer in haar zak en liep terug naar de auto.

88

'Koffie?'

'Nee, bedankt, we hebben net koffie gehad.'

Ze zaten in de keuken van Clara's huis, een laat-victoriaanse twee-onder-een-kapwoning in Kennington. In de tuin gaf Clara's partner, Sam, de planten water. Ze was klein en potig, met lang, donker haar dat ze in een dikke vlecht droeg.

'Wat kan ik voor jullie doen?' vroeg Clara. 'Ik ben heel moe. Ik moet echt zo gaan slapen.' Ze kwam duidelijk net onder de douche vandaan. Haar haar was nog vochtig, ze had een blos op haar wangen en ze was op blote voeten. Ze was gekleed in ruime shorts en een hemdje. Ze had sproetjes op haar schouders.

Maud gaf Carrie met een knikje te kennen dat ze het opnameapparaat kon inschakelen en noemde plaats, datum, tijd – vijf over halfelf – en de namen van de aanwezigen.

Clara ging rustig tegenover hen zitten en vouwde met een ernstig gezicht haar handen in haar schoot.

'Allereerst...' begon Maud.

'Ik had nog een vraag. Hebt u Jay gesproken?'

'Ja.'

'Hoe gaat het met hem?'

Maud zag hem voor zich zoals ze hem de laatste keer had gezien: beverig, onrustig, angstig, als een opgejaagd dier. 'Hij heeft duidelijk de nodige problemen,' zei ze. 'Ik heb mijn collega's gevraagd om de crisisdienst in te schakelen. Die zullen hem opvangen.'

'Opvangen? Beseft u wel hoeveel schade u hebt aangericht?'

'Ik begrijp dat dit hele proces beangstigend en traumatisch voor hem is geweest,' antwoordde Maud.

'Hij is kwetsbaar,' zei Clara. 'Bepaalde dingen kunnen hem triggeren en weer over het randje duwen.'

'Dat begrijp ik.'

'Belooft u dat jullie hem niet meer zullen lastigvallen?'

'Ik ben hier niet om beloftes te doen, ik ben hier om vragen te stellen.'

Clara leunde achterover, met hangende schouders. 'Natuurlijk,' zei ze. 'Hoewel alles eerlijk gezegd nogal wazig is.'

'U bent niet de eerste die dat zegt.'

'Het was net een nare droom. En dan, ja hoe zeg je dat, gaat het verleden met je aan de haal. Het is alsof de gebeurtenis van vannacht boven op wat er jaren geleden met Leo gebeurd is komt. Zoiets als een plaatje op overtrekpapier boven op een ander plaatje.' Ze keek Maud recht aan. 'Is dat nog te volgen? Het is moeilijk om die twee zaken van elkaar te scheiden. Tot en met de sfeer aan toe.'

Ze zweeg. Buiten was Sam door haar hurken gegaan om onkruid te wieden. De lucht was stralend blauw. Maud wachtte af.

'Het voelde vanaf het begin al helemaal niet goed,' zei Clara. 'Had ik maar naar Jay geluisterd.'

'Wat zei hij dan?'

'Hij zei de hele tijd dat we weg moesten gaan. Smeekte me bijna. Alsof hij voorvoelde dat er iets vreselijks stond te gebeuren. Zoals je een storm voelt aankomen, elektriciteit in de lucht.'

'Maar toch zijn jullie gebleven.'

'Het was alsof we geen keuze hadden,' zei Clara. 'Tyler had ons als een poppenspeler in zijn macht, trok aan de touwtjes en keek toe terwijl wij rare capriolen maakten. Eigenlijk zit ik mezelf nu vrij te pleiten,' zei ze met een grimas. 'Ik heb hem overgehaald om te blijven, om het vol te houden. Ik dacht dat het goed voor hem zou zijn.'

'In welk opzicht?' Haar mobieltje trilde in haar zak, hield op met trillen, begon meteen weer opnieuw; toen ging Carries telefoon ook over.

'Neem maar op,' zei Maud tegen haar.

Carrie liep de kamer uit. Maud hoorde haar zachte, beleefde intonatie, maar ineens klonk er iets anders doorheen. Schrik?

'Kunt u me vertellen wat u deed tussen...' begon ze, in een poging haar aandacht erbij te houden.

De deur ging open en Carrie stak haar hoofd naar binnen. Haar gezicht was uitdrukkingsloos, maar Maud had het gevoel dat er iets niet in de haak was. 'Momentje,' zei ze, terwijl ze zich vooroverboog om het apparaat uit te zetten.

Op de gang bracht Carrie haar met gedempte stem, bijna fluisterend, op de hoogte. 'Maud,' zei ze. 'Jay Murphy heeft zich van het leven beroofd.'

Allerlei gedachten drongen zich op – nee, hoe heeft dit kunnen gebeuren? Wanneer? Jezus christus. Ik had beloofd dat hij zou worden opgevangen – maar Maud sprak ze niet uit. Ze staarde Carrie alleen maar aan; haar ogen brandden in hun kassen.

'Hij is voor de metro gesprongen,' zei Carrie.

Maud kneep haar ogen dicht. 'De crisisdienst zou zich over hem ontfermen,' fluisterde ze.

'Wat is er gebeurd?' vroeg Clara, die op haar blote voeten geluidloos naar de gang was gelopen.

Maud draaide zich om. 'Mevrouw Keane,' zei ze. 'Ik weet niet hoe ik...'

'Wat is er gebeurd? Wat? Het is Jay, hè? Wat is er met hem gebeurd?' Ze kwam nog dichterbij, waardoor haar gezicht maar een paar centimeter van dat van Maud verwijderd was. 'Zeg het me,' siste ze. 'Zeg me dat hem niets ergs is overkomen.'

'Dat kan ik helaas niet zeggen,' zei Maud heel zacht.

'U zei dat hij zou worden opgevangen. Waarom kijkt u zo? Waar is hij? Ik moet naar hem toe.'

'Het spijt me vreselijk,' zei Maud. Haar stem klonk haar vreemd in de oren, alsof hij van heel ver kwam. En al die tijd maalden haar hersenen door, volgden gedachten elkaar op en vormden zich nieuwe patronen. 'Jay Murphy is dood.'

89

'Nee,' zei Clara, terugdeinzend. En nog eens, luider nu: 'Nee!'

Sam kwam de gang in en ging achter haar staan, sloeg haar vuile handen om haar middel en legde haar wang tegen haar schouder.

'U liegt,' zei Clara.

'Het spijt me vreselijk,' herhaalde Maud, terwijl ze Clara aankeek, haar wijd opengesperde neusvleugels, haar vertrokken mond.

'U zei dat ze zich over hem zouden ontfermen.'

'Daar ging ik ook van uit.'

'Hoe? Hoe heeft hij het gedaan?'

Het bleef even stil.

'Hij is voor de metro gesprongen,' zei Carrie toen.

'Jullie hebben dit op je geweten.' Clara ontworstelde zich aan Sams greep. Er zaten vegen aarde op haar hemdje. Haar gezicht was vlekkerig en haar ogen schoten vuur. 'Het is jullie schuld. Ik zei nog dat jullie voorzichtig met hem moesten zijn. Ik heb jullie nog gewaarschuwd. Jullie hebben hem hiertoe aangezet, alleen maar omdat hij zogenaamd een motief had. Het interesseert jullie helemaal niks dat jullie in je zoektocht naar de waarheid mensen de vernieling in helpen. Iedereen heeft hem in de steek gelaten en nu is het te laat en is hij dood, en daar zijn jullie verantwoordelijk voor.'

Carrie liep naar Clara toe en sloeg een arm om haar schouders. 'Kom even zitten.'

'Raak me niet aan!' riep Clara, maar ze deinsde niet meteen terug. Haar woede leek uit haar weg te ebben en haar kleiner, ouder, verslagen achter te laten. 'Jay,' zei ze. 'Arme lieve Jay.'

Sam pakte haar hand en leidde haar weer de keuken in, zette haar voorzichtig op een stoel.

'Thee?' mimede Maud naar Carrie, die knikte en naar het aanrecht liep.

Maud veegde haar weerbarstige haar van haar voorhoofd en hurkte neer naast Clara's stoel. 'Mevrouw Keane,' zei ze zacht, maar duidelijk verstaanbaar.

'Laat me met rust.'

'Mevrouw Keane, wat bedoelde u daarnet, toen u zei dat Jay een motief had?'

'U probeert me er gewoon in te luizen.'

'Welk motief?'

'Ik weet dat Jay u dat zelf heeft verteld. Ik zei nog tegen hem dat hij dat niet moest doen. Dat jullie dan bepaalde conclusies zouden trekken. En ik had gelijk.'

'Dat is niet zo.'

Clara slaakte een zucht die klonk als een onderdrukte snik.

'Ik zou het nu graag van u willen horen,' zei Maud. 'Wat had u hem afgeraden tegen ons te zeggen?'

'Dat Will hem destijds bij het bestuur van de universiteit had verraden – hun had verteld dat Jay die kamer had vernield. Will heeft ervoor gezorgd dat hij werd weggestuurd.'

'Dank u wel,' zei Maud. 'Hebt u enig idee waarom hij dat deed?'

'Nee, geen idee. Misschien dacht hij dat hij het juiste deed. Of dat Jay ermee geholpen was, omdat die duidelijk in de problemen zat. Maar Leo bleef buiten schot. Dat heeft me altijd dwarsgezeten.'

'Hoe nam Jay het op? Was hij verbitterd?'

'Beschaamd vooral. Schaamte was Jays grootste belemmering. En hij was er kapot van,' zei Clara. 'Het heeft hem veel tijd gekost om te verwerken dat een vriend hem op die manier verraden had.'

'Hoe is hij daarachter gekomen?'

'Dat had Leo hem verteld, in dat weekend dat Tyler hem vermoordde.'

'En wie wist daar nog meer van?'

'Alleen ik, volgens mij. Jay nam me in vertrouwen en wilde niet dat de anderen het ook zouden weten.'

'En u hebt nooit overwogen het met iemand anders te delen?'

'Wie dan?'

'Will, bijvoorbeeld, of de politie.'

'Nee, Jay vertrouwde me.' Haar gezicht kreeg een pijnlijke grimas. 'En toen werd Leo vermoord. De groep viel uit elkaar, ik maakte het uit, ineens stond hij er helemaal alleen voor en toen is hij echt volledig ingestort. Hij heeft toen ook geprobeerd zich van het leven te beroven; dat was mijn schuld. En nu...' Ze veegde de tranen weg die over haar wangen begonnen te stromen en Carrie reikte haar een paar zakdoekjes aan.

'Dus alleen Jay en u wisten ervan?'

Clara staarde Maud nietsziend aan. 'Wat een gruwelijke dood,' zei ze. 'Jay was bang voor alles en toch is hij voor een trein gesprongen. De pijn die hij moet hebben gevoeld om daartoe over te gaan.'

'Ja,' zei Maud. Haar ogen waren strak op Clara's gezicht gericht, maar ze dacht ondertussen razendsnel na. 'Vreselijke pijn.'

'Kijk eens,' zei Carrie, en ze zette een beker thee voor Clara neer. 'Suiker?'

'Nee. Nee, dank.' Ze nam een slokje. 'Ik heb altijd gedacht dat ik hem ervoor kon behoeden. Arme lieve Jay.' Het klonk alsof ze zijn moeder was.

'U zei dat schaamte zijn grootste belemmering was. Denkt u dat...'

'Nee. Nee, nee, nee. Ik weet wat u wilt zeggen. Wat een verwerpelijk idee. Tyler heeft Will vermoord. Jay is gewoon – hoe luidt die vreselijke term ook alweer? O ja, nevenschade.'

Maud bleef haar aankijken, ín haar kijken. 'Ik denk,' zei ze ten slotte, 'dat u bang bent dat Jay Leo heeft vermoord en nu ook Will.'

'Nee!'

'Volgens mij hield u daarom zo onwrikbaar vast aan Tylers schuld, omdat u daar eigenlijk aan twijfelt.'

Clara legde haar handen over haar oren. 'Nee,' zei ze weer. 'Nee, dat is onzin.'

'Tja,' zei Maud. 'Uw vriend is de redding – en de pijn – voorbij.'

'Ze heeft gelijk,' zei Maud toen ze naar buiten liepen. Haar gedachten waren kraakhelder. 'Ik ben verantwoordelijk voor de dood van Jay Murphy.'

'Ach welnee, natuurlijk niet.'

'Ik wist dat hij een gevaar voor zichzelf vormde.'

'Je hebt toch gezegd dat ze de crisisdienst in moesten schakelen.'

'Ja, maar ik heb niet gecontroleerd of dat ook daadwerkelijk gebeurd was.'

'Dat kan niemand je aanrekenen.'

'Ik reken het mezelf aan.'

Carrie legde een hand op de arm van haar vriendin. 'Luister even naar me, Maud. Het is afschuwelijk, maar het is niet jouw schuld. En als het dat wel zou zijn, dan is het ook mijn schuld. Om nog maar te zwijgen van die klootzakken op het bureau die blijkbaar te beroerd waren om de crisisdienst te bellen. O, en de moordenaar van Will Garvey, als het Jay zelf niet was. Clara keerde zich tegen je omdat ze naar iemand moest uithalen. Ze zei het zelf; zij was degene die Jay had overgehaald om naar die reünie te gaan.'

Maud schudde ongeduldig haar hoofd, haar wilde blonde haar wapperde langs haar gezicht. 'Dat is voor later. We hebben er nu twee verdachten bij met een sterk motief om Will te vermoorden.'

Carrie knikte. 'Jay en Clara,' zei ze peinzend. 'Denk je dat...'

'Laten we eerst Matt Morans bevindingen maar afwachten.'

Ineens bleef Carrie staan met een frons op haar gezicht. 'Wat is dat voor geluid?'

'O, dat,' zei Maud, terwijl ze op haar zak klopte. 'Dat is mijn wekker. Het is tijd om op te staan en de dag te verwelkomen.'

90

'Wil je weten wie dat was?' Sebastian Harris plofte neer in de stoel tegenover Beatrice.

'Niet echt,' antwoordde ze. 'Maar ik neem aan dat je het me gaat vertellen.'

'Dat,' zei hij langzaam en nadrukkelijk, 'was de premier.'

Beatrice keek haar man over tafel heen aan. Hij had een onderkin en ietwat uitpuilende ogen. Ze realiseerde zich dat ze hem niet echt mocht. Ze was ook niet al te blij met zichzelf. Hun huwelijk was geheel zakelijk geworden, een geoliede en goedlopende relatie waarin ze beiden goed hadden kunnen gedijen. Hij was gestaag opgeklommen in de gelederen van de partij en werd nu als de mogelijke toekomstige leider van het land beschouwd; zij was een succesvol advocaat en lid van het King's Counsel, die waarschijnlijk meer verdiende dan al haar gasten van de afgelopen avond tezamen. Daardoor konden ze in dat riante huis wonen, zich dure vakanties veroorloven, linnen, zijde en kasjmier dragen en exquise wijnen drinken. Zou de rest van haar leven altijd zo zijn, een gestroomlijnde limousine die traag door de puinhoop van het leven rolt?

En toch gierde de angst door haar lijf bij het idee dat ze dat allemaal zou kunnen kwijtraken. 'De premier,' zei ze koeltjes. 'En moet ik daarvan onder de indruk zijn?'

'Op zaterdagochtend.'

'Ja, ik weet dat het zaterdag is.'

'Hij vroeg of er dingen waren die hij moest weten.'

'Waarover?'

'Over de moord.'

Beatrice trok haar wenkbrauwen op. Ze was zich heel erg bewust van zichzelf, van elk woord en gebaar; het was alsof ze zichzelf scherp in de gaten hield, opdat ze geen fout zou begaan.

Sebastian boog zich naar haar toe. 'En ik heb gezegd dat er niets was. Omdat er ook niets is, toch, Bea?'

'Natuurlijk is er niets,' zei ze. 'Wat zou er moeten zijn?'

'Dat zou ik graag van jou willen horen.'

Beatrice toverde een welwillende uitdrukking op haar gezicht. 'Het is vreselijk, ronduit afschuwelijk dat zoiets in ons huis heeft plaatsgevonden. Vlak naast de kamer van onze zoon. En het spijt me natuurlijk dat jij er op wat voor manier dan ook bij betrokken bent geraakt. Maar ik ben ervan overtuigd dat Tyler snel zal worden aangeklaagd en dat het daarmee achter ons ligt. Hij zal weer in de gevangenis zitten...'

'Waar ze hem nooit uit hadden moeten laten.'

'Precies.'

'Je had hem nooit in ons huis moeten uitnodigen. Dat was echt hoogst onverantwoordelijk.'

'Natuurlijk wou ik nu dat ik het niet had gedaan. Maar dat is wijsheid achteraf. Alles zal zijn normale loop weer nemen.'

Normaal, dacht ze. De gebeurtenissen van de nacht lagen gefragmenteerd achter haar, als een door een bom verwoest landschap.

'Ik hoop dat je gelijk hebt,' zei haar man fronsend. 'Maar ik kan me niet aan de indruk onttrekken dat je iets voor me verzwijgt.'

'Er is echt niets.' Beatrice gaf hem een geruststellend klopje op zijn hand. 'Ik ben natuurlijk erg geschrokken en van slag door dit alles. En heel erg moe. Zo moe dat ik nu maar even ga liggen.' Ze stond op. Haar benen trilden. Haar keel deed pijn. Ze had kramp in haar maag en haar huid prikte van het zweet. Langzaam en voorzichtig liep ze de kamer uit, maar zodra ze de deur door was, rende ze naar de badkamer en gaf over.

91

Tyler wilde iets uitputtends doen: een lang stuk rennen waarvan hij bezweet en stram van de pijn terug zou komen; met zijn vuisten eindeloos op een bokszak slaan; urenlang wandelen, tot de pijn zijn kuiten verschroeide.

Hij keek om zich heen. In alle hoeken lag vuil, de muren zaten onder de schimmel, het raam was vies, de wc-pot smerig, de wasbak goor. En hij deelde deze cel met een man die alle ruimte in beslag nam en alle lucht opzoog. Hij hoorde Harvey Skinner af en toe tevreden grommend door zijn spullen rommelen. Tyler wilde niet weten wat hij aan het doen was. Hij wilde hem niet zien: de puisten in zijn nek, de enorme handen, het vette haar en de vergrote ogen, zijn grijns.

Hij had het gevoel dat hij op barsten stond en dat zijn emoties schuimend en borrelend uit hem zouden vloeien; al zijn woede en wanhoop, alles wat hij diep in zichzelf had weggestopt, tot hij niet meer wist wie hij eigenlijk was. School er nog een zacht en gevoelig zelf onder het pantser of was dat al lang geleden verdord en gestorven?

Hij was vrijgekomen en had gedacht aan het volgende hoofdstuk van zijn leven te beginnen. Maar met die vervloekte reünie had hij een situatie gecreëerd die zo vergeven was van schuld, spijt en gevaar, dat het natuurlijk helemaal uit de hand was gelopen. Hoe had hij zo blind en dwaas kunnen zijn om zijn eigen toekomst op het spel te zetten voor – ja, voor wat eigenlijk?

Ademen viel hem zwaar. Met veel moeite wist hij de lucht in en uit zijn longen te persen. Hij moest niet aan de paniek toegeven. Maar waarom eigenlijk niet? Wat deed het ertoe, wat deed er überhaupt nog toe nu hij weer vastzat?

Als kind, als tiener en als jongeman was hij zich er altijd bewust van geweest dat hij bevoorrecht was: geboren in een warm, welvarend nest, gezond, populair, een goede student, zijn droombaan binnen handbereik. Zijn toekomst strekte zich stralend voor hem uit. Maar zo'n leven had hij niet geleid; hij had helemaal geen leven gehad.

Hij ademde hortend en oppervlakkig. Zijn longen stonden in brand, zijn keel deed pijn en zijn hart ging als een razende tekeer. Hij ging overeind zitten en sprong vanuit het stapelbed op de grond. Hij liep naar de deur en bleef erop bonken tot het luikje openging en hij een stukje van een gezicht zag: waterige blauwe ogen en een pokdalige neus.

'Ik wil de directeur spreken,' zei hij met een schorre, raspende stem die hem vreemd in de oren klonk. 'Ik moet echt iemand spreken. Nu. Ik hoor hier niet te zijn. Ik heb niks misdaan. Dit is een gerechtelijke dwaling.'

Achter hem klonk een gorgelende lach. 'Dit hebben we allemaal al eerder gehoord, gap,' zei zijn celmaat. 'Het begint vervelend te worden. Mijn geduld begint op te raken.'

De man aan de andere kant van de deur lachte ook, een rochelende rokerslach. 'Het is zaterdag,' zei hij. 'We zijn onderbezet. Denk je nou echt dat we tijd hebben voor deze onzin?'

'Ik wil de directeur spreken of een advocaat.'

'In je dromen. En nou je bek houden, anders slaan we hem dicht.'

'De rechercheur die...'

'Bek dicht, zei ik.'

Harvey Skinner stond op van zijn bed. ‘Laat hem maar aan mij over,’ zei hij. ‘Dit lossen we onderling wel op.’

92

Toen agent Hale bij Beatrice' huis vaart minderde om te parkeren zag Maud een bekende figuur tegen een tuinhekje geleund staan. Ze stapte uit en liep naar hem toe. Matt Moran zag eruit alsof hij net uit bed kwam, maar zo zag hij er altijd uit. Hij droeg een spijkerbroek en een hoodie, sneakers zonder sokken aan zijn voeten. Zijn haar was een stuk langer geworden sinds de vorige keer dat ze hem had gezien. Naast hem stond een grote, versleten canvas rugzak. Hij leek in gedachten verzonken. Toen zag hij Maud en Carrie en glimlachte flauwtjes. 'Zit je weer in de knoei?'

'Sorry,' zei Maud. 'Ik heb vast je weekend verpest.'

'Wil je het over mijn privéleven hebben?'

'Ik zou dolgraag een diepgaand gesprek met je voeren, maar helaas heb ik daar nu geen tijd voor.'

'Dat komt goed uit, want ik wil het er niet over hebben. Nou, wat is er aan de hand? Naast wat ik online heb gelezen.'

Er was enige overredingskracht voor nodig om Matt langs de agent bij de voordeur te krijgen. In het huis hing een lamlendige morning-aftersfeer. De glazen en flessen in de woonkamer stonden nog daar waar ze waren achtergelaten. En ondertussen had het onderzoek van de plaats delict de urgentie verloren. Een deel van het team was al vertrokken, een paar anderen stonden wat te praten. Maud keek vanaf de begane grond naar buiten en zag tot haar schrik twee agenten in de tuin staan te roken.

Ze richtte zich tot een paar agenten die gedempt met elkaar stonden te praten. 'De tuin maakt deel uit van de plaats delict,' zei ze fel. 'Die twee buiten moeten direct hun sigaretten uitmaken en alles oprapen wat ze hebben laten vallen.'

'O ja?' zei een van de agenten.

'Sorry, maar het is geen verzoek. Ik wil dat een van jullie, of desnoods jullie allebei, de tuin in gaat om dat te regelen. Nu.'

Het bleef even stil. Maud vroeg zich af of hij daadwerkelijk zou tegensputteren, maar na wat theatraal gezucht en een enkele blik naar zijn collega verliet hij het vertrek.

Maud maakte een vegend armgebaar en keek Matt aan. 'Soms denk ik dat elke baan beter zou zijn dan deze.'

'Maar wat zou je dan moeten doen op een zonnige zaterdagochtend als vandaag?' vroeg Matt. 'Maar goed, je zou me een rondleiding geven.'

Maud probeerde haar gedachten te ordenen. Ze voelde zich niet direct moe, maar ze was zich er wel van bewust dat haar hersenen langzamer werkten dan normaal. Als in een droom waarin je door rul zand loopt. Carrie liep de tuin in om zich van de vorderingen aldaar op de hoogte te stellen en Maud leidde Matt het huis door: naar het souterrain waar het diner had plaatsgevonden, de woonkamer en daarna de slaapkamers op de eerste en tweede verdieping.

'Leuk optrekje wel,' zei Matt. 'Wel een tikje boven ons budget, helaas.'

Ze waren op de bovenste verdieping aangekomen. Maud liep naar de deur van de kamer waar de moord was gepleegd.

'Ik ruik het al,' zei Matt, terwijl hij zijn rugzak in de gang op de grond zette.

Ze trokken de witte beschermsloffen en de plastic handschoenen aan.

Ze duwde de deur open. Het lichaam was weggehaald, maar verder was er niets veranderd. ‘Een verwonding in de hals,’ zei ze. ‘Zo goed als helemaal doorgesneden.’

‘Ja, dat wil ik wel geloven.’

‘De rechercheur ter plaatse zei dat het eruitzag als een typische gevangenismoord.’

Matt keek om zich heen. ‘Doel je nou op Tyler Green?’

‘Heb je over hem gehoord?’

‘Maud, het hele land heeft over hem gehoord. Heb je het nieuws niet gevolgd?’

‘Daar heb ik niet echt de tijd voor gehad. Wat weet je allemaal?’

‘Dat hij hier gisteren een van de gasten was en dat hij net was vrijgelaten nadat hij bijna dertig jaar had gezeten. Dat hij nu weer in de cel zit. Dat dit het huis van Sebastian Harris is. Dat de minister van Binnenlandse Zaken een grondig onderzoek naar de gang van zaken rond voorwaardelijke invrijheidstelling heeft aangekondigd. Dat is het wel zo’n beetje. Al zou ik je nog veel meer kunnen vertellen, inclusief een paar vrij gruwelijke verhalen.’

‘Oké, wat is je eerste indruk?’

Matt keek om zich heen en toen omhoog naar het plafond, diep in gedachten. Na een poosje keek hij Maud aan. ‘Hij lag zeker op zijn buik?’

‘Ja, dat klopt.’

‘Geen afweerwonden op zijn handen?’

‘Nee.’

‘Dan is hij dus waarschijnlijk van achteren aangevallen. Afgezien van de handen en het gezicht is de hals het enige onbedekte stukje lichaam. Als je iemand serieus wilt verwonden is dat de uitgelezen plek. Heeft niemand iets gehoord?’

‘Blijkbaar niet.’

‘Dat verbaast me eigenlijk niks. Met een wond waaruit zoveel bloed komt...’ Hij gebaarde naar de vloer. ‘... kun je geen geluid meer maken. Je zakt gewoon in elkaar.’

‘Is er veel kracht voor nodig?’

'Was het een enkele haal?'

'Ja.'

'Met een scherp mes heb je niet veel kracht nodig. En als je iemands keel doorsnijdt, dan doe je iets...' Hij viel even stil. 'Radicaals.' Hij kneep zijn ogen iets dicht. 'Maar je had me niet op zaterdagochtend uit mijn bed hoeven halen om je dit te vertellen. Waarom ben ik hier?'

'Ik ben vastgelopen,' antwoordde Maud met een zucht. 'Er waren negen mensen op de reünie. Buiten het slachtoffer dan. Vijf vrouwen en vier mannen. Een van die vrouwen is een advocaat en de vrouw van Sebastian Harris. Je weet wel, de minister. Niemand heeft ongezien het huis binnen kunnen komen. In het tijdslot waarin William Garvey is vermoord, waren ze allemaal samen, beneden en in de tuin.'

Matt liet dit even op zich inwerken. 'En wat wil je dan van mij?'

'Het liefst zou ik willen dat je gewoon doet waar je zo goed in bent en me vertelt wie Garvey heeft vermoord.'

Het was bedoeld als een sarcastisch grapje, maar Matt lachte niet. Hij bestudeerde de donkere, gestolde plas bloed van nog iets dichterbij. Er waren duidelijk voetafdrukken en bloedvlekken op de vloer te zien. 'Wie zijn hier allemaal binnen geweest?' vroeg hij. 'Ambulancebroeders, uiteraard.'

'Ja, maar zij hebben hem niet aangeraakt. Hij was overduidelijk dood.'

'En de politie,' zei Matt, 'en de jongens van de technische dienst. Ik neem aan dat een van de aanwezigen het lichaam op een gegeven moment heeft aangetroffen?'

'Ja. Ellen Sweeney ging naar boven om Garvey te zoeken. Zij vond hem en rende naar beneden om de anderen in te lichten. Daarna zijn verscheidene gasten naar boven gegaan.'

'Zijn ze ook deze kamer binnengeweest?'

'Ja. Een van hen heeft daar overgegeven.'

Matt haalde diep adem. De volgende paar minuten keek Maud

toe terwijl hij zich door de kamer bewoog, lichtvoetig voor zo'n grote man. Soms knielde hij en tuurde naar iets wat Maud niet kon zien. Een keer liet hij zich op handen en knieën zakken en hield zijn gezicht een paar centimeter van de vloer vandaan. Ze hoorde hem in zichzelf mompelen. Toen stond hij op en keek de hele kamer rond, alsof hij iets zocht. Hij slaakte een zucht en keek Maud aan. 'Nee,' zei hij.

'Hoe bedoel je, nee?'

'Ik denk niet dat ik je kan helpen.'

'Ik kan je alles geven wat je nodig hebt,' zei Maud. 'Mensen, tijd.'

Matt schudde meewarig zijn hoofd. 'Deze kamer is net Piccadilly Circus op zaterdagavond. Het is er vergeven van de vezels. Ik heb alleen met het blote oog al tien verschillende voetafdrukken geteld. Overal zitten bloedspetters, die zich ongetwijfeld uitstrekken tot in de gang en zelfs de trap. Ik zou hier weken bezig kunnen zijn en een vuistdik verslag kunnen schrijven, maar ik zie niet hoe jij daarmee geholpen zou zijn. Er is gewoon te veel ruis. Dit is niet eens zoeken naar een speld in een hooiberg. Soms is er gewoon niets dan hooi.'

Maud knikte. Ze liepen de kamer uit. 'Ik dacht wel dat je dat zou zeggen,' zei ze, terwijl ze haar handschoenen uittrok. 'Ik hoopte dat je iets zou vinden wat ik over het hoofd had gezien, maar ik rekende er niet op.'

Matt ontdeed zich langzaam van zijn handschoenen en sloffen en keek haar aan. 'Gaat het wel?'

'Waarom zou het niet gaan?'

'Het ziet er niet erg goed uit, toch? Een moord. Een totaal gecontamineerde plaats delict. Een in je nek hijgende minister. Hoe nu verder?' Hij pakte zijn rugzak van de vloer, bedacht zich, zette hem weer neer. Er verscheen een vreemde uitdrukking op zijn gezicht.

'Wat is er?' vroeg Maud.

'Ik ken je langer dan vandaag, Maud O'Connor. Je hebt een of ander plannetje bekokstoofd, hè? Je hebt me niet helemaal hierheen laten komen om naar een totaal vervuilde plaats delict te kijken.'

'Waarom niet? Dat heb ik eerder gedaan en toen heb je ook je nut bewezen. Misschien dat het lichaam iets oplevert. Misschien zou je dat moeten bekijken.'

'Dat wil ik best doen als je dat wilt. Maar je hebt me hierheen laten komen, niet naar het mortuarium. Wat heb je bedacht?'

93

Maud bukte zich en haalde twee paar beschermende sloffen en latexhandschoenen uit de tas op de grond. Ze liep de trap af naar de eerste verdieping. Matt volgde haar. Voor de logeerkamer bleef ze staan. Ze scheurde het geelbruine plakband waarmee de deur op haar instructies verzegeld was eraf en deed hem open.

Matt kreeg sloffen en handschoenen. Hij keek naar binnen. De kamer was smetteloos. 'Waar kijk ik nu naar?'

'De enige kamer die gisteren niet is gebruikt.'

'Het lijkt erop dat hij is schoongemaakt.'

'Niet na vannacht. Ik heb hem laten verzegelen.'

'Waarom? Als er niemand in deze kamer is geweest, is dat toch nergens voor nodig?'

'Dat zullen we zien.'

Matt keek haar niet-begrijpend aan.

'Ik vind je wel een beetje ondankbaar. Eerst klaag je over een gecontamineerde plaats delict en nu geef ik je een kamer die compleet onbetreden is en dan is het weer niet goed.'

Ze trokken de sloffen en handschoenen aan en liepen de kamer in. Matt keek om zich heen. Maud kende die blik. Hij zag de dingen anders dan andere mensen.

'Help me even,' zei hij. 'Waar ben ik naar op zoek? Denk je dat hier bloedsporen te vinden zijn?'

'Nee. En ik denk ook niet dat we er veel aan zouden hebben als je die zou vinden.'

'Wat wil je dan dat ik bekijk? En zeg niet "alles",' zei hij snel, voordat ze kon antwoorden. 'Daar heb je de muur. Daar het gordijn. En dan natuurlijk...' Hij wees naar de grond. 'Dat kleed. Dat zit ongetwijfeld vol vezels, hoe grondig ze hier ook hebben schoongemaakt. Maar dat kost tijd. Ik kan het wel doen, maar dat zal tijd kosten.'

'Ik dacht aan het bed,' zei Maud.

'Aha, ik snap het al.' Hij keek naar het bed en toen weer naar Maud. 'Denk jij wat ik denk?'

'Als jij denkt dat je dat bed zo snel mogelijk aan een grondig onderzoek moet onderwerpen, dan wel.'

Hij ritste zijn rugzak open en begon erin te wroeten. Hij haalde er zo op het oog een zaklamp uit.

'Je hebt een halfuur,' zei Maud. 'Ik moet zo een persconferentie geven. Ik heb gewoon een voorlopig resultaat nodig, een indicatie dat ik mijn tijd niet verdoe.'

'Hier heb ik geen halfuur voor nodig,' zei hij. Hij liep naar het raam en trok het rolgordijn omlaag. De kamer werd donker. 'Ben je er klaar voor?' vroeg hij.

'Klaar voor wat?'

Hij klikte de lamp aan en Maud zag de smalle straal uv-licht over het dekbed glijden. Even later hoorde ze dat hij het dekbed opensloeg. Ze zag de smalle lichtkegel heen en weer gaan in het halfdonker. Een plotselinge zucht. 'Krijg nou wat, Maud. Dit is niet te geloven.'

De lichtkegel doofde. Ze zag zijn schaduw door haar blikveld schuiven en het plafondlicht floepte aan. Matt had een merkwaardige grijns op zijn gezicht toen hij zei: 'Ik weet niet wat je ermee wilt, maar het is er.'

94

Harvey Skinner gooide het kleine mes van zijn ene in zijn andere hand. Hij keek Tyler door zijn brillenglazen aan en glimlachte.

Tyler was dood- en doodmoe – niet alleen door het slaapgebrek, dat was nog het minst erge, een oppervlakkige vermoeidheid waardoor zijn ogen prikten en hij zich langzamer bewoog. Hij was zo moe door zijn inspanningen om zijn hoofd boven water te houden, niet volledig in te storten, in leven te blijven. Het zou zo makkelijk zijn om het op te geven, eraan toe te geven. En waarom ook niet? Wat had hij nu nog om voor te leven? Hij zat weer vast en alles herhaalde zich, alsof hij aan een gruwelijk nauwgezet experiment werd onderworpen: de naar uitwerpselen en zweet ruikende cel, het luikje in de deur waardoor ze naar hem konden loeren en de man die hem kwaad wilde doen. Hem neer wilde steken. Misschien wel vermoorden.

Het zou bijna een opluchting zijn om dit alles achter zich te laten. Bijna...

'Kalm aan, man,' zei hij.

Harvey Skinner bleef glimlachen. Hij zoog alle lucht uit de kleine cel. 'Weet je waarom ik hier zit?'

'Dat zijn mijn zaken niet.'

'Ik heb een stel oudjes doodgeslagen.' Het mes bleef met zachte plofjes van zijn ene naar zijn andere hand gaan.

'Akelig,' zei Tyler.

'Ze waren zo oud, het was bijna alsof ik ze uit hun lijden verloste.'

Tyler zweeg; met een uitgestreken gezicht hield hij onopvallend het mes in de gaten.

'Hoewel de rechter dat niet zo zag.'

'Nee, dat zal wel niet.'

'Maar jij, jij hebt iemand vermoord die jong was. Zijn leven in de kiem gesmoord.' Harvey sprak het cliché langzaam en genietend uit. 'Dat is écht slecht. En nu heb je het weer gedaan. Twee vrienden van je. Weet je wat ik denk?'

'Nee.'

'Dat dat je tot een gevaarlijke celmaat maakt. Ik zit hier opgesloten met iemand die twee van zijn vrienden heeft vermoord.'

'Je hebt niets van me te vrezen,' zei Tyler, maar hij wist wat er komen ging. Hij hield zijn ogen op het mes gericht en zette zich schrap.

95

Kristin had gedoucht en daarna een limoengroene blouse en een witte spijkerbroek aangetrokken. Nu stond ze midden in de woonkamer haar haren te borstelen tot ze knetterden van de statische elektriciteit. 'Je ziet er niet uit,' zei ze tegen Marco, die nog steeds in de stoel hing. 'Neem op z'n minst even een douche. Ik ruik je hier helemaal.'

'Wat kan jou dat schelen? Je gaat toch weg?'

'Jazeker,' zei ze. 'Ik ga.' Ze haalde haar borstel nog feller door haar haar.

'Wanneer dan?'

'Wanneer ik wegga? Vandaag. Zo snel mogelijk. Ik ben nog niet klaar met inpakken.'

Hij keek haar uitdrukkingsloos aan; zijn ogen waren bloeddoorlopen. 'Waar ga je dan heen?'

'Dat zijn jouw zaken toch niet?'

'Nee, dat is ook zo.'

'Ik heb vrienden, weet je.'

'Oké.'

'Het kan je echt geen reet schelen, hè?'

'Jezus, Kristin. Wat wil je nou van me? Je gaat weg, is dat niet genoeg? Wil je dat ik jankend op mijn knieën val en je smeek om te blijven?'

'Je bent blij van me verlost te zijn. Je hebt nooit van me gehouden. Je hebt me altijd geminacht.'

'Wacht even. Je hebt iedereen gisteren de hele avond ingewreven dat ik een zielige loser ben. Ik meen me zelfs te herinneren dat je zei dat ik hem niet omhoog kon krijgen.'

Haar gezicht betrok. 'Ik had van de drank af moeten blijven. Ik had mezelf niet meer in de hand.'

Marco wreef zijn ogen uit en keek naar het raam. Dat moest nodig eens schoongemaakt worden. Dat zou hij eens moeten doen. Maar hij wist dat het er niet van zou komen. Hij zou het huis laten verslonzen, de ruiten laten vervuilen, zijn ingekakte leven voort laten kabbelen. 'Waarom ga je je spullen niet pakken, dan?'

Kristin hield op met borstelen. 'Heb je zo'n haast om van me af te komen?'

'Ja jíj hebt besloten om weg te gaan.'

'Zal ik eerst nog even koffie zetten?'

'Vooruit.'

Hij zakte terug in de stoel, hoorde haar een paar meter bij hem vandaan scharrelen, het stromende water, gerinkel van servies, rustgevende huiselijke geluiden, iemand die de alledaagse dingen doet waaruit het gewone leven bestaat.

Ineens voelde hij zich merkwaardig kalm, de narigheid van de afgelopen nacht gleed van hem af, de dingen die Kristin en hij elkaar hadden verweten, de vernedering die als een felle schijnwerper zijn hele leven had verlicht waardoor hij als een meelijwekkend wezen in de gloed ervan had rondgekropen.

'Hier.' Kristin zette de beker iets te hard neer; er klotste een beetje koffie over de rand.

'Dank je wel.'

Ze keek hem aan.

'Ik weet niet wat er is gebeurd,' zei hij zacht. Hij wist niet of hij doelde op wat er bij Beatrice thuis was gebeurd, op hun relatie of op zichzelf, hoe hij was geworden. Misschien wel op allemaal.

'Ik ook niet,' zei ze vermoeid.

Haar gezicht stak bleek af tegen de groene blouse. Hij zag de rimpels in haar gezicht. Hij was ouder dan zij, maar ze was niet jong meer. 'Ik heb overal spijt van,' zei hij zo zacht dat ze de woorden nauwelijks kon verstaan.

'Oké,' zei ze. 'Het geeft niet.'

Hij voelde een vlaag van woede: het was de bedoeling dat zij op haar beurt haar excuses zou aanbieden. Dat was de regel. Hij wilde zijn woorden weer terug grissen.

'Het liep allemaal een beetje uit de hand,' zei ze na een korte stilte. 'Het was ook mijn schuld.'

Hij nam voorzichtig een slokje koffie. 'Ik geloof dat ik iets te veel wiet heb gerookt en te veel heb gedronken.'

'Zoals gewoonlijk.' Maar haar gezichtsuitdrukking was zachter geworden.

'Ik ben zo bang,' zei hij. 'Ik weet niet hoe ik het vol moet houden.' Terwijl hij zijn eigen woorden hoorde besefte hij dat hij voor het eerst in de paar jaar dat ze samen waren eerlijk was.

'Waar ben je dan bang voor, Marco?'

'Voor mijn kloterige leven. Voor wat er van me geworden is. Wat er nog van me zal worden. Voor alles, eigenlijk. Ik bedoel, het is allemaal zo zinloos. Mijn hele leven is zinloos.' Hij lachte schril. 'Geen wonder dat je bij me weg wilt. Ik zou zelf ook wel bij me weg willen.'

'Je zwelgt weer in zelfmedelijden. Ga nou maar even douchen.'

'Ben je hier nog als ik terugkom?'

'Misschien. Waarschijnlijk wel.'

Met een enorme krachtsinspanning stond hij op, waarbij hij tegen de tafel stootte en nog meer koffie morste. 'Het is allemaal net een droom nu,' zei hij. 'Een afschuwelijke nachtmerrie.'

'Ik weet het.'

'Die enge rechercheur. Denkt ze dat ik het gedaan heb?'

'Geen idee.'

'Volgens mij wel.'

96

Ellen Sweeney haastte zich om de bus te halen; half rennend, half lopend sleepte ze haar rolkoffertje kletterend achter zich aan over de ongelijkmatige stoep. Ze was later bij Georgia weggegaan dan de bedoeling was en de bus ging over drie minuten. Als ze hem miste, zou ze vrijwel zeker ook de trein naar Bristol missen die ze Michael beloofd had te nemen.

Ze smolt in de hitte, het zweet stroomde over haar gezicht, over haar rug, verzamelde zich tussen haar borsten. Ze ontweek een klein kind met een gezicht vol glittertjes, botste tegen een man aan die een kat in een reismand droeg, riep hem een verontschuldiging na. Haar koffertje bleef in een gat steken en draaide om zijn as, waarna de wieltjes niet meer rolden. Haar hart bonsde in haar keel.

Daar was de bushalte, verderop in de straat, glinsterend in de hitte. Ze slaakte bijna een kreet van opluchting, maar toen schoof er een rood gevaarte voorbij: de bus die onverbiddelijk langsreed, met knipperend licht.

Als ze er nog een schepje bovenop gooide, haalde ze hem misschien nog net. Maar toen ze begon te rennen, verzwikte ze haar enkel; ze voelde hem wegklappen en ze vertraagde noodgedwongen tot een pijnlijke strompelgang. Ze zwaaide wild met haar armen in de hoop dat de chauffeur haar in zijn achteruitkijkspiegel zou zien en op haar zou wachten. Maar de richtingaanwijzer begon te knipperen en de bus reed weg.

Ellen bleef staan. Het maakt niet uit, hield ze zich voor, de woorden bijna hardop uitsprekend, aangezien ze vaak in zichzelf praatte, zichzelf verwijtend dan wel bemoedigend of troostend toesprak. Het maakte niet uit, ze nam wel een trein later.

Maar het maakte wel uit. Het maakte heel veel uit. Ze voelde haar borst dichtslibben met angst. Ze vreesde dat ze onder het gewicht zou bezwijken.

Langzaam liep ze verder naar de halte. Haar enkel klopte pijnlijk. Ze keek wanneer de volgende bus zou komen. Nog elf minuten: ze zou de trein zeker niet halen. Ze kon hem maar beter even bellen. Haar vinger zweefde boven zijn naam op het schermpje. Er druppelde zweet in haar ogen, waardoor het moeilijk te lezen was. Ze veegde met de rug van haar hand over haar voorhoofd. Haar ogen prikten en haar lippen trilden en trokken omlaag. Misschien was het geen zweet. Misschien stond ze op het punt om te gaan huilen: die mollige, vrolijke, nuchtere Ellen Sweeney, met betraande warme wangen en een zoute smaak in haar mond. Ze was er zo moe van om altijd maar de schijn op te moeten houden.

Ze dacht aan de jonge rechercheur die haar vroeg wat ze zou zeggen tegen een cliënt die in een relatie zit waarin ze geestelijk mishandeld wordt, en aan haar eigen verstandige antwoord. Ze realiseerde zich ineens dat inspecteur O'Connor en Tyler haar op dezelfde manier hadden aangekeken; niet onvriendelijk, maar wel alsof ze dwars door de halfhartige, overdreven geacteerde, stralende façade rechtstreeks in de poel van zwakte en angst konden kijken.

Hoe had het zover kunnen komen? Gisteravond – mijn god, was het pas gisteravond? – had Will ten overstaan van iedereen het beeld onderuitgehaald dat zij van zichzelf probeerde te presenteren als assertieve, onafhankelijke, seksueel zelfverzekerde vrouw, met haar nuttige werk, langdurige huwelijk en blije kinderschare. Hij had haar heimelijke angst geroken en haar gekleineerd. Net zoals Michael haar kleineerde – want laten we het beestje bij de naam noemen, zei ze tegen zichzelf: je bent met een pestkop getrouwd. Je bent het slachtoffer van psychisch geweld. Daar zou hij niet mee weg mogen komen.

Maar haar kinderen. Haar hart zwol op bij de gedachte aan hen. Wisten zij het? Natuurlijk wisten ze het, zelfs als ze niet wisten dat ze het wisten.

Er kwam een andere bus aanrijden. Die stopte met piepende remmen en de deuren sprongen open. Er stapte een vrouw uit en er stapte een andere vrouw in. De chauffeur keek haar aan en zij keek naar hem. De deuren klapten weer dicht en de bus reed langzaam weg. Ellen keek hem na terwijl hij om de hoek verdween.

Wat nu, dacht ze. Wat moet ik in godsnaam beginnen?

97

Toen Moran was vertrokken zocht Maud de agent op die het sporenonderzoek leidde.

'Zullen we alles even doorlopen?' vroeg hij.

'Heel snel dan,' antwoordde ze met een blik op de klok: zeven over elf.

'We zijn hier zo goed als klaar. We hebben al het bewijsmateriaal in het souterrain verzameld, klaar om af te voeren naar het bureau.'

Ze liepen samen de trap af. Het was een behoorlijke puinhoop in de keuken, ondanks de poging van Ellen Sweeney om een beetje op te ruimen. De tafel stond nog vol half leeggegeten borden, vieze glazen, waarvan er twee gebroken waren, en lege en halflege flessen. Het rook er naar brandewijn. Naast de deur stond een plastic krat op de grond met daarin het moordwapen en verscheidene afgesloten en gelabelde plastic zakjes en buisjes.

Carrie kwam vanuit de tuin naar binnen en ze knielden samen bij het krat neer om de zakjes een voor een te bekijken. Verschillende vezels en haren, waaronder zo te zien ook een paar hondenharen, een wit knoopje, een paar munten, een haarband, een paar kurken en restjes niet duidelijk definieerbaar eten. Het meeste leek per ongeluk op de grond gevallen, dacht Maud. Ze had niet het idee dat er veel dingen achteloos op de grond werden gegooid in huize Harris.

Carrie wees op de zakjes met peuken. 'Eens even kijken.' Er

waren zes peuken in evenzoveel zakjes en twee met de hand gedraaide joints.

'Nou, vertel het maar,' zei Maud. 'Jij bent de tijdlijnspecialist.'

Carries gezicht vertrok in opperste concentratie. 'Deze twee lagen bij het bankje in de tuin,' zei ze terwijl ze voorzichtig twee zakjes in haar gehandschoende hand nam; op een van de peukjes zaten sporen van rode lippenstift. 'Dit moeten de sigaretten zijn die Marco en Ali volgens Marco's getuigenis samen hebben gerookt aan het begin van de avond, toen Ali's lippenstift nog intact was. Volgens mij zei Marco dat het omstreeks halfacht was.'

'Ja,' zei Maud.

Carrie pakte het volgende zakje. 'Deze twee peuken lagen achter in de tuin, plus het restje van een joint, waarschijnlijk van Marco. We weten dat Clara, Marco en Ali die rond tienen hebben gerookt.'

'Oké.'

'Dan dit vijfde peukje, uit een bloempot bij de trap naar de eerste verdieping, en nog een tweede joint, die op de patio bij de ingang naar het souterrain lag. In elk geval een daarvan is gerookt door Ali, van de andere weten we het niet.'

'En dan is er nog een zesde sigaret, die op tafel is uitgedrukt en in een bord met auberginesalade is aangetroffen. Die is hoogstwaarschijnlijk tegen het einde van de avond gerookt, toen het uit de hand begon te lopen,' zei Carrie. 'Toen Kristin en Ali beneden waren en de hond op tafel was gesprongen.'

Maud knikte. Vanuit haar positie kon ze de brandplek op het tafelblad zien.

Carrie legde de zakjes netjes terug.

'Zouden er nog meer peuken in de tuin kunnen liggen? In de struiken misschien?'

'Maakt dat echt nog iets uit?'

'We kunnen op z'n minst doen alsof.' Maud wendde zich tot de onderzoeksleider. 'Zou het kunnen?'

'Ik heb het persoonlijk gecontroleerd. Er ligt niets tussen de struiken.'

'En in de vuilnisbakken?'

'Vuilnisbakken?'

'Ja.'

'Volgens mij zijn die niet speciaal onderzocht.'

Maud kwam overeind. 'Leg maar een zeil klaar,' zei ze.

'Nu? Hier?'

'Hier en nu.'

De agent liep de keuken uit, kloste de trap op en even later kwam er een andere man naar beneden met een opgerold plastic zeil dat hij uitspreidde op de grond. Hij liep naar de grote roestvrijstalen afvalbak bij het aanrecht en keerde hem boven het zeil om.

Maud bukte zich en spreidde met haar gehandschoende vingers het afval. Het waren voornamelijk etensresten, maar er waren ook een paar stukken waspapier waar kaas in had gezeten en een paar lege blikjes die gerecycled hadden moeten worden. Geen sigarettenpeuken. Ze pakte een stuk cellofaan op en bekeek het van dichtbij, legde het weer terug, staarde een paar tellen peinzend voor zich uit. Ze zag alle in- en uitgangen van het huis voor zich. Met een van inspanning vertrokken gezicht diepte ze alle tijden die Carrie zo nauwgezet voor haar had opgeschreven uit haar geheugen op.

Ze had het gevoel dat flintertjes bewijs voor haar ogen oplichtten die een patroon begonnen te vormen waarin weliswaar gaten en lacunes zaten, maar waar toch een beeld uit viel te destilleren. Haar vermoeidheid was verdwenen, ze voelde zich buitengewoon scherp en energiek.

Hiervoor doe ik het, dacht ze. Voor deze momenten. Voor dit moment, nu. 'Ik zie het,' zei ze.

'Wat zie je?'

'De samenhang.'

'Doe niet zo geheimzinnig, Maud.'

'Ik vertel het je in de auto wel.'

98

'Maar ik zie volgens mij nog iets over het hoofd.' Ze streek met beide handen door haar wilde krullen. 'Iets wat ik wel weet, maar waar ik niet bij kan.'

'Maud...'

'Wacht. Wacht. Stil even.'

Carrie wachtte.

Mauds gezicht stond strak van concentratie. Toen klaarde het ineens op. Haar ogen glansden triomfantelijk. 'Ik heb het,' zei ze.

'Wat?'

'Momentje.' Maud haalde haar mobieltje uit haar zak en tikte erop. 'Hawkins. Met Maud.'

'Wat nu weer?' Hij nam niet eens de moeite meer om beleefd te zijn.

'Je moet even iets fotograferen uit het Leo Bauer-dossier en die foto zo snel mogelijk naar me doorsturen. Het is dringend.'

'Wat dan?'

Terwijl Maud antwoord gaf, was ze zich bewust van Carries blik op haar gezicht.

'Oké,' zei hij. 'Komt eraan.'

99

Tyler wilde dat het maar voorbij was, maar Harvey Skinner nam de tijd. Dat rekken was de helft van de lol.

Hij grijnsde, met het kleine mes glimmend in zijn hand. 'In de gevangenis gelden regels,' zei hij. Alsof Tyler dat niet wist. 'Net als in een gezin. Kom jij uit een gezin, Tyler Green? Had jij een moeder? Mijn moeder zei altijd dat er niets van me terecht zou komen. Dat is niet erg aardig, hè? Tegen haar eigen zoon. Ze rookte twee pakjes per dag. Haar vingers waren donkergeel. Walgelijk. Ik rook niet. Ik zorg goed voor mijn lijf, hou het in vorm in het krachthonk. Ik kan jou met één hand optillen. In de gevangenis is het goed om sterk te zijn, dan proberen mensen geen geintjes met je uit te halen.' Hij lachte hoog en gorgelend.

Tyler kon zich moeilijk concentreren. Het licht viel door het hoge raampje naar binnen en brak in honderd stukjes rond het grote lijf van de man, verdeelde de kamer in vormen die in elkaar grepen. Hij zag alles afwisselend scherp en niet scherp, het verleden en het heden leken in elkaar over te lopen, waardoor hij op mysterieuze wijze in twee tijdzones tegelijk leek te verkeren. Was dit nu of was het jaren geleden? Hij was zo moe. Voor hem hupte Harvey Skinner heen en weer, verrassend lichtvoetig voor een man van zijn postuur. 'Wat wil je van me?' vroeg Tyler.

'Wat ik van je wil? Wat heb je te bieden? Dat is de vraag.'

'Niets. Ik heb je niets te bieden.'

De eerste messteek beschreef een vertraagde boog door de lucht; voordat het lemmet soepel door het vlees van zijn onderarm sneed, had hij nog tijd om te bedenken dat het pijn zou gaan doen. Maar het deed geen pijn, niet meteen tenminste. Ook het bloed deed er even over voordat het door de flappen huid heen omhoogborrelde. Alleen aan de duizeligheid kon Tyler afleiden dat er iets met hem was gebeurd, iets met hem gebeurde. Hij hoorde een dof gebonk in zijn hoofd en de cel leek donkerder en kouder te worden. Was er een wolk voor de zon gekropen?

Was dit nu het einde? Was dit alles?

Zo waardeloos allemaal. Zijn hele leven was voorbijgegaan.

Het mes glinsterde weer.

100

Een paar kilometer van hun vertrekpunt stonden Rudi en Celia Scott in een file op de Westway: een dubbele rij stilstaand verkeer die zich uitstrekte in de zinderende hitte. Af en toe drukte er iemand vergeefs op zijn claxon. Mensen stapten uit hun auto en liepen een eindje langs de stilstaande rij auto's in een poging te achterhalen wat er aan de hand was.

De zon scheen onverbiddelijk door het glas. Celia draaide haar raampje omlaag, maar de lucht was vergeven van de uitlaatgassen en er stond geen zuchtje wind, dus draaide ze het weer omhoog. Op de radio werd een levendige, ritmische wals gespeeld. Ze zette hem uit. Op de smalle strook stoep pikten drie morsige duiven in iets wat al heel lang niet meer leefde. Repen plastic hingen in flarden aan het hek. Ze haalde gelijkmatig adem, zoals tijdens haar dagelijkse ontspanningsoefeningen in de ochtend; ze had geleerd haar kalmte te bewaren en de wereld op afstand te houden. Ze keek even naar haar man, die er slap en smoezelig uitzag, en haar gezicht betrok. Daarna richtte ze haar ogen weer op de weg en zoomde uit tot al die auto's een vaag waas werden.

Rudi lag in zijn achterovergeklapte stoel en deed alsof hij sliep. Er parelde zweet op zijn voorhoofd. Hij voelde zich opgesloten in deze auto, dit lichaam, deze hitte die hem neerdrukte. Hij zou urenlang onder een koude douche willen staan; hij verlangde naar winter, ijs, wind, reiniging.

Zijn telefoon ging. Hij reageerde er niet op.

'Ga je niet opnemen?'

Hij kreunde.

'Ik weet dat je wakker bent, Rudi.'

Dus hij nam op: geheim nummer. 'Hallo?' zei hij schor.

'Meneer Scott?'

Niet meer dan drie lettergrepen, maar hij wist meteen wie het was: die lage heldere stem met dat licht Oost-Londense accent. Zijn zweterige handen klemden de telefoon vast. Hij keerde zich iets van zijn vrouw af, maar hij voelde haar ogen in zijn rug prikken. 'Spreekt u mee.'

'In verband met nieuwe informatie zou ik u graag zo snel mogelijk willen spreken.'

Hij slaakte een zucht die klonk als het laatste beetje lucht dat uit een verschrompelde ballon stroomt.

'Bent u nog in Londen?'

'We rijden net Londen uit,' wist hij uit te brengen. 'Althans, dat was de bedoeling.' Hij drukte de telefoon stevig tegen zijn oor, in de hoop dat Celia Mauds stem niet zou horen.

'U dient zo snel mogelijk om te draaien en terug naar het bureau te komen.'

'Dat zal niet zomaar gaan.'

Het bleef even stil. Hij zag haar intelligente gezicht voor zich; die verontrustende grijze ogen. Zijn maag draaide zich om.

'We kunnen ook een paar agenten naar uw huis sturen, als u dat liever hebt.'

'Nee,' antwoordde hij. 'Dat hoeft niet.'

Maud hing op. Rudi bleef een paar tellen naar het schermpje van zijn telefoon zitten staren.

'En?' vroeg Celia. 'Dat was die rechercheur, nietwaar?'

'Er zijn nieuwe ontwikkelingen.'

'Wat houdt dat in?'

'Maak je geen zorgen,' zei hij, terwijl hij zijn telefoon in zijn zak liet glijden en het portier opendeed.

'Rudi, wat doe je? Waar ga je heen? Doe niet zo belachelijk.'

'Tot later.'

Hij stapte de gestolde hitte van de dag in. Het felle licht deed pijn aan zijn vermoeide ogen. Hij begon te lopen.

101

Sebastian Harris deed de deur voor Maud open. Hij begroette haar niet eens. 'Ik heb al mijn beklag gedaan bij uw leidinggevende,' zei hij. Hij gebaarde naar de kamer achter hem. Robyn Murdoch, de advocaat, zat samen met Beatrice Macmillan aan tafel. 'Maar ik verzeker u dat we ook een officiële klacht zullen indienen. U zult zich tegenover de hoofdcommissaris moeten verantwoorden. En ik zal de minister van Binnenlandse Zaken op de hoogte stellen. Ik weet waar u mee bezig bent.'

'O ja?' zei Maud. 'Waar ben ik dan mee bezig?'

'U creëert onrust, zorgt voor een paar goedkope krantenkoppen om te verhullen dat u geen enkele progressie in deze zaak hebt geboekt.'

Maud keek naar de drie aanwezigen in de kamer. Ze gingen alle drie gekleed zoals mensen zich kleden op zaterdagochtend: in spijkerbroek en sweater, maar dan duur en keurig. Bij hen vergeleken voelde ze zich een beetje slonzig en armoedig.

Ze liep naar de tafel, waarop koffie, croissantjes en glazen sinaasappelsap stonden. Ze draaide zich om naar Harris. 'Zou u ons even alleen willen laten?'

'Ik peins er niet over,' antwoordde hij nijdig. 'U kunt alles wat u haar te zeggen hebt ook tegen mij zeggen.'

'Twee minuten,' zei Maud. 'Geef me twee minuutjes. Als uw

vrouw u er daarna bij wil hebben, heb ik daar geen enkel probleem mee.'

Harris keek Maud aan. Zijn gezicht liep rood aan. Hij stak een vinger op en zwaaide ermee in haar richting. 'Maud O'Connor,' zei hij traag. 'Zo heet u toch?'

'Inspecteur Maud O'Connor.'

'Ik wilde het alleen even zeker weten. Ik herinner u er nogmaals aan dat u mij niet tegen u wilt hebben.'

'Twee minuutjes.'

Hij klemde zijn tanden op elkaar en stak zijn kin naar voren. Maud had dat eerder gezien, op momenten dat geweld in de lucht hing. 'Twee minuten,' siste hij en hij verliet het vertrek.

Maud ging aan tafel zitten. Ze wachtte tot de voetstappen zich verwijderd hadden. Ze richtte zich als eerste tot Robyn Murdoch. 'Sorry dat ik u nogmaals heb laten opdraven in het weekend.'

De advocaat reageerde weer met een warme glimlach. 'Stelt u uw vraag nou maar gewoon,' zei ze vriendelijk.

Maud draaide zich naar Beatrice toe. 'Mevrouw Macmillan, weet u wat voor straffen er staan op belemmering van de rechtsgang?'

Beatrice keek Murdoch aan.

'Maar mevrouw Macmillan heeft toch al uw vragen beantwoord?' antwoordde Murdoch met lichte verbazing in haar stem.

'Zoals u ziet ben ik hier alleen, mijn collega zit in de auto op me te wachten, dit is geen officieel verhoor. Ik ga u een paar vragen stellen en ik verwacht dat u ze eerlijk en volledig beantwoordt.' Murdoch probeerde iets te zeggen, maar Maud praatte verder alsof ze haar niet had gehoord. 'Als ik het idee heb dat u ze niet eerlijk en volledig beantwoordt, haal ik mijn collega erbij en wordt het alsnog een officieel verhoor.'

Maud hoorde achter zich een deur opengaan. 'Uw twee minuten zijn voorbij, inspecteur O'Connor. Tijd om te gaan.'

Ze keek niet eens om. Ze hield haar blik strak op Beatrice gericht. Ze had het idee dat ze twee schakers waren die elkaar over het bord heen aankeken. Beatrice knikte traag en keek haar man aan. 'Niets aan de hand, Seb,' zei ze. 'We zijn gewoon nog even de puntjes op de i aan het zetten. Ik roep je wel als ik je nodig heb.'

Maud keek nog steeds niet om. Ze hoorde Harris iets stamelen en daarna weglopen. De deur ging dicht. Beatrice keek Maud aan, maar ze zei niets.

'Ik bevind me in een vrij lastig parket,' zei Maud. 'Rudi Scott zegt dat hij boven met William Garvey stond te praten, die dronken en van streek was. Sommige andere aanwezigen hebben bevestigd dat ze stemmen hebben gehoord, al konden ze niet verstaan wat er gezegd werd. Na ongeveer twintig minuten gaat Ellen Sweeney naar boven om Garvey te zoeken en treft zijn ontzielde lichaam aan. Het probleem is dat in dat tijdslot van twintig minuten iedereen samen was of elkaar op z'n minst kon zien, of het huis verlaten had om sigaretten te halen.' Maud keek naar Beatrice' gezicht, dat zo uitdrukkingsloos was als een masker. 'Er klopt dus iets niet. Ik heb verschillende mogelijkheden overwogen. Zou Ellen Sweeney de dader kunnen zijn? Ze zei dat ze hem dood had aangetroffen, maar stel dat dat niet waar is. Stel dat ze hem uitgeteld op de grond aantrof, zijn keel doorsneed en daarna deed alsof ze hem zo had gevonden. Wat denkt u?'

'Daar kan ik niets zinnigs over zeggen,' zei Beatrice toonloos.

'Dat geeft niet. Het lijkt me namelijk zeer onwaarschijnlijk; luttele minuten later voegde iedereen zich bij haar. Vandaar dat ik mijn aandacht op Rudi Scott richtte. Hij leek de enige mogelijke dader.'

Ze keek Beatrice aan, die langzaam met haar hoofd schudde. 'Rudi heeft het niet gedaan.'

'Hoe weet u dat?'

'Dat weet ik gewoon. Hij kan het niet gedaan hebben.'

Maud liet een lange stilte vallen. 'Ik wil dat u heel goed nadenkt over uw antwoord,' zei ze toen.

'U beseft dat dit allemaal off the record is. Niets van wat Beatrice zegt, kan als bewijs worden gebruikt,' kwam Murdoch ertussen.

Voor het eerst klonk ze een beetje bezorgd.

'Mevrouw Macmillan, toen u me door uw huis rondleidde, deden we ook de logeerkamer aan. Daar gebeurde iets wat zo op het oog heel onbeduidend leek: u liep naar binnen en trok een plooi in het dekbed glad.'

Beatrice reageerde met een geforceerd lachje. 'Tja, zo ben ik nu eenmaal. Ik hou ervan als alles strak en netjes is.'

'Vanmorgen was ik in uw huis met een vriend van me: Matt Moran, de beste forensisch specialist die ik ken. Hij heeft die kamer uitgekamd. Uw kleren heeft hij ook. Daarom geef ik u nu de kans om te vertellen wat zich daar heeft afgespeeld. Voordat u antwoord geeft, wil ik u waarschuwen: als ik het idee heb dat u me niet de volledige waarheid vertelt, zal ik er alles aan doen om ervoor te zorgen dat u veroordeeld wordt tot een gevangenisstraf.'

Beatrice was lijkbleek geworden. Ze boog zich over naar Murdoch en begon in haar oor te fluisteren. Terwijl de advocaat luisterde naar wat haar cliënt haar te vertellen had, werden haar ogen groot van verbazing. Daarna volgde een gefluisterde conversatie.

Toen ze waren uitgepraat hield Murdoch haar hand voor haar mond en liet een droog kuchje horen. 'Mevrouw Macmillan probeerde uiteraard haar gezin te beschermen,' zei ze toen. 'Maar natuurlijk wil ze haar volledige medewerking verlenen aan het onderzoek.'

'Werk dan mee,' zei Maud.

Beatrice haalde een paar keer diep adem en keek om zich heen alsof ze vreesde dat haar man nog in de kamer was. 'Ik kan de woorden amper over mijn lippen krijgen. Ik ben niet trots op wat er...' begon ze, maar Maud viel haar in de rede.

'Laten we geen tijd meer verspillen. Vertel gewoon wat er gebeurd is.'

Nog een diepe zucht. 'In onze studententijd hadden Rudi en ik een...' Beatrice maakte een vaag gebaar met haar handen. 'Het was geheim.'

'Jullie hadden een seksuele relatie.'

'Ja,' zei Beatrice nagenoeg fluisterend. 'Het was heel intens, maar na Leo's dood heb ik er een streep onder gezet. Toen we elkaar gisteren weer zagen, begonnen we op een gegeven moment weer te flirten. We hadden iets te veel gedronken, haalden oude herinneringen op en...' Ze keek wanhopig om zich heen, boog zich naar Maud toe en vervolgde op hese fluistertoon: 'Soms kijk ik naar mezelf, naar die vrouw van begin vijftig met een tienerzoon en een luxeleven en dan denk ik: dat ben ik niet. Is dat nou echt zo erg om te zeggen?'

'Vertel me wat er gebeurd is.'

'We hebben ons gewoon laten meeslepen. We zijn samen naar de logeerkamer gegaan, de rest kunt u zelf wel invullen.'

'Ik vrees dat ik toch iets meer invulling van u wil horen.'

'Wat wilt u dan horen?' vroeg Beatrice met stemverheffing. 'Een pornografisch verhaal?'

'Ik ga straks Rudi Scott verhoren en dan moet ik bepalen of ik hem van de verdachtenlijst kan schrappen of niet. Een belangrijke factor in die beslissing is of zijn versie van de gebeurtenissen overeenkomt met die van u.'

'Goed dan,' zei Beatrice, en ze begon gejaagd te vertellen. 'We begonnen te zoenen en toen trok Rudi mijn broek en onderbroek omlaag en deden we het op het bed, heel snel, zonder ons verder uit te kleden. Zo. Nou tevreden?'

'En daarna?'

'Daarna voegde Rudi zich weer bij de anderen in het souterrain en nam ik de buitentrap om via de tuin weer naar binnen te gaan, zodat niemand zou merken dat we samen boven waren geweest.'

'Dus de spermasporen die Matt op het bed heeft aangetroffen zijn hoogstwaarschijnlijk van Rudi?'

Het bloed vloog Beatrice naar de wangen. 'Ja,' antwoordde ze.

'En die op uw kleren ook.'

'Heel goed mogelijk.'

'De kleren die u had willen wassen.'

'Ja, maar niet om sporen uit te wissen of zo. Ik voelde me gewoon vies.' Ze keek Maud met glimmende ogen aan. 'U zult me wel meelijwekkend vinden, zo'n oude vrouw die op een feestje een vluggertje heeft alsof ze een tiener is.'

Maud boog zich naar haar toe. 'U bent lid van het King's Counsel. Ik constateer slechts dat u een moordonderzoek hebt gedwarsboomd door tegen me te liegen. En het feit dat het slachtoffer een vriend van u was maakt het nog erger.'

'Ik laat mij niet door u de les lezen,' zei Beatrice. 'Ieder ander had hetzelfde kunnen doen.'

Maud stond op. 'Ik hoop dat u dat niet als verdediging in de rechtbank hoeft te gebruiken.' Ze keek Beatrice aan. Haar woede zakte weg toen ze de wanhoop op haar gezicht zag.

'Wat moet ik nu? Finn mag dit niet weten. O god, het idee alleen al... En hij?' Beatrice maakte een hulpeloos gebaar naar de deur waardoor Sebastian Harris was verdwenen. Hij stond waarschijnlijk aan de andere kant te luisteren. Misschien had hij alles wel gehoord. 'U kent mijn man niet,' zei Beatrice zo zacht dat Maud zich naar haar toe moest buigen om haar te verstaan. 'U weet niet hoe hij dit zal opvatten.'

'Het spijt me,' zei Maud. 'Misschien kunt u met hem praten.'

Beatrice reageerde met een vreugdeloze lach. 'Met hem praten? En wat moet ik dan tegen hem zeggen?'

'Misschien hetzelfde wat u net tegen mij hebt gezegd?'

Toen Maud naar de deur liep, liep Robyn Murdoch met haar mee. 'Wat gaat er nu gebeuren?'

'Bedoelt u...?' Maud gebaarde naar Beatrice.

'Nee, met het onderzoek.'

'O,' zei Maud. 'Dit heeft alles veranderd.'

102

In de kleine uurtjes van de nacht had Maud het behoorlijk koud gekregen in haar wijde zwarte broek en haar dunne gele bloesje; nu had ze het weer warm. Ze was af en toe de uitputting nabij geweest, maar daar was nu geen sprake meer van. Ze voelde zich fris, helder, scherp en lichtvoetig. De energie stroomde door haar heen. De zon stortte zich over haar uit.

Ze stapte in de auto.

'En?' vroeg Carrie. 'Klopte je instinct?'

Maud klikte haar gordel vast en bond haar haar iets strakker samen. 'Het is niet echt instinct, het is eerder dat je iets weer zonder te weten hoe je het weet.'

'Dus nu weten we het,' zei Carrie.

'Daar lijkt het wel op,' zei Maud.

'Wat ik weet,' zei Hale,' is dat dit een heel lange dienst begint te worden. Ik rij al twaalf uur rond. Ik ben aan mijn schoonheidsslaapje toe.'

'Je mag zo naar huis.'

Carries telefoon ging over. 'Mijn moeder,' zei ze, met een blik op het schermpje.

'Neem maar op.'

'Sorry.' Ze bracht de telefoon naar haar oor. 'Hoi. Gaat alles goed daar?'

Maud hoorde blikkerige kreten uit het mobieltje komen.

'Ik hoor je niet goed... Niet lekker? Wat is er dan? Heeft ze koorts? Er ligt een thermometer in het badkamerkastje en sinaspril ligt er ook... Ik bel je zo weer terug.' Ze hing op. 'Sadie heeft verhoging,' zei ze afwezig. 'Over slechte timing gesproken.'

'Je moet naar huis,' zei Maud.

'Het komt wel goed.'

'We zijn er bijna. Je hebt me enorm goed geholpen. Ga naar huis, Carrie.'

'Ik wil je niet in de steek laten. Kleine kinderen hebben om de haverklap verhoging.'

'Weet je wat,' zei Maud. 'Ga jij maar naar Bureau Hitcham Road om de herziene verklaring van Rudi Scott op te nemen. Dat zou niet al te lang moeten duren. Dan kun je daarna naar huis. We kunnen je bij de metro afzetten.'

'De halte is hier vlakbij. Volgens mij ben ik er lopend sneller. Als je het zeker weet, tenminste.'

'Ja natuurlijk.'

Carrie stapte uit. Ze stak een hand op. 'Succes,' zei ze.

Maud keek haar na en belde toen haar chef.

'Wat is er godverdomme aan de hand, Maud?'

'Het spijt me vreselijk.'

'Waar zit je? De halve pers heeft zich hier verzameld, maar van jou geen enkel spoor. Ondanks het feit dat ik je uitstel heb gegeven. Ik kan je blijkbaar niet vertrouwen.'

'Het spijt me echt heel erg. Ik had je op de hoogte moeten houden. Maar er is nieuw bewijs en ik moest een belangrijke getuige horen.'

'Al was het de paus zelf, dat interesseert me geen reet. Kom hierheen.'

'Zal ik doen.'

'Nu.'

'Volgens mij weet ik hoe het gegaan is.'

'O ja?' Wellers toon veranderde.

'Ja, volgens mij wel.'

'En krijg ik dat ook nog te horen?'

'Kun je me nog wat tijd geven?'

Weller kreunde. 'Ik zal het verzamelde journaille laten weten dat er belangrijke ontwikkelingen zijn en dat we zeer spoedig met aanvullende informatie zullen komen. Maar ik hoop wel dat je er niet naast zit.'

'Dank je wel.'

'Wie was die belangrijke getuige?'

'Beatrice Macmillan.'

'Jezus fuck, Maud, je wilt toch niet beweren...?'

'Ik beweer helemaal niks.'

'Zeg dat het Tyler Green is.'

'Ik zeg liever nog even niks op dit moment.'

'Waarom verbaast dat me niet?'

'Chef?'

'Ja?'

'Ik waardeer dit echt.'

'Je waardering kan me gestolen worden, ik wil dat je een eind aan deze nachtmerrie maakt.'

'Ik doe mijn best.'

103

De zus van Ali Marais was inmiddels vertrokken.

'Ze maakte me hoorndol,' zei Ali. 'Ze bleef maar om me heen drentelen, me zoete thee voorzetten en erop aandringen dat ik mijn tranen de vrije loop moest laten, zodat ze me kon troosten.'

'Ik kan me voorstellen dat dat lastig was,' zei Maud.

Ali had nog steeds dezelfde veel te grote witte badjas aan die ze meer dan drie uur geleden ook al aanhad. Maud vroeg zich af of ze al die tijd aan de keukentafel de tuin in had zitten staren. Haar oude hond lag in zijn mand bij de deur.

'Waarom bent u hier nu alweer?'

'We hebben nieuwe informatie,' antwoordde Maud. 'Er zijn nog een paar details die om opheldering vragen.'

'Ja. Ja, natuurlijk.'

Ze gingen allebei zitten. Ali's gezicht was door vermoeidheid getekend en ze had donkere kringen onder haar ogen. 'Welke nieuwe informatie?' vroeg ze.

'Ik wil u eerst iets laten zien.'

'Wat dan?' Ali kromp ineen. 'Wat is het?'

'Momentje, alstublieft.' Maud ontgrendelde haar telefoon en haalde de foto tevoorschijn die Hawkins haar had gestuurd. 'Zou u hier even naar willen kijken?'

Ali wierp een wanhopige blik op de foto en sloeg toen haar

handen voor haar ogen. 'Waarom dwingt u me daarnaar te kijken?' vroeg ze schor.

Maud borg haar telefoon weer op. 'De ogen van Leo Bauer waren dicht,' zei ze.

'Ik...' Ali likte aan haar bloedeloze lippen. 'Ik begrijp niet waar u heen wilt,' wist ze uit te brengen.

'Volgens mij begrijpt u dat juist heel goed. Verschillende getuigen zeggen dat u en uw man zich herinnerden dat ze openstonden, terwijl uit de foto blijkt dat ze dicht waren.'

'Dat weet ik allemaal niet meer,' fluisterde Ali. 'Zo lang geleden.'

'Daar komen we zo nog op terug.' Maud liet haar onderarmen op de tafel rusten en boog zich naar Ali toe. 'Zoals u weet gingen we ervan uit dat de moord op uw man tussen kwart voor twaalf en twaalf moest zijn gepleegd. Een gat van vijftien minuten.'

Ali knikte en wreef over haar gezicht. 'Daar kan ik niets mee,' zei ze. 'Die tijden.'

'Het lijkt erop dat we misleid zijn.'

'Misleid?' Ze huiverde, al was het helemaal niet koud in de keuken, en trok haar badjas strakker om zich heen.

'Mag ik u nog iets vragen, mevrouw Marais? Volgens uw eerdere verklaring, die door andere getuigen is bevestigd, kwam u om ongeveer kwart voor twaalf het souterrain in en zei u dat u Tyler moest spreken.'

'Ja.'

'U zei ook dat u dat al eerder had moeten doen.'

'Ja.'

'Wat bedoelde u daarmee?'

'Wat ik bedoelde?'

'Ja.'

'Ik begrijp uw vraag niet.'

'Bedoelde u eerder die avond of iets anders?'

Ali schudde haar hoofd. 'Ik begrijp uw vraag niet,' herhaalde ze.

'U zei dat u de tuin in wilde gaan om met Tyler te praten. Waarom hebt u dat niet gedaan?'

'Waarom? Ik weet het niet. Gewoon...' Ze haalde haar schouders op. 'Ik weet het niet,' zei ze weer. 'Ik weet niets.'

'U bent sigaretten gaan kopen.'

'Ja.'

'Omdat u geen sigaretten meer had?'

'Uiteraard. Clara is met me meegelopen,' voegde ze eraan toe.

'Maar u had toch nog sigaretten?'

'Pardon?'

'Uw sigaretten waren niet op.'

Ali staarde haar aan. 'Natuurlijk wel. Waarom zou ik anders midden in de nacht sigaretten gaan halen?'

'Dat vraag ik me ook af.'

'Ik begrijp u niet.'

Maud haalde een paar op een stukje gelinieerd papier gekrabbelde aantekeningen uit haar zak. 'Carrie en ik hebben het samen doorgenomen. Verbeter me alstublieft als u denkt dat we ernaast zitten. U hebt gisteravond om ongeveer halfacht op het bankje in de tuin een nieuw pakje sigaretten aangebroken. We hebben het cellofaan van dat pakje gevonden. Laten we voor het gemak even aannemen dat het een pakje van tien was. U hebt er toen een gerookt en een aan Marco Burney gegeven. Klopt dat?'

'Dat weet ik niet meer,' fluisterde Ali. 'Hoe kan ik dat nou weten?'

'Omstreeks tien uur rookte u weer een sigaret in de tuin, ditmaal met Clara. Marco was er ook bij, maar die rookte een joint.'

'Waar wilt u heen?'

'Even voor elven rookte u weer een sigaret, nu alleen. En om ongeveer tien over elf rookte u er nog een, ditmaal aan tafel in het souterrain. U hebt hem op de tafel uitgedrukt. Voor zover we begrepen hebben was de avond rond die tijd vrij intens geworden. En uw hond was op de tafel gesprongen.'

Alsof hij begreep dat het over hem ging, kwispelde Benjy zwakjes met zijn staart.

'Waarom hebben we het hierover? Wat heeft dit met Wills dood te maken?'

‘Zes sigaretten, mevrouw Marais – we hebben alle peukjes gevonden, plus het cellofaantje.’

‘Ja, en?’

‘Dus uw sigaretten waren niet op.’

‘Maar ik dacht van wel,’ fluisterde Ali. ‘Anders zou ik geen nieuwe zijn gaan halen.’

‘U kwam om kwart voor twaalf via de trap het souterrain in en zei dat u Tyler moest spreken. Maar voordat u dat kon doen, kwam Rudi Scott ook de trap af en verkondigde dat hij net met Will had staan praten.’

‘Ik begrijp er helemaal niets meer van. Hou hier alstublieft mee op.’

‘Het is heel eenvoudig. U stond op het punt om de tuin in te gaan en Tyler uw verontschuldigingen aan te bieden voor wat u hem had aangedaan, maar Rudi bood u onverwacht een reddingslijn.’

‘Nee,’ fluisterde Ali.

‘U nam een razendsnelle beslissing. U wist dat uw man dood was, maar u begreep dat u zichzelf een alibi kon verschaffen als u onmiddellijk het huis zou verlaten.’

‘Wat zegt u?’

Er viel een stilte. Maud keek haar over tafel heen aan. ‘Het is over,’ zei ze op vriendelijke toon. ‘Dat weet u zelf ook. Het zal u opluchten ons te vertellen wat er is gebeurd.’

Ali tilde haar hoofd op en keek Maud recht aan. Haar gezicht verschrompelde; haar lijf leek alle stevigheid te verliezen en in elkaar te zakken. ‘Ik wilde dat jullie de moordenaar zouden vinden,’ zei ze. ‘Het was een hel.’

‘Er is een uitweg,’ zei Maud. ‘Vertel me alles, vanaf het begin.’

‘Vanaf het begin van de avond, bedoelt u?’

‘Nee. Veel verder terug. Vertel me hoe het echt begon. Toen u Tyler ontmoette, al die jaren geleden.’

104

Ali Marais had Tyler Green leren kennen in het tweede jaar van haar studie. Hij was met een vriend meegekomen naar een feestje dat ze met haar drie huisgenoten gaf. Ze had hem pas na afloop opgemerkt, toen bijna iedereen al weg was en de overgebleven gasten op hun gemak nog een beetje rondhingen of op de grond zaten te praten en niemand meer zijn best hoefde te doen om goed over te komen of indruk op iemand te maken. Ali was van tevoren best zenuwachtig geweest: misschien zou er niemand komen of zou iedereen vroeg vertrekken omdat er elders iets leukers te doen was. Maar het was een luidruchtig, drukbezocht feest geworden.

Nu, om drie uur 's nachts, liet ze zich gapend op de bank zakken en keek glimlachend de langzaam leeglopende kamer rond. Tyler kwam naast haar zitten. Hij stelde zich voor en zei dat hij geneeskunde studeerde. Daarna zei hij dat hij haar al een keer eerder had gezien, een paar weken geleden bij een concert en dat hij daarom naar dit feestje was gekomen: om haar weer te zien. Hij was altijd zo open: hij speelde geen spelletjes en deed zich nooit anders voor dan hij was. Op een bepaalde manier had hij iets ongrijpbaars. Ali was altijd vrij gespannen en obsessief geweest, een beetje een controlfreak, maar door Tyler werd dat minder. Hij was helemaal weg van haar en vond haar mooi, waardoor ze zich ook mooi en begeerlijk begon te voelen. Ze had altijd gedacht dat ze niet verliefd kon worden, dat dat iets was wat alleen andere mensen overkwam. Ze wist dat Tyler van haar hield met een overgave en vertrouwen die ze nooit zou kunnen evenaren, maar ze begon wel te geloven dat ze elkaar gelukkig konden maken. Het leven opende zich voor haar en nu dat gebeurde, werd ze doodsbang dat iets daar een einde aan zou kunnen maken. Hij zou haar doorzien en beseffen dat ze niet zo was als hij gedacht had.

Tyler was ervan overtuigd dat ze altijd samen zouden blijven, wat haar ook beangstigde. Ze was tenslotte pas twintig toen ze hem leerde kennen, en hij eenentwintig. Hoe kan je op die leeftijd nou zeker weten dat je de ware hebt ontmoet? Maar na de eerste paar weken, die in een roes voorbij waren gegaan, maakte Tyler al plannen voor hun gezamenlijke toekomst.

Ze werd opgenomen in zijn vriendengroep, en ze nam Clara mee. Zo leerde ze Jay, Marco, Ellen, Beatrice, Rudi en Will kennen. En Leo. Tyler had haar verteld dat Leo hem vroeger op de lagere school had gepest en zij had hem gevraagd waarom ze nog vrienden waren. 'Vriendschap is iets raars,' had hij schouderophalend geantwoord. 'Soms kies je je vrienden, en soms kiezen zij jou. Misschien vind je ze eigenlijk helemaal niet zo aardig, maar is het alsof je geen andere keuze hebt.'

Ali was op haar hoede voor Leo, die bijna absurd knap was, maar zijn uiterlijk en charme gebruikte op een manier die ze weerzinwekkend vond. Ze liet zich heus niet inpakken door iemand die zo overduidelijk overtuigd was van zijn eigen onweerstaanbaarheid.

In haar derde studiejaar zat ze op een buitengewoon warme dag in begin april buiten bij de rivier in een studieboek te lezen toen Leo ineens opdook. Hij kwam naast haar zitten, keek haar met zijn felblauwe ogen doordringend aan en informeerde naar haar studie, haar familie, haar jeugd en haar toekomstplannen. Raakte haar schouder aan, haar hand. Zei dat Tyler maar bofte met haar, dat hij jaloers op hem was. Zo doorzichtig. Hij kuste haar in haar nek, op haar wang. Lispelde haar naam.

Ze wist waar hij mee bezig was en ze wist dat ze een enorme vergissing beging, maar ze liep toch met hem mee langs de rivier en liet zich door hem meevoeren een weilandje in. Daar kuste hij haar, drukte haar neer in het lange gras, gebruikte zijn vingers tot ze hijgde en kreunde van een verlangen dat ze nooit eerder had gevoeld en ging toen bij haar binnen. Hij keek haar aan terwijl ze meerdere keren achter elkaar klaarkwam, schreeuwend om meer. Hulpeloos als nooit tevoren. De seks met Leo had een dier van haar gemaakt.

Nadat hij zijn broek had dichtgeknoopt en was vertrokken, was ze geschokt en beschaamd. Ze zei er niets over tegen Tyler, noch tegen iemand anders; ze verbande de gebeurtenis naar de krochten van haar geheugen. Ze vermeed het om nog alleen met Leo te zijn, maar telkens als ze hem zag voelde ze niet alleen een gloeiende haat jegens hem opborrelen, maar smolt haar lichaam ook van een gruwelijke allesverzengende lust.

Toen ving ze toevallig een gesprek op waarin een paar van Leo's vrienden het hadden over Leo's weddenschap dat hij die beheerste, preutse Ali Marais zou verleiden. Eén van hen had zelfs van een afstandje toegekeken om er zeker van te zijn dat Leo niet valsspeelde.

'Hij had me tot niets gereduceerd,' zei Ali tegen Maud. 'En ik... ik wilde het zo graag. Ik bleef maar voor me zien hoe ik daar op de grond lag. Hoe hij naar me keek. Ik wilde dat hij het met me deed, steeds weer, meer en meer en harder en harder, dat hij me pijn deed en verpulverde. En ik wilde mezelf van kant maken, om dat verlangen niet te hoeven voelen.' Ze had het hele verhaal toonloos opgedreund, zonder Maud aan te kijken.

'Of hém van kant maken,' zei Maud.

'Zo was het niet. Het was niet gepland. Ik bereidde me voor op mijn afstuderen. Ik was nog steeds met Tyler, ging met hem naar bed, maakte toekomstplannen met hem en hij was nog even lief als altijd. Ik dacht dat hij er niets van wist – gisteravond kwam ik erachter dat het anders zat. Destijds had ik me steeds afgevraagd of anderen het wisten. Of ze me nu met andere ogen bekeken, me achter mijn rug uitlachten of stilvielen zodra ik een vertrek binnenkwam. Leo deed alsof er niets gebeurd was. Alsof ik weer onzichtbaar was voor hem. Tot dat weekend.'

Ze liet een stilte vallen. Benjy gromde in zijn slaap, sloeg even met zijn staart en rilde.

105

Ali zag als tegen een berg tegen dat weekend op maar hield zichzelf voor dat het het laatste feestelijk samenzijn van hun vriendengroep zou zijn. Daarna zou iedereen zijn eigen weg gaan en zouden ze langzaam maar zeker uit elkaar groeien. Tyler en zij zouden nog wel contact houden met Clara en Will, misschien ook nog met Beatrice, maar met de anderen waarschijnlijk niet zoveel meer. Met Leo zeker niet. Ze zou hem eindelijk kunnen vergeten, die hele gebeurtenis kunnen vergeten, en haar duistere allesverterende verlangen geleidelijk aan laten uitdoven.

Ze had bijna niets gegeten, te veel gedronken en een beetje wiet gerookt. Later die avond was ze even alleen met Leo in de tuin. Hij legde zijn hand op een van haar borsten en zei toen hij haar tepel hard voelde worden dat ze weer eens met elkaar moesten neuken. Ze had er duidelijk zin in. En dat pure, weerzinwekkende verlangen was weer in haar opgelaaid.

'Kom naar mijn kamer,' zei hij. 'Als Tyler slaapt.'

Toen het eindelijk helemaal stil was in huis was ze naar zijn kamer geslopen, waar hij met een zelfvoldane grijns op haar lag te wachten, en had ze met een mes dat ze uit de keuken had gepakt zijn keel doorgesneden. Ze bleef staan kijken naar het gutsende bloed, naar Leo, tot zijn wijd opengesperde ogen haar niet langer zagen.

'Ik was opgelucht,' zei ze. 'Ik moest van hem af. Als ik hem niet had vermoord, zou hij mijn leven hebben verwoest, mij te gronde hebben gericht. Dat kon ik niet laten gebeuren.'

Maud keek haar zonder iets te zeggen aan. Ali's laatste woorden leken nog in de lucht te hangen. Het was heel stil in de keuken. In de verte klonk het geluid van een grasmaaier.

'Er was geen vooropgezet plan,' zei Ali na een poosje. 'Ik wist alleen dat ik hem moest vermoorden. Ik had niet gedacht dat ik ermee weg zou komen. Ik heb het heft van het mes wel afgeveegd, maar dat ging eigenlijk instinctmatig. Ik heb het mes naast het lijk laten liggen. Daarna heb ik beneden in de keuken het bloed van mijn handen en mijn gezicht gewassen.'

'Maar iemand heeft het mes verplaatst,' zei Maud.

Ali knikte. 'Toen ik in de keuken was, hoorde ik boven iemand naar de wc gaan en er weer uit komen. De badkamer was pal naast de kamer waar Leo sliep en ik wist zeker dat ik degene die daar boven rond stommelde daar naar binnen hoorde gaan. Ik verwachtte geschokte kreten, rennende voetstappen, groot alarm. Maar het bleef stil. Ik bleef nog een tijdje bij het aanrecht staan, bijna alsof ik gepakt wilde worden. Maar op een gegeven moment ben ik de tuin in gelopen, waar ik heb zitten wachten tot het licht werd.'

De dag was aangebroken. Leo's lichaam was ontdekt. Er was tumult en chaos: gegil in huis, asgrauwe gezichten, iedereen die geschokt en wantrouwend naar elkaar keek. De politie was gekomen. Het mes lag in Tylers kamer en iedereen herinnerde zich de felle ruzie die hij en Leo de vorige avond hadden gehad. De messteek werd gezien als het werk van iemand die wist wat hij deed – van iemand met medische kennis.

'Zo simpel was het,' zei Ali. 'Ze namen hem mee in een van hun auto's. Hij draaide zich om en keek naar ons. Naar mij. Dat was de laatste keer dat ik hem zag. Tot gisteren.'

'Dus u hebt hem negenentwintig jaar opgesloten laten zitten voor een moord die u hebt gepleegd.'

'Ja.'

'De man die van u hield en van wie u naar eigen zeggen op uw manier ook hield.'

'Ja, maar zo eenvoudig was het nu ook weer niet. Aanvankelijk dacht ik dat hij helemaal niet aangeklaagd zou worden, omdat er niet genoeg bewijs tegen hem was. Daarna dacht ik dat hij er met een korte gevangenisstraf af zou komen. Ik weet niet, doodslag of zo. Toen hij werd veroordeeld voor moord heb ik me volledig afgesloten. Ik bande het uit mijn gedachten – hoewel dat natuurlijk met zich meebracht dat ik bijna nergens meer aan kon denken, bijna niets meer kon voelen. Het was alsof ik over een evenwichtskoord liep en maar één kant op kon, heel voorzichtig, stapje voor stapje, zonder om te zien of omlaag te kijken. Zo heb ik het overleefd, als je dat tenminste zo kunt noemen. Ik ben met Will getrouwd, want waarom niet? En ik heb geprobeerd kinderen te krijgen, in de hoop mijn leven weer zin te geven, iets goeds te doen. Ik heb een hond genomen. Ik heb hard gewerkt. Veel gesport. Mezelf aan een streng regime onderworpen. Ik heb niet aan Tyler gedacht, niet aan Leo gedacht. Ik heb zo hard, zo nadrukkelijk niet aan hen gedacht, dat ik natuurlijk voortdurend aan hen dacht. Elke dag, elk uur, elke minuut.'

Ze stond op, ging bij het raam staan en keek de frisse groene tuin in. 'Weet u wat het vreemde is,' zei ze. 'Naarmate de jaren verstreken, wist ik mezelf er min of meer van te overtuigen dat Tyler het toch had gedaan. Ik voelde me haast een slachtoffer. Toen ik hem gisteren zag, voelde ik een enorme haat voor hem omdat hij mijn leven had verpest, om hoe ik door hem over mijzelf dacht. Dat is toch vreemd?'

'Ja,' beaamde Maud, hoewel ze zoveel ervaring met menselijke gedragingen had dat ze bijna niets meer vreemd vond. 'Dus u hebt Leo Bauer om het leven gebracht omdat hij u seksueel opwond en vernederde, en u hebt uw toenmalige vriendje ervoor op laten draaien omdat het toevallig zo liep. Vertel me dan nu maar wat er gisteren is gebeurd.'

106

Ali keek Maud bijna verrast aan, alsof ze vergeten was dat ze er zat.

'Arme Jay,' zei ze zacht.

'Ja,' zei Maud. 'Nog een slachtoffer.'

Ali sloot haar ogen en hield ze een paar seconden dicht. Toen ze ze weer opendeed, keek ze Maud recht aan. 'Er werden gisteravond echt de vreselijkste dingen gezegd over seks, verraad en pestgedrag. Kinderloosheid. De weddenschap. Ik voelde me alsof zowel mijn kleren als mijn huid waren afgestroopt. Tyler had het over de dag van de moord, beschreef hoe hij werd afgevoerd en dat we hem allemaal in de steek hadden gelaten. Nadat hij dat had gezegd, ging hij naar buiten, ons in verbijstering achterlatend. Het was alsof we ons die dag niet alleen herinnerden, maar hem opnieuw beleefden. Maar ik maakte een fout. Ik dacht dat Will de enige was die het had opgemerkt; het was zo'n klein detail en er was zoveel gezegd, een overvloed aan woorden en herinneringen.'

'De ogen,' zei Maud.

Ali knikte. 'Ik zei dat ik me herinnerde hoe Leo's dode ogen me aanstaarden. En Will zei dat hij zich dat ook nog herinnerde.' Ze zweeg even, alsof ze het in gedachten weer afspeelde. 'Op dat moment wist ik dat alles voorbij was. Het was eigenlijk een soort opluchting. Will liep de keuken uit en ik volgde hem. We troffen elkaar boven. Hij weigerde me aan te kijken. Hij stond bij het raam en keek de tuin in, naar Tyler. Terwijl hij tegen me praatte, keek hij de hele tijd naar Tyler. Hij zei dat hij wist wat ik gedaan had. Hij wist dat ik Leo had vermoord. En ik wist wat hij had gedaan.' Ze viel even stil.

Maud wachtte af.

'Will had zelf Leo's ogen gesloten,' zei Ali. 'Hij kon die starende blik niet verdragen.'

'Maar waarom zou hij dat doen?'

'Hij zei dat hij dronken zomaar een kamer binnen was gewaggeld en in slaap was gevallen. Hij wist niet dat Leo dood in diezelfde kamer lag, met het moordwapen vlak naast zich. Toen hij een paar uur later wakker werd en het lijk plus het mes naast zich zag liggen raakte hij in paniek. Hij sloot Leo's ogen en gooide het mes de eerste de beste kamer in. Tylers kamer, zo bleek. Maar hij wist niet wie Leo had vermoord. Pas gisteravond realiseerde hij zich dat ik het was, omdat ik net als hij de open ogen had gezien en dus vóór hem in die kamer moest zijn geweest. Hij zei me dat hij dat tegen Tyler zou zeggen.'

'Maar u was toch zelf al van plan het aan Tyler te vertellen? Waarom hebt u Will dan niet gewoon zijn gang laten gaan? U zei net dat u eigenlijk opgelucht was dat hij het wist.'

'Had ik dat maar gedaan. U gelooft me vast niet, maar ik zou echt willen dat ik dat gedaan had. Ik dacht op dat moment ook dat het klaar was, dat er eindelijk een eind was gekomen aan die nachtmerrie die zich al bijna dertig jaar voortsleepte. Maar het voelde zo onwerkelijk. Ik kreeg een rood waas voor ogen. Er laaide een enorme woede in me op. Ik wist dat ik iets vreselijks had gedaan. Ik had Leo vermoord; dat was op zich nog niet zo erg. De wereld was beter af zonder hem. Maar ik wist dat Tyler onschuldig was en ik heb hem zijn hele leven in de gevangenis laten zitten, omdat ik te laf was om de waarheid te vertellen. Het was niet mijn schuld dat hij de moord in de schoenen kreeg geschoven, maar ik heb het wel laten gebeuren. Plotseling besefte ik dat Will, mijn levensgezel, de man met wie ik het bed deelde, ook altijd had geweten dat Tyler onschuldig was; hij wist in elk geval dat hij dat mes zelf in die kamer had gegooid, en ook hij had al die jaren zijn mond gehouden. En hij zei dat hij, zonder het aan zichzelf te willen toegeven, misschien niet alleen niets had gedaan omdat hij anders schuldig zou zijn bevonden aan belemmering van de rechtsgang, maar ook omdat hij een kans had om iets met mij te beginnen als Tyler in de gevangenis zat. Toen hij dat zei lachte hij, en ik wist wat die lach betekende – dat ons samenzijn een jammerlijke mislukking was, ons huwelijk een karikatuur van wat een huwelijk zou moeten zijn. Ik kreeg het idee dat een vreselijke, afschuwelijke speling van het lot ons had samengebracht en dat we gisteravond werden gedwongen om onder ogen te zien wat we hadden gedaan en wat er van ons geworden was.'

'Maar u kon het niet onder ogen zien, toch?' zei Maud. 'U hebt mijn vraag niet beantwoord. Waarom liet u Will niet naar beneden gaan om het aan Tyler te vertellen?'

'Ik zag het mes liggen. Ik weet niet hoe het daar terecht was gekomen. Het leek wel voorbestemd, alsof het daar speciaal was neergelegd opdat ik het kon gebruiken. Ineens zag ik ons huwelijk als een zwart gat. Ik heb jarenlang geprobeerd om zwanger te worden. Ik dacht dat...' Ze aarzelde even, alsof het haar nu zwaar viel om over Will en haar als stel te praten. 'Dat we iets goeds op de wereld zouden zetten als we een kind zouden krijgen. Na een aantal jaar werd duidelijk dat het niet zou gebeuren. Dat beschouwde ik als een oordeel. Maar op dat moment, gisteravond, was ik zo dankbaar dat we geen kinderen hadden, omdat ik besefte dat we een stel waren dat van de aardbodem gevaagd diende te worden. Er zou niets van ons over mogen blijven.'

'Wat deed u toen?'

'Ik pakte het mes. Het ging zo snel. Will stond nog steeds met zijn rug naar me toe naar Tyler in de tuin te kijken. Ik sneed hem van achteren zijn keel door. Ik weet niet wat ik verwachtte. Geschreeuw. Een worsteling. Rondspuitend bloed. Maar niets van dat al. Hij viel neer, als een gebouw dat instort. Hij zakte gewoon in elkaar. Zonder geluid te maken, zonder me aan te kijken. Ik keek op hem neer. Hij was dood.'

'En toen?'

'De rest is u bekend. Ik wilde de tuin in gaan om Tyler alles te vertellen. Maar in de keuken zei Rudi dat hij net met Will had gepraat. En ik realiseerde me dat ik een onvoorziene kans in de schoot kreeg geworpen.'

'Het perfecte alibi,' zei Maud.

'Dat klinkt wel heel berekenend,' zei Ali.

'Ja, inderdaad.'

'Ik had gewoon wat tijd nodig om na te denken, alles op een rijtje te zetten. Ik zou het later wel aan Tyler hebben verteld. Ik zou alles hebben bekend. U moet me geloven.'

Maud keek Ali met hernieuwde fascinatie aan. Ze moest haar best doen om haar gezicht in de plooi te houden. *U moet me geloven.* Ze dacht er even over na en besloot toen dat ze dat niet deed. Ali Marais had een man gedood die haar gevoel van eigenwaarde met voeten had getreden. Voor die moord kon ze nog een zeker begrip opbrengen, maar niet voor het feit dat Ali al die jaren niets had gedaan terwijl haar geliefde onterecht gevangenzat. Dat het volgens haar zeggen een hel was geweest, dat geloofde Maud wel. Maar ze had wel weten te overleven in die hel. Ze zei dat ze alles tegenover Tyler zou opbiechten. Wie weet. Maar ze had het eerder, toen het er nog echt toe deed, nooit gedaan, en toen de kans zich voordeed om met haar laatste misdaad weg te komen, had ze die met beide handen gegrepen. Alweer.

Dat dacht Maud allemaal, maar ze zei het niet. Als ze dat wel had gedaan, had Ali kwaad of hysterisch kunnen worden en misschien niet meer willen meewerken. Maud zou het bewijs om haar veroordeeld te krijgen wel rond hebben gekregen, maar dat zou langer hebben geduurd en al die tijd zou Tyler nog steeds vastzitten. Maud hoefde Ali's diepste zielenroerselen niet te kennen. Ze had er geen behoefte aan om haar therapeut te zijn of over haar te oordelen. Ze wilde haar meenemen naar het bureau, zodat ze een officiële bekentenis kon afleggen en in staat van beschuldiging kon worden gesteld.

'Ik denk dat het tijd is om u aan te kleden. We moeten gaan,' zei Maud.

'Ja, natuurlijk.'

Ali zag er schrikbarend kalm uit, maar toen brak er plotseling paniek door op haar gezicht. 'Wat gebeurt er met Benjy? Wie zorgt er voor Benjy?' Ze begon hulpeloos te snikken.

107

Hale stapte uit en opende het achterportier voor Ali. Hij straalde plotseling een zekere ernst uit.

Ali stapte in. Ze leek heel klein, alsof ze was gekrompen, weer een kind was geworden.

Voordat Maud ook instapte, belde ze Weller. 'Ik bel even om te zeggen dat de vrouw van William Garvey heeft bekend.'

'Wat zeg je me nou?'

'Beide moorden.'

'Ik dacht dat Jay Murphy zelfmoord had gepleegd.'

'Ik heb het niet over Jay Murphy, maar over Leo Bauer. Ze heeft Leo Bauer vermoord en gisteravond heeft ze haar man vermoord. We komen nu met haar naar het bureau.'

Weller zweeg even om het op zich in te laten werken. 'Zijn vrouw? Dat is goed nieuws,' zei hij toen op ongelovige toon. 'Eindelijk goed nieuws. En ze heeft dus bekend, zei je?'

'Ze heeft toegezegd een volledige verklaring af te leggen.'

'Fantastisch. Ik zal meteen de minister van Binnenlandse Zaken bellen, voordat de persconferentie plaatsvindt. En Harris, natuurlijk. Om hem te zeggen dat hij en zijn vrouw zich geen zorgen meer hoeven te maken.'

'Tja, wat dat aangaat,' begon Maud. 'Ik weet niet of dat...'

'De normale routine, hè?'

'Chef, kan allereerst Tyler Green op de hoogte worden gesteld?'
Maar de verbinding was al verbroken.

108

'Harvey.' De cipier rammelde aan de deur. 'Harvey, je tijd is om, ik kom nu naar binnen, oké?'

Er kwam geen antwoord. De bewaarder fronste zijn wenkbrauwen, opende het luikje in de deur en gluurde naar binnen. In eerste instantie kon hij niet helemaal plaatsen wat hij zag. Haastig wilde hij de sleutel in het slot steken, liet de sleutelbos vallen, en raapte hem binnensmonds vloekend weer op. 'Kut, kut, kut.'

Hij duwde de deur open, deed een stap naar binnen en stapte meteen weer terug de gang in, glibberend op de tegels. Zijn schoenen zaten onder het bloed. Hij drukte op de alarmknop, en de lucht trilde door zijn schrille kreet. Hij schreeuwde. Hij schreeuwde zo hard dat zijn keel pijn deed. 'Alarm! Code rood!'

Het geluid van rennende voetstappen. In hun cellen wachtten de gevangenen op het nieuws.

109

Beatrice wachtte tot Finn weg was gegaan. Ze zat aan de grote tafel in het ruime vertrek, met de abstracte schilderijen van kleurige spetters aan de grijze muren, en keek door de hoge ramen naar buiten. Londen glinsterde in de heiige hitte, maar ze zag de stad niet echt.

In het vertrek ernaast hoorde ze Sebastians stem. 'Ja,' zei hij. 'Goed. Heel goed. Ik ben blij dat het is opgelost.'

De deur ging open en hij kwam de kamer binnen, maar ze keek niet op. Hij ging tegenover haar zitten. 'Dat was het hoofd van het politieonderzoek,' zei hij.

'O'Connor?'

'Nee, niet dat wicht. De commissaris.'

'Je klinkt opgelucht.'

'Dat ben ik ook. Heel opgelucht. Ze hebben de dader.'

Het naar binnen stromende licht bezorgde haar hoofdpijn. Door de spleetjes van haar ogen keek ze over de tafel heen naar haar man; een donkere, geblokte gestalte met een onaangename grijns.

'Wil je niet weten wie het is?'

'Wie is het?' Met ingehouden adem wachtte ze het antwoord af.

'De echtgenote.'

'Ali? Zeg je nou dat Ali Will heeft vermoord?'

'En die ander ook, naar het schijnt.'

‘Daar begrijp ik niks van.’ Ze drukte met haar vingers tegen haar slaap om de pijn te verzachten die zich onder haar schedeldak verspreidde.

‘Zowel haar man als Leo Bauer. Nu zal die klootzak van een Conrad Bauer tenminste een toontje lager zingen.’

‘Ali,’ zei Beatrice. ‘Ali heeft ze vermoord. Dus Tyler... O god.’ Arme Tyler, dacht ze. Arme Jay. Haar oude vrienden. Mensen van wie ze had gehouden en zij van haar, vroeger, toen ze daar nog voor openstond, nog een fatsoenlijk mens was.

‘Dus het is voorbij.’ Sebastian legde beide handen tot vuisten gebald op tafel en leunde naar voren. ‘Hoor je wat ik zeg?’

‘Hè?’

‘Ik zei, hoor je wat ik zeg? Het is voorbij.’

Beatrice keek hem eindelijk aan. ‘Ik weet dat je mijn gesprek met de rechercheur hebt afgeluisterd, Sebastian.’

Er trok een schaduw over zijn gezicht. ‘Bedoel je dat gesprek waarin je toegeeft dat je een beschonken vluggertje hebt gehad met je vroegere vriendje? Dat gesprek?’

‘Dat gesprek, ja.’

Hij leunde weer achterover. ‘Wat wil je dat ik zeg? Dat ik van je walg?’

‘Is dat zo?’

‘Een vijftigjarige vrouw die haar benen spreidt na een martinitje te veel? Wat denk je zelf?’

‘Ik denk dat we erover moeten praten. Over alles. Alles waarover we nooit hebben gepraat.’

‘Ik heb geen enkele behoefte om daarover te praten, Beatrice. Ik wil niets horen over je vunzige gedrag of je huilerige zelfrechtvaardiging.’

Beatrice bleef luttele seconden naar haar man zitten kijken. Had ze hem eigenlijk ooit gemogen, laat staan aantrekkelijk gevonden? Dat leek nu bijna onvoorstelbaar, deze zelfingenomen opgeblazen kwal met zijn dikke lijf, rode hoofd en luide stem. Haar hoofdpijn trok weg, als mist die oplost in de wind. 'Het kan je eigenlijk niets schelen, hè?'

'Doe niet zo naïef. We weten allebei wat er op het spel stond. Nu ze me verzekerd hebben dat die echtgenote een volledige bekentenis heeft afgelegd, weet ik zeker dat er niets van dit alles naar buiten hoeft te komen.'

'Mijn ontrouw, bedoel je.'

'Zo zou ik het niet willen noemen. Dat klinkt iets te hoogstaand,' zei hij smalend.

'Of bedoel je het feit dat ik een valse verklaring heb afgelegd en het onderzoek bewust heb belemmerd, ook al was een vriend van me vermoord?'

'Daar wil ik niets over weten.'

'Nee, natuurlijk niet.'

'Beatrice, ik ben bereid om door de vingers te zien wat zich gisteren in mijn eigen huis heeft afgespeeld. We hebben ieder ons eigen leven en dat kan gewoon zo blijven.'

'Alsof er niets gebeurd is.'

'Inderdaad, ja.'

'Maar het is wel gebeurd, Sebastian. Ik ben je vrouw en ik heb je bedrogen. Het was niet bepaald plezierig en alleen al daarom zou ik willen dat het niet gebeurd was, maar ik heb niet het idee dat ik onze relatie beschaamd heb. Want er is geen sprake meer van een relatie, is het wel? Het is niet meer dan een overeenkomst waar we allebei baat bij hebben.'

'Jezus christus, Beatrice, jij weet net zo goed als ik...'

'Ik ben ook een lid van het King's Counsel dat welbewust een moordonderzoek heeft gedwarsboomd.'

'Ik zei toch al dat dat niet naar buiten hoeft te komen.'

'Prima. Maar ik ga er wel mee ophouden.'

'Doe niet zo belachelijk.'

'Ik ga zowel mijn arbeidscontract als mijn huwelijk laten ontbinden. Het spijt me als dat je carrièrevooruitzichten in de weg staat.'

Zijn ogen puilden uit. 'En Finn dan? Geef je dan niks om hem?'

'Natuurlijk geef ik wel om hem. Ik heb de laatste tijd veel te weinig aandacht aan hem besteed. Volgens mij maakt hij een moeilijke periode door. Maar Sebastian, denk je nu echt dat Finn geschokt zal zijn als we gaan scheiden? Ik denk eerder dat hij opgelucht zal zijn.'

Ze stond op en liep de kamer uit. Pas toen ze buiten gehoorsafstand was, zocht ze wankelend met een hand steun tegen de muur. Will, dacht ze. Jay. Tyler. Wij allemaal.

110

Toen Rudi met zijn ogen knipperend tegen het felle licht het bureau uit stommelde, bleef hij van verbazing even als aan de grond genageld staan toen hij zijn vrouw in de auto zag zitten wachten. Hij had haar achtergelaten op de A40 om langs de van uitlaatgassen vergeven weg naar het politiebureau te lopen. Nu stond ze daar weer, net als een paar uur eerder.

Hij liep langzaam naar haar toe, terwijl hij normaal probeerde over te komen. Met een uitdrukking van licht spottende genegenheid op zijn gezicht stak hij een hand op, ten teken dat hij haar had gezien, en keek toen weg zodat hij haar niet hoefde aan te kijken terwijl zij het raampje opendraaide.

'Je bent er weer,' zei hij.

Ze beantwoordde zijn glimlach niet; haar lange smalle gezicht stond ernstig. 'Zullen we nog maar een poging wagen?'

'Nog een poging wagen? O, om thuis te komen, bedoel je.'

'Ja, natuurlijk.'

Hij stapte in. Hij voelde haar blik op hem rusten terwijl hij met zijn gordel in de weer was. 'Oef, wat ben ik moe,' zei hij. 'Jij zult ook wel uitgeput zijn.'

De auto voegde zich in het verkeer. Celia zette de airco aan.

'Nou ja, dat was pure tijdverspilling.' Rudi stak zijn handen op, zijn dure horloge glimmend aan zijn pols. 'Ik weet niet wat ze van me wilden.' Maar hij voelde dat een blos zich over zijn gezicht verspreidde, tot diep in zijn vuile hals. 'Wat zal ik blij zijn als ik weer thuis ben.' Hou je mond, prentte hij zichzelf in.

Er kwam een berichtje binnen op zijn telefoon en meteen daarna nog een, en nog een. Hij wendde zich af om te kijken, hield het schermpje uit het zicht van Celia. Beatrice. Waarom zou zij hem een berichtje sturen? 'Even kijken of dit belangrijk is,' mompelde hij tegen Celia.

Het zal binnenkort bekend worden gemaakt, dus ik vertel het je maar vast: Ali heeft Will vermoord.

Ali. Het eerste wat hij voelde was opluchting. Het overspoelde hem als een vloedgolf en liet hem krachteloos achter.

En Leo ook.

De auto reed nu ongehinderd door.

Ze heeft bekend.

Betekende dat dat hun escapade geheim zou blijven? Hij dacht van wel. Hij probeerde zijn ademhaling te reguleren.

Sebastian weet alles. Ik neem ontslag. We hebben de politie misleid.

Wat had dat te betekenen? Vond ze dat hij iets soortgelijks moest doen? Hij had geen positie om op te geven; geen nobel gebaar dat hij kon maken, al zou hij het willen. Hij was maar een man die boeken schreef die niemand wilde uitgeven. Hij keek zijdelings naar Celia, die haar blik strak op de weg gericht hield. Daarna verwijderde hij de berichten een voor een, al wist hij dat zij ze nooit zou bekijken. Ze was eerzaam, hield zich nauwgezet aan de regels die ze zichzelf had gesteld.

'Het was Ali,' zei hij. 'Ali heeft Will vermoord.'

'Zijn vrouw?'

'Ja.'

'Van wie heb je dat?'

Rudi slikte moeizaam. Hij had een droge mond en een zere keel; hij zou wel een paar grote glazen koud water achterover willen slaan. 'Beatrice.'

De naam klonk als een bekentenis, ongetwijfeld zou Celia het aan zijn stem horen. Ze doorzag hem altijd of keek recht bij hem naar binnen. Waarom was ze met hem getrouwd als ze kon zien wie hij werkelijk was? Zijn ogen brandden. Als ze er ooit achter zou komen... Hij streelde haar schouder en ze draaide heel even haar hoofd in zijn richting.

'Wat is er?'

'Fijn dat je terug bent gekomen, dank je wel.'

'Natuurlijk ben ik teruggekomen. Ik ben je vrouw.'

Rudi sloot zijn ogen. De auto snorde onder hem; zijn gedachten gingen alle kanten op. Hij hield zichzelf voor dat dit ooit niet meer dan een verhaal zou zijn over iets wat hij had meegemaakt. Of misschien, dacht hij, terwijl er een glimlach over zijn gezicht gleed, kon het zíjn verhaal worden: een verhaal dat hij kon schrijven om daarmee vorm te geven aan de schaamte en de angst. Een verhaal over een verleden dat met een klap het heden binnendringt, over dood en verraad, over overleven en herstel. Ja. Hij liet het idee rijpen in zijn hoofd en viel in slaap.

111

Sam zat naast Clara op de bank, heel dicht bij haar maar zonder dat hun lichamen elkaar raakten, en legde een hand op haar schokkende schouder. Ze had het gevoel dat ze wachtte tot een felle storm was overgewaaid. Clara zat voorovergebogen, met haar hoofd omlaag, en haar hele lichaam schokte van het huilen. Af en toe tilde ze haar vlekkerige, betraande gezicht even op, alsof er iets gebeurd zou kunnen zijn waardoor de situatie was veranderd.

Sam was bijna bang voor de hevigheid van het verdriet van haar partner. Ze waren al ruim twaalf jaar samen en ze had Clara nog nooit zo gezien.

Langzaam kwam ze tot bedaren. Op een gegeven moment kwam er alleen nog af en toe een hortende snik. Sam haalde een papieren zakdoekje tevoorschijn en gaf dat aan Clara, die er haar behuilde gezicht mee depte. 'Sorry,' zei ze. 'Sorry.'

'Je hoeft je nergens voor te verontschuldigen.'

'Het is gewoon...' Weer een snik. Ze drukte het vochtige propje papier tegen haar ogen. 'God.'

'Ik ben er voor je, lieverd,' zei Sam.

'Het doet zo'n pijn.'

'Natuurlijk.'

'Het is mijn schuld.'

'Natuurlijk niet.'

'Ik zei dat hij moest gaan. Hij wilde niet.'

'Hij heeft het zelf besloten.'

'Ik heb hem in de steek gelaten.'

'Nee. Nee, dat is niet waar. Je bent een goede vriendin voor hem geweest.'

'Het leven is zo treurig.'

Sam pakte Clara's hand en kuste haar knokkels. 'Soms wel.'

'Is er nog nieuws?'

'Over de zaak?'

Clara knikte.

Sam liep naar de keuken, haalde haar mobiel van de oplader en scrolde door het nieuws. Met een ernstige blik kwam ze de kamer weer in. 'Ze hebben iemand aangehouden,' zei ze. 'De echtgenote. Er staat dat ze ook de moord op Leo Bauer heeft bekend.'

Clara legde een hand op haar borst en keek haar aan. Ze opende haar mond om iets te zeggen, maar er kwam geen geluid uit.

De bel ging.

'Niet opendoen,' zei Clara. 'Ik wil niemand zien.'

Er werd opnieuw gebeld.

'Stuur ze weg, wie het ook is.'

Sam knikte en liep de kamer uit. Clara hoorde de voordeur opengaan, mompelende stemmen. Sam kwam weer binnen. 'Sorry,' zei ze met een hulpeloos gebaar.

Achter haar stond een vrouw met dik grijs haar in een warrige vlecht; ze had een gekreukelde rok aan en een opgeblazen gezicht.

'Ellen?' zei Clara verbaasd.

Ellen liep strompelend op haar af en plofte neer op de bank. 'Ik wist niet waar ik anders heen moest,' zei ze.

'Wat is er gebeurd?'

'Ik weet niet wat ik moet doen.'

Sam zag Clara's gezicht veranderen, weer kalm worden, het verdriet verdween onder de oppervlakte. 'Kun je niet naar huis?'

'Ik zal binnenkort wel moeten: de kinderen. Maar nu nog niet.

Hij kan nog wel een nachtje voor ze zorgen; hij is er niet op uit om *hún* leven te vergallen.'

'Je man?'

'Wat moet ik doen, Clara?'

'Ik zou het niet weten.'

'Kijk mij hier nou zitten,' zei Ellen. 'Kijk dan. Dat is toch lachwekkend? De relatietherapeut. De goede echtgenote. Moeder van vijf kinderen. Blije, vrolijke Ellen. Kijk nou. Kijk dan!'

'Ik kijk naar je,' zei Clara.

'En wat zie je?'

'Mijn vriendin.'

112

Conrad Bauer legde de hoorn op de haak en liep naar zijn vrouw toe, die in de keuken aan het aanrecht aardappels stond te schillen. 'Wie was dat?' vroeg ze. Pas toen zag ze dat zijn gezicht asgrauw was geworden, met een van pijn vertrokken mond. 'Conrad? Wat is er?'

'Er is iets heel merkwaardigs...' Hij viel stil en bracht een hand naar zijn borst.

Susan Bauer legde het aardappelschilmesje neer en snelde op hem af. 'Ben je niet lekker? Hier, kom maar even zitten.' Ze leidde hem naar een stoel aan de keukentafel en hielp hem zijn zware lijf erop te laten zakken. 'Is het je hart? Zeg toch iets!'

'Dat was de politie.' Hij keek haar aan met een nietsziende blik.

'En?'

'Ze hebben een bekentenis.'

'Maar dat is toch goed nieuws?' Ze trok een stoel onder tafel vandaan en ging naast hem zitten. 'Wat is er dan?'

'Het was Tyler Green niet. Alison Marais heeft bekend. De vrouw van William Garvey.'

'Aha, oké.'

Hij keek zijn vrouw aan. Ze vertoonde nauwelijks enige reactie. 'Nee, het is niet oké.'

'Wat is er dan aan de hand?'

'Ze heeft beide moorden bekend.'

'Bedoel je…' Susans gedachten vertraagden. 'Bedoel je ook die op onze Leo?'

Conrad knikte. 'Ja,' fluisterde hij.

'Maar…' Ze maakte haar zin niet af.

'Ik wist het zo zeker,' zei hij. Hij zag er oud en verslagen uit.

'O, Conrad,' zei ze, en ze nam zijn handen in de hare. 'O, lieverd van me.'

'Het was niet mijn schuld,' zei hij zonder veel overtuiging. Hij had een verbijsterde uitdrukking op zijn gezicht. 'Al die jaren.'

'Ik weet het. Ik weet het.' Jaren van bitter campagnevoeren, dacht ze. Van zelfingenomen standvastigheid en verbeten zekerheid. Van haat en vergelding. Van het op afstand houden van een ondraaglijke waarheid: dat zijn geliefde zoon dood was en niet meer gered kon worden.

'Hoe nu verder?' vroeg Conrad Bauer zich hardop af.

'Hoe bedoel je?'

'Wat moet ik nu doen?'

Ze wist niet of hij aan Tyler Green dacht of aan zichzelf. Ze wist niet wat ze moest zeggen. Ze bracht een van zijn handen naar haar mond en kuste de opgezwollen knokkels.

113

Bij Bureau Hitcham Road reden ze langs de verzamelde pers de parkeerplaats aan de achterkant van het gebouw op.

'Dank je wel,' zei Maud tegen Hale.

'Graag gedaan,' antwoordde hij grijnzend. 'Het was me het nachtje wel.'

Om de menigte te ontlopen, gingen ze door de achteringang naar binnen. Ali werd naar een verhoorkamer gebracht om haar officiële verklaring af te leggen. Maud zocht eerst de toiletten op en plensde koud water in haar gezicht. Hawkins vergezelde haar naar de verhoorkamer. Ali was heel rustig, op een duistere manier leek ze er vrede mee te hebben. Hawkins zette het opnameapparaat aan, ze noemden hun namen, de plaats, datum en tijd. Het lampje knipperde.

'Begin maar bij het begin,' zei Maud.

Na afloop ging Maud naar Wellers kantoor.

'We hebben resultaat geboekt,' zei hij opgewekt.

'Inderdaad.'

Weller keek op zijn horloge. 'Nog net geen dertien uur.'

'Pardon?'

'We hebben er iets minder dan dertien uur over gedaan om twee moorden op te lossen.'

Maud onderdrukte een glimlach toen ze het woordje 'we' hoorde. 'Zoiets, ja.'

'Goed gedaan,' zei hij.

'Dank je. Maar zonder Carrie Kessler was het me niet gelukt. Ze was van onschatbare waarde.'

'Klaar om de pers te woord te staan? Ik zal eerst het woord nemen.'

'Ik zou eigenlijk liever niet...'

De deur ging open en een jonge agent stak haar hoofd naar binnen.

'Wat is er?' vroeg Weller.

'Hawkins vond dat u dit onmiddellijk moest weten, meneer.'

'Dat ik wat moest weten?'

'Tyler Green is aangevallen en zwaar gewond geraakt.'

Maud sprong overeind. Ze had het gevoel dat ze in haar maag was gestompt. 'Hoe ernstig is het?'

'Meer weet ik niet.'

'Maar ik heb nog heel duidelijk...' Ze zweeg. Dat had nu toch allemaal geen zin meer. Ze dacht aan de bewaarder, Boyle, die schandalig onverantwoordelijke klootzak. Ze dacht aan de agenten die Jay Murphy niet naar behoren hadden beschermd. De woede, het schuldbesef, grotendeels tegen zichzelf gericht – dat kon allemaal wachten. Ze haalde een hand door haar warrige haar. 'Waar is hij nu?'

'In het St Lawrence.'

Maud wendde zich onmiddellijk tot Weller. 'Ik moet nu meteen naar hem toe. Ik hoef helemaal niet bij die persverklaring aanwezig te zijn. Het komt ook beter over als jij het doet. Jij weet hoe je zoiets aanpakt.'

Voordat Weller kon antwoorden, was ze de kamer al uit.

114

Ze rende langs de rokers op de parkeerplaats, voorbij de rij ambulances voor de spoedeisende hulp, door de draaideuren en de aankomsthal vol mensen, door een lange gang met knipperende lichten, slalommend tussen rolstoelgebruikers en pijnlijk langzaam voortschuifelende patiënten door, met twee treden tegelijk een trap op en nog een gang door tot aan de dubbele deuren van de intensive-careafdeling. Ze wilde net op de groene knop drukken om binnen te worden gelaten toen er een man met een merkwaardig grijze gelaatskleur op zijn bed naar buiten werd geduwd. Maud vloog de afdeling op; overal piepende machines, rolwagentjes met medische apparatuur die over het linoleum werden voortgeduwd, en doelgerichte verpleegkundigen.

'Ik kom voor Tyler Green,' zei Maud buiten adem tegen de verpleegkundige achter de balie.

'Bent u familie?'

Maud toonde haar politielegitimatie. 'Ik ben inspecteur Maud O'Connor. Ik moet hem zien.'

De vrouw keek naar haar: gele blouse, vermoeide kop, wilde bos haar, glinsterende ogen. 'Nummer zeventien,' zei ze. 'Aan het einde links.'

Vlug liep Maud langs de met gordijnen afgeschermde bedden. Ze hield links aan. Helemaal aan het eind zag ze Tyler. Onwillekeurig slaakte ze een kreetje van schrik. Hij lag aan allerlei slangen en kabels en had een beademingsbuisje in zijn mond. Zijn ogen waren gesloten en hij was lijkbleek, maar ze zag zijn borstkas langzaam op en neer gaan.

'En u bent?'

Maud keek op. Naast haar stond een man van middelbare leeftijd met een kaalgeschoren kop. Maud zei wie ze was en wat ze kwam doen.

De man stelde zich voor als dokter Roth.

'Hij ziet er verschrikkelijk uit,' zei Maud.

'Hij heeft geluk gehad, die meneer Green van u,' zei dokter Roth.

'Dat zou je op het eerste gezicht niet zeggen.'

'Hij is in zijn borst en in zijn dij gestoken. Als bij een van die twee steekwonden een slagader was geraakt, dan had hij het niet overleefd. Er is blijkbaar enige tijd overheen gegaan voordat ze hem vonden.'

'Enige tijd overheen gegaan?' herhaalde Maud. 'Het was bekend dat hij gevaar liep.'

'Waarvan akte,' zei dokter Roth met een gebaar naar het bed.

'Hoe is hij eraan toe?' Ze aarzelde even. 'Hij gaat toch niet dood?'

Roth glimlachte naar haar. 'Zoals ik al zei, hij heeft geluk gehad.'

Maud voelde een steek in haar borst, een pijn die merkwaardig dicht in de buurt kwam van verdriet, en er welden tranen in haar ogen op. Ze knipperde met haar ogen om ze terug te dringen. 'Ik zou zeggen dat hij tot op heden juist bijzonder weinig geluk heeft gehad.'

Roth knikte. 'Ja, ik heb het gehoord.'

'Uiteraard. Ligt Skinner hier ook?'

'Ja. Maar op een andere afdeling.'

'Heeft hij ook steekwonden?'

Roth schudde zijn hoofd. 'Voor zover ik weet was Green ongewapend. Maar hij heeft nog heel wat schade weten aan te richten met zijn blote handen. Het zal waarschijnlijk een langdurige operatie worden. Of een reeks operaties. Het is nog niet duidelijk of zijn oog kan worden gered. Ik neem aan dat er op enig moment een rechtszaak zal komen.'

'Als het aan mij lag, zou Tyler Green daar alleen als getuige hoeven te verschijnen.' Maud keek naar het bed. 'Kan ik met hem praten?'

'Dat kan. Ik kan alleen niet garanderen dat hij ook hoort wat u zegt.'

Maud ging op een stoel naast Tylers bed zitten. Met beide handen pakte ze zijn linkerhand. De knokkels waren zwaar gekneusd. 'Tyler,' zei ze. 'Ik hoop dat je me kunt horen. Ik ben Maud O'Connor. Die rechercheur. Het spijt me dat ik je niet beter heb kunnen beschermen. Ik heb gedaan wat ik kon, maar het was niet genoeg.'

Ze zweeg en keek naar zijn gezicht. Ze meende een trilling in zijn oogleden te zien. Ze gaf een kneepje in zijn hand en hoopte dat ze hem daar geen pijn mee deed. 'Het is voorbij, Tyler,' zei ze. 'Ali Marais heeft bekend dat ze haar man en Leo Bauer heeft vermoord. Ze is aangeklaagd.'

Ze voelde een minuscule beweging in de hand die ze vasthield, een rimpeling. Ze keek naar zijn gezicht. Weer dat trillen van de oogleden en toen sloeg hij ze op. Ze keek recht in die gespikkelde walnootkleurige ogen. Ze las er begrip in, maar geen verrassing.

Ze draaide zich om naar dokter Roth. 'Kunt u dat beademingsbuisje verwijderen?'

'Nog niet.'

Ze draaide zich weer naar Tyler toe, keek hem recht aan. 'Je ligt in het ziekenhuis. Je bent hier veilig en ze zullen goed voor je zorgen. En al zal niets het grote onrecht dat je is aangedaan en de lange lijdensweg die daar het gevolg van was ooit goed kunnen maken, je zult worden vrijgesproken en vrij zijn. Eindelijk een vrij man. Begrijp je me?'

Er kwam geen enkele beweging, alleen die ogen, starend in de hare, maar Maud wist dat hij haar had gehoord en ze wist dat hij haar begreep.

Ze boog zich iets dichter naar hem toe. 'Goed gedaan,' zei ze. 'Goed gedaan, Tyler.'

Maud liep met kwieke passen het ziekenhuis uit, een zomerdag in die eindelijk aan haar toebehoorde. Maar ze was niet opgetogen: Tyler Green had bijna dertig jaar vastgezeten voor een misdaad die hij niet gepleegd had, William Garvey was vermoord door zijn vrouw en Jay Murphy had zelfmoord gepleegd, terwijl zij verantwoordelijk voor hem was. Ze voelde eerder een soort pure, zinderende energie die de vermoeidheid op afstand hield.

Ze keek op haar telefoon hoe laat het was en bleef even staan rekenen. Ze lachte haar scheve lachje en duwde haar haar achter haar oren. Ze zou maar een paar minuten te laat zijn.

115

Ross zat aan een tafeltje met uitzicht op het kanaal. Ze zag hem voordat hij haar zag. Hij keek naar een zwaan met pulletjes die in een statige processie richting Victoria Park zwommen. Ze zag een vage glimlach op zijn gezicht en toen zijn haar opwaaide in de wind voelde ze een steek in haar borst. Ze wist dat het allemaal weer van voren af aan zou beginnen en ze werd draaierig bij het idee.

Ze ging tegenover hem zitten, hij draaide zich om en leek opgelucht en blij om haar te zien. Ze kon wel huilen. Ze glimlachte naar hem en hij glimlachte terug.

'Ik dacht dat je het misschien was vergeten,' zei hij. 'Of gewoon dacht dat ik gek was.'

'Sorry dat ik zo laat ben.'

'Laten we een wedstrijdje doen wie de slechtste start van de dag heeft gehad,' zei hij. 'Ik was ook te laat, omdat ik gisteravond mijn fiets buiten had laten staan, op slot weliswaar, maar hij vanmorgen toch gestolen was. Toen ik de politie belde, zeiden ze dat ze niet achter gestolen fietsen aan gaan. Wat zeg je daar nou van?'

'Jij wint,' zei ze. 'Jij hebt de slechtste start gehad.'

'Zo makkelijk kun je me niet laten winnen. Vertel jij eens?'

Maud dacht er even over na. Ineens leek het een belangrijke, moeilijk te beantwoorden vraag, een hele wereld van pijn en verraad die ze nog met zich meedroeg, nog maanden met zich mee zou dragen. 'Ik was aan het werk,' zei ze. 'Voor mij is de dag net begonnen.'

Ross keek op zijn horloge. 'Werk? Wat doe je dan voor werk?'

Ze ademde in terwijl ze hem recht bleef aankijken. 'Ik werk bij de politie. Ik ben rechercheur.'

Ross sloeg zijn handen voor zijn gezicht, liet ze weer zakken en keek haar aan. 'Dat was dus zo ongeveer het ergste wat ik had kunnen zeggen, of niet?'

'Ik zit er niet mee,' zei Maud. 'Ik heb niets te maken met de gestolen-fietsenafdeling.'

Ze zwegen even. Maud keek naar de zwanen, die nu bijna uit het zicht verdwenen waren. De zon in haar nek was goddelijk.

'Wacht eens. Beeld ik me dat nou in of heb je echt nog precies hetzelfde aan als toen ik je gisteren ontmoette?'

Maud keek omlaag naar haar gele blouse en wijde zwarte broek, en ze begon te glimlachen, liet de blijdschap bezit van haar nemen. 'Ik vrees dat je gelijk hebt.'

'Dus je hebt niet geslapen? Dat moet een bewogen nacht zijn geweest.'

'O ja,' zei Maud. 'Dat was het zeker.'

Meer lezen van Nicci French?

★★★★ 'Wederom ijzersterk verteld: goed gedoseerd, overtuigend, nooit gezocht of onzinnig, en vol details waar je altijd op dient te letten. De spanning sluimert onder een schijnbaar oppervlakkige behandeling van dagelijkse dingen.' – *AD Magazine*

★★★★ 'Naast de verrassende plot zorgen ook de vele rake korte zinnetjes dat dit wéér een goed gelukt Nicci French-avontuur is.' – *NRC Boeken*

★★★½ 'Nicci French heeft met *Wie niet horen wil* een psychologische thriller geschreven die de lezer mee laat puzzelen naar de dader.' – *VrouwenThrillers*

'Het boek past naadloos in de Nicci French-succesformule.' – *NRC*, Arjen Ribbens

'De koningin en koning der thriller en misdaad, Nicci Gerrard en Sean French, leveren weer een knaller van een boek af.' – *Kek Mama*

'Weer een Nicci French die je in één keer uitleest.' – *Trouw*